故事会

2005 · 7

（总第334-337期）

合订本

上海文艺出版社

图书在版编目(CIP)数据

《故事会》2005 年合订本.7/《故事会》编辑部编.

上海：上海文艺出版社，2005

ISBN 7-5321-2856-3

Ⅰ.故... Ⅱ.故... Ⅲ.故事－作品集－中国－当代 Ⅳ.Ⅰ247.8

中国版本图书馆 CIP 数据核字(2005)第 024172 号

责任编辑：鲍 放

封面设计：李宝强

故事会 2005 年合订本 7

(总第 334－337 期)

《故事会》编辑部 编

上海文艺出版社出版

地址：上海绍兴路 74 号

电子信箱：gushihui@263.net

网址：www.slcm.com

中国图书进出口上海公司发行

地址：上海市广中路88号

电话：36357888

字数 280,000

ISBN 7-5321-2856-3/Ⅰ·2202

334

2005
SEMIMONTHLY
上半月刊

1月
STORIES

百姓话题

搜狐文化
CULTURE.SOHU.COM

本刊与搜狐文化
合作推出电子版

故事会

2005 年 1 月
上半月刊·红版

主　编：何承伟
副主编：吴　伦
社务委员会
何承伟　吴　伦　姚自豪
夏一鸣　冯杰　张　凯
本期责任编辑：姚自豪
美术编辑：李宝强
发稿编辑：
鲍　放　夏一鸣
蔓　石　梁宁宁
马　峡　潇白
主管：上海市新闻出版局
主办：上海文艺出版总社
（上海市绍兴路 74 号）
邮政编码：200020
电话：021-64375030

督印 发行：张　凯
（上海市建国西路 384 弄 11 号甲）
邮政编码：200031
电话：021-64313938
广告总代理：上海文艺广告传播中心
上海市绍兴路 74 号（邮编：200020）
广告总监：张　淮
广告业务：021-34010383
广告投诉：021-64333738
广告经营许可证
沪工商广字 3101034000029 号
发行：中国图书进出口上海公司

本刊各栏目欢迎来稿。来稿寄上海市绍兴路 74 号《故事会》杂志社，邮编：200020，请在信封上注明
"××栏目"收；本期责任编辑 E-mail 地址：yaotongzhi@vip.sohu.net

美眉的漠然

一个男大学生去学校的开水房打开水，进去才发现里面已经挤满了美眉，他精神抖擞地进去，潇洒地排队。不一会后面又进来了好多美眉，轮到那男生了，他把暖水壶对准了龙头，不料开水突然溅出来，手上淋了不少水，那个痛啊，为了保持风度，他咬着牙装作没事，身边的一位美眉关心地问："没事吧？"

男生好感动，连声说："没事没事！"

那美眉听了，回头对后边的女生说："真讨厌，今天的水又没开！"

（何 莉）

（本栏插图：李 加）

张认不了

张经理不懂英语，可他即将出国，他担心自己在国外找厕所时出洋相，就在出国前几天特地找了一位老师教他如何在国外找公厕。老师一连教了他十几遍，还是记不住Men's和Women's，最后老师说："算了，你就记住朝上的W就是女厕所，朝下的M就是男厕所。"张经理连声说"记住了"。

在国外的一天，张经理要找厕所，可东找西找，怎么也找不到有朝下的M牌子，突然，他发现不远处果真有一个非常醒目的"M"牌子，便飞快地奔去了，到了那里一看，错了，那原来是麦当劳！ （王 皓）

动物和植物

一个大学生参加了学校组织的下乡活动，这天，他去田头找村主任办事，忽然发现一头驴子在偷吃麦子，可是他既不认识麦子又不认识驴子，他急中生智，大叫道："快来人呀，快来人呀，动物吃植物啦！"

（王 静）

故事如同警世钟，适时欢乐适时愁。若你悟得情和理，智慧长驻远污流。 ——张卓（海南）

刷　卡

公共汽车到了一个站后停下，这时，上来一位漂亮的小姐，她穿着牛仔裤，上车后对着车上的IC卡机猛地扭了一下屁股，就径直朝座位走去，司机也没说话。紧跟在她后面上车的是一位老太太，她也学着那位小姐的样子，对着IC卡机使劲扭了一下屁股，接着她想到前面找座位，不料被司机拦住了。老太太生气了，说："凭什么小姐扭一下屁股就不收钱，我老太婆扭了屁股还要收钱，这天下还有没有道理？"

车上的乘客全都笑了，司机乐呵呵地解释说："她的IC卡放在屁股后面的兜里，刚才上车扭屁股时已经刷了卡，自动交了费；你没有带卡，当然要交钱啦！"

老太太这下总算明白了……

（黎剑清）

新式口令

这一天，一团士兵在长官的带领下执行一项任务，他们来到了一条大河边。这个团里有好多新兵，团长看着眼前的大河，又望了望士兵们，他实在想不出一个合适的词语来命令新兵们冲过河去，正在苦恼之际，突然灵机一动，他命令："全体解散，两分钟后在河对岸集合！"

（何叮当）

父散步

父亲出远门做生意回家后，发现年幼的儿子骑了一辆崭新的自行车，他就问道："你从哪弄到钱买的自行车？它至少需要300美元！"

男孩回答说："我散步挣来的。"

"散步？没有人能靠散步挣钱！这些钱，你到底是从哪里得来的？"

"真的是我散步挣来的，爸爸。你外出后的每天晚上，在银行里工作的那个伯兹先生都到我们家来看妈妈，他每次都会给我20美元让我去散步。"

（小娟）

专业用语

江湖郎中在行医前是个搞房屋装修的，一天，一个患口腔溃疡的病人来看病。

病人痛苦地说："大夫，我嘴里不舒服。"

郎中看了病人一眼，说："哦，里面看看。"

病人张开嘴，郎中看了良久说："天花板渗漏，导致地面起苔，墙体剥落。"

（江城子）

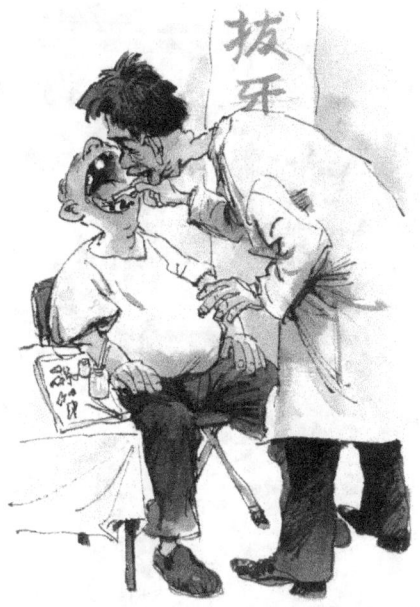

曾经瘦过

有一个女人长得很丑，可她还没有口德。一次去相亲，男主角迟迟未出现，这女人等得不耐烦，就开始破口大骂。一会儿，男主角来了，女人见他是个胖子，更是火了："死胖子，丑男人……"男主角终于发火了："你竟然敢骂我，哼，至少我曾经瘦过，你……漂亮过吗？"

（倪灵）

太早了

老师叫一个上课睡觉的男生回答问题，这个男生没有回答出来，正在着急时，后面的女生悄悄地告诉他答案，但是声音大了点，还是让老师听见了，于是老师说："我知道每个成功的男人背后都有个默默无闻的女人，不过现在好像太早了点吧?"

（何叮当）

保岗

单位实行竞聘上岗，一个身怀六甲的女职员因为自己业绩欠佳，顿时有了下岗之忧。

不久，方案出台了，内有一条 孕期女职员不在下岗之列，这个女职员大喜过望，恰逢丈夫向她征求意见，问孩子生下后取什么名字好，她脱口而出："是孩子保住了我的岗位，孩子就叫保岗吧。"

（肖六芹）

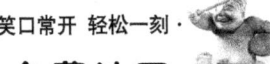

再婚的感受

教授和妻子感情不和，两人离婚后又各自结了婚。

有一天，一个学生问教授"教授先生，您能说说您再婚的感受吗？"

教授深有感触地说："再婚的感觉就和你们补考及格差不多！"

（扎西德勒）

简　称

大学的新生第一次走进校园，老生就教导他们如何称呼别人："比你年级高的，男的就叫师兄，女的就称师姐，比如我叫郝大海，你们可以叫我郝师兄；如果再亲切一点，简称郝兄就行了。"接着，几位较为资深的师兄又详细地举例说明。

新生们不胜感激，异口同声地对着那几位老生说："哦，我们懂了，谢谢郝兄、露胸(陆兄)、文胸(文兄)、隆胸(龙兄)、丰胸(冯兄)的教导……"

（朱前永）

恐怖霓虹灯

——处大型住宅小区门口竖着一块霓虹灯广告牌，名叫："百安居。"

时间长了，风吹雨打，霓虹灯的部分灯泡坏了。这天夜晚，一个居民走进小区，偶然间抬头一看，顿时吓了一跳，他看到的是："白女尸。"

（李　敏）

免费地图

某加油站为了招揽生意，规定凡买汽油者可免费获赠一张当地的地图。

一天，有个外地人把车驶进加油站，他买了25块钱的汽油，就伸手要免费地图。服务员故意做出惊奇的样子说："你要地图做什么？凭你买的那点汽油，你去的地方我指给你看就行了！"

（徐佩佩）

本栏欢迎来稿，读者、作者可将有新鲜感的、有精彩细节的笑话佳作投寄给我们。来稿一经采用，最高稿费为一则100元。本期责任编辑电子信箱：yaotongzhi@vip.sohu.net

·我的故事·

一根銀手链

□蒋跃民

这是我亲身经历的一件事情，虽然说起来有点难以启齿，但事情真的很出人意外，现在回想起来仍觉得令人啼笑皆非。

一天，我坐在客厅的沙发上悠闲地看着书，忽然，电话铃响了，我连忙抓起话筒，话筒里传来一个年轻女人甜腻腻、软绵绵的声音："你是住在桂黄街7号的蒋先生吗？"

"是啊。"

那女人听了就"扑哧"一声笑了，她说："最近你没在那住吧？"

"对，没错。"

那女人"哼"了一声："你干吗在柜子上乱贴字条？神经兮兮的！"

我冷不防听这女人这么一说，顿时目瞪口呆了：这个女人怎么会知道我在书柜上贴了一张字条呢？对，她说得没错，半年前我买了新房，桂黄街7号的老房子就一直闲置着。上个星期，我一时心血来潮，顺路到那间空着的屋子里看了看，这一看我大吃一惊：门上的铁锁曾经被人撬过，铁销已经露出了一半，庆幸的是锁还没有被彻底撬开，所以窃贼没有进屋，否则该我破财了！回来后我把这件事情告诉了妻子，妻子一拍脑门，说："你换把大锁，再写个告示贴在屋里，告诉小偷我们工薪阶层不值得一偷，不就行啦？"我听了，觉得妻子说的

故事是震荡情感之波的琴弦。——陈堪能（湖北）

是个好主意，于是，我就在一张白纸上写了这么几行大字："敬告各路英雄好汉，咱家乃工薪阶层，穷光蛋也，此屋除书报杂志、残桌破椅外，并无钱财细软，万望见谅！"写好后，我就将字条贴在书柜上，自己还以为从此可以高枕无忧，谁知道今天会有这么个女人打来这么个电话！

我一听这女人在电话里这么说，立刻意识到老屋里一定发生了什么事情，于是急着问道："你、你撬了我家是吧？"话筒里忽然没有了声音，只传来一阵隐隐约约、娇滴滴的喘息声，嗨，这女人真厉害，想不到她撬了我的家，大概还在我屋里找到了我的一张名片，于是竟然给我打电话了，这未免太惊世骇俗了！

过了一会儿，话筒里又开始有声音了，那女人突然尖声笑了起来："你真是聪明，一说就猜到了，不过，你那告示为什么不贴在大门口呢？害得我们在你屋里白白折腾了半夜，什么都没有捞到，倒把我的银手链在你屋里弄

丢了！"

听她这么一说，我乐了起来，心想那字条还真是没有贴错地方！

"你幸灾乐祸了是不是？"那女人的声音突然变得甜美、温柔起来，"大哥，本来这银手链丢就丢了，我也不该向你要，但这东西是我奶奶留给我的，虽说值不了多少钱，可它是个念想……我知道我错了，但大白天又不好再去找，你帮帮忙，帮我找回来嘛……"

我一听气不打一处来，立即厉声说道："我正想逮你呢！你竟然还敢跟我要银手链？"

"大哥呀，逮我还不是为了教育我吗？你好好教育我不就得啦！我一定改邪归正，行行好吧，好人一生平安，莫难为小妹了……"瞧瞧，这话

说得多动听啊!

她在那边甜言蜜语，我在这里思来想去，这么一来二去，后来也不知道我哪根神经出了问题，鬼使神差，我心一软，竟答应了她的请求。我说，明天早上七点，我把银手链放在我那间空屋的门口，让她自己去拿，只准她一个人去，而且还得准时，不得迟到，否则别怪大哥我不客气！其实，我这么说，也无非是想看看这女窃贼到底是何等样人！

放下电话，我即刻赶到了老屋，没太费劲，果然找到了那银手链。第二天，我按照约定的时间，把银手链放在我那间空屋的门口，自己站在离老屋大约三十米远的地方，一肚子的好奇心，希望能够一睹她的芳容，看看这个女人到底长着一副什么模样。

这个时候还早，小街上也没什么人。我远远地守着，静静地等着，好长好长时间，我只见过一个衣衫破旧的乞丐经过那间空屋的门口，并在门口坐了一会儿，此外，便再也没有看见别的人经过了。我等得不耐烦了，看了一下时间，发现早已超过了七点，我当机立断，决定拿回银手链。我来到那间老屋的门口，一看，哪里还看得见银手链的影子？原先放银手链的地方出现了一张字条，上面写着四个字："谢谢大哥！"看了这张字条，我不禁回头到处张望，希望在我的周围能够发现她的身影，正当我四处张望的时候，一个漂亮的姑娘骑着一辆摩托车在离我不远的地方疾驶而过，那姑娘还冲我摇了摇手，情意绵绵地抛了一个飞吻，随后她加大油门，一溜烟地消失得无影无踪了。我敢打赌，这个漂亮的姑娘肯定就是给我打电话的那个女人，那么刚才这个乞丐就是她？或者是她的同伙？我无法知道！想不到自己这么一个大男人，竟然又被她戏弄了一回，我恼羞成怒，差点没有骂她的娘！

三天后，又发生了令我不敢相信的事：谁也猜不透这个神秘的女人是怎么想的，她竟然给我单位的领导寄来了一封感谢信，信中说我学雷锋拾金不昧，请求领导给予表扬……

好多年以后，有一天，我出外办事，中午到一家小饭店用餐。那饭店的老板是个女的，年纪还挺轻，看到她的刹那间我惊呆了，虽然那天那个女贼是骑着摩托疾驶而过的，但两人的相貌竟是十分相似！女老板也看见了我，神情有点异常。一会儿，她的女儿放学回来了，面对着孩子，女老板用一种异样的目光看着我，我从她的眼神里感觉到了张皇、乞求、愧疚。面对着孩子天真无邪的笑脸，人世间的罪恶，哪怕只是一丁点儿，也应该销声匿迹的，想到这里，我宽慰地一笑，离开了小饭店……

（本篇月月评短信代码：0101）

（题图、插图：安玉民）

沉睡的人

□ 龚 昊 改编

睡得多沉！要是我也能那样无忧无虑地睡一会儿，该有多幸福！"

绅士的妻子感叹道："像咱们这样的老人，再也睡不上那样的好觉了！看那孩子多像咱们心爱的儿子呀，能叫醒他吗？"

"哦，咱们还不知道他是谁呢。"

"看他的脸儿，那样的天真无邪！"

这绅士很富有，他唯一的儿子前年不幸死了，在这样的情况下，人们往往会做出奇怪的事来，比如说，认一个陌生小伙子为儿子，并让他继承自己的家产，可是，贝克始终没醒来。

这时马车夫叫嚷起来："老爷，快走吧，车修好了。"老夫妻俩依恋地望了一眼贝克，快步走向马车……

过了几分钟，一个美丽的姑娘踏着欢快的步子走来了，她也瞧见了贝克，天哪，一只大马蜂正嗡嗡地在贝克头上飞来飞去，姑娘不由得掏出手

这天，有一个年轻人匆匆赶着路，他叫贝克，他是想到镇上去找份工作。天很热，这会儿他实在太累了，就擦了一把汗，找了一个阴凉的地方躺下来，不多一会儿，贝克就睡着了。

就在贝克睡觉的当儿，一辆华丽的马车朝这里奔来，突然，车子出了点小故障，"嘎"地停住了，就在车夫修车子的时候，车上一位年长的绅士和他的妻子走下了车，他们一眼就瞧见贝克睡在那儿，绅士说："瞧这孩子

帕在贝克头上挥舞着，把马蜂赶走了。

也就在这时，姑娘看着贝克，一颗芳心突然像小鹿般"怦怦"直跳 他长得多俊啊！可是贝克却丝毫未动，姑娘只好怏怏地走了。要是贝克能醒来，也许就能和姑娘认识，甚至结亲，要知道，她父亲可是个大百货商哩！

姑娘刚走开，两个帽沿拉到眉头的强盗悄悄地溜过来了，他们看见贝克躺在路边香甜地睡着，歹念顿时闪上心头，一个强盗说："也许这小子身上有钱！"另一个强盗掏出了锋利的匕首，步步逼近："过去摸摸看，如果他醒来，就用这个来对付他！"他们正准备下手时，一条狗跑了过来，两个强盗嘀咕起来："慢点动手，可能狗的主人就在附近。""我们还是小心为妙，赶快离开吧！"两个强盗说着就溜走了。

正在这时，又一辆马车过来了，"隆隆"的声响惊醒了贝克，贝克和马车的主人打了个招呼，搭上车，很快消失在烟尘中……

贝克不知道在他睡眠时发生的一切幸运和险象，这又有什么呢？世上有谁不是如此呢？

（题图：安玉民）

·漫画故事·

记忆力 （文：梅婕；图：包丰一）

1. 一次，欧文去印度旅游，听说当地有一个人具有非凡的记忆力，他决定去一探虚实。

2. 欧文来到那个印度人面前，问："一九六一年元旦那天，你早餐吃了什么？"

3. 那个印度人不假思索地回答："鸡蛋。"

4. 十年之后，欧文再次碰到了那位印度人，刚准备上前打招呼，那印度人先开口了："煎的。"

· 中国新传说 ·

神圣的

□马

卫

豌豆

李孟是村里最老实巴交的汉子，他只顾种自己的地，村里只要天不塌下来，他都不想管，管不了，也没人要他管，可这一次不管不行了，村里要选举，还说凡是来参加会的村民，村里可以少派他五天公益劳动，这不是捡了个天大的便宜吗？乡长的小舅子麻歪嘴还说谁不来参加会议、不投他的票，今年别想领到一两救济粮，没办法，要不就是办起酒席、八抬大轿来抬，他李孟也不会去参加这样的选举会！

李孟忐忑不安地走进了会场，说是会场，其实是小学的操场。就在这时，村里的干部们开始清点人数了，然后一人发一颗豌豆。村里为了简便，还因为大多数上年纪的老人不会写自己的名字，识数也有些困难，因此就用豌豆代替选票。

接着是介绍候选人：

王弼山，也就是乡长的小舅子麻歪嘴，这是个游手好闲之辈、无恶不作之徒，此刻却被吹得比焦裕禄、孔繁森还优秀；李国元，一个退伍军人，真正的好干部，村里的人他没有不帮忙的，却只是被平平淡淡地作了三言两语的介绍。村里这样的选举，李孟参加过好多回了，他巴不得早点结束，回家哪怕是拣一筐麦种、编一只簸箕也比这有用，但他不能走，进了会场，他就发现麻歪嘴正用那特有的三角眼在肆无忌惮地巡视：他在看哪些人来了，来了的这些人中哪些会投他的票！

李孟心中不由得一个寒噤：看来不投他的票还不行！

这时候轮到候选人发言了，其实是在发表竞选宣言，乡下人懂不了那么多，统统称为"发言"。王弼山的发言气壮如牛："如果我当了村主任，每年我给全村争取比现在多三倍的救济粮、多五倍的救济款！"

李国元的发言细声慢语："如果我当了村主任，争取一年后不要国家的救济粮、救济款。我们村的红砂多，

挖砂卖给炼废铁的，不要本钱，只要劳力；我们村的黑水沟，清清的水一点都没有污染，养出的鱼，城里人一定喜欢……"

村民们频频点头：我们黑水沟，难道一辈子靠救济？村民们在窃窃私语，可李孟却瞇着眼皮，像老僧入定一般。

王弼山和李国元背后各放一只碗，人们轻轻地从他俩背后走过，轻轻放下那颗神圣的豌豆……

选举结束，结果出来了：全村参加选举的共487人，王弼山243票，李国元不多不少，也是243票，参加选举的人，有一个没有投票，他是谁？

这时，李孟头上直冒汗，好在人多，大家也没有察觉他的异常神态。这时，主持选举会的村支书说话了："这儿还有一票，我们从王弼山的碗中找到了半瓣豌豆，我们从李国元的碗中也找到了半瓣豌豆。我现在征求大家的意见，是重选，还是咋办？"

大家都不说话了，如果谁得了那票，谁就领先，也过了半数，就会当选，半瓣豌豆，像火在燎大伙的心！全场冷寂，静得连喘气声都听得清。李孟更是紧张，就像刚拿了东西的小偷一样。

大家的眼睛望着主席台，望着青山老爷。在黑水沟，青山老爷就是活神仙，没有他解决不了的问题。这时，村支书走上前去，轻轻地问道："青山

亲爱的读者朋友：

新年好！

金鸡报晓，"小白信箱"满一周岁啦！

在这一年里，我们收到了大量的读者来信，赞美、鼓励的话很多，看得我们都乐呵呵的，觉得自己的辛苦劳动没有白费；意见、建议也不少，有些很有建设性，给了我们很大帮助；当然还有批评和指责，对此，我们也同样地感激。其实，这所有的来信都承载着你们对《故事会》最深厚的关爱和最执著的期待啊！

和往年一样，我们知道我们能给读者的最好礼物就是这本《故事会》。今年，我们将花更大精力和财力来提高它的质量，以此作为献给大家的最珍贵礼物。作品的质量是刊物的灵魂，我们将举行《中国最有影响力的故事》征文大赛，并对优秀作品实行6大特别奖励，让一流的故事作品源源不断地成为您这一年的精神大餐！

盼望您会更加喜欢2005年的《故事会》，更盼望这新的一年又是我们相依相伴的一年，还是我们共同成长的一年，最终也是我们携手收获的一年！

祝您快乐、幸福！

小白

老爷，你看……"

老人摆摆手，然后叫来王弼山、李国元，说："你们各得了半瓣豌豆，也就是半票，如果重选，总有个人要丢面子；如果不重选，又不合选举法，你们说咋办？"

两人齐声说："我们听老爷子的。"

青山老爷捋了捋白须，朗声说道："那好，按我们黑水沟的风俗，如果两瓣一样大，你俩抓阄；如果两瓣不一样大，哪瓣大就算一票，四舍五入嘛！"

这时两人都不知谁碗中的那瓣大，都答应了。一行人走到两只碗前，一看，王弼山惊呆了：他碗中的那瓣其实只有三分之一，李国元碗中的那瓣有三分之二，那豌豆是用牙齿咬的，还留着牙龈上脏兮兮的污垢。李国元当选了，会场里响起了雷鸣般的掌声……

李孟摸了一下自己的腮帮子，心里暗暗地乐：这小小的豆子还真不好咬，可他得像做贼似的偷偷地咬，还得装模作样地让王弼山看到、听到自己把豆子放到了他背后的碗里！李孟会后像娶新媳妇一样，乐呵呵地回了家。

第二天，上头宣布选举作废，说是"四舍五入"不合法，重选。这回不是发豌豆，而是一人一颗小石子儿，这是为了提防上次把一颗豌豆咬成两瓣的情形再度出现，可选举结果却是十分悬殊：王弼山125票，李国元362票，遥遥领先。

李孟心里比上次还乐，因为那大瓣的豌豆，唤醒了民心……

（本篇月月评短信代码：0102）

（题图、插图：安玉民）

百姓故事
(1)
(2)

　　书中所列的百姓话题有三十个之多，诸如话说"当官的"、话说"发财"、话说"球迷"、话说"妻子"、话说"打工"等等，每一个话题都以一种朴实亲切的叙述方式，通过一则则情节性强、生动有趣的小故事揭示问题，形象地道出老百姓要说的心里话。都是老百姓自己讲述的故事，都是讲述老百姓自己的故事。

名作故事

　　汇集了经过精心修改包括美、英、法、德、日、俄等国名家大师的作品，其情节或紧张奇特，或真切动情，或谐趣幽默，或荒唐却耐人寻味，既简练明朗，又保持了原作之精华。

笑话故事

　　是从《故事会》十几年来的作品中遴选出来的笑话精品，共600余则，全方位地折射了社会、艺术和人生，作品趣味盎然，回味无穷。

谜案故事

　　收入的90则作品都是世界著名谜案故事，主人公除了名侦探福尔摩斯外，还有怪盗英雄、强悍警察、著名律师等等，他们八仙过海，各显神通，是一本谜案故事的精萃之作。

说大事、小事,普通人的身边事
讲闲话、实话,老百姓的心里话

三个保姆的故事

　　找保姆难,找好保姆更难,找一个心心相连、如同一家人的保姆难上加难。你想想,一个素不相识的人,硬是要把她请到自己家里,同在一个屋檐下生活,同在一张桌子上吃饭,同在各自的眼皮下你看我我看你,你说难不难?这比谈恋爱、找对象还难!谈恋爱双方还可以把各自的缺点藏起一点,当保姆的,你藏也藏不了,手脚勤不勤,心思巧不巧,人品好不好,几天里就会让东家看个明明白白。

　　保姆的故事一箩筐,今天就来说几个吧……

你就是我的亲闺女

阿芬在劳务市场蹲了三天,也没找到工作,眼看着兜里仅有的

几十块钱就要花光了,她急得哭了起来,就在这时,一个四十岁左右的中年男人走过来说:“我想找一个保姆,不做别的,就是陪着我妈在省内的风景区旅游一个月,管吃管住管车船

费，再给1000元工资，你干不干？"

这可是天上掉馅饼的好事，游山玩水还发工资，阿芬想都没想就连忙答应说："干，我干……"

两人很快谈好了，并约好第二天早上在火车站见面，临走时那人查看了阿芬的身份证，还记下了号码。第二天一早，阿芬来到火车站，果然那个人已经在候车室门口等着了，他的身边还有一个七十多岁的老太太。那人把阿芬拉到一边，把两张火车票交给她，说："这是两张去阜新的火车票，我妈想先从辽西开始玩，然后再去其他风景区。"说着，他又拿出一张银行卡，说："这张卡上有5千块钱，你先花起来，我算着日子，差不多的

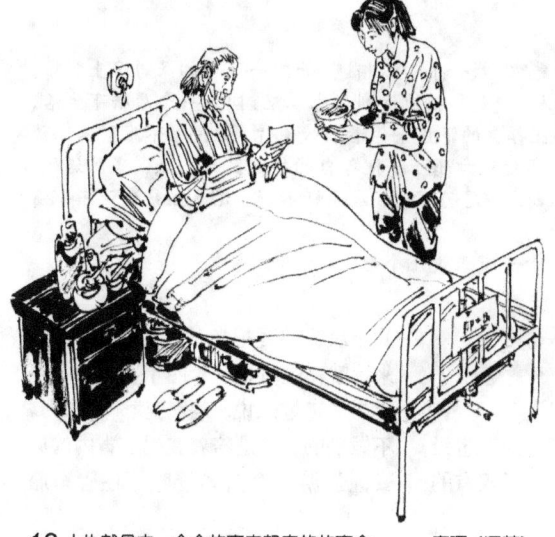

时候我会把钱再打到卡上的。"他还说了密码，并把自己的姓名、电话号码都说了，接着又说自己公司里工作很忙，他得先走，说完，他就急急忙忙地离开了火车站。

阿芬看着那人匆匆离去，心里有了几分感慨：这样的男人现在不多了，能挣钱，还能想到让自己的娘到外面去玩玩，尽点孝心。

就这样，阿芬当起了"导游保姆"，她搀扶着老太太进了候车室。这个老太太耳朵有点背，再加上火车站里噪音大，阿芬一路上说了好多话，她都没听清。眼看开车的时间就要到了，阿芬只得急急忙忙搀扶着老人家上了火车。这是一趟特别快车，从沈阳开出，第一站就是阜新。谁知两人走出阜新站时，老太太突然停住脚步说："姑娘，我们这是到哪儿了？我儿子不是让你送我回老家么？"

老太太的话，让阿芬大吃一惊，她连忙高声问道"你儿子不是让我陪你旅游么？这到底是咋回事呀？"

这一次，老太太听清楚了，她突然"吧嗒吧嗒"掉着眼泪说："这个没良心的东西，他这是不要我了，我家在丹

东，他却把我弄到辽西来了！"

阿芬越听越糊涂，她有些着急地说："大娘，你儿子说他花钱让你旅游，雇我陪你玩，咋说他不要你了呢？"

老太太摇着头说："姑娘，你被这个畜生骗了，他挣那几个钱，都打麻将输光了，他本来就不是我亲生的，这下是把我当包袱给扔了！"

这件事太蹊跷，阿芬连忙拿着那张卡来到车站广场的一家银行，请求检验一下真伪。银行工作人员在电脑上一查，果然是一张报废的储蓄卡。阿芬这一下全明白了，不用说了，那人留下的姓名、电话号码自然也全是假的了！她一下子惊呆了，偏偏这个时候老太太连气带急，突然一口气没上来，身子一歪，倒在地上……

情况紧急，阿芬来不及多想，立刻把老太太送进了附近的一家医院。经过一番抢救，老太太暂时脱离了危险，不过还处在昏迷状态，必须住院治疗。医生要阿芬去交住院费，阿芬一下子急得哭了起来，她把事情的经过说了，还对医生说："大夫，救人要紧，我给你们医院干活，不要工资，挣的钱给老太太交医药费……求求你们了，我不能见死不救呀！"

事已至此，也只能这样了。就这样，阿芬在医院做起了护工。阿芬人勤快，又能吃苦，一人兼了三份护工。有了阿芬的工资做医药费，老太太得

到了及时治疗，不久终于醒过来了。老人家得知是这个素不相识的保姆救了她，眼泪直淌，紧紧攥着阿芬的手说："孩子，你要是不嫌弃的话，从现在起，你就是我的亲闺女！"说着，老太太掏出了一张银行卡，阿芬见了，有些惊讶地说："你也有这玩艺？"

老太太笑着说："我这张卡上有10万块钱，是我卖房子的钱，我没敢让那个败家子知道。你用这些钱买间房子，今后我们俩就一起过了……"老太太见阿芬还是不相信，就笑着说："姑娘，别担心，我这张卡是真的，我叫张玉琴，你看，这是我的身份证。"

阿芬看了老太太的身份证，这才相信她没骗自己。医院领导见阿芬既善良又勤快，就破格跟她签订了长期合同，从此阿芬就成了一名正式护工。张老太太在阜新买了一间二手房，恰巧阿芬老家也没有什么亲人了，从此两人相依为命，在这里过上了安稳日子。

那个混账赌徒这次可输惨了，连自己的妈都"输"了！

一个安徽宿州的小保姆讲的故事：

为了报答一个人

有一户人家雇了个小保姆，这保姆手脚勤快、聪明伶俐，主人很满意。

这天，女主人早上梳头的时候，发现自己最心爱的牛角梳子没了，她在屋里屋外找了好些地方，还是没找到。梳子又没长翅膀，会飞了不成？女主人问丈夫阿品，阿品说他没动，女主人想起了小保姆，就把她叫到卧室，问："你见没见梳子？"

小保姆垂下头，不说见，也不说没见。女主人说："你不说话，梳子就是你偷的，我这就给你乡下的父母打电话，让他们把你领回去。"

小保姆吓怕了，抖抖索索地把藏起来的那把牛角梳子拿出来，女主人的眼睛这下可瞪大了：她看到梳子上缠着一小缕黄黄的长头发。小保姆是短发，女主人自己也从没染过头发，梳子上怎么会有黄黄的女人长发呀？

这时，小保姆吞吞吐吐地说："昨天有一个长发女人来找阿品哥，那头发是染黄的。当时阿品哥让我出去买菜，还让我在外边多玩一会儿……我怕你知道了生气，才把她用过的梳子藏了起来。"

女主人听了后沉下了脸，说："以后有什么事都要和我说，月底我会给你加薪的。"

这事没过几天，女主人新买的长统丝袜又莫名其妙地不见了，女主人不说话，就那么默默地盯着小保姆看，看呀看，把小保姆看得手脚都不知往哪搁才好，一会儿，小保姆吞吞吐吐地说话了："我没说是怕你气坏身子……这件事连我都气得一宿没合眼。没见过这么没脸皮的女人，她来了后看见了那双新袜子，想要，阿品哥不让她拿，说是一会儿去给她买更好的，她就不理阿品哥，阿品哥就赶紧把袜子给她装到随身带的小皮包里。"

这天早上，女主人没有长统袜换，也就没法穿她平时喜爱的裙子上班。

这以后，女主人的麻烦事就更多了：

女主人想喝一杯果汁，小保姆用果浆机打好后，女主人刚要喝，小保姆说："那个长发女人来的时候，我不让阿品哥用这个玻璃杯子给她倒水，她就挖苦阿品哥，说心里没她，是个胆小鬼，阿品哥只好让她用这个杯子喝水。"

女主人晚上睡觉前要刷牙，她刚拿起牙刷，小保姆就跑过来了，小声说："明天买把新的再刷吧，那个长发女人今天下午又来了，阿品哥像伺候女王一样地待她。他们俩又想让我出去，我说了谎，说你刚从公司打来电话，一会儿就回来，那女人要了你的牙刷，就去擦她脚上的皮鞋。"

这天晚上女主人没刷牙，一宿也没睡好。早上起来，女主人照镜子时，发现自己的眼皮肿得像铃铛，她连班也没法上了，只好给公司里打电话请假。

过了一天，女主人的眼皮消肿了，可她还是不想去公司上班，她在家想呀想，想了一个星期后，就把这份薪水很高的工作给辞了。她这样做，使公司里的同事很意外，因为她和公司老板的关系很亲密，这件事公司上下人人皆知，那她怎么会一下子离开公司呢？

其实这原因只有女主人才知道：自从黄发女人出现后，女主人才真正体会到了女人受伤后的那种钻心的痛。她以前也想到过，自己和老板的这种关系会让老板的妻子很痛苦的，但那只是想，没体验过这种痛苦，现在，女主人一想到自己的可怜样，就会情不自禁地想到老板那可怜的妻子，于是她断然决定离开公司，离开那个老板，她去了另外一家公司上班。

那天晚上，女主人和丈夫阿品认真地谈了一次话。在这之前，因为自己和老板有了那事，她一直在丈夫面前矮了三分，以为自己没有资格和阿品平等地谈这件事，她还以为阿品是为了报复她才和黄发女人粘在一起的。谈话开始后，她很快先主动说了自己和那个老板的事，然后要阿品也把黄发女人的事说清楚。

阿品听了很惊讶：自己哪来这样的事呀？他问小保姆"你为什么要无中生有、让我背这样的黑锅？哪来的黄发女人？"

小保姆平静地说："其实我是为了报复你家大姐才这样做的。"

女主人惊讶地问："你为什么要报复？"

小保姆说："我是为了报答另一个善良的女人，才来你家当保姆的。"

阿品听了更糊涂了，小保姆告诉他"很简单，那个善良的女人救过我的命，她就是那个公司老板的妻子。"

这个小保姆把事情说清楚后就离开了这户人家，她也没有把这事告诉

一个江苏泰兴的保姆讲的故事:

大仁大义的好保姆

有一对夫妻,因为生意上的纠纷,他们要想绑架一个叫钱红的女经理的孩子。

这天,那一对男女住进了钱家对面那幢楼的五楼踩点探路,他们支起一架望远镜往这边的四楼张望,发现钱红家里请的保姆正带着一个穿绿衣服的男孩玩玩具。绑匪正看着,没想到也就在这时,楼下邻居家跑出一个穿红衣服的小孩,"哧溜"上了楼,跑进了钱家,和那个穿绿衣服的小孩一起玩起了玩具。这一幕发生在刹那间,对面楼里的绑匪只注意楼上没留神楼下,以为穿红衣服的小孩也是原先就在钱家的,嗨,这就怪了,钱红只有一个孩子,哪一个是她的呢?他们必须要分辨清楚后才好下手!

绑匪知道钱红家的情况,钱红一般一个星期回来一二次,平时都是打电话回来的。女绑匪灵机一动,说:"有了!"只见她拿出手机,拨了钱红家的电话号码,同时让那男的拿着望远镜往钱红家里看。

钱红家的保姆叫秀秀,是新雇的,她这会儿听见电话响,便去接了。女绑匪学着钱红的声音说:"孩子好吗?"秀秀以为是经理,便说"好的,

孩子很好,经理您放心。"女绑匪说:"那就好,哎,我想孩子了,叫孩子喊一声'妈妈'好吗?我想听听孩子的声音。"女绑匪说完,捂住电话,轻轻地对男的说:"看看保姆让哪个孩子喊妈妈!"男的凑着望远镜瞪大了眼睛看,只见秀秀一招手,两个孩子都跑到了她的身边,因为距离远,望远镜中根本无法从细微的动作、表情中判断哪个孩子是钱红的小孩!

女绑匪又生一计,对保姆说:"那你就逗孩子笑一笑吧,我想听听他的笑声。"说着,女绑匪又示意男的看清楚保姆逗的是哪一个孩子。

秀秀听了,就开始逗孩子了,但偏偏秀秀的身子挡住了窗口,那男的从望远镜里看不出秀秀逗的是谁。女绑匪不甘心,她想,"逗"不一定动手,得想个办法让保姆动手,于是她就在电话里对保姆说:"我没听见孩子笑呀!"保姆说"经理,孩子不笑呀!"女绑匪接着说:"我实在太想孩子了,这样吧,你就打他一下吧,让他哭,哭声我也要听。"

秀秀这下为难了,做保姆的哪能打孩子啊?女绑匪见没有动静,她又催着:"你打吧,打我的孩子,我不会怪你的。"秀秀听主人这么说了,没办法了,便抱起一个孩子,轻轻地打了一下他的屁股。

这回绑匪看清楚了,那保姆打的是穿红衣服的孩子,也就是后来从邻

居家跑来的那个！于是两人就守候在这楼里，等着天黑下手。

天黑了，秀秀正要把穿红衣服的孩子送回邻居家，两个绑匪从那边楼过来，到了钱红家，敲起了门。秀秀听到敲门声，问是谁，女绑匪说是来收电费的，秀秀在猫眼里看了一眼，见是个女的，便开了门，两个绑匪一闪而进，反手把门关了起来。

女绑匪亮明身份，说他们是来绑架钱红的孩子的，秀秀听了，心悬到了喉咙口，她跪了下来，苦苦哀求绑匪不要绑架孩子，绑匪哪里会听她的话？男绑匪从保姆手里一把夺过穿红衣服的男孩，保姆惊叫了起来："他不是钱红的孩子啊！"

女绑匪愣了一下，问："那他是谁的孩子？"保姆说："他……他是邻居家的孩子。"女绑匪冷笑了一声，说："你撒谎，我们刚才都看到了，让你打钱红的孩子，你打的就是他！"秀秀这才知道，刚才那电话是这个女绑匪打的，面对着绑匪的刀子，秀秀发呆了……

紧接着，绑匪用一块透明胶纸封住了孩子的嘴，抱着孩子偷偷溜出了大楼。绑匪把孩子弄到了城外一个僻静的小屋里，接着那男的便打了钱红的手机："钱大经理，你的孩子在我们手里，限你在一天之内拿一百万来赎你的孩子！要不，别怪我们不客气！"钱红正在开会，接到电话吓慌

了，她马上回家，想问问保姆到底怎么回事，一进家门，钱红看见秀秀怀里正抱着一个孩子，便扑上前去，一把抱了过来："我的宝宝哟，你吓死妈妈了！"

其实，秀秀在接到女绑匪的电话时，先逗的是钱红的孩子，就是那个穿绿衣服的。后来听女绑匪说要打孩子，她舍不得，因为主人家的孩子本来长得娇嫩，这几天还在感冒，饭都没吃，所以她就打了那个穿红衣服的孩子，他其实是秀秀的儿子，秀秀出来当保姆，把孩子带在身边怕主人不高兴，就寄放在附近的邻居家。后来，眼看着

"掌上灵通杯"《故事会》优秀作品月月评

2005年,《故事会》继续与上海掌上灵通咨询有限公司联合举办"掌上灵通杯"《故事会》优秀作品月月评活动,形式更新,奖品更丰厚,全年共设价值48万元的奖金和奖品,等你来赢取!

今年的评选方式和奖品设置如下:

1. 本期初评委推荐以下10篇故事为候选作品,读者可挑选出你最喜欢的一篇,将其月月评短信代码(如0108,没有短信代码的作品不参加评选)发送到200056(移动用户)或900056(联通用户)。每次限选一篇,可多次投票。

篇名与短信代码

代码	篇名	代码	篇名
0101	一根银手链	0106	古画上的少女
0102	神圣的豌豆	0107	妈妈睡觉了
0103	来者是谁	0108	部落里的枪
0104	世界这么小	0109	望眼欲穿
0105	谁画的记号	0110	墙头上的标语

2. 作者奖:每期设"最受欢迎的故事"三篇,由得票最高的前三名作品获得。这三篇作品均将列入本刊今年举办的《中国最有影响力的故事》征文大赛候选名单(该征文活动详见本期第65页)。第一名的作者还将获赠上海文艺出版总社出版的大型历史图书《话说中国》一套(价值1000元)。

3. 读者奖:参加评选并选对当期"最受欢迎的故事"的读者均有机会获得现金奖,每期20人,各获现金500元;所有参加评选的读者均有机会获得参与奖,每期200人,各获价值30元的礼品一份;参加全年24期评选的读者更有机会获得年终大奖,共12人,各获价值5000元的数码摄像机一台。

4. 本期活动截止期为:1月5日。得奖读者在评选结果揭晓后将得到短信通知,用户接收每条短信收费0.50元。

绑匪要把自己的亲生儿子带走,这一刻她的心疼啊,但她想,绑匪既然认错了,我再说这孩子是自己的,绑匪也不相信,他们弄不清到底哪个是主人的孩子,说不定会把两个全绑走了;再说,主人对自己有情有义的,就在这件事上报答她一回吧!这么一想,在绑匪面前她就将错就错了。

绑匪很快就知道弄错了,女绑匪恨得眼睛都要滴血了:"这个保姆,连亲生儿子都不要了,简直不可思议!"可有什么办法呢:绑架一个保姆的孩子,她能拿多少钱来赎呢?为这么一点钱而冒坐牢的风险,值得吗?于是两个绑匪很快就把秀秀的孩子放了……

"你就是我的亲闺女"作者:崔新三;"为了报答一个人"作者:刘黎莹;"大仁大义的好保姆"作者:朗凯宁。

下期话题:搓麻将引出的故事

(**题图、插图**:刘斌昆)

一年有365个梦,每一个梦都是一个精彩的故事。 ——雷龙平(湖南)

来者是谁

□ 黄自林

李家村这一带乡下有个"踏生"的习俗：女人生产、孩子呱呱落地时，第一个登门的人将预示着孩子未来的命运，来"踏生"的人是个当官的，孩子长大后也是当官的；来"踏生"的人是个乞丐，孩子长大后的日子不会好过。当然，这仅是民间的习俗而已，但光棍汉李大头把这个习俗看得特别重。他和寡妇刘春花，因为人到中年赶时间，赶早了六个月，这不，结婚才四个月，孩子就要出世了。这天天刚黑，两人正在吃饭，刘春花突然捂着肚子，对李大头说："哎哟，你要当爸了，快动手煮鸡蛋，我一会就好。"说完，她拧开电灯，忍着疼进

了内屋，李大头火还没烧起来，"哇"地一声，房里便传出了孩子清脆的哭声，而且喜从天降：是个儿子！

这会儿，李大头和刘春花认为最要紧的事是谁来"踏生"，好像孩子今后的命运，就在这时候定了。李大头一边喂刘春花吃鸡蛋，一边说："你说，一会谁会来？"刘春花说："保不准村主任会来，我喜欢咱的儿子长大了当官。"李大头说："村主任来就好，有他这样的贵人来，就不怕咱的儿子长大了没出息。"李大头想了想，又说，"怕就怕是老光棍瘦麻子来，这人喜欢串门蹭饭吃。"

李大头想来想去，他想出了一个办法：他烧着旱烟在门口坐，借着夜色的星光，看着门前的这条小路，若是看见村主任来，他就开门迎客；看见瘦麻子来，他就关门。

李大头就这么在门口坐着，从黄昏一直坐到晚上十点钟，都没有人

来。李大头失望了,他转身回屋,"吱呀"一声把门关上,屁股还没坐到凳子上,"砰砰砰",有人来敲他的门了,李大头胆战心惊地开了一条门缝,借着屋里照出来的灯光往外一看,不是村主任也不是瘦麻子,竟是一个陌生人!李大头犹豫了一下,硬着头皮问陌生人:"你是干什么的?"陌生人愣了一下,说:"我是城里的生意人,今天来看看你们乡下的土特产,没想到天就晚了,我不会打扰你的,我想吃一点东西就走。"

李大头一听,喜得不得了,这太出他们的意料了,儿子长大后做个生意人,比当村主任还好哩!

李大头便再核实了一遍,陌生人说得有板有眼,李大头便打开门,大声地对老婆说:"来了来了!贵人来了!"刘春花听了,问:"是村主任吗?"李大头说"村主任算啥?咱的儿子,哪是村主任能比的,是个生意人!城里做大买卖的生意人!"刘春花惊喜地问:"真的?""当然是真的!"

刘春花便叫李大头杀鸡,好好款待贵人,陌生人问李大头咋回事,李大头便高兴地说他老婆刚生了个儿子,又把乡下人"踏生"的习俗说了。陌生人听了,也不推辞,他便等李大头杀好鸡做好饭,美美地吃一顿。

谁知饭还没做好,鸡肉也还在锅里,刚出生的儿子便"哇哇"地大哭起来,刘春花塞个奶头进儿子的小嘴,可怎么哄他就是不听,孩子的哭声一声比一声紧,李大头慌了,进房问老婆:孩子怎么了?刘春花也慌了,说孩子可能是病了。

病了要请医生啊!李大头也顾不上做饭了,对陌生人说:"贵客,实在对不住,我孩子病了,我得去请医生,你先等一等。"陌生人一听,说:"我实在饿坏了,你先做饭吧,我吃了就走。"李大头听了,有点不高兴了:这城里人这么不通情理,是你吃饭要紧?还是我请医生要紧?他便丢下手头的活,说:"实在对不住,你要是饿了,你动手做吧。"陌生人拦住李大头,说:"不行!你得先做饭给我吃!"李大头愣住了:要先做饭给他吃?城里人真是蛮横!刘春花在房里听了,说:"大头,你去吧,我来做。"

乡下的女人能干是没得说的,这不,刚生下孩子的刘春花就起来做饭了。陌生人问李大头去请医生远不远,李大头说来回要半个多钟头,陌生人便不拦了,由李大头去,反正他吃了饭就走。

于是李大头就去请医生,村里的医生是个学医回来不久的女大学生,住在村子的东头,李大头走得急,二十分钟的路,他十分钟就到了。女医生听李大头把事情一说,背起药箱就走。路上,女医生一边走一边对李大头说:"等会儿你要送我回来啊,我

怕。"李大头听了笑着说："女人就是胆小，你有手电你怕什么？咱村又没有强奸犯。"女医生听了忙说："不是啊，最近到处都在通缉一个杀人犯，你不知道啊？"

李大头便问什么杀人犯，女医生看看前面就是村委办公室了，就拉着李大头往前走，来到办公室前，女医生打着手电让李大头看墙壁，这墙上贴的是一张通缉令。李大头凑上前一看，这人怎么有点面熟啊？再一看，吓了一大跳：我的妈呀，通缉令上杀人犯的长相，和刚才到他家"踏生"的人一模一样！

李大头的脑袋都要裂开来了，他说："不好，我家来了个杀人犯！"他把家里刚发生的事一五一十告诉了女医生，说完，急如星火地赶回家去。到了家里，陌生人正在吃饭，李大头冷不防喊了声："泼皮！"陌生人听了，脸都白了，触电一般地跳了起来，"泼皮"是通缉令上杀人犯的绰号，果然是他！

李大头恼怒了，上前一把抓住泼皮的衣领，"啪"地一巴掌打过去，骂道："妈的，你这个杀人犯，你毁了我的儿子！"陌生人一下挣脱开来，说："你的儿子我都没见，我怎么毁了他呢？"李大头像一头发怒的狮子吼了起来："你这个杀人犯来踏生，我儿子将来也就会变成杀人犯啊！你明白吗？"一旁的刘春花一听，哭着奔进了内屋："我的儿子啊！"老婆一哭，李大头更恼了，他长得牛高马大，要不怎么会叫李大头？一对一，杀人犯根本不是他的对手，李大头正要动手，警车响着警笛来了，警察们把李大头的屋团团围住，原来李大头刚走，村里的女医生就报了警。

杀人犯泼皮见来了警察，便冲进房里，从刘春花怀里夺过孩子。泼皮一夺孩子，刘春花一声尖叫，便昏了过去。泼皮抱着孩子冲上了二楼，李大头和警察也紧追着上了二楼，李大头的屋子就二层楼高，到顶了，楼顶两边是邻居家三四层楼高的墙壁，但房子的前面和后面是空的，没有遮拦。泼皮见李大头和警察步步紧逼，便叫了起来："你们都给我站住，你们要是再过来，我就把孩子扔到楼下去，摔死他！"

李大头听了毫不在乎，他看了看楼下，前面围着好多人，只有后面没人，他就对泼皮说："你摔吧，不过不要往前面扔，前面的人会接住的，你往后面扔，后面没人！"李大头这么一说倒把泼皮弄糊涂了，他本来是拿孩子来要挟的，没想到这李大头好像还巴不得呢！泼皮迟疑了一会，说："你别以为我不会扔，杀一个是杀，杀两个也是杀！"

楼下的刘春花这时醒了，她听了李大头的话后立即大骂起来"你这杀千刀的李大头，儿子摔死了你不心疼啊！"李大头脾气倔，他对着楼下也大声骂了起来"你这个蠢婆娘！你要这个儿子干吗？啊？让他长大当杀人犯，不如现在就把他摔死！我李大头有的是本事，我明年立马再生一个！"

这夫妻俩一个楼上一个楼下对骂着，泼皮看着，倒有点犹豫了：这男的真的不怕我把孩子摔死？他正琢磨着该如何行事，哪知这李大头却还是一步步紧逼过来，把泼皮逼到了楼顶后边的边缘上，泼皮绝望了，他把孩子举了起来，说："你要是再往前走一步，我立即把孩子摔下去！"

孩子在杀人犯手里，警察可不敢过来，但谁也没有想到，李大头还真是往前走了过来，泼皮的眼睛红了，他就像一头发了疯的野兽，高高地举着孩子，声嘶力竭地叫道："再走一步，我真的摔了！"

话音刚落，李大头竟然又往前走了一步，看他的架势，是想伺机扑上前去，从泼皮手里抢夺孩子，泼皮一不做二不休，使劲一甩，真的把孩子往后面扔了出去，只听见后面"嘭"的一声响，像是孩子撞到了什么，与此同时，警察一拥而上，把泼皮逮住了。

泼皮以为李大头死了儿子一定会伤心，哪知李大头却笑了，泼皮不明白，李大头说："我李大头的儿子是你轻易能摔死的？告诉你，屋子的后面是种菜的大棚，上面盖的是新买的薄膜！"

这时，屋后传来了孩子的哭声，刘春花赶紧抱孩子去了，泼皮没想到会是这样，但他还是虚张声势地说："也好，你的孩子活着，长大了多一个杀人犯！"他这么一说，李大头倒更得意了："你想错了，我的儿子一生下来就是杀人犯的克星！你想，要不是我儿子一声声大哭，我会去请医生吗？我不去请医生，又怎么知道你是个杀人犯？我这孩子的命好着呢，说不定他长大后就是当警察的！"

（本篇月月评短信代码：0103）

（题图、插图：安玉民）

世界这么小

□ 许士通

盛夏时节，冀中平原的气温高得邪乎，女大学生赵玉茹一下火车，便觉得有一股热浪扑面而来，走了没多远，便是汗流浃背了。玉茹在呼和浩特上大二，她这次是利用学校放暑假，到冀中来看望未曾见过面的外公和外婆的。

妈妈说过，外公和外婆住在张家庄，在县城的东北方向，大约就是十多里。这里没有公共汽车，"打的"要花二十多块，玉茹为了省钱，就租了一辆自行车，又到集市买了一些水果、糕点，便骑着车沿着乡间小公路向张家庄方向赶去。

天很热，就像走在蒸笼里，走了大约五里地的光景，玉茹觉得喉咙像着了火，幸亏附近有一片果园，她就推着车走去，想在树阴下歇歇。到了那里，她从包里取出一瓶矿泉水，正大口喝着，突然听见身后有声响，回头一看，只见一棵树下停着一辆破旧的自行车，站着一个五十多岁的男人，树上垂下一根绳子，绳子的一头扎着一个扣，那男人正蹬在一块石头上，双手拿着绳扣，正往脖子上套，玉茹马上意识到了问题的严重性：这人是要上吊呀！玉茹冲了过去，大喊一声"住手"，那男人被这突如其来的喊声惊住了，正发着呆，却已经被玉茹从石头上拽了下来。

玉茹扶着那男人坐下，问："大伯，有什么想不开的，非要走这条绝路？"

那男人看着玉茹慈眉善目的样子，像是见到了亲人，还没开口，眼泪已是"滴答""滴答"落了下来，他说，他今天驮了两大袋绿豆到集上去，卖了五百块钱，他用这钱去买东西，才知道这是假币，五百块钱，这在有钱人的眼里不算什么，可对靠儿亩庄稼过日子的农民来说，那可是个大数呀，男人心里冤哪，一时想不开，就动了这念头。

玉茹想了想，说："大伯，你把这钱给我看看行吗？"

男人先是犹豫了一下，又迟疑着

说了声"行"，就从口袋里掏出了五张百元钞票递给了玉茹，玉茹拿起钱对着太阳光看了一会儿，又用手搓搓，然后从自己的钱包里抽出几张百元钞票，放在一起对比着看了看，果断地说："大伯，你这五张不是假钞！"

那男人一听，瞪大了眼睛。"你说是真的？"

玉茹斩钉截铁地说："我仔细看过了，你放心到市场上去买东西吧，其实这真币和假币很容易弄混的，有时验钞机也会搞错的。"

那男人喜从天降，千恩万谢，拿了钱又返回县城买东西去了。

其实，刚才玉茹一眼就辨出那男人的五百块钱确实是假币，她故意装出辨认的样子，把钱换了。虽说自己家境也不宽裕，她在学校里也经常节衣缩食的，可眼下人命关天，她能见死不救吗？

此刻，看到手里的五百块假币，玉茹想起了奶奶讲的一件往事：闹日本鬼子那年，奶奶一家住在乌前镇，那时玉茹的父亲还是个小孩。有一次，父亲得了急病，奶奶为了给他看病，卖了家里的几张羊皮，换了一块大洋，谁知到了

美好的故事，如同给孩子的梦想装上了翅膀，去寻求更美丽的精神之花。——雷杨（陕西）

药铺买药时，才知道钱是假的。奶奶急坏了，蹲在路边绝望地哭。这时，当地傅作义的一支部队正往前方开拔，队伍中有个士兵便走过来问怎么回事，奶奶就把这事说了，那士兵把洋钱要过去，在空中抛了几下，又递回到奶奶手里，说："不是假的，拿去花吧。"奶奶赶紧到了药铺，药铺的伙计看了，说这次的钱是真的，父亲的病就是靠这钱买了药治好的。从这以后，奶奶时常在佛前焚香祷告，祈祷佛爷保佑那个好心的士兵平安。直到现在，奶奶每提起这事，还禁不住热泪盈眶。

玉茹想，当年一个旧军队的士兵一年统共才有几块钱的津贴？他都能慷慨解囊，今天，我难道不应该救人一命吗？最多就是再吃半年素罢了。这么想着，玉茹心里挺舒坦的。离开果园后，玉茹没走多久就到了张家庄，没多打听，就找到了外公、外婆的家。两位老人早知道外孙女儿要来了，一见面，都高兴得哭了。

快响午了，玉茹帮着两位老人做饭，就在这时，篱笆门子响了，外婆说："准是你舅回来了，他到集上买菜去了……"玉茹出门一看，愣住了：这不正是在果园里要上吊的那个男人吗？那男人看到玉茹后也呆住了，他往地上一蹲，捂着脸哭了起来。外公、外婆还不知道底细呢，等玉茹的舅舅把今天的事一说，两位老人禁不住又

惊又喜，外婆说："看来我外孙女儿就是个福神，一福压百祸！"

玉茹在外公、外婆家住了好几天，玩得挺开心的。这天，她帮两个老人洗了好多衣服，晒干后叠得整整齐齐的，然后又放到衣柜里。她打开衣柜，无意中看到柜里放着几十枚铜钱，还有一枚袁大头。

玉茹有点意外，她叫了起来："姥爷，你还有银圆哪？"

"是啊，这可不是一般的银圆，它还救过我的命哪！"接着，外公便讲起了这块银圆的来历："那年，我走西口拉骆驼，被傅作义的部队拉了壮丁，从那以后就当了兵。有一次，部队行军路过一个小镇子，叫乌前镇，我看到一个妇女在哭，她是为了给儿子治病才卖了家里仅有的几张羊皮，不料别人给她的竟是假银圆。我寻思妇道人家心地都窄，怕她一时想不开，就用身边仅有的一块银圆换下了那枚假的。说来也巧，就是在那次战斗中，一颗流弹打中了我的左胸膛，正巧被这块银圆挡住了……你看看，这枚银圆的中间是不是有点凹了，这就是当年枪子留下的印记。"

玉茹哭了，但脸上却分明露着笑："姥爷呀，这事实在是太巧了，你当年救的那个女人就是我奶奶呀！"

（本篇月月评短信代码：0104）

（题图、插图：张　恢）

谁画的记号

□徐彦

有个小科员叫梁贤平，这天下班回家时，发现有人用白粉笔在他家门上画了个圈圈，他也没在意，随手把那圈圈给擦掉了。晚上看电视，新闻里说，最近本市发现一个疯狂作案的盗窃团伙，这个团伙作案手段极其高明，而且分工明确，有的踩点，有的撬锁，有的望风，有的负责运输和销赃……警方已投入大量警力全力侦查，但至今仍未能破获此案。

梁贤平马上联想起门上那个白圈：莫非那盗窃团伙盯上了咱家？那圈圈是踩点的人画的？他越想越觉得不对劲，上床前，他把门窗全都锁死关紧了，可仍不放心，深更半夜还爬起来检查好几遍，结果折腾得一宿没

睡好。

第二天早上，梁贤平揉着通红的眼睛去上班，途中还是不放心，又掏出手机，给老爸打电话："爸，电视上说最近治安不好，你没事最好老老实实守在家里，万一有个小偷啥的上咱家，你就打110。"他老爸"哼哼哈哈"地答应了。

可到了晚上，梁贤平意外地看见他家门上又让人用粉笔画了个叉叉，梁贤平又惊又气，一边用手擦掉，一边心里骂着：这该死的贼，真他妈没长眼睛，你干吗老惦记着我？我只是个普通的小科员，买这套房子再加上

装修花的那三十万，有一半还是借的哩！你要偷该去偷楼上的肖科长家，他会拍领导的马屁，坐的是流油的基建科长的位子，钱多着呢！于是，当天晚上，梁贤平轻手轻脚地摸上楼，用粉笔在肖科长家的门上画了个叉叉。可奇怪的是接连几天，肖科长家也没遇上什么贼，而梁贤平家的门上却还是经常出现用白粉笔画的记号，他总是看到了就擦，但也没什么办法。后来，梁贤平的老爸心脏病复发，去世了，令人奇怪的是，自从老爸去世，他家的门上却再也不见什么记号了。这奇怪的记号和老爸有什么关系呢？梁贤平百思不得其解！

第二年清明节，梁贤平领着老婆、孩子上城郊陵园给老人家上坟，一到那儿，儿子惊奇地叫了声："爸，您瞧墓碑！"

咦，怪啦，谁用粉笔在老爸的墓碑上画了个三角形的记号？梁贤平心里直犯嘀咕，他把那记号擦掉了。拜祭过老人，一家三口准备打道回府，刚走到陵园门口，遇到一位六十多岁的老太太，那老太太眯着眼睛瞅了瞅梁贤平，有些迟疑地说："你、你是贤平吧？"

梁贤平一愣："没错，您认识我？"

"我在你家见过你的照片，对了，我姓彭，是你爸的老、老朋友。"

"姓彭？"梁贤平的眉头皱了起来，搜肠刮肚也想不出他爸有个姓彭的老朋友，他老婆用手肘碰了碰他，凑到他耳边嘀咕说："瞧你这记性，忘啦？俺爸有段日子嘴里老念叨'你彭姨'长、'你彭姨'短的，准是她。"

梁贤平"哦"了一声，想起来了，有一回，他老爸说起"彭姨"时，他没好气地嚷了句："我说爸，您都奔七十的人了，莫非还想再过过恋爱结婚的瘾？我可是在政府机关混的，丢不起这个脸！"一番话说得老爸那张脸跟打了霜的茄子皮似的。

这时，彭姨的目光在陵园内扫来扫去，说："是来祭奠你们爸的吧？瞧我这记性，又忘了你爸是哪座坟，我还在那碑上画了个记号哩！"

"那记号是、是您画的？"

"没错，都是你爸教我的，他见我不识字，记性又不好，出门常常迷路，就叫我随身揣上一支粉笔，到了哪儿就画个记号，回去时好找。不怕你们晚辈笑话，你们刚搬新家那阵子，我经常上你们家串门，也没别的，就是跟你爸说说话，这人呐，一老了就特别怕孤独。那会儿你爸怕我找不到门，又不好意思问人，就用粉笔在你家门上画记号。"

梁贤平听了这话，心里不知道是啥滋味……

（本篇月月评短信代码：0105）

（题图：魏忠善）

中国是个美食大国，山珍海味，万千佳肴，但是，吃的东西再多、再好，也不能想吃就吃、毫无节制呀，这里要说的就是一个因"吃"而闹出的笑话……

再来一个胃

□ 川北子

1. 碰到了一个疯子

这天我做完最后一个手术，下班时间就到了。我刚走出门诊大楼，就被一个人拦住了，拦住我的是一个又胖又高的中年男子，面部皮肤松弛，松弛得有些不正常，眼袋也大得有点不正常，一看就知道这家伙长期跟酒精打交道；他有两个下巴，不，是三个。他一见面就热情地跟我打招呼："唐大夫，您好！"我以为是一个病人，或者病人家属，因为我的医术不错，是个"名人"，总有病人或者病人家属跟我打招呼，可这三个下巴的陌生人把我拉到一边后，却说出了几句让我大吃一惊的话："我想请您帮

个忙——在我这里再装一个胃。"他拍了拍那大腹便便的肚子，我听到了一种类似于拍皮球的声音。

我瞪了他一眼："你……你是从精神病医院跑出来的吧？"

"唐大夫，别出口伤人嘛！我为什么希望能再有一个胃？很简单，一个胃不够用，已经不能适应形势的需要啦！我要经常吃请，还要经常请吃，吃得不想吃了还得吃，您知道这是相当痛苦的事情。这就是说，我要马不停蹄地赴宴，今天吃这里，明天吃那里，上午吃下午也吃，白天吃晚上也吃，这极大地伤害了我的消化功能，不瞒您说，我有时候小便撒的是

什么？不是尿，是酒，简直可以直接装瓶出售！因此，我想，再有一个胃就够了。怎么样，唐大夫？多少钱您说个数，对我来说，钱不是问题。"

他都疯到极点了，还不承认自己是疯子！我不再理他，扬长而去。

第二天，我按时来到医院，不料却发现昨天那位三个下巴的疯子竟然坐在我办公室的位子上，脸上有一种喧宾夺主的表情。他虽然没有暴力倾向，但是这样的疯子捣起乱来，比有暴力倾向的疯子更难缠，必须尽快把他赶走，我正要赶他走，却见他微微笑了一下，朝隔壁一偏头，说："你们院长让我转告您，叫您去一趟。"

这个疯子，居然假传我们院长的圣旨，我刚想发作，却听到院长在隔壁敲着我们办公室的门："唐大夫，到我办公室来一下。"

什么？院长还真叫我去一趟？我疑惑地看了那人一眼，便起身来到院长的办公室。

院长见了我，就将一张字条推到了我面前，我拿起字条看起来，边看边傻眼，字条是本市一位大人物写的，说他是大人物，倒不是什么当官的，他不当官，但他有钱，在当地极有地位，可以这么说，在我们这地方，他可以用钱把一个神话变成现实。这字条就是他写的，字条的内容是要我们医院务必在某某人的肚子里再装一个胃，这真是不可思议！

院长语重心长地对我说："唐大夫，我们医院的前程，就操在你的刀上了。你要是不答应他的要求，就会得罪条子的那个大人物，想不到那疯子居然有这样的背景！我们可是私立医院，如果得罪了那位大人物，这医院还能开下去吗？"

"可是胃呢？"

2．一个闻所未闻的手术

是呀，胃呢？这可是关乎手术成败的大问题！我固执地向院长说着自己的理由："院长，即使我愿意做这个手术，可是到哪里去弄一个胃？太平间吗？死人的胃有用吗？人死了，胃也死了；再说，如果我们非法获取死者器官，死者家属是不会答应的，法律也不会允许的。"

"我也考虑过这个问题，不过他说不用我们操心，他自己有办法。"

我听院长这么一说，顿时觉得脊梁骨有点发冷："他有什么办法？难道他敢杀人？"

"这个我们不管，也管不着。"

看来我是摆脱不了这个要命的手术啦！为了叙述方便，我就叫那家伙为"三下巴"吧。坦率地说，我虽然从来没有做过这种手术，但这难不倒我，我要做的不过是在"三下巴"的肚子里造一个微型"都江堰"，让食物分流，分流到装进去的那个胃里，减轻原胃的负担，而且我也已经构思好了操作步骤：打开腹腔，切开一段食管，将切开的那一段食管造两根"支食管"，然后……理论上就这么简单，而且我相信这个手术会成功。

事情的进展出乎意料地顺利，"三下巴"仿佛早有准备，很快把要装进去的那只胃带来了。

当那只胃放在我的面前时，我差点笑出了声，"三下巴"准备的居然是一只猪胃，而且还是母猪胃！他的解释是：猪的消化力强，母猪的消化力尤其强，对他再合适不过了。

在动手术之前，我想起一则民间传说，说的是有一种叫"饕餮"的野兽，既凶残又贪食，胃口大得惊人，见什么吃什么，在吃光了世上所有的食物后，就开始吃天空，天空吃完后就吃大地，后来大地也吃完了，实在没什么可吃了，就吃自己，先吃自己的脚，再吃自己的躯干，然后吃自己的手，把自己吃完后就饿死了。当然这仅是一个传说，现实世界是没有"饕餮"这种野兽的，但我觉得"三下巴"就是一只活生生的"饕餮"！

那天下午2点，手术开始了，我麻利地打开了"三下巴"的腹腔，一股恶臭冲天而起，尽管我有先见之明，事先戴了两个口罩，但仍然无法抵御恶臭的侵入。

"三下巴"的腹腔里塞满了白生生的板油，像肥猪的板油那样。按照目前的市价，猪板油5元钱一斤，但不知"三下巴"的板油能卖多少钱一斤？也许分文不值，送人都没人要吧？猪板油可以食用，还有工业上的用途，人板油有什么用呢？

为了给那只母猪胃腾出一点地方，我不得不将板油割掉一部分，尽管被割掉的只是一部分，也足有十来斤，吓得我的助手们瞠目结舌，差点忘了递钳子。

事实上，我没有按照预先的设想进行手术，因为我发现那只母猪胃比"三下巴"的胃大，这个发现使我来了灵感，我做了点变通：没有在他肚子里造微型都江堰，而是把他的胃套进了猪胃里，就像把一只碗放进蒸锅里一样，然后我将他的食管切开一个口子，当摄取的食物过量、他的胃盛不下时，就会自动进入猪胃。当然，我要做的绝没有我在这里说的那么简单，其中还有很多细节问题，比如在那猪胃上面安装一根肠子等，但因为描述起来相当复杂，这里就略过不表，只要大家大概明白是怎么回事就行了。

几天后，"三下巴"打来电话报喜，声称那只母猪胃非常管用，简直太管用了！"唐大夫，您的手术非常成功！您真是医学界的一位奇才、天才！您的名字，一定会载入史册的！"他像老师表扬一个好学生那样表扬了我，最后他得意地说："现在哪怕叫我一天参加十个宴会，我也不怕了！"

3．这一下可出事了

那以后不久，这件事就传了出去，一位记者得知消息，还要采访我，把我的事迹登在头版头条，这样，我的名气就更大了，我们医院一下子成了家喻户晓的名医院，从此以后，来找我做这种手术的人络绎不绝。

我们院长见有利可图，干脆在医院单独开辟了"植胃科"，任命我为科长，还根据需要，给我配备了几个素质不错的"科员"，指示我要在最短的时间内带会他们。

"植胃科"挂牌那天真是热闹非凡，来做这种手术的人把医院挤得水泄不通，外市的，外省的，甚至还有两个黄头发高鼻梁的老外。这一阵子我们医院可是热闹了，连上厕所都能碰到手提猪肚子的人，好像他们不是来做手术，而是来参加猪胃比赛的。这样一来，我们医院不发财才怪，我不得不佩服院长的战略眼光。

然而很快就出事了，而且事儿不小……

那天，我像往常那样去上班，当我正准备做第十一个手术时，院长来叫我了，我见他

一脸凝重，就小心翼翼地问出了什么事，他不理我，却大声对等待手术的那些人说："今天暂停手术，大家先回去吧，明天再来。"

有人大声问："为什么？"

院长说："今天医院盘点。"

"医院又不是商店，盘什么点？"

"我们的猪肚子都是花高价买来的，放臭了怎么办？"

我想对他们说把猪肚子炒来吃了，就不会臭了，一想觉得这话不妥，又咽下去了。

我跟院长来到了他的办公室，院长指着坐着的一个人说："你说吧，唐

大夫来了。"

那人正是"三下巴",真的出问题了?

是出问题了,但是"三下巴"说,也不是什么大问题,只是不知为什么,最近他的消化能力又不行了,又恢复到了只有一个胃时的样子,他不知道到底是怎么回事。我安慰了"三下巴"几句,表示马上给他做检查,然后我领他来到检查室,院长也跟了进来。

通过检查,我惊讶地发现他的肚子里只有一个胃了,剩下的是那只母猪胃,而他自己的胃竟然不见了,这真是难以置信!

"难道他的胃被猪胃消化掉了?"我像是问院长,又像是自言自语,院长"嘘"了一声,叫我小声点,以免"三下巴"听见,"三下巴"要是知道自己的胃被那只装进去的猪胃消化掉了,不找医院拼命才怪呢!可是这已经成了无法避免的事实,我偷偷地看了院长一眼,发现他已经面如死灰,额头上有细细的汗珠冒出,我也意识到了这事的严重性,因为我已经做过的近千例手术,都是这么做的,这意味着他们今后都会出这样的问题,我

吓呆了……

就在我和院长无计可施的时候,一个粗大的嗓门在外面叫起来:"院长呢?我要找你们院长!"紧接着闯进来一个四十来岁的汉子。

那人似乎认出了院长,几步蹿到他面前:"你就是院长吗?我是城关乡的乡长。你知不知道,自从你们医院成立什么狗屁植胃科以来,我们那里天天有人来高价购买母猪肚子,有的农民见钱眼开,把还没长大的小猪都杀了,现在这么大一个乡,居然连一头肥猪都找不到!你知不知道,你们已经严重影响了我乡的生猪产业!我要告你们,一定要把你们送上法庭,要你们赔偿全部损失!"

院长一听,火也冒起来了:"医院是救死扶伤的,患者找我们植胃,我们能见死不救吗?你要告,也该告那些到你们那里买猪肚子的人,告那些大吃大喝的人,你找到这里来,你是找错菩萨认错了庙门!"

院长和那个乡长争得脸红耳赤,吵得不可开交,于是我乘机溜了出来……

(题图、插图:魏忠善)

·本刊信息传真·

"掌上灵通杯优秀作品月月评"2004年10月份评选结果揭晓

2004年10月(上)获得选票前三名的作品分别为:《天衣有缝》(1918)、《钱是啥味道》(1906)、《叫一声"同志"》(1911)。

2004年10月(下)获得选票前三名的作品分别为:《布袋熊妈妈》(2010)、《不一样的结局》(2007)、《若干年有多久》(2008)。

——插足于我和爱人之间的第三者——却成为我俩共同的至爱! ——邢跃涛(北京)

人世上的诱惑实在多，权力、金钱、名誉、女色……但是，该得的得，该想的想，不是你该得、该想的你就别动那个念头，要不，你就会付出代价，有时这个代价甚至会很大很大……

古画上的

□ 孟咸涛

少女

在这个城市的老城区有一条老街，是专门买卖古董的地方，老街上有较大的古董店，也有街边的小摊档，有真古董，也有很多假货。好多人经常去这条街捡漏，卫辉就是其中之一。卫辉是一家大医院的医生，他个性比较内向，至今还过着单身生活，没有什么朋友，只有一个张亚明，是他大学时的同学，在本市另一家医院工作。卫辉也没有什么不良的嗜好，只是喜欢古董。

一个星期天的下午，卫辉和往常一样又来到古董街闲逛，逛了半天，没有看上眼的东西，于是信步走入街尾的一家古董店，想着如果没有什么东西好看就回家。这个古董店里光线不太好，有点黑咕隆咚的，这也是有些古董店的特色，一来是制造气氛，二来是易卖假货。卫辉正看得索然无味，突然觉得背后好像有道目光正盯着他，回过头去，却又不见人。就在这时，卫辉发现墙角处挂着一幅古画，画上是一个长发披肩的少女，卫辉看着她的时候，觉得她的眼睛神采奕奕的，好像她也在看着他，而且要看到他的心里去。

卫辉一下子喜欢上了这幅画，他的居室里正好缺了这么一幅古画。卫辉走近那幅画，在暗淡的光线下仔细欣赏了起来：那少女看不出是什么时代的人，只是穿着一条粉红色的长裙，长发披肩，好像刚沐浴完；少女的背后也没有什么背景，画布是绢质的。卫辉确定这是一件有价值的真货，他问了价钱，老板的开价太便宜了，便宜得像是街边卖的那些印刷拙劣的明星画，即使这幅不是古画，都完全不止这个价格，于是卫辉连想都没有想就买下了。

卫辉回到家，立即把这幅画挂在卧室睡床对面的墙面上，挂好了，他再一次仔细地欣赏了起来：白色的绢质画布已有些发黄了，但是那黄色很淡，对整幅画的效果没有什么影响。他看不懂画布的织法，这种织法是卫辉以往收藏的古画中从未见过的。画上的少女极度的美丽，神情极为逼真，无论卫辉站在什么位置上，都觉得画上的少女好像也在盯着他看，那眼光里流露出极度的温柔和诱惑，像是情人看着你的感觉。看着这少女，卫辉禁不住有点心猿意马。

卫辉定了定心神，再一次地仔细欣赏着，忽然，他有了新的发现，原来这幅画并不是没有背景的，只是背景极淡，只有走到很近很近，细细看才能看清楚，就在卫辉走到近处仔细看那背景的时候，他不由呆住了：画上的背景是一群人，而且是一群男人，一群不同时代的男人！从这群男人的衣着和装饰来看，最古老的是隋唐时候的人，还有宋朝、元朝、明朝、清朝的人，最怪的是三个人：一个长袍马褂，金丝眼镜，显然是民国时期的衣饰；还有一个人是一身中山装，上衣口袋里还插着一支笔，这种服饰也是民国时期到解放初期时新潮的人士穿的；第三个人更怪，竟穿着一身草绿色的军装，戴着军帽，腰扎着宽皮带，但军装上却没有肩章和帽徽，其实一看就知道，这个人应该是二十世纪六七十年代的人！

那么，这幅画最早也应该是在二十世纪六七十年代画的了？想到这里，卫辉并不是很失望，虽然年代不久，但是画得好呀，卫辉心里只是疑惑：是哪个国家有如此的神来之笔？他又为什么要画这么幅古怪的画呢？这种不知是何织法的画绢又是怎么织出来的呢？他怎么能让才几十年的东西像上千年的古董一般？这人一定是造假中的超级高手了，可这画的售价为什么却又这么便宜呢？

卫辉数了数画上的男人，一共是二十一个。他带着疑问细细看着画，却忽然一下呆住了：画中少女那原来浅浅的笑容，这时候却变得诡异而神秘起来，好像是看透了卫辉的心事一样。卫辉发了一会儿呆，再回过神来看画上的少女，却又是原先淡淡的笑容了！

第二天早上，卫辉一觉醒来就向画上的少女望去，少女仍然带着淡淡的笑容，眼光里流露出极度的温柔和诱惑，卫辉拍拍自己的头，昨晚的梦太荒唐了：他梦见了画上的少女，而少女在他的梦中是那么柔情似水，他拜倒在少女的长裙之下……此后一连好多天，卫辉都在梦中和少女缠缠绵绵的。

卫辉曾打电话给最好的朋友亚明，想把这件怪异的事和他说一下，但话到了嘴边又说不出来，而这个古怪的梦对他的身体也没有什么影响，只是让他老是牵挂着梦中的情人，有时上着班就想起那些令人如醉的情景来，就想快点下班回家去，好躺在床上做那美妙无比的梦。不久，卫辉已经变得有些无心上班了，甚至连惯常的值夜班也不想去，总想着找个借口不值夜班，好在夜里做那缠绵的美梦。

这天夜里，卫辉再次在梦中看见了少女……

卫辉和那幅画的事医院里是不知道的，同事见他三天没来上班，就向领导汇报了，领导打了好多次电话，手机关机，家里电话也没有人接听，派人去了他的家，喊破了嗓子，也没人出来，无奈之下，医院报了警，并通知了卫辉的父母。

警察打开了卫辉的门，发现门是从里面反锁上的，而且卫辉的钱包、钥匙、手机等全放在卧室的桌子上，床上的被子没有折，一看就知道卫辉在这里睡过觉，只是不知道他什么时候起床的，门窗及阳台的防盗网全是

好的，没有被撬的痕迹。

警察对现场勘察后惊异地得出了这样的结论：卫辉是在家里失踪了！

医院的同事和左右隔壁的邻居都提供不出任何线索，只是他的好朋友张亚明说，卫辉失踪的前几天打来电话，似乎有些问题想问，但最后吞吞吐吐，打了几个哈哈，又什么也没问。张亚明对此并不觉得特别奇怪，卫辉向来就是这种人。

卫辉的父母从外地匆匆赶来，警察问他们更是一问三不知。也有人留意了卫辉收藏的古董，但也没什么发现。那幅画仍然挂在那面墙上，画上的少女仍是淡淡笑着，用极度温柔和诱惑的眼光看着每个人。

卫辉的失踪成了悬案……

警方没有最后的结论，卫辉的父母怀着极度悲伤的心情返回了自己居住的城市，临走前，他们把卫辉居室的钥匙交给了张亚明，请他照看一下，并盼望着哪一天卫辉能突然回来……

张亚明于是常常去卫辉的居室看一看，虽然这里离他住的地方很远，但这也是义不容辞的事情。

一天夜里，张亚明和朋友从酒吧喝完酒，已是太晚了，如果回到自己的家，那就睡不了觉啦，幸好这里离卫辉的住所很近，张亚明便打算去那里睡一夜。他到了卫辉的住处，洗完澡，躺到床上，一抬眼正好看见了那幅画，画上的少女正微笑着，眼光中流露出极度的温柔和诱惑。"多么甜美的少女，如果能和这样的女人……"张亚明有点心猿意马了，他从床上跳起来，想仔细看看这幅画。

张亚明走近了那幅画，凑得很近很近，在明亮的灯光下，他发现了画中奇怪的背景——那群极其古怪的男人！这些男人和画上的少女多么不协调啊！他饶有兴趣地数了数画上的男人，发现上面有二十二个，再仔细一看，他察觉那些男人身上穿的衣服竟然是不同时代的！

看到这里，他不觉嘀咕起来"画画的人画技虽然高明，但构思却狗屁不通！"他一边这么想着，一边看着画上的男人，忽然，一阵冷汗从张亚明的后脊梁冒了出来，他毛发都竖了起来，背上一阵阵地发冷，他想动一动，却发现浑身似乎都僵了，一点也动不了，他想叫，却喊不出声来，那种感觉像是在梦中着魔了一般！

画中那少女浅浅的微笑这时已变成了神秘而带点邪恶的笑，但是张亚明根本已经看不到这些了，他的眼睛只是盯在一个地方，那是少女后面背景上的一个人，那一群男人中的一个，一张他非常熟悉的面孔，那人竟然就是半年前失踪的卫辉！

（本篇月月评短信代码：0106）

（题图、插图：黄全昌）

寻找
虎耳草

□ 李成毅　李文雯

　　从前，有一个县官，是四川人，因为他为官清廉，皇帝就派他去了安徽歙县，那地方被前任县官弄成了一团乱麻。这新县官去了后，首先革除了那里的种种弊政，接着又严打不法分子，大兴水利，发展农桑，结果没多长时间，老百姓的日子就慢慢好过了起来，可就在这时，县官的背上却长出了不少的小红疙瘩，开始的时候，他并没有太在意，后来看了不少郎中，总不见好，心里这才不舒坦了。

　　这一天，县官来到了一个小山村，刚到村口，一个癞头和尚喊住了他，说："想来你就是有口皆碑的新县

老爷吧？你远离了四川，也要爱护自己的身体啊！你知不知道，你的背上现在已经长了不少的恶疮……"

　　县官说："啥恶疮不恶疮啊？那不过只是一些小红疙瘩而已……"

　　和尚说："你千万不要小看那些小红疙瘩啊！如果任其下去，它们就会要了你的命！你是外地人，不知道这种恶疮的厉害，看起来它不是很痛也不是很痒，可是时间久了，它就会浸润到你的肝脏和肺腑里，到了那时候，就是华佗，也难以回天了！"

　　县官一听急了："既然这样，大师有什么好办法吗？"

　　和尚笑眯眯地说："办法当然有

呀，那就是要翻遍全县的草根、树皮，去找一种名叫'虎耳草'的药，你是一县父母，只要你一句话，老百姓谁敢不听？"

县官不觉沉吟起来："这办法不行，我虽然是一县父母，但为了我一个人而兴师动众，老百姓当面不说，背后也会骂我的……"

和尚鼻子里"哼"了一声，说"你不肯兴师动众，那你就只有等着尸骨还乡了！"

见和尚不是在开玩笑，县官觉得这个问题的确也应该引起重视，他想，干脆就破例一次算了，让全县的百姓帮我去找虎耳草，可是这个念头刚冒出来，他的耳朵就一阵阵发烧，身后也好像有人在戳他的脊梁骨似的，于是县官就毅然打消了这个念头，只是在回到衙门后私下叫来了一个贴身的老衙役，要他去帮自己找虎耳草。

这虎耳草本来只是一种草本植物，可由于那县官是四川人，乡音很重，加上那个衙役上了年纪，耳朵有点"背"，结果他竟误把"虎耳草"听成了"胡二嫂"。

老衙役出门以后，在一个老者的指点下找到了胡二嫂，当他见到胡二嫂时，立马就被她的美貌惊呆了，老衙役心想：哎哟喂，怪不得我们这位一向一本正经的县老爷突然要找胡二嫂了，原来胡二嫂竟是这样的年轻、

这样的漂亮啊！我们这位县老爷虽然两袖清风，励精图治，可是见到漂亮的女人，也难以免俗啊！

老衙役把胡二嫂带回了衙门，安排她在客厅里坐下后，他就急急忙忙地去了书房："老爷老爷，我把胡二嫂给你找来了……"

县官听说"虎耳草"找来了，立刻放下了手中的事情，眼里也放出了光芒："啥？你已把虎耳草给我找来了？那个癞头和尚还说什么虎耳草不好找，看来，他是存心想哄我啊！不过，我现在还有一点公务没办好，你既然给我找来了，就先下去给我把它洗洗干净……"

县官说罢，低下头又忙起了他的公事，老衙役一听不高兴了，转过背去，自言自语地说：哎哟喂，这个新老爷呀，在生活作风上看来硬是有问题——给他把胡二嫂找来后，他竟毫无顾忌地当着我的面要她洗干净……

老衙役虽然心里在嘀咕，但也不敢违抗县老爷的命令，于是他就要胡二嫂彻彻底底地洗了一个澡，然后才去书房禀报县官："老爷呀，胡二嫂已洗干净了……"

县官头也没抬，说："洗干净了就给我舂起来！"

哎哟喂，洗干净了还要把胡二嫂"舂"起来？老衙役只知道稻子要"舂"，玩女人怎么个"舂"法他可不明白，看来这个四川来的龟儿子县官

要玩一点新花样哩!

想到这里,老衙役的眉眼都竖了起来,说实话,他真想狠狠地骂县官两句,可是当他想到自己端的是县官赏的饭碗,只好把话咽了下去。老衙役从书房退下来后,极不情愿地把胡二嫂带进了客厅旁边的耳房,然后才"支支吾吾"地对胡二嫂说了县官的意思,说罢,他长长地叹了一口气:"这事儿你也不要怪我哟,当时他要我来找你的时候,我也没想到他要干这种事情……"

谁知胡二嫂听了却一点也不惊奇,看样子她还知道这"春"的名堂,只见她笑了笑,说"你们这个新老爷勤政爱民,既然他叫我春,我给他春就是!"胡二嫂说完这话,就自己动手脱起了衣服,老衙役连忙转过了背,同时在心里嘀咕了起来"这个胡二嫂,人长得漂亮,咋就一点儿都不知道羞耻呢?既然她自己愿意,我又何必去多操这心呢?况且以前的那些县官,不但一个个又吃又贪又占,玩女人也是常有的事情,而这个四川来的县官,最起码还是勤政爱民的……"

老衙役这样一想,心里突然平衡了许多,于是他又

去书房禀报县官,说是胡二嫂已经"春"起来了,说完,他转过身就想溜之大吉,因为他知道,胡二嫂既然洗干净了,又在那里"春"起来了,这个新老爷去后,肯定是要干那种事情了!

谁知老衙役刚转过身去,县官又把他喊住了:"你走啥子走?你既然给我春起了,还要给我'巴'起!"这"巴"老衙役是懂的,就是"敷"的意

思，他糊涂了："我给你'巴'起？我怎么给你'巴'起呢？"县官板着脸说："怎么'巴'你都不懂？你既然把它舂烂了，就把它拿来巴在我生疮的地方呀！"听了这话，老衙役一下子瞪大了眼睛："你说的究竟是啥意思哟？胡二嫂是人，我怎么能把她'舂'烂、又怎么能拿来给你'巴'起呢？"

县官一听跳了起来："嗨，你这个人有没有搞错哇？我让你去找虎耳草，你怎么去给我找了一个女人来？这事儿如果被外人知道，还不说我荒淫无度、寡廉鲜耻？你呀你，你简直是太笨了！走走走，你还是快带我去见她吧！去了后，我要亲自向她赔礼……"

说罢，县官急忙拉了老衙役就走。他们来到耳房，一看，胡二嫂却不知哪里去了，而在桌子上却多了一个雪白如玉的兑窝，那是一种专门用来舂东西的凹形器具，兑窝里装满了一堆舂得稀烂的东西，那东西青青的，黏黏的，还散发出一股人间从未闻到过的芳香。一时间，老衙役呆在了那里，过了好一阵，他才嘀咕道："哎哟喂，这个胡二嫂到哪里去了呢？刚才她还舂在这里，咋转过背就不见人了？"

县官突然笑了起来："刚才她舂在这里，现在它不也还是舂在这里？虎耳草——胡二嫂，胡二嫂就是虎耳草啊！"

刹那间，老衙役也醒悟了过来，于是捧了那个兑窝，眉开眼笑地对县官说："老爷呀老爷，这是神仙在保佑你啊，不然，虎耳草绝不会变成胡二嫂，胡二嫂也决不会变成虎耳草。刚才我还说你人面兽心、猪狗不如，和以前的那些贪官污吏差不多，我错怪你了呀……"

县官笑呵呵地说："如果我真那样做了，你骂我是应该的！不过话又说回来，如果你不把虎耳草误听是胡二嫂，我们又怎么能够找到它呢？由此看来，那个癞头和尚说的都是实话啊，虎耳草这东西，的确不是一般人能找到的，假如你的耳朵不背，假如我说的不是半通不通的四川话，我们就是叫全县的老百姓把草根树皮都挖了、扒了，也找不到虎耳草啊！嗨，你还愣着干啥呢？来啊，快给我巴起来！"

老衙役答应一声，抓起已经舂烂了的虎耳草，给他打心眼儿里敬重的这个新老爷"巴"了起来。

县官敷上了虎耳草后，身上的恶疮果然很快就好了，这以后，他这个县官当得就更精神了，只几年时间，政通人和，百废俱兴，百姓富裕了，治安也好了，县境内可以说得上是夜不闭户，路不拾遗，皇帝知道后都高兴得笑眯了眼……

（题图、插图：黄金昌）

妈妈
睡觉了

□金 戈

这天，语文老师布置了一道作文题：《妈妈睡觉的样子》，老师还特别交待，一定要仔细地观察，写出各自妈妈的特点。肖秋林是语文课代表，作文写得不错，他开始还觉得这道题并不难，可提起笔来却又不知道怎样写，因为他压根儿就想不起妈妈睡觉是个什么样子，好在还有几天时间，于是，他就特别留意，准备亲眼观察观察妈妈睡觉的样子。

肖秋林的妈妈在一家洗浴中心当搓澡工，也许是职业的习惯吧，尽管每天很晚回家，她除了检查肖秋林的家庭作业外，还要给他洗个澡，为他揉揉脖子搓搓背，让儿子舒舒服服地去睡觉。

这天晚上，肖秋林洗完澡没有马上去睡，而是一个劲儿催妈妈去睡，妈妈问他咋还不睡，肖秋林说："你先睡吧，我想……想看看你睡觉的样子。"

"小孩子家别瞎闹，妈妈睡觉有什么好看的！再说，我一时半会儿也睡不了，好多家务活还没做完呢！"说完，妈妈硬逼着肖秋林去睡觉，自个儿又忙活去了。

肖秋林拗不过妈妈，只好躺在自己的小床上佯睡，心里盘算着，等妈妈忙完家务睡觉的时候，自己再偷偷起来观察。可是，不一会儿，他自己便迷糊过去了，等他一觉醒来时，天已大亮，睁开眼睛一看，妈妈还在厨房里忙活。

呃，难道说妈妈一夜没睡？不可能，一定是妈妈睡得晚起得早的缘故！看来，要想看到妈妈睡觉的样子，一定要比妈妈起得更早，干脆，半夜里起来看！

这天，肖秋林找同学借了个小闹钟，睡前定好时间放在自己的枕头边。夜里一点整，小闹钟准时叫醒了肖秋林，他轻轻地爬起来，见妈妈卧室的房里漆黑一片，门虚掩着，他便蹑手蹑脚溜了过去，开门一看，床上却不见妈妈，妈妈在哪里呢？肖秋林四处寻找，一看，卫生间里还亮着灯，他轻手轻脚地摸了过去，见卫生间的门也虚掩着，里面没有一点动静，从门缝里看去，妈妈确实躺在浴缸里。肖秋林轻轻地推开了门，这一次，他终于看到了妈妈睡觉的样子……

第二天，是交作文的时候了，可当老师批改全班同学交上来的作文时，却唯独不见肖秋林的。上课的时候，老师问肖秋林为什么不交作业，他脸红红的，嗫嚅了半天才说"我妈妈不……不让交。"

"为什么？"

"她说，我写了她个人隐私，不能让别人知道。"肖秋林的话刚一说完，全班同学"轰"的一声笑开了。老师好容易才忍住笑，说"你妈也太夸张了吧，谁都有睡觉休息的时候，这是人们正常的生活，不是什么隐私。"

"老师，实话对您说吧，我妈睡觉的样子真的很、很不正常……其实，我当时看见她那个样子也很不好意思的……"肖秋林说到这里，脸一下红

到脖子根上。同学们似乎也想象到了什么情境，忍不住在底下窃窃私语，有的甚至"嘻嘻"笑了起来。

"你、你到底看见了什么呢？"老师话刚问出口，突然一阵后悔，心里发怵，他害怕肖秋林会说出什么令人难堪的事情来。

"老师，我、我真的不好说，不过，我都把它写在作文里了。"肖秋林顿了顿，扫了一眼周围的同学，小心翼翼地对老师说，"我有个要求，这篇作文只能给您一个人看，好吗？"

老师点了点头，肖秋林这才掏出作文本，双手递给了老师。老师仔细地看了全文，脸上显出从未有过的神情，他的眼眶微微湿润了，因为作文的结尾是这样写的："我看见妈妈赤裸着身子躺在浴缸里，头耷拉在胸前，臂弯里搭着一条湿漉漉的毛巾……她很像一尊圣母雕像，显得那样的神圣而庄重，面对妈妈这个样子，我真的有些不好意思，我怕妈妈会发现我在偷看她，其实妈妈早已睡着了，鼾声断断续续的，她是在洗澡时不知不觉地睡着了。自从三年前爸爸病故后，家庭的重担全压在妈妈一个人身上，她太劳累了……那时候，我真想走近她的身旁，像她给我搓澡那样，也给她轻轻地、轻轻地搓个澡……"

（本篇月月评短信代码：0107）

（题图：杨宏富）

谁在人间的花园里栽种过罪恶的树苗，谁就会尝到自己种下的恶果……

三十年河西

□ 张国心

红杏是一个贫苦农民的女儿，那年16岁，天生丽质，如出水芙蓉一般，不料恶霸财主王大牙看中了她，非要娶她做小老婆不可，红杏的爹妈死活不肯把女儿往火坑里推，竟被心狠手辣的王大牙加害致死。这以后，王大牙连哄带逼，硬是把红杏抬进了府里。那一天，王府张灯结彩大摆宴席，唢呐震天鞭炮齐鸣，直闹得方圆几十里都鸡犬不宁。

可怜红杏身陷魔窟，被禽兽般的王大牙百般凌辱，心里想着死去的爹妈，终日以泪洗面。

一天深夜，红杏乘王大牙烂醉如泥，穿上衣服，从高墙下的一条脏水沟内逃了出来，她在遮天蔽日的老林子里走了一天一夜，饥寒交迫，昏倒在树下，正巧一个叫"草上飞"的女匪首从这里经过，就把红杏驮在马背上，带回了匪巢。红杏无家可归，就跟"草上飞"当上了土匪，学打枪骑马，只几年的时间就练就了一身好功夫，手中的双枪弹无虚发、百步穿杨，有勇有谋，声名远扬。在一次土匪间的火拼中，"草上飞"身中数弹，当场毙命，众土匪就拜红杏为"大柜"，从此，红杏就成了这一带的匪首。

当了"大柜"之后，红杏决意要杀了王大牙报仇雪恨，只是王府墙高院深，又有坚固的炮楼，家丁众多，打了几次都难以成功，反伤了好几个兄弟，气得红杏把牙咬得"咯咯"响。

这时王大牙也急了：

红杏当上了匪首，这还有自己的安生日子过？他心惊胆战、如坐针毡，后来见红杏攻了几次都无功而归，他便定下了心稳住了神：这臭娘也就这么点本事，没什么大不了的，于是就高枕无忧了。

一天，忽然家丁来报，说是有几个人在挖王家的祖坟，王大牙大怒："是谁吃了豹子胆，敢挖我家的祖坟？"

王大牙挎上盒子炮就要出去，儿子福来拦住了他，说："爹，现在胡子正在抓你，你出去太危险，还是我去吧。"王大牙一想也对，就说："多带

一些人，快去快回。"福来带了十几个家丁操着家伙到了坟地，还没等他们缓过气来，忽见周围草丛里齐刷刷地跳出了几十号人，手里全都操着家伙，福来吓傻了，还没动弹，早被人用麻袋套住了头，摁倒在地。跟着来的十多个人一见这架势，早吓得屁滚尿流，撒腿就逃，幸亏那伙人也没追，他们只是像抬猪一样把福来抬进了森林。

这些家丁逃回王府一禀报，王大牙这才知道是红杏使的调虎离山计，他吓出了一身冷汗：幸亏自己没有去，要不然被麻袋套头、抓到山上点天灯的就是我了！至于儿子被绑架，王大牙没有太多的担忧：红杏要抓的是我，不是我的儿子，最后无非是花钱消灾，多准备点钱就是了。

第三天，为土匪"跑道"的"花舌子"果然来了，"花舌子"一见到王大牙就喜笑颜开地说："给老爷报喜了！"

王大牙压住怒火问道："人都抓去了，还报什么喜？那个臭娘们到底要多少钱，快说！""花舌子"说："我家大柜一分钱都不向你要，还给你送来了一千块大洋。"

"胡说，她怎么会给我钱？"

"花舌子"嬉皮笑脸地说："我家大柜看中了你家少爷，要留他做压寨爷们，少爷也答应了，昨晚圆了房，这一千块大洋是我家大柜送给你的见面礼。"

"什么？"王大牙一听当场气得差点吐血：红杏可是自己的小老婆呀，现在小老婆嫁给了自己的儿子，这……这成何体统？他真想把这"花舌子"一枪崩了，可崩了也成不了什么事呀！再说这"花舌子"也是自己的"联络员"，以后想给土匪传个什么话还得靠他哩。王大牙压下满腔怒火，让手下把"花舌子"赶了。

王大牙的小老婆和福来成亲的天大笑话一下子传开了，羞得王大牙恨不得一头扎进地缝里，他大病了一场，而且一病就是九个月，求过了远近名医，吃遍了天下好药，这天总算精神好多了，想到自己马上就要过六十大寿，于是决定大办寿宴，来冲冲晦气。

王家大办寿宴的这天，张灯结彩，喜气洋洋，宾客来了不少，王大牙端坐在太师椅上，接受着一拨又一拨人的祝福。正在这时，上次的那个"花舌子"又来了，怀里还抱着个襁褓，他凑到王大牙面前，阴阳怪气地说："老爷，恭喜了，你家少爷和我家大柜给你生了个胖儿子，我家大柜说了，山上的条件不好，让我把孩子抱进府来抚养……"

"花舌子"油腔滑调地说着，在场的宾客都忍不住捂着嘴巴笑，那王大牙大病刚好，哪里经得住这番刺激？急火攻心，难以自持，双眼直瞪，脸色死白，喉咙里"哦""哦"了几声，突然往后一仰，一命呜呼了……

喜事办成了丧事，王府一片哭声。王大牙的棺材停放在院子当中，家里的人跪在地上，一把一把地烧着纸钱。正在这时，只见从外面冲进一个人来……

本期有奖竞猜的题目是：进来的那人是谁？

A. 王大牙的儿子福来（短信代码GA）；B. 花舌子（短信代码GB）； C. 红杏（短信代码GC）　　　　　　（题图、插图：安玉民）

猜情节，赢大奖

开动脑筋，猜想正确的情节！请选择你认为正确的情节发展，将其短信代码发送到200056（中国移动）或900056（中国联通）。我们将在本月下半月的刊物上刊登这个故事的结尾，并从竞猜正确的读者中抽取优胜奖300名，赠送价值50元的纪念品。

参加全年情节ABC竞猜活动，并猜对全部情节的3名读者更将获得特等奖彩信手机一部！本期活动截止日期为2005年1月5日。

得奖读者在评选结果揭晓后将得到短信通知。本活动每条短信收取0.50元。

部落里的枪

□ 老 三

古仑岛位于波涛汹涌的太平洋上，这天，在古仑岛的上空，有一架直升飞机在盘旋着，这架飞机是从8公里外的一艘客轮上起飞的，为的是把探险者约翰送到岛上，驾驶直升机的是杰克，他是约翰的好友。

约翰小心翼翼地顺着软梯攀援而下，最后稳稳地站到地上。他向杰克打了个V形手势，直升飞机盘旋一圈后向远处飞走了。

约翰判断了一下方位，钻进了山林……

二战时，约翰曾来过这里，那时

美军因需要，曾短暂占领过古仑岛，在岛的南端修建了两条飞机跑道。约翰当时只有十七岁，是一名新兵，负责站岗值勤。岛上有个土著部落，他们只在密林中窥视着美军，双方谁也不敢接近。一天，约翰去小溪取水，遇上了部落里的一个少女，名叫"美丽的叶子"，那少女天真无邪，还显得很主动，约翰把持不住，两人就好上了。从此两人避人耳目，经常幽会，约翰也渐渐地学会了这个部落的语言。美军撤离前，两人依依惜别，约翰还把自己佩戴的雷明顿手枪连同8发子弹一起送给了叶子，后来约翰还因佩枪丢失被关了禁闭。

约翰回忆着往事，不觉感慨万分。半个钟头后，约翰遇上了几个土著人，被带到了一个村庄，村庄中心的广场上矗立着一座巨大的图腾，这图腾居然是一架用树枝扎制成的美军战机的模型！

正在这时，只见一个金发碧眼却又皮肤粗黑的混血壮汉，搀扶着一位老妇缓缓走来，虽然岁月沧桑，但约翰仍一眼认出这位老妇正是当年的部落少女——美丽的叶子。土著人见了叶子和那壮汉，显得十分恭敬，一齐跪地相迎。

叶子也认出了约翰，她嘴唇颤抖着问："约翰，是你……你吗？"

约翰和叶子紧紧地拥抱在一起，一旁的那个混血壮汉也显得很激动，他叫石头，是叶子和约翰的儿子，现在是这个部落的酋长。

这时，土著人欢呼跳跃，吼着："神回来了！"

约翰在叶子和石头酋长的陪同下，来到了山洞的一间密室里，密室的正中有一块巨大的石头，石头上供奉着一架用白木雕刻的飞机模型，约翰好奇地打听道："你们为什么要供奉飞机模型？谁是神？"

叶子向约翰诉说了这么一件往事：

当年部落里的人们看到美军既不捕鱼打猎，也不饲养耕种，每天却有"轰鸣的飞行器"从天而降，为他们送来吃的喝的，就以为他们是来自太空的神灵。她还说，自己的父亲原是部落酋长，但却失足跌下高崖，离奇地死去。叶子一直怀疑父亲是被人谋害的，而凶手就是后来当上了酋长的"贝林"。叶子一直想报仇，无奈她是一个女孩子，能有什么办法？自从约翰这个"神"来到她的身边后，叶子有了主意，她决定怀上一个"神"的孩子，靠"神"的力量夺回酋长的宝座，于是就有了小溪边她和约翰的相遇……

后来，叶子果然生下了"神"的儿子，这轰动了整个部落。神的儿子当然是要当酋长的，部落长老们开会商定，等叶子的儿子石头六岁时，就将酋长之位传让给他，贝林当时也满口答应，但就在石头五岁时的一个雷雨之夜，贝林手持大棒摸进了叶子的窝棚，要对石头下毒手。叶子立即摸出那把一直秘不示人的雷明顿手枪，毫不犹豫地朝他开了枪。

打死贝林后，叶子又一不做，二不休，冒雨闯入贝林酋长的家，一枪一个，将酋长全家斩草除根，可意想不到的是酋长唯一的儿子、十岁的"海蛎子"翻窗而逃，叶子紧追不舍，直到打光了所有的子弹还是没能打死海蛎子，只得眼睁睁地看着他钻进了丛林之中。

就这样，叶子靠着这一把手枪，扶持儿子石头当上了酋长。其实，这以后发生的事叶子并没有预料到：那天夜里海蛎子逃到海边后，划着一条独木舟逃生，在海上漂泊时被一艘货轮救起，辗转来到了美国，加入了美国籍。几年前，海蛎子化名凯拉，应聘到了约翰开办的环球旅游公司，约翰知道他来自古仑岛，却不知道他和叶子家的这一血海深仇。这次，海蛎子向约翰提议开发古仑岛原始部落旅游区，约翰想到又能见到阔别多年的叶子，就同意了他

的提议。他们驾驶着公司的一条客轮，在古仑岛附近抛锚，由杰克先驾直升机把海蛎子送到岛上探路，但是海蛎子上岛不久，他的卫星电话就一直关机了，再也联系不上。约翰担心出事，放心不下，这才亲自登岛来找。

叶子告诉约翰，海蛎子一上岛，就被部落里的人发现了，而她一看到海蛎子，就立刻认出了他是仇人的儿子，并毫不犹豫地把他拘押了起来。

约翰忧心忡忡地问："你们准备怎么处理海蛎子？"

"这还用问吗？"石头酋长说，"我已经决定了，明天正午是吉祥时辰，我们将在广场上把海蛎子剖腹挖心，祭奠神灵！"

约翰苦口婆心地替他的手下求情，并且保证，从此海蛎子将再也不会来古仑岛了。叶子和石头想了想，这才答应了。

当天夜里，叶子陪着约翰说了一宿的话，她偎依在约翰的怀里，流着眼泪告诉约翰，因为她是神的女人，又是酋长的母亲，这些年来，没有一个男人碰过她，约翰听了，心头酸酸的，他紧紧地把叶子搂在了怀中……

第二天上午，约翰去看海蛎子，海蛎子被关在部落广场下的一间地下室里。海蛎子一见约翰，激动得直掉眼泪，他知道自己得救了。约翰埋怨他，他既然和叶子家有血仇，为什么还要冒险回来？海蛎子嗫嚅着解释

说，他以为这么多年过去了，他们不会认出他的，谁知还是被叶子一眼就认出了……

约翰问："那你带的卫星电话、手枪等东西，也被他们搜去了？"

"没有，我怕被部落里的人搜去，一下直升机就把它们藏在石缝里了。"

约翰和石头酋长说了说，得到了允许，他就跟着海蛎子去取这些东西。他们来到海边，这是海蛎子的空降处，海蛎子走进了一个山洞，没多久他就走了出来，手里拿着一个皮背包，他走到约翰身边，从皮包里掏出了手枪，突然，海蛎子用枪逼住约翰，口气严厉地命令道："现在，我们去部落的广场，由你这个'神'来向部落宣布，我才是真正的酋长，叶子和石头是魔鬼，然后你就打电话给杰克，让他来接你，这样，我们之间的事就了结啦，以后你也永远不要再踏上古仑岛了！"

这一切全发生在瞬息之间，约翰愣了！他看出对方不是开玩笑，便说："海蛎子，你怎么会这样？难道你不愿做一个现代人，而愿意做一个原始部落的酋长？"

"当然！"海蛎子毫不犹豫地说道，"只有回到故乡，我才好像又活过来了。我原本就应该是酋长，我的身上流着古仑岛部落儿女的血，我必须回来，为我的一家报仇，如果你不帮我，我会立即打死你！"

约翰不得不点头同意了，他在海蛎子的押解下，来到了部落广场上那架飞机的图腾前。部落里的人纷纷汇聚而来，此时已经接近中午12点了，海蛎子持枪的手插在衣兜里，又用衣兜里的枪一再催促约翰快讲，可约翰却坚持要等到12点，他说那个时刻才吉祥。12点整，天空突然传来"隆隆"的轰鸣声，人们抬眼望天，吃惊地看到一架"飞行器"正徐徐飞来，其实那正是杰克驾驶的直升飞机，这是约翰和杰克事先约好的，让他这个时候来。海蛎子情知有变，想要开枪，约翰轻蔑地看了他一眼，镇静地用英语说："你要是胆敢当众打死'神'，部落里的这些人就会像疯了一样把你撕成碎片的。只要你听话，我保证你活命！"海蛎子一听，这才没有轻举妄动。

约翰指着徐徐降落的飞机，对部落里的人高声说："我只是神的仆人，这驾驶着飞行器从天而降的，才是你们一直盼望着的神！"

广场上，人们疯了般地欢呼："神！神！"一会儿，直升飞机落地了，约翰带头跪了下去，迎接"神"的莅临，紧接着，数百人全跪倒了，黑压压的一片……

杰克关上引擎下了飞机，看着广场上的情景，不知发生了什么事，手足无措地望着约翰，约翰站起身，用英语对他说："杰克，现在只有你能帮我，你必须按我说的去做——现在你就是这个部落的神，随便用英语说点什么，然后我来'翻译'。"

杰克意识到事情重大，不敢大意，他提起精神，找了找"神"的感觉，然后一挥手，说："女士们、先生们，中午好！很高兴见到大家！"

杰克说话间，海蛎子一看情势不妙，准备铤而走险了，约翰立刻用部落的语言高声"翻译"："神命令你们，立即把那个海蛎子抓住，绑起来！"话音刚落，立即有几十个精壮的小伙子"哇哇"地叫着扑了上去，把绝望了的海蛎子捆绑起来，约翰迅速过去下了海蛎子的枪，插进自己怀里，这

时，部落的男女老少一起高声嚷着："神啊，请你绞死这个魔鬼！""把他砍成肉泥！"

约翰担心再生变故，就高声说道："神答应了，将把这个魔鬼带回去，用神的方式来处死他！神还说了，不久，他将再次光临古仓岛，为你们赐福，你们就耐心地等候吧！"约翰说着，又走到叶子身边，对眼泪汪汪的叶子说："你放心吧，我会很快回来的。"接着，约翰和杰克押着海蛎子上了飞机，飞机在部落人的一片欢呼声中冉冉起飞，向着远处的天边飞去。

约翰坐在后座上，给海蛎子松了绑，说："你就当一切都没发生，我不会再追究的，不过，我们公司也不能再用你了，你好自为之。"

海蛎子突然拉开了直升飞机的边门，飞机剧烈地摇摆了一下，约翰和杰克同时一惊，齐声喝问："你要干什么？"

海蛎子凄惨地一笑，说"不能为父亲报仇，不能重返故乡，不能当酋长，我的生命也该结束了……"说完，他纵身向外跃去……

约翰知道，从几百米的高空跌到海面上，和跌到钢板上没什么区别，他俯视着苍茫的海面上泛起的波涛，久久无语……

(本篇月月评短信代码：0108)

(题图、插图：王申生)

时间是流沙从指间流过，故事是磐石在心头永驻。——杜辛欣（河南）

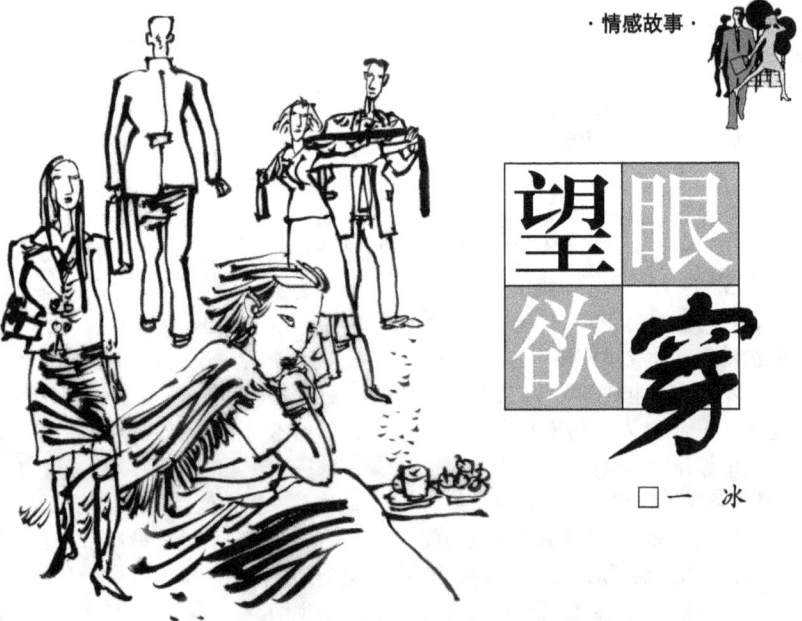

望眼欲穿

□一 冰

孙成才高中毕业后没能考上大学，于是就来到深圳帮着表姐打理一家咖啡馆。表姐的咖啡馆有一个很好听的名字："追忆逝水年华"，表姐一开始还想换名字，说这名字虽然雅致，但显得太老气，只怕年轻人不愿意来，再说名字也太长了。孙成才极力说服表姐保持原名原貌，说是这样才能稳定原有的顾客，如果再提高服务质量，就不愁新的客源，后来表姐接受了他的意见。孙成才把全部精力都投入到咖啡馆，生意一天天好起来了。

　　这天一大早，咖啡馆刚开门，就进来了一位三十多岁的女人。这女人容貌秀美，气质高雅，她一来就轻车熟路地走到里厅靠后窗的一个隔间里，服务员送去了水果和咖啡。

　　到了下午，孙成才忙得刚刚停下来歇口气的时候，忽然发现那个女人竟然还是独自坐在那里，她的对面也好像始终没有来过人。孙成才有意观察了一下，那女人安静地坐着，几乎是一动不动，她面前的水果和咖啡也没有动过的痕迹。孙成才想：这女人莫非有什么心事？

　　这天下午，孙成才出门进了一趟货，一直忙到深夜十二点钟，回到咖啡馆里，客人渐渐散去，该打烊了，这时，孙成才忽然看到那女人竟然还一动不动地坐在原处!

打烊的时间到了,服务员过来悄悄请示孙成才要不要请那女人离店,孙成才摇了摇头,让服务员都下班,他自己坐在吧台后,耐心地等到差不多一点钟,那女人才突然像从梦中惊醒一样,看了一眼手表,拿起了包,匆匆站起来,路过吧台时,她感激地看了孙成才一眼。

第三天,也是一大早,咖啡馆里进来了一个男人,约摸四十岁的样子,中等身材,穿着体面。那男人也是轻车熟路地径直来到里厅那个靠窗的隔间,坐到了那个女人曾坐过的位子对面。男人坐下后,要了一杯咖啡、一碟开心果,也这么怔怔地望着对面空空的座位,陷入了深思之中。令孙成才惊讶的是,这个男人也和那个女人一样,整整坐了一天。

他们是不是在等人?他们为什么会选择同一个地方?他们等的会不会就是对方?他们为什么不一起来呢?他们的失之交臂,是有意还是无意?他们之间有什么故事呢?这些问题在孙成才的脑海里翻来覆去折腾了好几天。后来,那个女人和男人都不来了,孙成才也就把这事渐渐地放到了脑后。

大约又过了一个月,仍是个大清早,那个女人又来了,和上次一样,她又在那个位子上整整坐了一天,不吃也不动;隔了一天,那个男人也来了,仍是上次的姿势,坐了一整天,到打烊时才走。孙成才猛地醒悟了:他们这样的情形,差不多正好是一个月一次。孙成才有一种感觉,他们一定是认识的,而且他们这样擦肩而过,一定是无意的,也就是说,他们彼此并不知道有另一个人也在这么等待着,或者说惦念着自己。

这几个月来,他们一个前一个后,时间总是只相差一天,就这么咫尺之间而不能相见,孙成才暗暗祈祷着:哪一天女人能推迟一天,或者男人能提前一天,他们就可以见面了。也就在这一刻,孙成才做出了决定:如果他们中间有一个人再来,他一定把这事挑明。

可就在这时,表姐忽然做出决定:她要接一家公司,因为资金不够,要把原来的店转让出去,而那个接咖啡馆的人准备把咖啡馆拆掉,重建一个酒楼。孙成才得知这个消息后心急如焚,他想到那一对男女还没有见面呢。他把这事对表姐讲了,请求表姐再晚几天转让咖啡馆。

表姐一听,柳眉一竖,说:"我的好弟弟哟,你是不是读书读迂腐了?这里是深圳,一寸光阴一寸金,你哪来的闲情逸致?再说,每天来咖啡馆的顾客那么多,你敢确定那两个人一定是认识的?再退一万步说,即使认识又怎么样,关你什么事?"

孙成才吞吞吐吐地说:"我……

我看他们那样子真的很难受呢……如果……"

"什么难受不难受的！"表姐斩钉截铁地说，"你别说了，我现在急等钱用，什么都管不了啦！除非你有本事把这间咖啡馆接下来，30万，你有吗？"

孙成才泄了气，快快地回到了咖啡馆。他琢磨了一天，怎么才能让那一男一女见上一面呢？他想起表姐说的"除非你有本事把这间咖啡馆接下来"，是的，如果我接下来，不就可以留住这咖啡馆了吗？可这30万元哪里来呢？他望着服务员们在厅堂里穿梭往来，忽然一拍脑袋，对了，搞股份制！如果咖啡馆里十几个员工都参与入股，问题不就解决了吗？不过，让这些收入有限的服务员入股，行吗？

下午，趁咖啡馆清闲的时候，孙成才召集员工开了个会，没想到他的想法竟得到员工们一致的赞同，大家都看到那对男女苦苦相望、痴痴相守的样子，也很想让他们见面；再说，跟孙成才共事了差不多半年，他们都知道孙成才是个聪明、厚道的"老板"，咖啡馆经他打理，生意肯定能兴旺，但是，大伙的能力毕竟有限，他们拿出自己的全部积蓄，又东借西凑的，才弄了26万，孙

成才硬着头皮把钱送到了表姐面前，表姐一看到钱，愣住了，她没想到员工们如此的齐心，眼眶一热，泪水流了下来："没想到你这么执著！算了吧，剩下的，就算我入的股吧。"

咖啡馆保了下来，孙成才也想好了让两人见面的办法。果然没几天，那个女人又来了，她刚一进门，孙成才就手捧鲜花迎上前去，对她说"恭喜您成为本店第一万名顾客！"那女人怔了一下，含着笑、道着谢接下了鲜花。

孙成才又说："本店将在后天举行周年庆典，想邀请您参加，不知能

否赏光？"那女人轻轻摇摇头，说："很对不起，我在国外工作，后天我得回去上班了。"

孙成才心想，原来她在国外工作，怪不得一个月只能来一次，他真诚地说："小店能支撑到今天，我们走过了很多艰难的日子，所以这个活动员工们都很在乎，我们希望请到所有像您这样重要的客人参加，没有您，我们真的很失望。"孙成才决定，如果她不答应，今天一定要给她挑明了。

那女人看了看孙成才，又望了望周围的员工们，想了想，说："好，我答应你们，后天我一定来！"

女人这边安排好了，男人那边呢？按照惯例，男人一般是后天必到的，可万一男人那天有事不来呢？不只是孙成才，整个咖啡馆的人都想到了这一点，所以他们虽然脸上笑容满面，可心里还是沉甸甸的。

约定的时间到了，那个女人果然如约而至，她还带来了一份精美的礼物，然后她就坐到了那个固定的位子上。

接着，孙成才在门口紧张地张望着，一个人走近了，不是；又一个人过来了，还不是……终于，一辆出租车停在咖啡馆门口，一个男人跳下车，正是他，孙成才这才把心放了下来。

男人快步走到里厅，那女人抬起头来，刹那间，两人都愣住了，然后又都揉了揉眼睛，仿佛都不相信这是

事实，最后女人缓缓站起来，徐徐走去，被那男人拥进了怀里……

孙成才和咖啡馆的员工们目睹此情此景，禁不住眼眶都湿润了。一会儿，这一对男女向他们诉说了一个缠绵而动听的爱情故事：这一对男女大学毕业后分别来到深圳闯荡，后来他们在这家咖啡馆里相识并相爱了，这间咖啡馆见证了他们三年的爱情足迹。后来，因为一个小小的误会，两人分开了，她远嫁澳大利亚，他则去了北京。很多年过去，他仍无法忘掉她，一直未婚，而她也始终难以割舍对他的一片痴情，心头总有着他的影子，和丈夫关系不太好，一年前离婚了。因为这一男一女都和深圳有业务往来，所以才能每月回来一趟。一回到深圳，他们就会到这家咖啡馆来看看他们相识、相爱的地方……

那女人泣不成声地对孙成才说："真是太感谢你们了！我不知道用什么语言来表达我的感受。你们不知道，我这次来，很可能是最后一次，因为我已经被公司调到美国纽约，不再负责中国的业务。正因为是最后一次，所以我才答应了你们，推迟了行程，来参加店庆活动，没想到却是帮了我自己……"

孙成才和员工们都会心地笑了……

（本篇月月评短信代码：0109）

（题图、插图：魏忠善）

根据〔危地马拉〕安·阿斯图里亚斯的作品改编

美洲豹 33 号

□ 宋一平　改编

故事发生在政府军和雇佣军对峙的那个动荡年代。

有一个年轻少妇叫娃勒丽娅，她已是三个孩子的母亲，却依然是楚楚动人，美丽的面庞上，有着一双又黑又亮的大眼睛，但眼神里时时含着几分忧郁。自从那个不务正业的丈夫楚斯失踪以后，娃勒丽娅生活没有着落，不得不拖儿带女投奔姑妈，姑妈叫露丝，是个老处女，住在镇上的一栋深宅大院里，这宅子看上去挺豪华，其实冷清清的，像墓地一样。

这一天，政府军的一群鲁莽而暴躁的士兵冲进了这个院子，不由分说，他们把天线、电缆、梯子之类的东西搬了进来，随即一个又矮又胖的秃顶军官走了进来，他看到了娃勒丽娅和她的姑妈，就走上前来，说："我是这里的司令官勒翁上校，两位夫人，你们的房子被征用了，战争给你们带来了麻烦，但政府会感谢你们的。"上校在说话间，两只眼睛死死地盯着娃勒丽娅，娃勒丽娅有点尴尬，跑了。

那天，阳光明媚，镇上传开了一个好消息：政府军又打了一个大胜仕,为了庆祝胜利,驻军举行了一个仪式:押解着俘虏的雇佣军士兵在镇上走一圈,以此来展示他们的胜利成果。人们聚集在一起,尽情地嘲弄着那些俘虏。姑妈的房子坐落在当街,于是姑妈就带着娃勒丽娅和侄女的孩子们,和住在她家的那些军官们一起,在窗口观看。

娃勒丽娅打扮得花枝招展,她正看着那些在街上走过的倒霉的俘虏,突然,娃勒丽娅的脸色变了,因为她在俘虏队伍中看到了一个人,而这个

人正是她的丈夫楚斯!

这一夜很长很长,娃勒丽娅独自一人在街上走来走去,从见到丈夫那一刻起,她就无法平静了,虽说楚斯有不少坏毛病,赌博、酗酒、玩女人,可他毕竟是自己的丈夫呀,现在他是俘虏,这一天天过的是什么日子呀!娃勒丽娅曾向看押的哨兵打听过如何处置这些俘虏,哨兵说:"今晚这些俘虏留在这里,明天要押送首都受审,不过或许明天就要处决,反正只有上校才知道!"是呀,现在只有上校才主宰着自己丈夫的命运啊!

忽然,娃勒丽娅发觉大街上有一辆车子正向这里开来,该不是上校吧?她立刻迎了上去,一看,正是上校。上校有点诧异,他走出车来,娃勒丽娅那双美丽的大眼睛滴下了眼泪"上校,我的丈夫在俘虏兵的队伍里⋯⋯"

上校没有开口,这是一阵可怕的沉默,接着,上校把娃勒丽娅带到了办公室,他从桌子上拿过一个名册,留神地查阅着,一会儿他就查到了:"不错,在这里,而且他还是个队长!不过,他不会就地枪毙的,因为我们代表合法政府,俘虏要交给军事法庭来审判。"娃勒丽娅将信将疑,但她确实很感激这位富有同情心的长官。

第二天一清早,娃勒丽娅在花园梳理她那乌黑的头发,她出神地看着喷泉激起的涟漪,竟没有觉察到有人

悄悄走近了她，突然，她被人从后面搂抱住了，那人想吻她的嘴，结果却碰到了她的面颊。娃勒丽娅知道他是上校，她故意没有出声。上校在娃勒丽娅的耳边轻声轻语地说："夫人，你太可爱了，多美的眼睛，多美的肩膀，我爱你，才让那个家伙留了下来，这样你就不会跟那个蠢货一起去首都了，让他呆在这儿的牢里，你也就可以和我在一起了。当然，你应该知道你丈夫的命掌握在我的手里，或者说也在你手里，这点，你应该明白！"

事到如今，娃勒丽娅还能说什么好呢？没过多久，娃勒丽娅就坐上了上校的吉普车，颠簸着出去了。第二天清早，娃勒丽娅回来了，她对姑妈说，她是陪着上校巡视战场去了。娃勒丽娅精疲力竭，她什么都不想说，只想睡觉。她走进自己房间后就扑倒在床上，泪水和带血的口水浸透了枕头，她痛哭着，但她又有些宽慰，为了丈夫的自由和生命，她愿意用自己的身子去换……

到了下午，娃勒丽娅才从自己的房间走了出来，她等待着又一个骇人的夜晚，就在这时，上校走了进来，他说，他不仅不把楚斯送往首都受审，而且还要恢复楚斯的自由，让他们夫妻团聚，然后让楚斯悄悄地藏在司令部里，这里太安全了，谁能想到一个出卖自己祖国的罪犯竟会躲在政府军的指挥部里呢？

娃勒丽娅听上校说完这一切，她简直不敢相信，而更让娃勒丽娅惊异的是：一个幽灵般的男人这时出现在门口，是丈夫，自己的丈夫楚斯呀！娃勒丽娅扑上去拥抱了他……

这天晚上，在上校的安排下，楚斯留在娃勒丽娅的房间里。娃勒丽娅叹了口气，无奈地对楚斯说："你得长期躲起来……"

楚斯有点得意地说："我看不见得，虽然我们在陆上被政府军打败了，可是外国人在天上帮了我们的忙，懂吗，外国飞机会来轰炸的！"

娃勒丽娅忧心忡忡地说："那得炸毁多少城市、炸死多少同胞呀！"

"那有什么！我们要的是胜利，打败政府，我们上台，外国佬帮着我们打天下！"楚斯说这些话时，竟然一点都不感到羞耻。

楚斯靠近了娃勒丽娅，看得出，他想亲近妻子，但娃勒丽娅却胆怯地躲避着，还像触电一样颤抖着，楚斯熟悉自己的妻子，他的怀疑证实了：上校玷污了自己的妻子，他的自由付出了惨重的代价。他疯狂地吸着烟，不是吸，简直是在吃烟，并且一次又一次地抡起拳头捶打着墙壁……

黎明来临了，天空响起了隆隆的飞机声，外国佬的飞机去轰炸首都了，娃勒丽娅神经质地跳了起来，对着楚斯狂叫着："我们的首都会像广岛一样变成一片废墟！你这个魔鬼，我要告发你，你这个出卖祖国和人民的无耻之徒！"娃勒丽娅披头散发，面部痉挛，高举着双臂冲进了上校的房间。

上校醒了，但还没有起床，他看到疯了一般的娃勒丽娅，不觉有点惊愕。娃勒丽娅冲到了上校的床前，声色俱厉地说："上校，我来告发我的丈夫，他把祖国出卖给外国佬，还盼着炸平我们的首都！"

上校慢吞吞地起了床，打了个哈欠，慢条斯理地说："唔，你的丈夫，一个爱国者，我得跟他握握手。"

娃勒丽娅惊呆了，她怎么也想不到上校会说出这样一番话来，她机械地跟着上校走进了自己的房间，上校走上前去，笑嘻嘻地对楚斯说："你知道我为什么要把你藏在这里吗？"

楚斯板着脸，愤怒地答道："知道，我当然知道！"说着，他把灼灼逼人的目光移向他的妻子，那意思十分清楚：是娃勒丽娅出卖了自己的身子才做了这笔买卖！

上校沉默着，他的鹰隼一般的眼睛一动不动地直逼着楚斯，突然，他一字一顿地说出了几个字："美洲豹33号！"

楚斯惊呆了，简直就像傻了一般，他梦呓似的嘀咕着："这不可能，绝不可能！"是呀，这怎么可能呢？"美洲豹33号"是他们的外国后台策划的一个秘密计划的代号，这个计划的主要内容是雇佣军和政府军中的部分高级军官联手，以武装行动推翻现在的政府。上校显然是这个行动的高层执行官，显然他也知道了楚斯是雇佣军中的同伙。

这时，楚斯终于明白站在面前的上校到底是什么人，于是两人热烈地拥抱了起来，一旁的娃勒丽娅从惊愕和愤怒中猛醒过来，也就在这时，一声巨大的轰响震撼着大地，外国佬的飞机又开始轰炸了……

几天后，电台宣布政府垮台和新的军政府第一批委任名单，勒翁上校升任了部长，楚斯被任命为军政府的秘书。

听到这消息，娃勒丽娅几乎要疯了，那天，她一个人在镇外的荒野里疯狂地跑着，她连自己都不知道要跑到哪儿去，也不知道还要跑多远。这时，姑妈家看管田庄的人找到了她，说："敌人丢下了一颗炸弹……你的孩子平安无事，只是你姑妈炸死了……"娃勒丽娅跌跌撞撞地跑回了镇上的家，只见姑妈倒在一丛石竹花下面，浑身是血，一头银发在阳光下发着惨白的光。娃勒丽娅扑了上去，抱着姑妈的头哭得死去活来，只有娃勒丽娅那几个不懂事的孩子又蹦又跳的，还做着打仗的游戏，嘴里嚷着："美洲豹！美洲豹！"

"美洲豹已经走了……"娃勒丽

一流的杂志要有一流的作者，一流的作者要有一流的作品，一流的作品要有一流的回报

2005年《中国最有影响力的故事》征文大赛拉开帷幕

6大措施奖励优秀作品

据悉，2004年《故事会》月发行量已成功突破500万册，如果按1:8的阅读率，一期《故事会》就有2000万个读者，《故事会》已经成为中国最有影响力的杂志之一。我们认为：一流的杂志要有一流的作者，一流的作者要有一流的作品，一流的作品要有一流的回报。为此，《故事会》杂志社经研究决定，2005年举行《中国最有影响力的故事》征文大赛，并对优秀作品实行6大奖励措施：

1. 入选作品除在杂志上发表外，还将收入《中国最有影响力的故事》(2005年年底出版)一书。2. 入选作品可得两笔稿酬：在《故事会》杂志发表的作品，首发稿酬每千字400元；入选《中国最有影响力的故事》一书，再追加每千字1000元。3. 入选作品的作者每人可得价值超1000元的《话说中国》一套("月月评"的第一名获奖作者不重复这一奖励)。4. 入选作品均颁发奖励证书。5. 本刊将委托有关专家对入选作品进行精彩点评。6. 本刊将邀请有关作者参加优秀作品研讨活动，所有费用均由编辑部承担。

征稿范围：具有现实感、新鲜感且可读性强的中短篇原创作品，超短篇(如幽默故事)的字数一般在1500字以内，短篇(如中国新传说)的字数一般在5000字以内，中篇故事的字数一般在15000字以内。

第一次截稿日期：2005年3月31日。

来稿方法：1. 可从邮局寄发，请在信封上注明"征文大赛"字样，本刊地址：上海市绍兴路74号《故事会》杂志社，邮编：200020。2. 也可从网上传递，本刊为大赛所设的信箱是：wulun@vip.sohu.net，请在主题上注明"征文大赛"字样。此外，重点作者的稿件可直接与有关责任编辑联系。

娅失魂落魄地自言自语着，是的，上校到首都去任职了，楚斯也到首都去当他的军政府秘书了，她娃勒丽娅也应该到首都去了。

几天后，在楚斯豪华的新居里，应邀前来庆贺乔迁之喜的勒翁上校和男女主人共进晚餐，女主人娃勒丽娅的烹调手艺第一次得到了上校和丈夫的称赞，两个男人喝了很多酒，最后都没有醒过来，不是酒醉，而是死于毒药，和他们一起死去的是女主人娃勒丽娅，她是割腕而死的，厨房里流了一地的血……

（题图、插图：王申生）

　　一辆满载乘客的大巴一路颠簸着，一只罪恶的手偷偷地伸向了一个乘客的衣袋，就在这一瞬间，一枚神秘的银针飞一般地射向了那个窃贼的身躯……

　　这里要向你讲述的是一个鲜为人知的奇异故事……

神秘的银针

□ 宋北川

1. 神秘的银针从何而来

　　这天下午，一辆满载乘客的大巴从省城往靠山镇开来，车上几乎全是到城里进货的生意人。天气阴冷，路面颠簸，旅途劳顿使得人人都疲惫不堪，昏昏欲睡。一会儿，车到了离靠山镇20公里的槐树庄，这时上来了两个年轻人，一个穿西装的"长发"，一个穿皮夹克的"板寸头"。这两人一上车，就贼眉鼠眼地四处张望，经常坐车而有经验的人一看就知

道，这两个家伙不是什么好东西。果然不错，这两人见前排靠窗有个穿皮大衣的胖子睡得正香，立刻毫不遮掩地靠过去。长发青年走过去后拍拍坐在胖子旁边的中年妇女，示意她换个位子。中年妇女看看两人，知趣地挪开了。长发青年坐到胖子旁边，明目张胆地摸出刀片划那胖子的皮衣，旁

好的故事是爱的流溢，它会聚成一泓爱的清泉，滋润你的心田。 ——封坤妙（广西）

若无人地开始了行窃。

这一切，车厢里后面的人都看得清清楚楚，却没有一个人出声，人人心里都在暗自想着：胖子今天要折财了，同时暗暗幸庆自己没有睡着，不然倒霉的可能就是自己了。

长发青年用刀片在胖子皮衣上划了一道口子，接着把手伸进口子掏那胖子的内衣口袋，也就在这一刻，只听得长发青年"哎哟"一声叫，手猛地一松，皮夹"啪"的掉在地上，他一把捂住大腿，接着颤抖着手从大腿上拔出一枚寸把长的银针，"板寸头"大惊，连忙扶住长发青年问道："兄弟，你怎么了？"长发青年嘴唇一阵哆嗦，却说不出话来，慢慢地蹲下身去……"板寸头"见同伙遭了暗算，恐惧地看着四周，霍地从身后抽出一把匕首，声色俱厉地喝道："谁？谁他妈暗算我哥儿们，有种的，站出来单挑！"车厢里一阵短暂的沉默，忽然，早已惊醒的胖子爆发出一声晴天霹雳般的怒吼："哪里来的强盗，明目张胆行窃，还敢如此猖狂，大伙儿揍他们，揍死他们！"

车厢里顿时群情激愤"对，揍死他们！"

"板寸头"见情势不妙，惶恐地慢慢向车门退去，却不防一旁有个乘客对准他的屁股一脚踹去，这一脚势大力沉，踢得"板寸头"一个饿狗扑屎倒在地上，门牙重重磕在地上，牙齿

掉了一颗，满口鲜血，匕首也"当啷"一声脱手而去。没等他爬起来，早被扑上来的人按住，"乒乒乓乓"一阵乱揍，直揍得"板寸头"哭爹叫娘，连声讨饶。众人毫不理会，仍是拳打脚踢，"板寸头"的叫声慢慢地小了下去，售票员怕出事，忙打圆场："大家打他一顿出出气就是了，千万别搞出人命啊！"大伙儿这才悻悻地住了手，售票员拉起"板寸头"，转眼工夫，神气活现的"板寸头"变得鼻青脸肿，浑身上下没一块好肉。司机停下车，话里有话地说"走吧，这么多人你惹得起？""板寸头"低着头，狼狈不堪地扶着长发青年，挣扎着下了车。

汽车重新上路，赶跑了歹徒，车厢里的气氛顿时活跃起来，有人说："胖子，你还挺厉害的，要不是你晴天霹雳一声喊，大伙儿哪能这么齐心协力呢？"

胖子涨红了脸连声说："我可不是什么英雄，其实我心里也很害怕……"有人又说："不知大家注意到没有，刚才那家伙扒这位大哥的皮夹时，忽然身上中了一针，然后就倒在地上……"

立刻有好事之人在车厢地板上找到了长发青年拔出的那枚银针，举在手里说："就是这个吧？"

众人拥上前去，细细地察看那枚银针，胖子接着说："我就想啊，这车

上肯定有个身怀绝技、能飞针插穴的武林高手，他暗中出手教训了那个扒手，有他在，还有什么可怕的？"

"是啊，莫非这世上真有高人？"大家不由得议论纷纷，可这位高人就是没有现身，他到底是谁呢？

众人在议论纷纷时，坐在后排座位上的一个瘸腿青年一直在微笑着，他的身旁放着一根拐杖，刚才长发青年在肆无忌惮地掏胖子的皮夹时，就是他对准长发青年按下了拐杖上的一个扳机，于是一枚暗藏着的银针就像子弹一样射了出来，插入长发青年的大腿肌肉，两分钟之内，长发青年就痉挛着倒下了……

他是谁？他怎么会有这样一根神秘的拐杖？

2. 悲剧是这样发生的

大巴到了靠山镇，乘客纷纷下了车，瘸腿青年在车站停下脚步稍稍歇了歇，然后背上行囊匆匆赶路，时候已经不早，到家时也许天都要黑了呢。瘸腿青年望望天，独自一人踏上了一条通往郊外的小路。

已是初冬时节，小路上空无一人，只有瘸腿青年一个人艰难地走着。他翻过了一座山，前方赫然出现了一座坟头，坟头上杂草丛生，孤独而荒凉。瘸腿青年紧走两步，跟跟跄跄，就势跪在坟前："娘，我来看你

了……"话未说完，他早已是泪流满面。

半晌，瘸腿青年擦去脸上的泪水，从身后的背包里掏出香烛祭品，恭恭敬敬地摆在坟头。他小心翼翼地点着香烛，嘴里喃喃说道："娘，今天我亲手惩罚了两个小偷，您的在天之灵，也该感到一丝欣慰了吧？"

看着被山风吹得明灭不定的香火，瘸腿青年陷入了痛苦的回忆中……

瘸腿青年叫康诚，住在靠山镇附近的一个小村里。康诚打小没有爹，和娘相依为命。为了不让小康诚受委屈，娘咬着牙一直没有再嫁。养家糊口难哪，娘不得不像男劳力那样插秧割稻、挑水砍柴，晚上还得没完没了地替人缝补浆洗。到了康诚上学的年龄，娘勒紧裤带让他上了学堂，所幸康诚十分争气，从小学到高中学习成绩一直名列前茅。

由于长年累月地操劳，娘患上了严重的哮喘病，为了省钱，娘从来没有认认真真地看过病，这些年来，每当病重就到村里一个姓胡的赤脚医生那里拿两副草药对付。这胡医生可是个好人，他瞧着这孤儿寡母生活困难，不但经常不收药费，而且时常接济娘儿俩。

康诚读高三那年的冬天，天气出奇的寒冷，娘的哮喘病又犯了，娘觉得不好意思经常麻烦胡医生，就这样

一直捱着。有一天，娘一口痰堵在喉咙口，半天缓不过气来，康诚慌忙请来了胡医生，胡医生好一阵推拿按摩，娘才缓过气来。胡医生告诉康诚有一种药叫必可酮，是安全有效的哮喘药，县城里就有卖。胡医生说着从口袋里掏出了一百块钱，让康诚尽快到县城去买药。康诚拿着钱，眼泪直淌。当天夜里，康诚服侍娘睡下，又到隔壁邻居家叫同学帮忙代请半天假，回到屋里又把抽屉里攒的零钱翻了出来，数数有七十多块钱，尽是些毛票，足足一大堆，他想得把钱带足啊，于是又找了个口袋，把毛票连同胡医生给的一百块钱一起放在口袋里，缝在衣服内。忙完这一切，他也早早上床睡觉了。

第二天五点不到康诚就起来了，只有乘上到省城的早班车才能赶得回来听下午的课哩，于是康诚给娘做好早饭就急着出门了。昨晚下了雪，屋外天寒地冻，呵气成冰。康诚一路小跑，到了车站，一看，到省城的班车上已坐了不少人啦。康诚上了车，找了个位子坐下，不一会车就开动了。

车里暖和多了，康诚昨晚并没睡踏实，坐着坐着觉得有点犯困，他裹了裹衣服，努力想保持清醒，可眼皮不由自主地开始打架，他梦见自己买回了药，春暖花开的时候，娘的病就全好了，不久，他又得到了梦寐以求的高等学府的入学通知……

恍惚之间，忽然感到一副重重的担子压在身上，康诚一个激灵睁开眼，只见邻座一个老汉拍着他的肩膀说："小伙子，快看看，你丢东西没有！"

康诚用手一摸衣服，顿时额上冒汗，睡意全无——那只鼓鼓囊囊的钱袋不翼而飞了，康诚一下惊叫起来："不好，我的钱不见了！"

老汉长叹一声"小伙子，你的瞌睡好大，刚才有两个小偷在你身上翻东翻西，你竟然一点也没察觉？你不经常出门吧，不知道这车上小偷多？"

康诚瞪着眼问："小偷人呢？"

"刚才已经下车了。"

康诚大叫一声："停车！"司机不明就里，一脚急刹，不等车停稳，康诚一个箭步蹿下了车，赶了一阵，只见前方一高一矮两个人正慢慢地走着。看他俩的背影，康诚好像在刚才的车上见过，康诚立刻喊了声"站住"，随即拔腿就追。两人见有人追来，撒开脚丫子就跑，康诚在后面紧追不舍。这一追就是两三公里路，不知不觉竟到了荒郊野外。

突然，前面两人停住了脚步，看着气喘吁吁追近的康诚，一个高个子恶狠狠地发话了："小子，你跟着哥儿们干什么？"

"我、我的包，你们还给我！"

"你的包？"一个矮个子冷笑着

掏出了一个口袋，这正是康诚昨晚缝在衣服内的那只，矮个子阴阳怪气地说："你叫它一声，它答应吗？"

康诚急得脸都白了："我这包里有一百七十六块钱，一张一百的，其余全是角票。"

"什么？"矮个子闻言撕开口袋，果然一堆零票，他有点失望了，没想到这鼓鼓囊囊的竟全是角票，"小子，这包是你的没错，可咱哥俩干这一行，岂有到手的东西再送还的道理？看你小子追这么远，是不是没钱坐车了，今儿个咱就发发善心，喏，这十块钱你拿去坐车。"

康诚连连摇头："不，不，我不要这十块钱。我求求你们，把包还给我吧，那是替我娘买药的钱，里面那一百块钱还是别人借给我的。"

矮个子脸一沉："少啰嗦，别给脸不要脸，要就要，不要就算！"说完，他和高个子转身欲走。

康诚急了，冲上去紧紧抱住矮个子："把钱还给我！"矮个子行动受阻，顿时大怒，一个倒肘击在康诚胸前，康诚痛得松开了手。两人凶神恶煞般地逼了过来，不由分说，对康诚大打出手，可怜康诚一个文弱书生，哪里禁得起这两个歹徒的拳打脚踢？他用手护着头脸，连连后退，忽然间右脚踩进道上的一条石缝，接着高个子飞腿踢来，康诚躲避不及，只听"喀嚓"一声，夹在石缝里的腿被生生折断，巨痛之下，康诚眼前一黑晕了过去。

两个家伙见此情景这才住了手，若无其事地扬长而去。

不知过了多久，康诚才悠悠醒来，只觉得浑身疼痛，也不知道已经断了腿。他挣扎着爬起来，天已经黑了，又飘起小雪，忽然间想起娘还在家里等着自己回去呢，康诚想走，又颓然停下，自己已经迈不开腿了！他找到一

时光淘洗，精华敛聚，好故事一生相系。——曹腊梅（广东）

根树棍撑着，艰难地往回赶。

十几里路康诚走了一宿，天亮时才到家门，不料却见自家房门大开，康诚情知不妙，扑进屋去，只见娘倒在地上，用手一摸，娘的身体已经僵硬，他大叫一声："娘啊……"随即就扑了上去……

短短一天之中，腿折，母亡，甚至自己的学业眼看着也要成为泡影，康诚的身体和意志再也承受不了这样的打击，他只觉得天旋地转，眼冒金星，昏厥在娘的身边……

3. 小小的拐杖复仇的针

等康诚再次醒来，已经是躺在床上了，胡医生坐在床边，正关切地看着他，见他醒来，胡医生忙问道："孩子，你好点了吗？"

康诚木然看着胡医生，脑海里一片空白。

胡医生长叹一声："你娘是受了寒，哮喘发作，才过世的，孩子呀，你要记着——人，不管遭遇什么样的变故，始终只能坚强面对，而不是消极逃避，现在有两件事必须去做，一是你娘过世了，得尽快下葬，入土为安，还有就是你的右腿失血受冻，已经坏死，必须截除，你听明白了吗？"

康诚紧抿着嘴唇不说一句话，一滴清亮的泪水悄悄溢出了他的眼角。

众乡邻伸出援助之手，将康诚娘的丧事简简单单地办了。康诚躺在担架上目睹了娘的下葬，接着又饱尝了肢体分离的痛苦。在坏腿成功截除后，胡医生把康诚接到自己家里，胡医生无妻无后，干脆把康诚收为义子，让他安心养伤。数月过后，康诚的伤腿渐渐愈合，但学业却无可奈何地耽搁了，康诚万念俱灰，躺在床上，闲来无事，他就捧起胡医生放在床边的医书看，书看多了，渐渐就入了迷。后来，康诚能挂着拐杖下地走动了，他便恳请胡医生带他学医，胡医生欣然应允。康诚天资聪颖，一点就通，再说他毕竟是个高中生，短短几年，康诚的医术已成火候。胡医生老来得了这么个好义子、好徒弟，也十分欣慰。一天，胡医生出诊，患者老父是他的故友，两人把酒言欢，不觉多喝了两盅，谁知乐极生悲，胡医生乘兴返家时一脚踏空，掉到一口塘里淹死了。康诚得知噩耗，强忍悲痛料理了义父的后事，从此就子承父业，开始行医。

靠山镇一带地处穷乡僻壤，交通不便，经济滞后，好多人挣钱的路子就是开山采石，这是有危险性的重体力活，因此，康诚的患者大多是伤筋折骨的采石山民，康诚在为他们做一些小手术时，眼见一个个硬铮铮的汉子痛得冷汗直冒，心里十分不安，但也无奈，因为国家对麻醉药品是有控制的，他的小诊所无法从市面上购得。医者父母心，康诚就寻思怎样找到一种替代品，来减轻患者手术时的痛苦。有一天，康诚偶然之间在野地里发现了一种名叫"鬼见愁"的草药，老辈相传此草有毒，牛、羊都不敢吃，康诚心里一动，他小心地挖出几棵"鬼见愁"带回了家。经过一段日子，康诚反反复复地实验，终于研制出一种功效接近医用麻醉品的药剂，他给这种药剂取名为"1号"。为了确保安全性，康诚还在自己身上实验，确定"1号"对人体无害后才运用于患者，临床应用十分成功，康诚也从中获得了丰富的第一手资料。

又是一个寒风凌厉的冬天，康诚的伤腿又开始隐隐作痛。那次惨剧，不仅使他的右腿截除，还留下了永远的后遗症。康诚轻抚伤腿，冷不丁冒出个想法：如果当时两个歹徒中麻药，意识全无，他们还能逞凶吗？继而他又想到，这也不是不可能，只是一个道具问题，比如说麻醉枪，就能办到这一点。康诚的心忍不住狂跳起来：我何不自己做一把麻醉枪？这样就能防身自卫，在力量悬殊的情况下也能及时阻止罪恶的发生，而且，这也仅是在短时间内麻醉而已，是一种小惩薄戒，并不伤及身体、危及生命。

主意打定，康诚就开始收集资料，他决定把麻醉枪安装在他的拐杖上，这样拐杖既能帮助他走路，又是防身自卫的武器，还具有很强的隐蔽性。很多看起来很难的事情只要认真去做也不是不能做到，短短一个月，康诚的拐杖麻醉枪就做好了：拐杖头挖空，内藏机簧，扳机固定在手握的横杠上，隐蔽灵敏。装上特制的中空钢针，按动扳机，钢针即出。看着自己一个月的辛劳有了结果，康诚乐开了怀，他还为自己做了个假肢，虽然手工活粗糙点，装在腿上后放下裤子倒也像模像样。

接下来是针药的问题，"1号"显然不能达到全身麻醉的效果，这也难不倒康诚，他将"1号"进行浓缩，一针管的药剂足以放倒一头牛，他还在浓缩的"1号"里加入活血的药剂，确保短时间里达到预期效果。事有凑巧，麻醉枪做好之后，有个病人托他到县城里带一味药材，于是康诚决定进一趟城。说实在的，从小到大，康诚很少进县城，上一次单独出门又遭逢变故，留下了辛酸的记忆。他这次想看看外面的世界都变成什么模样了，顺便买点用得着的书和药品，其实康诚还有一个念头，他想看看外面的偷盗是否还那么猖獗。

这天，康诚乘了早班车出门，前车之鉴，使康诚不敢大意，自始至终保持着警惕。一路无事，到了城里，康诚随处走走，买点东西。城里毕竟不比小镇，高楼大厦，车水马龙，不过康诚没有心思流连，看看时候差不多就乘车返回了。

如果康诚顺利回家，他的这次出行堪称完美，然而车到槐树庄，长发青年和"板寸头"鬼鬼祟祟地上来了，接着长发青年划破了胖子的包……康诚可没睡着，他坐在最后一排，将这一切都看在眼里。这一幕太像几年前自己的遭遇了，康诚的手激动得微微发抖，不过康诚没有妄动，他的拐杖里只有一枚麻醉针，他不是害怕小偷报复，而是要把这一针留到最关键的时候。后来长发青年摸到包了，又慢慢地取了出来，不能再等了，康诚拿起拐杖，果断地按下了扳机……

天渐渐黑了，墓地四处夜色迷

离，一阵夜风吹来，烛火顽强地跳动了一会儿，终于熄灭。康诚从沉思中回过神来："娘，我今天终于看到了老百姓并非麻木。娘，我发誓，只要是我遇见的罪行，我一定不让它逃遁……"

夜深了，康诚恭恭敬敬地给娘磕了三个头，走了。

4. 车厢里的离奇命案

靠山镇本来民风淳朴，路不拾遗，但现在这里治安混乱，时常有小偷混迹于大街小巷、车站码头伺机行窃，一年又一年，仿佛靠山镇就是这些小偷们铁打的营盘，他们纠集成伙，看准那些单身、麻痹大意的人下手，对妨碍他们"工作"的人，则千方百计打击报复。他们还很会审时度势，"严打"期间销声匿迹，"严打"过后又死灰复燃。开始时人们还齐心协力扭送几个小偷到派出所，不知是不是小偷小摸算不上重罪，反正没过几天这些家伙又大模大样地出现在街头，照样行窃，久而久之，人们也就见怪不惊，只是出门时分外小心了。

可康诚不一样，他对小偷有着切齿之恨，只要是他遇见的小偷，少不得让他们吃点苦头。康诚在暗处，小偷弄不明白这神秘的银针从何而来，于是一时间靠山镇上流言四起，传得沸沸扬扬，说什么有个侠客现身靠山镇，行无影，去无踪，善使银针刺穴，专寻手脚不干净的人下手，如果被他银针伤了，非得七天七夜才得苏醒，那时候筋脉逆转，手脚发软，再也干不得坏事……说得神乎其神，这样一来，那些小偷倒是人心惶惶，收敛了不少，靠山镇也平静了许多。

六月的一天，康诚到镇上给一个腿上生疮的患者换药回来，才上车不久，拥上五六个人，为首一个身材瘦长，一绺长发遮住一双阴鸷的眼睛。此人很多人都认识，他叫王锐，是靠山镇派出所副所长王坚的弟弟，哥哥是警察，弟弟却是个小偷。

这伙人一上来就把目标锁定在一个衣着光鲜的老太太身上，一个小偷紧挨着老太太坐下。老太太似有警觉，将身边的皮包拿起紧紧夹在腋

下，这一来正中了这伙人的下怀，王锐坐到老太太后面，掏出刀片，从椅缝中插进去，一点一点划破皮包。椅缝宽不足二指，难得他竟干得这么利索！

这一切都被康诚看在眼里，当王锐小心翼翼地从老太太包里掏出一卷钞票时，康诚当机立断射出银针，只见王锐浑身一震，霍地站起转过身来，他惊讶、愤怒、恐惧，这样就使他的面目更加狰狞，猛然间，他牙关紧咬，直挺挺地栽倒在地，手里的钞票像天女散花般洒落在地……

车厢里顿时乱作一团，几个小偷本是乌合之众，见领头之人倒地，哪还顾得上"生死与共"的哥们义气，几个人吓得心惊肉跳，拍着车门嚷着要下。车停住，一个小混混上前拉起王锐，刚一碰到他，手像触电般缩了回去，回头结结巴巴地喊道："二哥，老大他……他死了！"

被叫做"二哥"的人还比较镇静："你小子吓傻了，这么个大活人哪有这

么容易死的？"话这么说，他还是上前拉过王锐，细细一看，顿时倒抽了一口凉气，只见王锐双目紧闭，心跳停止，呼吸全无，真的死了！

见出了人命，司机不敢怠慢，立刻关上车门，把车直接开进了靠山镇派出所。

王锐怎么死的？吓死的。原来王锐患有冠状动脉性心脏病，也就是人们常说的冠心病。有人要撇嘴了：既然有心脏病，那他不知道躲在家里平平安安地过日子？还干这么"高危"的"工作"？说来话长，王锐十来岁时被查出有冠心病，十几岁的孩子已经开始懂事了，他就想不通：为什么自己年纪轻轻就得了这号病？后来王锐的哥哥王坚考入军校，而他因为身体原因被一所高校拒之门外，他的心理就更加失衡，觉得老天对他实在太不公平。有一天，王锐在街上闲逛，碰到一个小学同学，说起近况，王锐长吁短叹，只恨自己命苦。那同学眯着眼睛听王锐倒完苦水，说："你如今这个样子，肩不能挑背不能扛，又不能靠父母一辈子，想没想过以后干什么？"王锐摇头，那同学说："不如跟着我们干，既轻松又来钱。"王锐问干什么，那同学一脸神秘，伸出二指做了个摸包的动作。王锐本来就有破罐子破摔的念头，哪经得起别人撺掇，当下就答应了，从此走上邪途。

干小偷哪能一帆风顺？不过那时王坚已经退伍回到家乡，在靠山镇派出所当警察，认识的人冲王坚的面子让王锐三分，外地人在靠山镇人生地不熟，俗话说强龙不压地头蛇，遇上小偷只要不是损失太重也就自认倒霉，就这样，王锐竟然无惊无吓地练成了一个偷中高手。因为有路子，同行中有人进了局子少不得托他去说说情，活动活动，一来二去，王锐在道上混得也算小有名气了。

那几天风传靠山镇出了个用银针惩罚小偷的神秘大侠，王锐听了不屑一顾：什么狗屁大侠，躲在角落里放暗箭的瘪三而已，怕什么，多叫上几个兄弟，看他还敢动！王锐本以为没人敢在他这个太岁头上动土，可惜他想错了，当银针刺入王锐肌肤的那一刻，他真是又惊又怒，一口恶气直冲顶梁，他回过头，想找到那个放冷箭的人，拼它个鱼死网破，可他看到的是一双双怒视的眼睛，那是他以前从未注意到的，这时，一股凉意在后脊梁慢慢蔓延，蓦地，王锐觉得心里一痛——他脆弱的心脏哪里经得起如此剧烈的情绪波动，刹时间冠脉血栓形成，心肌缺血猝死！

负责承办这一案件的正是王坚，他见死者竟是自己的弟弟，大吃一惊，虽然王坚恨这个弟弟不成器，但毕竟手足情深，他下决心要为弟弟报仇。

王坚让几个警察认真调查事情的经过，注意搜查有没有人带小巧的弓弩之类的东西，他又打电话叫来法医作详细的尸检。不久，负责调查的警察向王坚汇报，说是乘客们都讲事情发生得太突然，没人注意到银针从何而来，还说车上的人都讲死了一个小偷，活该……王坚狠狠瞪死了一眼，那个警察不吭声了。看看快要超过规定的羁留时间，王坚挥挥手，让警察给车上所有人拍照，然后除了几个小偷，其他人全放了。

第二天，王坚将头天发生的事情向开会回来的所长汇报，所长听完，习惯性地往椅背上一靠，说："你说的事我知道了，听说死者是个小偷。"

王坚见所长的眼睛正看着自己，脸上微微一红："是的，不过既然闹出了人命，我们干公安的，就有责任把事情查个水落石出，您说是不是？根据化验分析，死者身上的针头里有强力麻醉药剂，我猜想针头的持有者是通过弓弩将它发射出来的，不敢想象，如果这个人想做坏事，那他手里的弓弩何异于一支枪！"

所长想了想，说："是啊，咱们干公安的就是要保一方平安，出了这样的事，说明我们的工作没有做到家啊！小王，这件事情就交给你去办，一定要办好。虽然死者是小偷，但毕竟我们还是法制社会嘛，有什么事情要依靠政府，哪能自己为所欲为？这样搞不是乱套了么！"

王坚挺起胸膛，站直身子说："是。"随即他就走出了所长办公室。

案情没有一点线索，怎么查？王坚自有一套办法，他从扣留的小偷口中盘问出谁曾经被麻醉枪击倒过，然后分别找到这些人，给他们看当天拍摄的乘客照片，让他们回忆在他们被麻醉枪击中时，附近有没有人和照片上的某个人相似。王坚的思路是：麻醉枪的主人不是神仙，他要向别人发射麻醉针，其人必定就在附近。如果某人总是出现在受害人被麻醉时的现场，那绝对不是偶然。这一招果然管用，王坚和几个干警经过几天走访，渐渐把目标锁定了……

5．一张暗暗张开的网

这一回可把康诚吓得不轻，他想不到王锐会突然死去，麻醉药的剂量康诚是控制的，不至于一命呜呼呀，王锐死得蹊跷，康诚可不愿不明不白为一个小偷蹲大牢。虽说派出所一时没查清是谁"害"了王锐，但康诚强烈地预感到麻醉枪的秘密总有一天会被人察觉，一旦被人识破，他的处境将非常危险，也许此刻如果把麻醉枪毁了，他的秘密将永远无人知晓，但康诚一想到自己在娘坟前立下的誓言，想到那些无辜被偷的百姓的无奈和心酸，就忍不住热血沸腾，下决心坚持下去。

那天，康诚最后一次到镇上为那个腿疮患者换药，途中上来一个戴深色墨镜的大块头，他走到康诚的面前，让康诚挪一挪，坐里面的空位。康诚举了举手中的拐杖，向他示意自己行动不便，让他坐里面，那人点了点头，挤进去坐下，不一会就打起了呼噜。

一会儿又上来一个中年人，他上来不久就把手伸进了别人的口袋，康诚下意识地提起拐杖，瞟了一眼身边的汉子，那汉子正鼾声不绝，睡得香甜，这时，前面的中年人已经轻松地从别人口袋里摸出了一扎钞票，康诚见此情景，当机立断，立刻扣下扳机，只听"啪"的一声，那枚银针射了出去，但出人意料的是那银针没有插入汉子的身体，而是从汉子背上反弹出来，掉在地上滴溜溜地乱转。

康诚正在惊愕，一副手铐"喀嚓"一声，铐住了他的手腕，一旁的汉子慢慢摘下眼镜，露出一双阴沉沉的眼睛："把你的拐杖给我吧，我是警察。"此人正是王坚！

听说有警察，车厢里顿时闹了起来，有人骂道："警察都是吃干饭的？不抓小偷抓好人？"

王坚抬起头，放开喉咙喊道"你们知道什么？这人做麻醉枪伤人，身上背有血案，我们让人穿上防弹衣扮作小偷，引他上钩……"

"警察扮小偷，啧啧，新鲜。咱们百姓以后要是碰到摸包的，是把他当作警察配合他工作呢，还是把他当小偷打一顿？"

王坚知道此时此地和乘客继续纠缠下去多有不便，就不再理睬，掏出手机打电话叫来了一辆警车，把康诚带回了派出所。

王坚把康诚带进了审讯室，把门关上。康诚坐在椅子上，神色坦然。

王坚拿起康诚的拐杖仔细端详："你的麻醉枪做得不错，怎么想出来的？"

康诚淡淡一笑"有些事情，只要知道为什么去做，就能做好。"

"是吗？"王坚走近康诚，冷不防一拳击在康诚胸膛上，打得康诚倒退数步，一屁股跌在地上。康诚用手捂着痛处，额上豆大的汗珠直冒："你为什么打我？"

王坚的眼里像要冒出火来："告诉你也不怕你翻天，你害死的那个人就是我弟弟。我弟弟有病，我爹妈都舍不得动他一根手指，我今天就是要让你知道，什么人动得，什么人动不得！"王坚说着，渐渐逼近了康诚。

"你别过来，"康诚挣扎着站起来，"我牙齿里镶有一颗毒药丸，你再折磨我，我就咬破药丸死在你面前，我一个残疾人，又牵涉到命案，死对我来说并不可怕，不过我不想死，我只想接受公正的审判。你别逼我，我想我死在这里对你、对派出所的声誉都不太好吧？你想知道什么？说吧，我都告诉你。"

王坚想了想，悻悻地停下了脚步，说："有什么话留着对法官说吧，你不要以为自己所犯的事情节轻微，致人死亡的后果，该判什么刑法官会告诉你；还有，就算你出了狱，知不知道有多少被你用麻醉枪麻醉的小偷等着你出去报一箭之仇？再说啦，你害得我爹妈伤心，我也不会让你好过

的，记着，这就是你多管闲事的后果！"说完，王坚摔门而去。

康诚的案子很快移交到检察机关，检察机关依据程序向当地法院提起公诉，法院宣布择日开庭审理。与此同时，一封群众来信呈送到法官们的案头，信上是这样写的：

尊敬的法官：

我们是靠山镇的居民，靠山镇居民苦啊，挣钱门路少，出门小偷多，派出所不爱管。康诚康大夫，用他的一支麻醉枪，阻止了多少偷盗事件的发生，让多少人免于钱物丢失的痛苦。最近，听说有个小偷死在康大夫的麻醉枪下，康大夫因此被抓。我们都愿意证明，死者是个惯偷，危害乡里，民愤极大，请法院根据实际情况对康诚大夫减轻处罚。

信的后面是密密麻麻的签名和手印。法院有关领导看了这信后立刻作出批示：康诚的案子在靠山镇公审。

6. 法律是公正的

离康诚的案子开庭审理还有一周，这天，王坚正在办公室看报喝茶，所长和几个人走了进来，王坚一看，是检察院的。为首的一个检察官走到王坚面前说："我们今天来，是想谈谈你的问题。"

"我的问题，我有什么问题？"王

坚感到莫名其妙，他看看那几个检察院的人不像是开玩笑，不由得有些急了："是不是因为死者是我的弟弟、有人背地里嚼舌根子？干咱们这一行，难免要得罪一些人，你们不会连这些鬼话也相信吧？办这件案子的时候，我是向所里作了汇报的，所长，你得替我说句公道话啊！"

所长的表情也严肃起来了："康诚向检察院反映你殴打和恐吓他，你说说，这是怎么回事？"

一听这事王坚放心了，因为审讯室的安全性他是知道的，当时只有自己和康诚两人，就算康诚说的是实情，自己给他来个死不认账，谅他一个小小百姓，能把我这个堂堂派出所副所长怎么样？再说，自己也没做什么太出格的事情。王坚心里有底，语气也硬了起来："这是诬陷、诽谤！他知道死者是我弟弟，他自己又栽在我手里，因此心怀不满，故意造谣混淆视听！"

检察院的人再三要求王坚主动交待问题，争取宽大

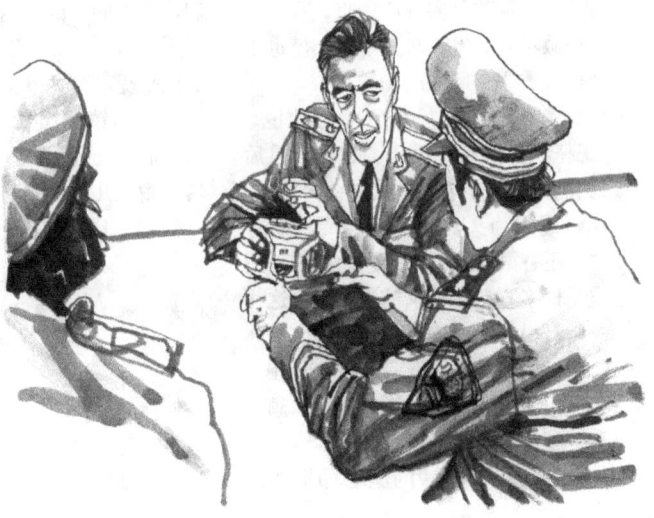

处理，但王坚就是不肯承认，于是他们立刻取出一台微型录音机，按下播放键，录音机里传出了两人的对话：

"你为什么打我？"

"告诉你也不怕你翻天，你害死的那个人就是我弟弟。我弟弟有病，我爹妈都舍不得动他一根手指，我今天就是要让你知道，什么人动得，什么人动不得！"

录音放完，为首的一个检察官说："不用找专家来校对发音吧？"

王坚颓然跌坐在椅子上，再也说不出一句话来……

原来康诚自从那次在荒野里被歹徒殴打后一直心有余悸：当时气温极低，自己断腿失血又昏迷不醒，真是危机四伏，如果当天没能醒来，那后

果真是不堪设想，更重要的是一切都无迹可循，凶手极有可能逃遥法外。为此他在做假肢时多了个心眼，把一台微型录音机放于其中，以备发生意外时记录下当时的情况。王坚在派出所里殴打和威胁他时，他就趁弯腰的时候按下录音键，录下了两人的对话。

这时，所长在一旁冷冷地说："康诚说了，他将视你的态度决定是否就你的行为提起上诉，你再好好想想你的问题吧。"

王坚张口想分辩些什么，他想了想，不由得低下头，如实说了起来："在我任派出所副所长的时间里，想到身患绝症的弟弟，有几回我的确徇私了，将几个群众送来的小偷放了。我弟弟有心脏病，活不了几年，我只想让他在世的时候开心一点。我知道这样做不对，但我想，小偷小摸也不是什么重罪，所以……"

为首的那个检察官痛心地说："王坚啊，小偷小摸也会造成严重后果啊，康诚的腿就是被小偷弄折的，他妈妈因为买药的钱被盗而病发身亡，还有很多的老百姓因为被盗而造成了许多直接和间接的损失。你这样做，对得起头上的警徽吗？"

"为什么我们两兄弟都会栽在一个瘸子手里？"王坚说完这话，颓然垂下了头……

一周后，康诚的案子如期在靠山镇集贸市场进行公审，成千上万的群众前往旁听。审判席上的法官一致认为：康诚麻醉枪伤人致死已构成故意伤害罪，但其行为是在被害人进行盗窃时实施的，其目的是为了制止盗窃发生，是顺应民意的义举，防卫过当成立；同时麻醉剂不是造成被害人死亡的直接原因，据此对康诚作出有期徒刑2年、缓刑2年执行的从轻判决。

不久有消息传出：王坚因为渎职被开除出公安队伍。

瘸腿青年扳倒黑白两道哥儿俩的事情引起了社会媒体的关注，市、县十几家新闻媒体对这件事进行了报道。市里一家医药公司迅速作出决定：高薪聘请康诚为该公司医药开发总监。据该公司有关负责人介绍：他们这样做的原因有两点，一是认为康诚人才难得，二是借这个案子的新闻效应来提高公司的知名度。

靠山镇派出所新任副所长上任后，狠抓社会治安，社会风气空前好转，偷盗几乎绝迹……

（题图、插图：杨宏富）

（本刊"中篇故事"栏目热忱欢迎作者来稿，来稿要求：1）题材有浓郁的时代气息并为广大读者所喜闻乐见；2）情节新鲜、奇巧；3）字数一般在15000左右。来稿可从邮局寄发，也可发电子邮件，本期责任编辑的电子信箱为：yaotongzhi@vip.sohu.net）

当代传奇故事

　　优秀的传奇故事能给人以悲喜、惊恐、神秘等强烈而多变的阅读快感。本书每则故事无不以"奇"作为情节的核心，让人读来欲罢不能。作为"故事会爱好者丛书"中的一种，本集子相当具有代表性，故事的特点，《故事会》的风格，从此书可窥一斑。

发财故事

　　发财，自古以来人皆往之，因此发财故事也就在民间绵延不绝。本集36则发财故事分六大类：因财起祸、生财之道、天落横财、发财恶梦、飘忽财运、钱难通神等。故事生动，通俗可读。

旅途故事

　　46则旅途故事，让人在应接不暇的情节、人物中体验生活、体验社会、体验人生，从而拥抱生活，拥抱明天。作品充分运用了故事艺术的诸种表现手法：悬念、对比、误会、包袱……情节跌宕起伏，引人入胜。

喝酒故事

　　酒这东西，自古以来人们就对它褒贬不一，毁誉参半。本集古今中外64则喝酒故事，或喜或悲，或辛或酸，或啼笑皆非，按内容分为"因酒生事、借酒陈言、醉酒出丑、酒水糊涂、酗酒丧身、荒唐赛酒"等六类。

警匪故事

　　本书汇集五则中篇故事精品，描写公安人员深入虎穴，与潜伏的敌特土匪斗志斗勇，最后使之落入天罗地网。故事情节曲折复杂，悬念性特别强，敌我之间关系扑朔迷离，错综复杂，人物命运特别牵动人心。

红色间谍故事

　　7则中篇故事，描写一群置生死于度外，出生入死在敌巢魔窟中，机智勇敢地与敌特匪首周旋，进行地下斗争的革命者。故事情节曲折，人物形象鲜明，具有震撼人心的艺术魅力。

捣蛋鬼故事

　　本书收入的"捣蛋鬼"，是一批头上长角的油子、懦夫、贪者、莽夫、偷儿、怪徒，他们大多性格怪异，但在激变的环境中却展现出了人们意想不到的美丽人生。书中也描写了另一类罪错者，故事往往以轻喜剧的风格来处理人物之间的矛盾冲突，让你饱览社会生活的丰富多采。

怕老婆故事

　　怕老婆现象古今中外均不同程度存在，汇集出书这是第一本。作者均取材于实际生活，有古代代表性作品，更多的是描写当代人的这类夫妻关系。他们怕老婆的行为，离奇古怪；怕老婆的动机，五花八门。

墙头上的标语

□ 王 卫

大弯村里有个习俗 爱刷标语，隔三差五，说不准就有哪个村干部拎着漆桶、拿着毛刷过来，"刷刷刷"地写上一溜排鲜红的大字，上自国策、下到民风，都可以在这里读到，从早年的"农业学大寨"，到后来的"少生孩子多养猪"，到再后来的"一年一变样、三年家家盖洋房"，甚至谁家死了几只鸡，当天村口或许就会出现一条标语："全村动员防鸡瘟！"

对这些标语，村民许老根很感兴趣，他读过两年私塾，肚里有几滴墨水，常常会摇头晃脑地挨个儿一条条地瞧，他发现标语的内容实在是太丰富了，只要看看这墙上新刷了什么话，就可以知道外面是什么形势。

老根有一个儿子，名叫铁蛋，是个不大规矩的角色，吃喝嫖赌、坑蒙拐骗样样都沾着，是十里八乡挂了号的刺头。上个月，铁蛋拦路抢劫了一个卖山货的老头，还把人刺成了重伤，他晓得这次自己捅的娄子大了，就鞋底抹油，家也没回，躲外面避风去了。

乡里派出所的所长和村主任找到老根，老根这才知道儿子闯下了大祸，他搓着青筋暴突的双手，气得直骂："畜生，这个畜生……"所长可不是来听老根骂的，他要人，可是老根确实不知道铁蛋躲哪里去了，两人觉得再问下去也问不出什么名堂来，只得留下几句话走了。所长和村主任走后，老根的心就像井里的水桶七上八下的，他伸长了头颈瞪大了眼，盼着儿子早点回来，可铁蛋却像断线的风筝，大半年过去了，还是没有一点音讯，急得老两口终日唉声叹气。

一天深夜，铁蛋忽然偷偷地溜回来了，老伴惊喜地搂着儿子泪流满面，老根也是泪水止不住地往下流。铁蛋瘦得像猴子似的，可见这逃亡的日子不好过，他们赶紧把屋里现有的东西端出来给儿子充饥。

老根盯着狼吞虎咽的儿子，问："你回来了，打算怎么办？"铁蛋叹口气，说："外面太苦了，先在家里躲躲再说吧。"老根想了想，小心翼翼地说道："躲？这日子哪天才是头呀？那村口的标语不是说了，躲得了初一，躲不过十五，我看，是不是就去乡里自首了？"一听这话，老伴顿时跳起来，手指直戳老根的额头："你这老不死的，虎毒还不食子，你竟然要把儿子往牢里送！"铁蛋也瞪起牛眼发狠，老根吓得一缩脖子，不吱声了。

天一亮，老伴就叫老根到集市上买大鱼大肉给儿子补身体，一路上，老根心里头还在想要不要再劝劝铁蛋到派出所去自首。他慢慢地向村外走，一抬头，见村口的墙上多了条标语，这些日子老根心神不定，也没注意这标语是什么时候写上去的，他眯着眼瞧了一遍，心里"咯噔"一下，赶紧死劲地揉揉眼睛，又仔细地看一遍，那墙上清清楚楚地写着"投案自

首是犯罪"，白底红字，斗一般的大，老根不禁倒抽了一口凉气：天哪，啥时候政策变了？不许罪犯自首啦？他不敢相信这会是真的，但眼前的标语却明明白白地刷着呢，这会是假的？老根毕竟是个穷乡僻壤的普通农民，他没有懂得太多，再说，当父亲的总想护着儿子，就像落水的人盼着水面上漂来一根稻草似的。

老根菜也顾不上买了，立马回家，把新政策传达给老伴。老伴听了，理直气壮地对老根吼着："你这老糊涂，我早就说了不能自首，现在信了吧？"老根像鸡啄米一样连连点头，心服口服。老两口马上把菜窖子收拾收拾，让铁蛋藏进去。

正应了老根屋后墙壁上的那条标语"群众的眼睛是雪亮的"，没过两天，就有村民到派出所举报，警察来了个突然袭击，没费多少工夫就把铁蛋给揪出来了，更让老根意想不到的是自己和老伴因为包庇儿子，也被一并铐上押进了警车。

老根如雷轰顶，他拍打着铁栅栏叫着："为啥抓我？不是说不许自首了吗？要不我早带儿子去投案了呀！"

派出所长瞪着眼呵斥道："谁说不许自首了？一派胡言！"

这时警车正好开到村口，老根赶忙一指那堵墙叫道："你看你看，那墙上写着呢！"所长探头往外一看，也

新开张的"醉八仙"酒楼推出了十几道名菜，看那菜名，真逗，真妙，真绝！

菜名和名菜

□ 推荐者 小鱼儿

◇ **穿过你的黑发的我的手**：海带炖猪蹄
◇ **母子相会**：黄豆和豆芽
◇ **雪山飞狐**：炸虾片（白色），上面有几片很小的虾皮
◇ **走在乡间的小路上**：红烧猪蹄，然后边上撒点香菜
◇ **波黑战争**：菠菜炒黑木耳
◇ **青龙卧雪**：一盘白糖上放一根黄瓜
◇ **火山下大雪**：凉拌西红柿上面撒上白糖
◇ **悄悄话**：猪口条和猪耳朵
◇ **绝代双骄**：青辣椒和红辣椒
◇ **关公战秦琼**：西红柿炒鸡蛋——红脸和黄脸
◇ **乱棍打死猪八戒**：豆芽炒猪头肉
◇ **火辣辣的吻**：辣椒炒猪嘴
◇ **银芽盖被**：黄豆芽掐头去尾的白梗上面盖了一层摊鸡蛋
◇ **独秀峰**：一盘鸭屁股

愣住了："这、这是什么话？谁写的？"

正纳闷着，车子转了一个弯，所长和老根都看到了另一面墙上还有几个红漆大字"……分子的唯一出路！"老根呆了呆，一下子明白过来了，原来这句是："投案自首是犯罪分子的唯一出路！"标语太长，一面墙写不下，下半句就拐了个弯，写到另一面去了。

老根顿时悔得跺脚捶胸，哭叫道："我说哪来的怪事呢，犯罪分子哪能不自首呢！现在完了，要蹲班房了，死老婆子呀……"

（本篇月月评短信代码：0110）

（题图：安玉民）

· 故事情画 ·

父母很忙，很小我就独自玩耍
听门缝里挤进来的风声
想象它们是好听的音乐
看墙壁上的纹路
想象它们是有趣的图画
这时想象是红色的鱼，自在游动

（图·文/庞彦）

规则之美

那是一个傍晚，有几个中国游客乘着一辆车，从澳大利亚的墨尔本出发，往南端的菲律普岛赶。菲律普岛是澳洲著名的企鹅岛，他们去那儿看企鹅归巢的美景，而真正可以看到企鹅归巢的时间只不过短短半小时，而就在这时，这个岛上正举办的一场大规模的摩托车赛散场了，无数的车辆往墨尔本方向开，车流滚滚，迎面而来，其中有汽车，还有摩托车，那都是一些特别爱炫耀自己车技的摩托车迷啊，他们戴着钢盔，一路耀武扬威!

此时此际，目力所及，从北往南开的车只有几个中国游客乘坐的那辆，可是由南向北的却何止千辆! 然而，出乎意料的是，两个方向的车子都依然行驶得非常顺畅，原因是：对面驶来的所有车辆，没有一辆越过中线!

这里是荒凉的澳洲最南端，没有警察，也没有监视器，仅有的只是车道中间那条看起来毫无任何约束力的白线。夜幕降临了，所有的车都打开了车灯，从那条流淌的车灯之河中显露的是规则之美、人性之美……

（推荐者：胡　明）

余下的都是利润

小镇上有一位五金店老板，从事这一行已有二十多年，生意一直很好，但他对会计业务不在行，不习惯记账、核算。一天，当会计师的儿子来探望他，说：“爸爸，我实在搞不清你是怎么核算成本和利润的，这样吧，我来替你设计一套现代化会计系统。”

老头说：“不必了，孩子，我心里有数。我爸爸是个农民，他去世时，我名下的东西只有一条工装裤和一双鞋。后来我离开农村，跑到城里，辛勤工作，终于有了这家五金店。现在我有一个妻子和三个孩子，你哥哥当了律师，你姐姐当了编辑，你是个会计师。我和你妈住在一个很不错的房子里，还有两部汽车。我是这家五金店的老板，而且不欠人家一分钱。”老头停了一下，接着说，“我的会计方法很简单，把这一切加起来，扣除那条工装裤和那双鞋，余下的都是利润。”

（推荐者：马若恒）

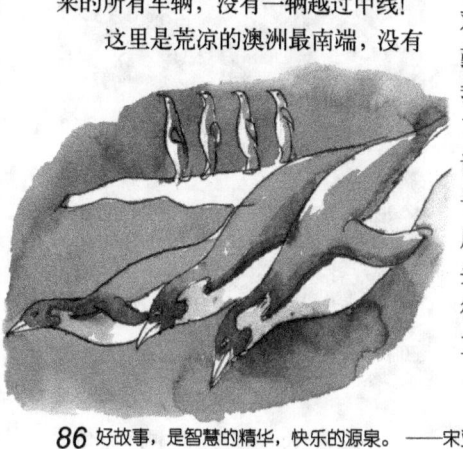

掌上灵通杯 "我心中的故事会" 新年寄语征集启事

在《故事会》成功改版一周年之际，欢迎你来参加掌上灵通杯 "我心中的故事会" 新年寄语活动，把你心中对故事和人生的感悟、对《故事会》想说的话，或者对于新年的展望和梦想，用优美精炼的文字表达出来，发给我们。入选寄语将在2005年的《故事会》中刊登出来，优秀的寄语还将成为我们的封面语！

寄语内容须在30字以下，你可以选择以下方式参加：1. 用短信将寄语直接发送到2000561（移动）/9000561（联通）（接收短信每条0.2元）；2.中国移动手机用户可拨打125908911再按1号键，用语音留下你的寄语（每分钟0.7元）；3.发送电子邮件到gushihui@vip.sohu.net；4.寄信到上海市绍兴路74号《故事会》杂志社（200020），请在信封上标明：新年寄语。请在电子邮件和来信中注明你的真实姓名和联系地址。

入选内页寄语的1200名作者各获价值30元礼品一份；入选封面寄语的24名作者各获500元现金奖。本活动截止日期：2005年2月28日。

自征集启事发布后，我们从网上、短信、语音、来信中收到大量的读者寄语。这些寄语，文字优美，富有哲理、不仅道出了故事的真谛，也加强了读者和《故事会》之间的情感交流。从本期开始，我们将在刊物双页的左下角，选登一批优秀寄语，以感谢广大读者对《故事会》的厚爱。

《十面埋伏》原创小说由本社独家出版

由著名导演张艺谋精心打造的武侠巨片《十面埋伏》原创小说由上海文艺出版社独家出版。小说作者李冯假武侠题材，在作品中倾力呈现动人心魄的爱情传奇和复杂纠曲的人性渊薮。这是一个 "现代眼光中的武侠世界"，江湖组织并不总是除暴安良、行侠仗义；江湖组织也有违背人性，压抑人性，损伤个人感情、权力和人格的时候。小说《十面埋伏》不仅成功承继了武侠大家古龙的快节奏语言风格，同时也承继了古龙小说中对人物角色特点的安排——最好的朋友就是最大的敌人，最美的姑娘则是隐藏最深、最诡秘的人物。小说采用第一人称叙述，叙述人头脑中萦回不去的是当年他任奉天县府衙捕头时，江湖组织 "飞刀门" 覆灭过程中发生的一系列刻骨铭心的事情。

共 同 点

□ 孙新峰

下午第一节是历史课，老师在课堂上讲得兴致勃勃，一个外号叫"三毛"的同学却趴在课桌上呼呼大睡，老师十分生气，就把三毛叫了起来，老师问："你说，王安石和欧阳修有什么共同点？"三毛脱口而出："他们都是宋朝人。"

老师接着问："那你说说，他们和唐太宗、诸葛亮有什么共同点？"

三毛愣了愣，答道："他们都是古代人。"课堂上一阵大笑，老师将错就错，干脆当个游戏玩下去，也算活跃课堂气氛，于是他问道："那他们和孙中山、鲁迅有共同点吗？"三毛想了想，说："他们都是男人。"老师接着又问："如果加上李清照、慈禧呢？"三毛急了："他、他们都是中国人。"

老师笑了笑，问道："你再说说，拿破仑和恺撒有什么共同点？""他们都当过皇帝。""他们和达尔文、希特勒有什么共同点？"三毛答到这时已经摸到窍门了，他得意地回答："他们都是外国人。"老师又紧逼了一句："那他们和我前面提到的这些人有什么共同点呢？"三毛一竿子捅到底：

"他们都是人。"

老师又问："据我所知，这些人中诸葛亮养过鸡，慈禧、恺撒还养过狗，把这些动物都算上，他们和它们有共同点吗？"

老师这么一问，三毛的头上开始冒汗了："这个……这个……他们和它们都死了。"

"嗯，的确都死了。"老师点了点头，三毛腿一软，坐了下来，心想，这下问题该到头了吧？不料老师又说："你站起来，还有最后一个问题——假如现在他们和它们都还活着，能找出共同点吗？"

三毛傻眼了，他想了足有五分钟，才哭丧着脸说："如果不算时差的话，他们和它们应该都吃过午饭了。"

故事如风，丝丝吹散忧愁；故事如雨，滴滴滋润心田；故事如雷，声声拷问心灵。 ——赵庆涛

"美眉"是这样"炼"成的 □ 杨淑荣

这天，市郊发生了一起车祸，一辆汽车撞死了一头驴子。

老赵途经此处，亲眼目睹了现场，回家后告诉老伴王妈"一辆汽车撞死了一头驴子，真惨啊！"

王妈听了这事，胸口就"怦怦"乱跳，最后忍不住拨通了女儿的电话："娟儿啊，刚才一辆汽车撞死一个女子！"王妈耳朵不是太好，她把"驴子"听成了"女子"。

"娟儿"的儿子都上初中了，但在母亲眼里，女儿永远是长不大的乖乖女，所以王妈又接着叮嘱"那女子是过马路不小心撞上的，你可千万要小心啊，别老是叫妈提心吊胆。"

为这点事打电话，娟儿很不高兴，于是在电话里纠正母亲"都什么年头了，还叫'女子'，应该叫姑娘，懂吗？"

正通着话，儿子小林一头汗水闯了进来，娟儿立即放下电话训示儿子："刚才一辆汽车撞死了一个漂亮姑娘，你还这么冒冒失失的！今后过马路要小心，听见没有？"

不料儿子却嗤之以鼻："什么漂亮姑娘，应该叫美眉，简称MM，懂吗？真是老土！"

一小时后，小林在班上宣布："一辆汽车撞死了一个MM，哥们谁愿意去看看？"

"呼啦"一声，一帮"哥们"骑着单车箭一般地冲向事发现场，结果没有看见MM，只有一头驴子——一头僵死的驴子！

"美眉"就是这样"炼"成的！

巧收费

□ 王道庄

有个乔大夫，他治病收费巧立名目，花样可多了。这天，他给一个姓王的胃癌患者做了胃切除手术，查房时王患者问："乔大夫，我吃什么饭合适？"乔大夫说了两个字："流汁。"

第二天的"住院病人费用一日清

单"上，多了一个收费项目："饮食咨询费5元。"王患者不解，问道："乔大夫，你没有告诉我什么呀！"乔大夫微微一笑："怎么没有？我不是告诉你'流汁'了吗？"

王患者想了想，无话可说，他又问乔大夫："我做完手术了，怎样才能恢复得快一点？"乔大夫又说了两个字："少动。"

过了一天，王患者看到清单上又增加了一个收费项目："康复指导费10元。"王患者一想，明白了，这"康复指导费"，一定是昨天乔大夫说的"少动"。

正在这时，王患者的老婆来到病房。丈夫得了胃癌，尽管做了手术，但她还是惶惶不安，于是她就轻轻地问乔大夫："我老公的病，以后有没有生命危险……"

老婆的话还没有问完，王患者一把捂住她的嘴，并且急忙向乔大夫连连摆手，示意他不要回答。

乔大夫离开后，老婆问王患者为什么要捂她的嘴，王患者拿出最近两天的每日清单，指着"饮食咨询费"和"康复指导费"说："这个大夫巧收费，他一回答，肯定会说'没有'，就这两个字，明天的清单上就会出现五个字……"

"五个什么字？"

王患者苦笑着说："生死预测费！"

心里的故事沉淀多了，就会像贝壳一样生出珍珠。——张海燕（广东）

小偷的留言

□ 唐俑

张兵是个单身汉，他每一次出差，家里几乎都要遭窃，这次又要出差了，时间半个月，因此他决定找个人帮他看家，可明天一早就得出发，打电话回老家叫刚刚退休的父亲走一趟，显然来不及了，他犹豫了一阵，给同事小胡打了个电话，小胡说："我可以帮你看家，可我也是个单身汉，我走了，哪个帮我看家？"张兵一听，笑了：对呀，罢了罢了，小偷要来就来吧，反正我也没有什么太值钱的东西，只要不把房子偷走，他偷什么都可以！

收拾好行李后，张兵坐在沙发上看电视。电视里正在放《三国演义》，刚好放到"空城计"那一集，张兵灵机一动：诸葛亮可以使"空城计"，我

为什么不可以？他电视也不看了，急忙找来纸和笔，写下几个字，放在一进门就能看见的地方："老婆，我出去一会儿，马上就回来。"

虽然这张字条不能阻止小偷进门，但他相信胆子再大的小偷，见了这字条也会马上逃走的，他为自己的聪明感到高兴，这晚睡了个踏实觉。

第二天一早，张兵就放心地出差去了。半个月后，他回来了，一看，家里的门虚掩着，果然又遭窃了！不过有了那张字条，想必情况不会很严重。张兵进门一看，只见客厅里那台二手电视机不见了，单人沙发也不见了，怎么回事？难道小偷没有看到那张字条？字条呢？怎么连字条都不见了？他急忙来到卧室，这一下他彻底傻了眼，因为不要说别的，就连床上的床单都不见了！

张兵再一看，那张光溜溜的床上放着原先写的那张字条，他拿起来一看，发现上面多了几个字：

"你骗谁呀？你要是有老婆，怎么睡的是单人床？"

美食家斗法

□许铭君

别看阿山今年才25岁，但他天生就是个美食家，尤其擅长品鸭，蒸、焖、炸、炒、熘、卤，无论你用哪种法子烹饪，他都能说得头头是道，年纪轻轻就誉满全城了，人也变得越来越狂，见了谁都不服。

在这座城里，还有一个擅长鸭类食品评判的老美食家，叫陈清，今年52岁，他有个女儿叫小珠，是个出名的美女。阿山早就在打小珠的主意了，他想击败陈清，再追求小珠。

有一天，阿山对陈清说："随便你怎么考我，我要是输了，我就永远离开这里；我要是赢了，你就把小珠嫁给我。"陈清一听，想也没想，爽快地接受了阿山的挑战。

这一天，陈清按约把阿山叫到了家，亲手做了两只香喷喷的烤鸭，让阿山说出它们有哪两点不同。阿山分别在两只烤鸭身上夹了两块肉，一咂嘴就说了："左边是公鸭，右边是母

鸭。"陈清点点头，又问："还有呢？"阿山轻描淡写地说："左边的是田野里放养的，右边的是饲养场里喂养的。"陈清长叹一声，刚要认输，阿山又卖弄地说："还有一点，左边那只身上的羽毛是白的，右边的是灰的。"陈清一听，无话可说，阿山得意地笑了："老爷子，说话要算话啊！"陈清刚要说话，小珠进来了，对阿山一笑，说："这么容易就想把我娶走啊？"

阿山更得意了："你不服啊？"

小珠说："我想再考考你，还是考有关鸭子的。"

阿山乐了："好啊，说个时间吧？"

92 一个好故事犹如一面镜子，照出人间美丑善恶。——吴仕鸿（贵州）

"三天后，还在我们家！"

这三天可把阿山急死了，他单等着赢了好把小珠娶回家呢。为了做到万无一失，他这三天可没闲着，每天不是琢磨各地鸭子的特点就是寻思各种调料的运用。

三天总算过去了，阿山早早地来到了小珠家，小珠也没啰嗦，进厨房半小时后就端上了一盆清炖鸭，嗬，那色，那味，那叫美！阿山用勺子舀了半勺汤，只一尝就肯定地说："味道还行，但因为你少放了鸭心，所以还有待提高。"

小珠点点头，第二次进了厨房，过了半小时，小珠又端上了一盆清炖鸭。阿山舀了汤一尝，说："这一次，你少放了鸭肠。"小珠无奈地摇摇头，又去做第三盆汤，但第三盆汤还是让阿山轻易识破：少放了鸭血。小珠皱着眉想了想，又要进厨房，这一回阿山说话了："我可不能一直让你这样考法，你还有最后一回机会，要是我再说对，你可要守约，要嫁给我。"小珠点点头，走了。

过了大约二十分钟，小珠端上了第四盆汤。阿山一边用勺子舀汤一边得意地对小珠说："这一次怎么炖这么短时间，是不是要打算认输了？"小珠冲他一笑："你还是品过再说吧。"于是阿山就舀了一勺汤，放到嘴里去品，可这一品，他不由皱起了眉头，这汤除了原有的鲜香味，还有一股他从没尝到过的特别味道。阿山又舀了一勺倒进了嘴里，还是拿不准，阿山的脸上开始冒汗了，他不停地舀汤喝，不知不觉，一盆汤让他喝了一半多，一只窝脖儿清蒸鸭也露出了大半个，但他还是拿不准小珠在清蒸这只鸭子时到底少放了什么或者多放了什么，他有点不好意思地对小珠说："光喝汤我恐怕……但只要吃一小块儿肉……"小珠"咯咯"地笑着说："你吃吧，随便！"

阿山于是就用筷子在鸭子的背部夹了一块肉，放到嘴里细细一嚼，香味是浓了，但原有的特别味道也更浓了，他还是拿不准，就有点尴尬地对小珠说："我想在鸭胸脯上再尝最后一块，要是再尝不出来我就认输！"

小珠还是毫不在乎地说了声"随便"，接着，阿山干脆把筷子一丢，左手把住了鸭背儿，把清蒸鸭翻了个肚子朝天，他伸出右手刚想在鸭胸脯上拧下一块肉来，可等他定睛一看鸭胸脯，不由一愣，紧接着胃里就是一阵翻江倒海，他丢下鸭子，大叫起来："天哪，还没开膛啊！"

（本栏题图、插图：李　加）

（本栏热忱欢迎读者、作者提供风格诙谐、情节精彩的各类幽默作品。来稿可从邮局寄发，也可发电子邮件，本期责任编辑的电子信箱为：yaotongzhi@vip.sohu.net）

外国悬念故事

该书汇集的是《故事会》"外国文学故事鉴赏"专栏中的35则精品，其中包括美、英、法、意、俄、日等国的当代有影响的作家的作品，尤以美、日居多，按内容分为"机智过人、如此情爱、自食其果、历尽惊险、光怪陆离、荒唐滑稽"等六类。

历险故事

36则历险故事场面刺激，气氛紧张，情节惊心动魄，人物性格鲜明，叙述过程常常给人以身临其境的感觉。作品通过对主人公聪明才智的展示和坚韧不拔精神的刻划，形象地展现了历险故事特有的魅力。

荒诞故事

50余则故事用啼笑皆非的荒诞手法来鞭挞生活中的假恶丑，用荒诞不经的人物形象来呼唤人世间的真善美，在荒诞的外衣下，包藏着极为深刻的社会内容，长久以来一直活跃在人们中间，口耳相传，历久不衰。

诙谐故事

本书汇集外国诙谐故事精品100则，按内容分为"莫名其妙、洋相百出、针锋相对、随机应变、难言之隐、弄巧成拙、井底之蛙、强词夺理"等八大类，每大类前均有短小幽默引言，从不同角度折射社会面貌。

335

2005

SEMIMONTHLY
下半月刊

1月

STORIES

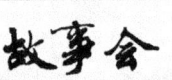

故事会

2005 年 1 月
下半月刊·绿版

主 编：何承伟
副主编：吴 伦

社务委员会

何承伟 吴 伦 姚自豪
夏一鸣 冯 杰 张 凯
本期责任编辑：梁宁宁
美术编辑：李宝强
发稿编辑：

姚自豪 鲍 放
夏一鸣 蔓 石
马 峡 潇 白

主管：上海市新闻出版局
主办：上海文艺出版总社
（上海市绍兴路 74 号）
邮政编码：200020
电话：021-64375030

——————————

督印 发行：张 凯
（上海市建国西路 384 弄 11 号甲）
邮政编码：200031
电话：021-64313938

广告总代理：上海文艺广告传播中心
上海市绍兴路 74 号（邮编：200020）
广告总监：张 淮
广告业务：021-34010383
广告投诉：021-64333738
广告经营许可证
沪工商广字 3101034000029 号
发行：中国图书进出口上海公司

搜狐文化

刊与搜狐文化
手推出电子版

本刊各栏目欢迎来稿。来稿寄上海市绍兴路 74 号《故事会》杂志社，邮编：200020；请在信封上注明"××栏目"收；本期责任编辑电子邮箱：liangningning@vip.sohu.net

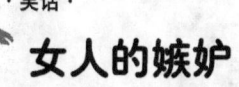

·笑话·

女人的嫉妒

女士长得微胖，她有一个习惯，就是见蚂蚁必杀。

别人不明白，问她为什么要和蚂蚁过不去，女士恨恨地回答："这小东西，这么爱吃甜的，腰还这么细，气死我了。" （贺 宇）

成绩通知单

儿子的学校现在实行五分制，五分就是满分。

这天回家，儿子对妈妈说::"昨天小强把成绩单上的分数'1'改成了'5'，被他妈妈发现后狠打了一顿。"

妈妈说："改分数太不对了，你不会那样做的，对吧？"

儿子说："当然，我才不那么蠢呢！我只改成了'4'。"（梁建军）

（本栏插图：李 加）

五百年后

小赵去听一个文学评论家的演讲，评论家从《诗经》讲起，小赵听了几分钟就睡着了。醒来后，他问旁边的听众："讲到哪里了？"旁边的听众说："讲到明代小说了。"小赵嘀咕道："哦，那五百年后再叫醒我。"

（朱明皋）

万能处方

老王去医生那里看牙病，医生给他开了个处方，处方上的字龙飞凤舞，神仙也难辨认。老王把处方放在口袋里没去配药。

这天，他去听音乐会，误把处方拿出来给了检票员，检票员看不明白，以为是领导批的条子，就让他进去了。老王这下子受了启发，用它当铁路通行证、老板特批的请假条，派上了不少用场。后来，他忘了把它放在哪儿了，谁知被女儿拿去当古琴乐谱来弹，居然在比赛中得了奖！

（张稳珏）

新年之际，祝《故事会》洪流激进，永放光芒，让它与我们共成长，共喜怒。——张卓（海南）

偶像与起床

小明总是睡懒觉，有一天，小明妈妈批评他说："你看隔壁小华每天天还没亮就起床了，你就不能早起一点？"

小明理直气壮地回答："妈妈，我跟他不一样，小华崇拜的偶像是歌星黎明，我的偶像是作家卧龙生！"

（周世奎）

最早的爱情诗

小磊问小伟知不知道中国历史上最早的爱情诗是哪首，小伟想不出来，小磊得意地说："传说是这样写的：'你来自元谋／我来自周口／牵着你毛茸茸的小手／轻轻地咬上一小口／啊，是爱情让我们直立行走'。"

（乐 凯）

糊弄臭虫

母亲带着五岁的女儿小玲住进了一家旅店，半夜里臭虫把小玲从好梦中搅醒。小玲从床上爬起来，拉亮电灯，打开房门，接着又使劲把门关上，然后又轻轻地踮着脚尖回到床上去睡觉。妈妈对小玲的举动感到莫名其妙，问她为什么这么做，她声音极低地对妈妈说："我要让臭虫知道我已经走了，它就不会再来找我了。"

（维 安）

藏 匿

约翰去杰克家作客，他们好多年没见面了，一进门，杰克就给他介绍自己的12个孩子。

约翰说："这可真是个大家庭了，你们一定过得很美满吧？"

杰克郁闷地说："哪里啊，我的老婆可让我受够了。"

约翰吃惊地说："那你干吗还生这么多孩子？"

杰克无奈地说："我是故意的，因为这样我就能藏在孩子堆里了。"

（蒋辰威）

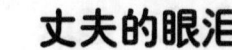

忘了开门

布朗在镇上一家小银行里做事，这家银行即使在最忙的时候也没有几个顾客。

这天，一整天也没有一个顾客来，到了下午三点半时，经理见没生意，就叫布朗去关上营业厅的大门，准备结束一天的营业。过了一会儿布朗回来了，局促不安地说："很抱歉，先生，大门是关着的，今天早上我忘记开了。"

（果　果）

导剧本

导演和编剧在讨论一个剧本，导演对编剧说："必须再做一些修改，我绝对不希望在剧场里听到脏话！"

编剧反驳道："什么脏话？我的剧本里可没有半句脏话！"

导演说："没错，剧本里是没有，可是观众会有！"

（顾　恒）

丈夫的眼泪

珠宝店里的收银员不解地问一位女顾客："夫人，你的钞票怎么这么湿？"这位女顾客解释道："对不起，小姐，因为我先生在给我这笔钱时，哭得太厉害了。"

（郭素华）

如此面包

老周退休后，租门面开了一家面包店。由于赚钱心切，面包越做越小，生意也日渐冷淡。为了挽救局面，老周决定送货上门。

这天，老周敲响了一个客人的门。

"谁啊？"

"我，送面包的老周。"

"哦，老周啊，我现在正忙，你把面包从钥匙孔里塞进来吧！"

（谭　姿）

故事，就是告诉你虽然渺小，但没有你的参与，这世界将失色不少！——陈火彬（广东）

同比例

老师要求同学们把一篇1500字的文章缩写成500字，下课时小明把作业交了，老师看后问："你怎么写的，45米高的建筑写成15米，6辆汽车写成2辆，3个人写成1个人？"

小明回答。"我可是严格按照比例缩写的！"

（王晓晨）

看报纸

两个劫匪在抢劫银行得手后，逃到一个没人的地方躲了起来。

看着那装满钱的袋子，甲匪激动地说："数数看，我们抢到多少钱。"

乙匪安静地说："数什么啊，明天看报纸不就知道了？"

（文利斌）

症状

小丽愁眉苦脸地对小美说："怎样才能知道自己的老公有没有外遇呢？"

小美胸有成竹地说："这还不简单，我告诉你诊断的方法：公司天天加班，家务从来不沾，手机回家就关，短信回完就删，上床呼噜震天，内裤经常反穿。对照检查符合三条属于疑似，四条可确诊。"

（何 晶）

区别

甲问乙："你知道从二楼跳下去和从二十楼跳下去有什么区别吗？"

乙是音响师，他想了想，说道："区别很多，不过从音响效果上讲，二楼跳下去听到的是'砰！啊——'从二十楼跳下去听到的是'啊——砰'！"

（陈 茹）

（本栏欢迎来稿，来稿一经采用，最高稿费为1则100元。本期责任编辑电子信箱：liangningning@vip.sohu.net）

潇洒醉一回

□ 李清林

阿P不嫖不赌不抽，就是恋一口小酒儿。高兴时举杯相庆，烦恼时借酒浇愁，平常日子更是变着法子找借口喝。不过，你还别说，阿P还真有点儿喝酒的天赋，从穿开裆裤会喝酒到长成五尺大汉，什么钻桌子就地倒或者哭闹打人耍酒疯的事儿愣是没发生过。阿P曾公开扬言要创终生不醉的吉尼斯纪录，老婆小兰撇撇嘴，说他吹牛，阿P急得赌天赌地还跟老婆打手击掌，说什么时候喝醉了立马就戒酒！

这天中午，阿P邀了矿上的几个哥们儿到家小聚。老婆小兰觉得拿阿P平时喝的小烧待客不成敬意，就特地到街口新开的烟酒店买了几瓶瓶装酒。老婆这么给面子，阿P心里别提多高兴了，不由多贪了几杯，待弟兄们东倒西歪地散去，他心满意足地倒在床上酣然大睡。

阿P这一睡可就睡过了头，睁开眼睛才发现天已黑透了，阿P心说坏啦！慌慌张张急匆匆赶到矿上，还是误了接班的钟点儿。阿P刚想偷偷随车下井，这真是冤家路窄，那个该死的矿主刘黑金偏偏出现了，他阴着那张丧门脸，扯着公鸭嗓儿喝道："站住！阿P，你随便误工，影响生产，被解雇了，该上哪凉快上哪凉快去吧！"

阿P见没了饭碗，心里可就着急了，赶紧认错："刘老板，我错了，我认罚，看在我是头一次误点的份上，你高抬贵手啊。"

刘黑金鼻子一哼，阴阳怪气地说："哼！认罚？可以，罚你白干一年，我就留下你。"

阿P一听，这哪是人话呀？当时

脾气就上来了："刘老板,有你这么说话的么? 你凭什么罚我一年?"

刘黑金蛮横地说:"凭什么? 就凭这矿是本大爷的。我的话就是章程,让谁怎么样谁就得给我怎么样! "

阿P心中的火山终于爆发了,他一甩手中的安全帽,怒喝一声:"我不伺候你总行吧? 你把欠我的工钱给我,我立刻走人! "。

阿P这句话,可触到了刘黑金的心病,矿上已经四个月没给工人开工资了,他一直想赖掉。刘黑金蛤蟆眼一瞪,说:"谁欠你钱啦,你小子想讹人是吧? 你给我滚! 滚! "

看着刘黑金令人恶心的无赖相,阿P顿时忘了东西南北,他悄悄一运力,照着那张令人憎恨的黑脸,就是一个"冲天炮",一下子把刘黑金打得退出去好几米远,摔了个四脚朝天。阿P又过去狠狠地踹了几脚,然后挺大方地扔下一句话:"工资给你当药费了。"

就在这时,就听后面大呼小叫,刘黑金手下的一帮打手闻讯赶来,阿P想:双拳难敌四手,好虎架不住一群狼,我不能吃这眼前亏呀! 于是赶紧拐向一个岔道,黑灯瞎火的,慌不择路,"扑通"一下跌进了一个深坑,他就势伏在那里,总算躲过了刘黑金一伙的追杀。

阿P稍稍喘了口气,他觉得额头有些黏糊糊的,用手一摸,发现出了不少血,想必是刚才跌破的。被人炒了鱿鱼讹了工钱还受了伤,阿P挺郁闷的,他自然而然想到了喝酒,他要对酒倾诉。

阿P回到街上,先找个小诊所处理了伤口,然后额头裹着纱布,坐进了一家小吃店,要了一斤小烧,一杯接着一杯地喝开了闷酒。直到店家要关门了,阿P才摇摇晃晃地往家走。

一肚子酒精,满脑袋心事,阿P迷迷糊糊地走着走着,一抬头,才发现竟走进了一条陌生的死胡同。不由懊丧地啐了一口,往回走,可走来走去,又回到这胡同里来了。"邪门儿了,八成碰上鬼打墙了。"如此再三,阿P这才惊讶地发现自己是醉了。

阿P索性不走了,靠墙站下,拿出一支烟叼在嘴里,掏出打火机点火。"啪、啪、啪"连打了三次,都没有点成,火刚送到嘴边就灭。阿P把打火机甩了甩,正要再打,突然有一只手从后面伸过来,轻轻地拍了拍他的肩膀,吓得阿P"激凌凌"打了个寒战,跳开一步回头看去,只见一个帽檐压眉衣领挡脸戴着墨镜的人,不知啥工夫贴近了自己。

墨镜见阿P回头,便把手中提的一个密码箱举起来晃了晃,压低声音说:"钱我带来了,货呢? 货在哪? "阿P一头雾水,这真是碰到鬼了,刚要开口问个究竟,突然,不知从什么地方又冒出几个人来,一下子把他和墨镜两个人扑倒在地。阿 P 只觉得肩膀一阵痛，两只胳膊被扭到了背后，手腕被一副铐子牢牢地套上了，接着人就被塞进车里，一阵风地拉到了一个去处。

等下了车，阿 P 仔细一看，这不是自家附近的派出所吗！警察也认得他："嚯！看不出来啊，平时看上去挺老实的阿 P，竟然参与贩毒，真是人不可貌相啊！"阿 P 明白了，敢情那墨镜是个毒贩，自己被当作同伙给抓了，赶紧申辩道："警察同志，你们误会了，我不是他的同伙呀！"

"笑话！"警察说，"不是同伙，你怎么知道他们接头的暗号？身上怎么有接头的标记？"

"什么标记？什么暗号？"阿 P 脑袋里是一盆糨糊，又搞不清楚了。

警察以为阿 P 是故意抵赖，口气更加严厉了："阿 P，你装什么傻？我们早就掌握了，你们的接头暗号是打火机亮三下，接头人头上贴一块纱布作为标记。我劝你还是及早坦白，争取主动为好。"

阿 P 一听，急得捶胸顿足，一个劲地喊冤："冤枉，冤枉，你们不要冤枉好人！什么暗号啦，标记啦，我可一点儿不知道！我可比窦娥还冤啊。"

最后，警察们经过认真核实，终于证明阿 P 说的确实是真话，这才把他放了，鉴于阿 P 事实上是帮助警方引出了接头的毒贩，缴获了大批毒品，

警察口头感谢了阿 P，还专门派车送阿 P 回家。阿 P 本来心情有些懊丧，这么一来，反觉得今天的酒没白喝，别的不说，跟警察合作一把，这机会多难得呀，挺有意思的，挺刺激的。虽然这工夫酒劲儿已经早过了，他还是有些浑身飘飘然，觉得自己像个英雄，啊——这酒醉得太值啦！

折腾这一通，阿 P 到家时天早亮了。奇怪的是家中房门紧锁，老婆孩子都不知去向。到邻居家打听，邻居大娘一见阿 P，"嗷"的一声惊叫起来，嘴里一个劲地说："鬼，鬼，阿 P 你是人是鬼啊？"

阿 P 想，我真是大白天碰到鬼了："你这老太太真是莫名其妙，我好好的一个大活人怎么变成了鬼呢？"

一番话说得大娘把心放下了，她急急地说："阿 P，你知道吗，矿上出大事了，你们那个班儿的人全埋在井里头了，矿主也跑了，家属邻居们都到矿上去了，你是怎么逃出来的？"

阿 P 一听，脸都发白了，顾不上跟大娘解释，忙求警察用车送自己去矿上，还没上车，就见邻居们抬着他老婆，后边跟着孩子，一路哭哭啼啼地回来了。原来阿 P 老婆悲痛过度，在矿上几次昏厥，好心的邻居们怕再搭上一个，便硬把她拖回来休息休息。到了家门口，一见阿 P 站在眼前，她还有些不敢相信，等警察帮着把事情讲清，她"腾"地一个鲤鱼打挺，从

什么是
喜事 □李 末

星 期天，吴静和她的丈夫彭玉旺去买彩票，一下子中了3万元。第二天单位的同事们知道了，都

说吴静天降鸿运，发了这么大的意外之财，说什么也得让她请客。大家正议论着，吴静进来了。人们刚要起哄，却发觉她的神态不对头，没有像大家预料的那样乐得合不拢嘴，反倒是一双眼睛红肿得赛俩桃。一问才知道，昨晚两口子打起来了。为什么呢？原

担架上蹦下来，惊喜地抱住丈夫一通狂啃，鼻涕眼泪弄了阿P满脸满脖子。

当晚，老婆提议弄俩菜整点儿酒压压惊，阿P煞有介事地连连摆手，说："我有言在先，喝醉一次就戒酒的。"老婆说："今天例外，过了今天再戒不晚。"阿P乐得如此，就去拿小烧，让老婆给拦住了，说是今天不喝这个。阿P问喝啥？老婆说：你等我出去买瓶瓶装的酒来，就买你们昨天喝的那种，那酒吉利啊。"

老婆兴冲冲地出去买酒，不一会

儿两手空空回来了，说咱还喝小烧吧。阿P说你怎么反悔了呢？老婆说，别提了，原来那家小店卖的全都是假酒，这不，刚才让工商局给查封了。

阿P愣了一会儿，说："你看这事儿闹的，弄半天咱昨天当好东西招待几个哥们儿的竟然是假酒。我说的嘛，不然怎么能把百喝不醉'酒精'考验的我轻易麻翻哪。"想到这里，阿P又得意洋洋起来。

（本篇月月评短信代码：0201）

（题图：李 加）

来买彩票的时候，吴静曾主张选另一个号码，但被彭玉旺否定了，结果那号码是个300万大奖。一念之差，奖金差了100倍，两人都后悔不迭。吴静更是窝囊得晚饭都没吃，一个劲儿地埋怨，彭玉旺心气也不顺，话越说越扭，声越吵越高，最后就动起手来了。大伙一看，七嘴八舌地劝她想开些，至于请客的事，自然就打电话不拿话筒——免提了。回头大伙再转念一想，不对啊，怎么中了3万块，倒惹得两口子闹矛盾了。

为这损失，好长一段时间，两口子都很郁闷，原来就弱不禁风的吴静，瘦得像个旱天的苦瓜。

数月后，她家又有喜事临门，丈夫彭玉旺被提拔重用，当了副科长。单位同事们想借此机会让吴静高兴起来，于是都纷纷祝贺，嚷着要吴静请客。可吴静却是一脸的沮丧，叹着气说："请什么客？祝哪门子贺？可别寒碜人了。他那些同学，哪个不比他官大？最小的正科，大的都当副厅长了！他这么多年才熬个小副科，跟人家一比，我都觉得跟他丢人，脸都没处放。"大伙看她那样子，不像是谦虚，也就不敢再多说了，可这喜事，怎么被她一说，就都变坏事情了呢？

这天下午，吴静没来上班，也没请假，往她家里打电话，没人接，手机关机。由于她状态一直不好，大家都很担心，怕她出什么事。

第二天一上班，同事们正商量要去看看她，吴静却来了，并且一改往日郁郁寡欢的神情，满面春风，脚步轻盈，兴高采烈地挨个办公室给同事们发烟发糖发瓜子，显然有了大喜事。

能让吴静如此振奋，那得多大的喜事呀？大家七嘴八舌地猜测着，急着问个究竟。

吴静一高兴坐到了办公桌上，得意地宣布："我太幸福了！我老公可真是福大命大造化大的人哪！昨天他去市里办事，途中出了车祸，面包车翻到了桥下，十来个人就活了两个，其中就有我老公。另一个活着的伤得比我老公重，现在还没脱离危险哪，而我老公只有肋骨腿骨几处骨折。等他出院，我请各位海鲜城一聚，千万赏光啊！"

大伙面面相觑，不知说什么好，敢情这中奖和提拔，都不能让她高兴，倒是出了车祸，变成喜事临门了？原来这好不好，都是比出来的啊。

哲学先生评曰：本故事看似件趣事，但实际上反映了人们评价事物性质时的一种普遍心态，任何事物都有两面性，过分强调其中任何一面都可能偏离真相。

（本篇月月评短信代码：0202）

（题图：李　加）

我的故事

　　《故事会》自1995年开辟"我的故事"栏目以来，日益受到广大读者的认可和欢迎，如今成为保留栏目。它的特点是"真情流露"，作品多是作者的亲历或见闻，并以第一人称叙述故事。本书汇集了该栏目的41则作品，读来备感自然亲切。

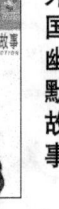

外国幽默故事

　　此书选取了《故事会》"幽默世界"中的近百则外国幽默故事，并按内容分为"奇闻趣事、巧言妙计、戏谑嘲笑、鞭挞讽刺、荒诞不经、意味深长"等六类。

武侠故事

　　39则武侠故事，形象地描述了侠义之士扶弱抑强、除暴安良、布善施德、匡扶正义的豪情生活，作品情节设计跌宕起伏，人物形象栩栩如生，每一则故事都是一首武林豪杰的正气歌!

男子汉故事

　　本书共收10则中篇故事，刻画了一群性格各异的青年男子，作品情节性强，极富文学色彩，不仅显示了男性的健壮刚强美，更突出他们面对权势、金钱、爱情以及生与死所表现出来的气质、智慧和英勇。

逃 票 (文：映 月；图：包丰一)

1. 列车员在检票，查到没有买票的乘客，要求当场补上。

2. 一位没有买票的男乘客就是不肯补票，而且态度十分恶劣。

3. 列车员愤怒地请他下车，并顺手把他的旅行袋扔出车外。

4. 男子气愤地说："我不补票，你也不至于要摔死我儿子啊！"

·本刊信息传真·

《滴水藏海》　《青春读本》
再次面向全社会征稿

　　《滴水藏海——300个3分钟典藏故事》第一、第二、第三辑和《青春读本——感动中学生的100个故事》第一、第二辑出版后，在社会上引起了巨大的反响。

　　根据读者的建议，编辑部决定继续编辑《滴水藏海——300个3分钟典藏故事》第四辑和《青春读本——感动中学生的100个故事》第三辑。为此，再次面向全社会广泛征稿，希望广大读者特别是中学生，将你们在各类报纸、杂志、网络上读到的优秀作品推荐给我们。

　　推荐稿要求：1. 立意清新隽永，富含真情至理；2. 以叙事为主，一篇作品中要有一个精彩感人的故事情节或细节；3. 篇幅：《滴水藏海》推荐作品一般在500字左右，《青春读本》推荐作品一般在2000字左右。

　　推荐稿请务必注明原作者、发表日期和出版单位以及推荐者的真实姓名、联系方式。所荐作品一旦入选，每篇即付推荐费50元。推荐稿请寄：上海市绍兴路74号《故事会》编辑部(邮编：200020)，并在信封上注明"典藏故事"、"青春读本"。网上来稿请发以下信箱gigimoon@vip.sohu.net。征稿截止日期为2005年12月31日。推荐稿一律不退，请自留底稿。

美德故事

　　本书汇集的是《故事会》相关故事之精品，所选45则作品分类为"见义勇为、扶危济困、真诚待人、洁身自律、亲情似金、夫妇同心、师生谊重、知过悔改"等八大类，生动形象地讴歌了中华民族传统美德。

生意经故事

　　故事形象地描述了生意人的思维方式和经商才能。他们或巧做广告而振兴企业，或施展其经营绝招而"妙笔生金"，或审时度势掌握顾客心理而销售产品，或运用《孙子兵法》中的战术而出奇制胜。

16岁故事

　　在人生漫长的旅途中，16岁是一个最展辉煌、最富朝气、最显青春的花季。本集收入的36则故事，是为16岁少年编织的一支支动人的歌谣，一个个扑朔迷离的美梦，一首首催人泪下的诗篇。

口才故事

　　口才即说话的才能，当今社会人们演讲、论辩、访谈、讲解、教学以至主持节目、说相声、讲故事等等，都十分讲究口才，口才好与不好，其效果大相径庭。此书收入103则故事，集中表现了千百年来中华民族一些帝王贤臣、文人名士和民间机智人物的智慧、幽默以及其思维的敏捷和即兴论辩的才能。

家庭故事

　　家庭是一个舞台，千千万万个家庭演绎着万万千千的故事。这本故事书里的51则作品，艺术地再现了家庭中的矛盾纠葛、悲欢离合和儿女情长，内容亦庄亦谐，或耐人寻味，或令人捧腹，有较强的可读性和可传性。

情爱故事

　　集中所收38则故事，几乎覆盖人们情爱生活的各个环节，社会众生相在作品中得到了不同程度的映照和折射。这些故事不仅在情节设计上精于构思、巧于安排，而且在艺术风格上也各有所长。对看惯小说电影戏剧的诸位来说，浏览此书是一种全新的享受。

聪明人故事

　　本书犹如一叶风帆，引您在智慧之海遨游。故事中的主人公活跃在各自的人生舞台，凭着自己的聪明才智，斗强蛮，蔑权贵，助弱小，解万难，演绎着一出出绝妙无比的连台活剧，内容既有情节性又有趣味性。

傻子故事

　　傻子故事在民间流传极广。本书共收72则傻子故事，内容生动风趣，人物栩栩如生，一群言行可笑、可悲而又憨厚可爱的艺术形象，如一幅幅色彩奇特而又耐人寻味的漫画，让你目不暇接。

漂亮
女对手

□袁翼

这年夏天，朋友田梦来信，讲述他在深圳淘金的幸福生活，信的末尾附了首短诗："啊／深圳／我的天堂／肥沃的处女地／敞开保险柜的银行。"就是这几句破诗，烧得我第二天便背着旅行包，踏上南下的火车，直奔深圳去捡钞票。

其实，我这样做并非心血来潮。田梦这小子的底细我一清二楚，只会来几句狗屁诗，除了鬼点子多，没其他能耐，就他这样的居然都发了，还有什么好犹豫的！再说我，二十出头，在书画界已小有名气，特擅长画广告画，找份搞广告、装潢什么的工作还不是小菜一碟？

到达深圳后，我掏出田梦给我的信，按信封上的地址打听田梦的GGCS公司，可人家都说不知道。好在田梦的地址后面，用括弧注明在一家公司的对面，改问括弧里的公司，很快就找到了。我站在那家大公司门口，朝对面一看，天哪，竟然是公共厕所！想了半天，我终于明白了，这"GGCS"，不正是"公共厕所"的拼音缩写吗？田梦这小子莫非是在看厕所？我迟疑地过去问看厕所的大爷，有没有一个写诗的田梦在这里工作，大爷不耐烦地摇头说："我这里没'写诗'的，只有'洗屎'的！"听了这话，我彻底绝望了，唉，龟儿子田梦，你混得不咋样，还死要脸，编谎话来蒙我，这下可把我给坑苦了！

不难想像，在举目无亲的他乡异地，那一刻我是多么孤立无助。我在街上晃到傍晚，最后只得硬着头皮住进了一家小旅馆。躺在脏兮兮的破床上，我想了一夜，就这么回家乡，那可太丢人了，惟一的办法就是自己碰运气，看能不能找个活干了。

接下来的几天，我开始像饥饿的猎犬一样，在报纸上捕捉招聘信息，疯狂应聘，转眼一个多月过去了，就在我差不多弹尽粮绝的时候，机会终于来了。

一家广告公司要招聘一名绘制户外广告的美工，待遇诱人，我一看到启示，立刻夹着个人资料赶到这家公司。这家公司表面看并不起眼，可主管小小的办公室里已经挤满了应聘者。主管是个矮胖子，负责初试，他看过个人资料后，选择有基础的应聘者，让他们当场写几个美术字，临摹一张指定的画。

轮到我了，我将美专毕业证书，一本我的书画、广告画作品剪辑，还有厚厚一叠大赛获奖证书，递给了胖主管，主管翻了一会，白胖胖的脸上

露出了笑容："条件不错嘛，这样好了，你就破例直接参加复试吧！"

我还没来得及高兴，身后一个女声叫起来："这不公平，主管，只有当众露一手，才能服众，现在的骗子，鬼点子多着呢！"经她这么一说，四周的应聘者也跟着起哄。

我愤怒地扭过头，恶狠狠地往身后瞪了一眼，本想发作，可看到的竟是个美女，二十几岁，艳光四射，我被"电"了一下，一时不知该说什么。

"咦，又是你啊，"主管说话了，"我记得好几次都给了你复试机会，你一次也没来，怎么今天又跑来了？好吧，你同样可以直接参加复试！"

我听了主管的话，更是气不打一处来，几次复试你都放弃了，这回却偏偏跟我抢饭碗！我鼻子里哼了一声，不依不饶地说："不行，我看还是大家都来露一手，才公平！"旁边的人也都随声附和，主管笑笑同意了。

我原以为人漂亮不等于画就漂亮，可是我错了，低估了这个美女。等我完成了初试作品，偷偷瞟一眼美女的作品，我额上冒汗了：我遇上了一个漂亮的女对手！再瞅瞅其他应聘者的作品，我敢肯定，如果没有这个漂亮的女对手，这个职位十拿九稳是我的。

主管还是有点眼光的，其他几个应聘者的画还没完工，主管便打发他们走了，只留下我和美女，递给我们

一人一张名叫"清雅小区"的楼盘效果图，叮嘱道："你们按照效果图，各绘制一张楼盘的广告牌作为复试作品，原则上我们会在你俩中择优录用一人。不过，我要把话讲清楚，如果你们不能过老总那一关，我们宁缺勿滥，一个也不能录用。当然，如果你们都特别优秀，老总可能会考虑多增加一个名额，你们可要小心地画，老总的质量标准是很高的！还有，你们一定要守信用，明天一起在指定地点开工，一个星期内必须完工！"

"放心吧，主管，我知道您这样的大公司办事很规范，我决不会像有些人那样开公司的玩笑的！"我拍拍主管的马屁，顺带刺激了一下美女。美女甩了一下头发："哟，恐怕有人巴不得我不来呢，做梦！这次我决不放弃竞争机会！"美女的话像刀子，刺中了我的要害。

第二天，我和美女进入了没有硝烟的阵地，阵地设在一个废弃的旧礼堂里。我一看见靠在高墙上的两块大广告牌就特别来劲，广告牌有五米多高，十多米长，要说画这样的巨幅广告，那可是我的拿手好戏！

用了不到半天时间，我就轻松地打完了整幅画的轮廓线。而美女因为拿不准比例，在高高的脚手架上爬上爬下，手忙脚乱地改来改去，昨天的傲气没了影。我终于看出了门道：这美女功底虽然好，却没有画大幅广告

画的经验，怪不得前几次不敢来复试，想必是在背地里练习。我坐在远处的凳子上，和着二郎腿晃动的节拍，边审视构图，边得意地吹着口哨。

"喂！喂！喂！吹什么吹，知了似的，烦不烦？"美女恼了，站在脚手架上，扭头朝我做了个鬼脸，"你闲着，就不能帮着看看吗，一点都不绅士！"

美女就是美女，生起气来也别有风情。漂亮不仅是生产力，也是战斗

力，我被漂亮冲昏了头，凑过去嬉皮笑脸地说："嗨，美女！你可不可以不叫我'喂'，像你这样的女孩，如果在大街上这么叫一声，男人们争着答腔，会打破头的！"

美女咯咯笑起来，这笑声像一缕阳光，照进我多日来郁闷、灰暗的心里。

几天下来，我们相处得很融洽。美女叫郭莉莉，画画的基本功很扎实，悟性也挺高，在我的帮助下，很快掌握了画大幅广告画的要领，画出来的效果居然跟我不相上下。郭莉莉对色彩很敏感，也很有品位，我请她对我的画提了一些意见，修改后我发现色调果然更加美了。

第七天傍晚，我最后一次审视七天来的成果，非常满意，我想：明天过老总的关，应该没问题吧！

"哇，真漂亮！"正想着，郭莉莉突然在我身后很夸张地叫起来。几天来，我已经总结出一条规律，获得郭莉莉的夸奖是要付出代价的，接下来必然有事相求。我笑着问道："又有什么要我下效劳？""嘿嘿，是这样的，我的书法要是一露脸，你的字还怎么见人？所以，我画上的几个字，就留给你来练习吧。"

这几天相处下来，我已经把她当朋友看了，这会根本没考虑应该不应该帮助对手，也有点想在美女面前显示的意思，抓起刷把一挥而就，一行

粗犷大气的行书"无限温馨，尽在清雅"就出现在眼前，郭莉莉兴奋得手舞足蹈："哇，好！有视觉冲击力喔！"

这时，我的肚子也被"冲击"得咕咕叫，我催郭莉莉收工，一起去吃饭，可郭莉莉说她还要再"加工加工"，她还朝我诡秘地一笑："祝贺你，画了幅杰作，明天你一定会交好运的！"我没多想，就独自走了。

第二天上午，我到工作室等了一会，主管来了，他说老总有事晚来一会，让他先审看。

主管对着效果图，看着我的画，过了一会儿，他的脸渐渐阴沉起来，显得非常焦躁，我不知道出了什么问题，心里直发怵。

主管看着看着，突然回头冷冷地质问我"哎，你是不是哪家对头公司派来卧底的？想砸我们公司的牌子啊？"

我愣住了："您这是什么意思？"

"装什么糊涂！你看看，你看看，"主管拿起一把长尺敲着画板，"你在这窗户上画上这么大的蜘蛛网是什么意思？人家开发商花钱是请我们做广告，不是往他们脸上抹黑的！"

我仔细一看，窗口上真的有大片的蜘蛛网，尽管线条很细，不留意还看不出，可一旦看出效果，就觉得特别刺目。

我惊呆了，但立刻就意识到，这是郭莉莉干的！一定是昨天傍晚我走后，她做的手脚。这条"美女蛇"，我三番五次帮助她，她居然在背后给了我一枪！

我急得哀求道："主管，我可以马上修改过来……"

"不行，说什么也没用，你还是趁老总来之前走人，否则，他会要你赔偿材料损失费的！"

就在这时，郭莉莉到了，她瞟了我一眼，脸上得意洋洋。可事实证明，她的命运并不比我好。

主管撇下我，开始看郭莉莉的画。只见他的目光死死地盯在我写的那几个字上，再回头看看我的广告牌上的字，斩钉截铁地说："这位小姐，很遗憾公司也不能录用你，如果我没有看走眼的话，'无限温馨，尽在清雅'这几个字是你请人代笔的吧，女孩子的字不可能这么霸气，我们公司不需要滥竽充数的……"

"是吗？那我就让你开开眼！"郭莉莉冷笑一声，操起一把五公分宽的大刷把，提起漆桶走向广告牌，主管惊问干什么，要上前制止，郭莉莉凶巴巴地叫道："你要敢碰我一下，我就立刻报警！"主管一听这话愣了一下，郭莉莉就趁着他发愣的机会，走上前去，刷刷刷，在整幅画的中间刷下了一行大字："无限欺骗，尽在招聘"，字酣畅淋漓，霸气十足，我看呆

了，原来她的字出手不凡啊！可是，好好的一幅画也被毁了。

郭莉莉还不解气，指着主管的鼻子说："告诉你，那蜘蛛网是我故意画的！我现在也把它改掉。"说话间，我的广告画也被她涂得面目全非。

不知道为什么，主管非但没有发脾气，反而耷拉着脑袋，脸红一阵白一阵的，像泄气的皮球，过了一会他突然气急败坏地指着郭莉莉叫道："你……你根本不是来应聘的，你是故意来捣乱的，对不对？"

· 我的故事 ·

"不错！可是你们难道是真的招聘美工吗？你们是骗子！你们以非常低的价位抢下广告业务，然后再以优厚的待遇作诱饵，吸引高手来应聘，等他们复试画好广告画后，你们再设法找个借口，打发他们走人。这些蒙在鼓里的应聘者白白给你画了广告！可是，这次你们失算了，我毁了画，交货日期已到，就等着客户跟你们打官司吧！"

听了这话，我惊呆了。主管涨红着脸反问道："既然你认为我们公司骗人，为什么还三番五次来应聘？"

郭莉莉诡秘地一笑，说："我的广告公司缺人呀！我到你们这里来招聘员工，不花招聘成本，暗中选人，还能顺便戳穿你们的骗局，多划算！对了，前几次我没参加复试，是因为初试者中没有高手，这次不一样了，我终于找到最满意的人了——就是他！"

郭莉莉指了指我，接着说"他不仅业务精通，更重要的是善于合作，心胸豁达，这太难得了，我将高薪聘用他！"

想起这几天来嚼着烂菜叶，竟然是在为骗子卖命，我火了，揪住主管的衣领吼起来："我要告你们，我要找你的狗屁老总算账，他不是说今天来复试吗？怎么还没到！"

"谁在撒野？哼，胆子不小！"我的背后突然响起了一个声音，主管闻

声像见了救星，结结巴巴地叫道："田总，你看……"

我回头一看，妈的，这位长发披肩的瘦猴"田总"，不正是田梦这小子吗！

田梦张大嘴巴，吃惊地问我"怎么……你几时也下海了？"

我气得直咬牙，正准备给他一巴掌，可看到他那一脸的沧桑和眼睛里流露出的尴尬和无奈，心又软了，我轻轻地在他肚子上擂了一拳，掩饰道："哈！小子，你真行啊……你怎么……不给我一个真实地址，让我找得好苦！"

田梦苦笑了一下："哥们，我们公司是……'移动公司'，地址一直在'移动'，这不，明天不知道又要'移动'到哪里……"

郭莉莉"扑哧"一笑，说道："这样吧，田总，我劝你也别'移动'了，你这人脑子挺活的，只是没用在正道上，看在你哥们的份上，如果你愿意，明天你就到我的公司来吧，你负责搞策划。"

第二天，我和田梦都去郭莉莉的公司上班了。后来我才知道，郭莉莉是美院毕业的高才生，字画皆在我之上。没过多久，我们这个超级组合使得公司业务蒸蒸日上，而我和郭莉莉的关系，也有了突飞猛进的发展。

（本篇月月评短信代码：0203）

（题图、插图：箭　中）

精彩《故事会》，人生大舞台，生旦净末丑，粉墨登场来。——王逢卫（山东）

又见前妻

□原上草

我这人好酒贪杯，喝多了还会发酒疯。妻子春兰实在受不了了，就想吓吓我，说要和我离婚，我一时酒后逞强，居然在协议书上签了字。

春兰当时就惊呆了，她没想到我真的会签字，可事已至此，也没别的办法收场了，她哭着收拾东西，对我说让儿子东东先跟我住一段时间，等她安顿下来，再把儿子接过去。

等我酒劲过去，清醒过来，后悔已经晚了。

一周后的一个早上，东东起床后突然对我说："爸爸，昨晚我看见妈妈了。"我听了这话，心里一酸，这孩子，准是想他妈妈想疯了，做梦都梦见

了。

"真的，爸爸，"东东继续说，"她说她再也不能照顾我了，叫我学会自己照顾自己。"我听了这话什么也没说，心中却闪过一丝阴云。

上午，有个好朋友打电话给我，吞吞吐吐地说："你，你听说春兰的事情了吗？"我心中一紧，立刻想到东东早上说的话，赶紧问道："什么事情？"那朋友语气沉重地说："听说离婚后她整天一副精神恍惚的样子，昨天她上街时出了车祸，听说已经……"我听到这里站都站不住了，一屁股坐在椅子上，电话听筒也扔在了一边。这个打击太突然了！我不能相信这是真的，等稍微平静一点后，我给岳母打了电话。岳母在电话那头一听是我，立刻哭了出来："你还有脸

问？她死了！她说过希望你永远不要再来打扰她。"我听岳母这么说，再也忍不住了，蹲在地上号啕大哭起来。

那一夜我通宵未眠，越想越觉得是自己害死了春兰。

第二天早上，东东对我说："爸，昨晚我又看见妈妈了，她还搂着我睡了一晚上。"我心里特别难受，暗想：春兰看样子是真的怪我了，不然怎么只托梦给儿子，不来见我？

第三天晚上，大约刚过十二点，我睡得正香，突然东东一翻身坐了起来："爸，妈回来了。"我被惊醒了，吓了一跳，难道这世上真的有鬼？我摸索着伸手一探东东的额头，没有发烧呀！四周漆黑一片，哪里看得见什么？

"睡吧儿子，你又做梦了。"

"没有，爸爸，"东东固执地说，"妈妈真的回来了。你看，她正在开衣柜拿衣服呢。唉呀，她回过头来了，她正对我笑呢。"

我被他说得毛骨悚然，猛地一下拉开灯，屋子里什么也没有。

"你开灯干什么呀？"东东埋怨道，"妈妈不见了。"

夜里东东开始发烧，天一亮我就带着他上了医院。

医生听我说了情况后，又为东东做了检查，最后说："没事，这孩子体质虚，想妈妈想得太厉害，产生了幻觉。不过你最好能带孩子去见他妈妈一面，这样会好得快些。"

我没有告诉医生春兰已经去世的事，却下决心要带东东去祭奠一下春兰，把真相告诉孩子。

回到家后，我不断打电话去岳母家，但每次只要一听到是我的声音，岳母就什么话也不说，马上挂断了电话。

一连半个多月，东东一直缠着我要妈妈，我终于不顾岳母的警告，把东东托给邻居照管，横下心来坐车去了临县的岳母家。

可无论我怎样哀求岳母，她就是紧咬着牙关不说话，更不告诉我春兰的墓在什么地方，还拿着扫帚赶我走。我使出了杀手锏，耍起了赖皮，说她不告诉我我就坐在她家门口不走，我绝食！最后岳母流着泪从牙缝里挤出一句："你早做什么去了，把她害成这样，苦命的春兰，她在乡下老家……"

我不知道她们为什么把春兰送回乡下老家安葬，但那个地方我认识，婚前我们曾到那里祭拜过她的祖先，离城里大约百把里路。

我马不停蹄地赶到乡下的坟地，一眼就看到一座新坟很显眼地坐落在那里，新坟的碑大约还没刻好，坟前光秃秃的，一想到春兰走了，我却连碑都不能给她做一个，眼泪禁不住滚滚而出，我跪在了坟前，放声哭诉了一番。

回到家后我请了几天假，好像大病了一场似的，躺在床上什么事情也不做，整天想着怎么跟东东开口，他一直以为妈妈到外地出差去了，要知道了真相，真不知道会出什么事情。

这天，东东放学回家后照旧自己淘米，开始煮饭，我什么胃口也没有，酒也早就不喝了，现在再看到酒，我就觉得害怕，就是这毒药害死了春兰啊。突然，东东跑到我的床前喊了起来："爸爸，我又看见妈妈了。这回不是做梦吧？你告诉我，这次不是做梦。"可怜的孩子啊，我一把搂住他，为他揩去泪水，自己的泪水却滚出来了。

突然，我看到卧室门口真的站着一个人，是春兰！我看清楚了，是她！她穿着离婚那天穿的衣服，活生生地站在门口，目光中满是幽怨。

我使劲地揉揉眼睛，结结巴巴地问："春兰，我，你，你没死？"

"谁说我死了？"春兰幽怨地说，"要不是那天在坟地里听你说东东想我想得都产生幻觉了，我才不会回来呢。"

我有些不明白："你老家那坟？"

春兰说"我乡下大伯去世了，刚好我被车撞伤的腿还需要养一阵子，加上心情不好，妈就让我回乡下去休息一段时间，散散心，也可以陪大伯母说说话。那天妈打电话来说你可能要来乡下，我就……"

再回过头想想，我那该死的朋友说话吞吞吐吐的，我也一时激动没让他把话说完就搁了电话，而岳母说的不过是气话罢了。

这样的大悲大喜让我觉得心脏都有些受不了了，我抢在儿子前面一把抱住了春兰，哭着说道："这回我真的改，我已经改了。"

（题图、插图：魏忠善）

告状

□ 黄　胜

穷山僻壤的祁山村出了个爱告状的村民，姓祁，叫二狗。平时，稍有风吹草动，他就嚷着要去告状，搞得上上下下不太平。

要说二狗告状，也真应了一句俗话，叫"冰冻三尺，非一日之寒"。想当年，村里分救济款没分给二狗，他涎着脸去要时，被村长给羞辱了一顿。二狗为捞回面子，咋呼说："不就是个村长嘛，我告你去。"村长问："你告我啥？"二狗翻了翻眼皮，道："我告你贪污、搞破鞋。"

这事儿二狗当时说过也就忘了，不料当天晚上，他正在家"呼哧呼哧"喝稀粥呢，村长左手提着猪头肉右手拎着二锅头上门来了，进门就检讨自己对二狗关心不够，说以后一定帮助

二狗致富。完了，村长还塞了二十块钱给二狗，说这是村里给他的救济。村长走了老半天了，二狗还以为自己在梦里呢，说什么也不敢相信刚才发生的一切。等香喷喷的猪头肉吃完，暖乎乎的小酒下了肚，二狗摸着饱鼓鼓圆滚滚的肚皮，总算咂磨出滋味来了：狗日的是怕我去告状呢！从此后，二狗明白了干部怕"告"的道理，他的腰杆便粗了许多，时不时昂着脑袋道："老子告你去！"这话都成了他的口头禅，凭这一招，还真有怕他的，村里再发个救济啥的，一回也没少了他。

直到后来旧村长下台，换了新村

没有阳光的大地是寂寞的，没有故事的人生是孤独的。——马秉坤（甘肃）

长祁大海，二狗的这一招才不灵了，人家祁大海根本不吃他这一套，听说二狗要去告自己，拍出十块钱票子，道："去告吧，你恐怕是穷得连路费都没有，老子给你路费。要是把我告下台，老子还给奖金。"二狗顿时蔫了，再也没敢轻举妄动。

不料，就是这么个武大郎卖豆腐——人孬货软的家伙，最近却动了真格的，真的大张旗鼓地到县政府告起状来。告谁？告县里派的驻村干部小董。告什么？除了那老两条：贪污、搞破鞋，还多了一条新的：弄虚作假，欺骗上级。

小董是两年前被派到村里来扶贫的，其实，所有的人都明白：他是来镀金的。只要他能在这个穷村干出点成绩，吃两年苦，回去肯定有大发展。

小董当然也明白这个道理，再加上他年轻气盛，想做出点成绩帮祁山村脱贫致富，证明自己的能力，这两年间，他想尽办法，还真帮祁山村贷了款、修了路、建了野果加工厂和养殖场，当然，他的扶贫成绩上面也很快就注意到了，县报、市报都来记者进行采访报道，小董被评为市里的扶贫典型，回城高就已经指日可待。

有一天，小董跟村长祁大海喝酒聊天时透了口风，说自己很快就要调回县里了，可能是在某个重要部门任局长，以后有事帮忙尽管去找他。祁大海当时连连恭喜，祝他官运亨通、

飞黄腾达。可就在这节骨眼上，二狗不知搭错了哪根筋，到县里把祁山村的大恩人小董给告了。罪状一是贪污扶贫资金，二是跟后街的张寡妇关系暧昧，三是弄虚作假，什么加工厂、养殖场，根本不挣钱，全是表面文章、花架子，是向上级请功邀赏的假政绩。很快，县里便把小董"请"了回去，要调查落实。

消息传到祁山村，村民们首先不干了，小董这两年对村里人咋样，大伙的眼睛又不瞎，都说二狗这王八蛋准是看上了张寡妇，见小董经常去帮张寡妇孤儿寡母干活，打破了醋坛子才血口喷人的。大伙一合计，说无论如何也得还人家董干部一个清白，别让人家说祁山村的人忘恩负义。村长祁大海却说：知人知面不知心，无风不起浪，人家二狗说得有理有据，也不像是瞎编的，是真是假可以去问问当事人张寡妇呀。大家就去问张寡妇，张寡妇满脸通红，羞答答的就是不开口，看那意思，事儿竟像是真的。大伙先是一惊，而后无不扼腕叹息：看小董，多聪明的一个人，竟坏在了这么个娘们手里，可惜呀。二狗洋洋得意："我没有扯谎吧！"

半个月后，小董蔫头耷脑地回到了祁山村，他把自己反锁在小屋里，两天没有出门，第三天早上门开了，出来的人整整瘦了一圈，让人不敢认。他摇摇晃晃地先去找祁大海"姓

祁的，我和你无怨无仇，为什么要害我？"

祁大海无辜地说："没有呀，告你的是二狗，又不是我。"

"呸，"小董吐了口唾沫，眼睛紧盯着祁大海，"二狗那蠢货干不出这种有条理的事，还有张寡妇，红口白牙咬定跟我有事，肯定是有人背后指使的，我想来想去，只有你了。"

祁大海毫不畏惧地迎着小董的目光，两人的目光在空中激烈地交锋，祁大海突然笑了，竟然承认了："不错，是我的主意。"

小董气得浑身直抖，恨恨地盯着祁大海"没想到你这么损，关键时刻给我下绊子。"

祁大海抱歉地一笑，说："我是有原因的。"小董咬牙切齿："说说你的原因，我也想知道我是怎么得罪你的。"

祁大海说："原因很简单，我不想让你走，我希望你继续留在村里，带着我们一起干！"

小董全身一震，这个他倒从没有想到过，他还以为什么事得罪了这个土皇帝呢。

祁大海说："现在村里的厂子刚刚起步，离不开你的帮助。说实话，我们这些庄稼把式干粗活还行，说起生产经营来那是擀面杖吹火，一窍不通，你这一走，用不了几天，厂子只怕又要垮掉。实在没办法，我才出此下策。"

小董埋怨说："那也不必往我头上扣屎盆子呀，再说我到县里任职，手里有了权，就可以更好地帮你们。"

祁大海不屑地说："拉倒吧，我们以前又不是没见过扶贫干部，一个个嘴里说得好听，回去后忙着自个的事了，谁还想得着咱这穷地方的事？"

小董不吭声了，祁大海见状，恳切地说："小董，我也是没办法，厂子咱们好歹张罗起来了，还贷了那么多款，我们村脱贫致富可就指望它们了，这次无论如何也不能半途而废呀。这两年我也看出来了，你是真心帮我们，你就不要忙着回去了，再帮我们几年吧？"

故事让我们体会到了缤纷生活里的新奇,让我们解读到了生命成熟后的顽强。——蒋世标（广西）

小董看着他，苦笑一下："你看我现在还能回去吗？县里已经说了，说要看看我的工作到底是不是花架子，只要果品厂、养殖场盈不了利，祁山村脱不了贫，我就得在祁山村干一辈子。"

祁大海大喜，一把抓住小董的手："你放心，只要厂子上了正轨，我们一定敲锣打鼓到县委给你正名。"

小董默默不语，心说：那时候去有啥用？早晚了八秋了！仕途上的机会哪里会等人，可现在也没有别的办法，要想离开这个穷地方，看样子只有让它变富了。

就这样，小董继续留在了祁山村。

二狗在养殖场里谋个差事，他在小董面前拍着胸脯发誓："董干部你放心，我能把你告下来，就能把你告上去，像你这样的好干部，县里要是不给你个大官做做，我就到省里告他们去！省里不行，就去中央！"

小董摇摇头，真是哭笑不得。

又过了两年，经过小董和村民们的努力，祁山村终于面貌大变，成了远近闻名的富裕村，村办厂产销两旺，生意兴隆。

这一天一大早，二狗穿戴一新，来到村口车站，身旁还跟着俏生生的张寡妇。大伙见状，打趣道："二狗，干啥去？是不是去登记呀？"

二狗挺挺胸脯："去告状！"

大伙吃了一惊："你小子是不是好日子过腻了，又要去告谁？"

二狗看看张寡妇，嘿嘿一笑："这回是告我们自己，告我俩两年前诬告人家董干部！"

两人来到县政府信访处，刚把来意说出，接待的同志便明白了："你们是为小董正名来的吧？不过，已经晚了。"

二狗急了："怎么晚了？"

"小董刚刚辞了公职，不归县里管了。"

二狗和张寡妇大吃一惊，齐声问："为啥？"

"他说他不适合当官，已经接受聘请，任祁山村实业公司总经理了。"

"太好了！"二狗和张寡妇对望一眼，都是欢喜无比。

从接待处出来，二狗问张寡妇："状咱们也不告了，天还早，咱们干啥去？"

张寡妇白了他一眼："你说干啥去？"

二狗壮壮胆，一咬牙、一跺脚，道："要不，闲着没事，咱们到……到婚姻登记处去转转？"

张寡妇的脸红了，一跺脚，埋头就跑，跑了几步，见二狗没跟上来，不由慢了下来……

（本篇月月评短信代码：0204）

（题图、插图：魏忠善）

握住你的手

□ 吴相阳

石旺从大山里出来到城里闯荡，几年下来，成立了一个山货公司，赚了钱，周围的人开始不再叫他石旺，而是尊称他"石总"。石总有了钱，免不了有些胡思乱想，反正老婆阿枝在几百里外的乡下，绊不住他的手脚。

他喜欢上了一个叫爱眯的姑娘，为了讨得爱眯的芳心，石总学会大把大把花钱，他给爱眯买了一条白金手链，亲手戴在爱眯纤纤玉腕上，爱眯戴了手链的小手，更是显得娇美无比，让人看了心都痒痒的。天冷了，石总还专门托人从外地购回一件白貂皮大衣，生怕冻坏了美人儿的娇躯和玉手。爱眯对这一切太满意了，撒起娇

来，就称石总为"石哥"。

这个春节，石总不打算回乡下老家过年了，他问爱眯想怎么度过这个二人节日，爱眯说她是城里长大的，想到山里看看雪景，石总立即讨好地说，他就是个好向导哩。

一切收拾停当，石总牵着爱眯的小手坐进了公司的小车，开拖拉机出身的石旺这些年车技提高得很快，他用一只手娴熟地转动着方向盘，腾出另一只手，轻轻握着爱眯温暖柔软的小手，那感觉别提多好了。

这时车外刮起了冷风，还伴着白色的雪粒，石旺和爱眯却没有在意，等车行驶到了一个垭口，一道寒流突袭过来，从漏着缝的车窗猛然灌进

来，石旺开车的那只左手突然有些不听使唤了，他心里一个激灵：小时候自己的左手被山里的寒流冻成过重伤，后来每逢严寒天气，他总要用家乡特有的野棉包裹一层麝香做成厚厚的护手来护住手腕，但在城里到处都有暖气，几年不犯老毛病，他几乎把这事给忘了，现在左手突然被冷空气刺激得不听使唤，他有些不知所措，慌乱中，他急忙从爱眯的手中抽出自己的右手，想把方向盘拧正，可已经太迟了，车"吱——"地一声怪叫，向路边陡峭的山崖奔去……

爱眯被这突如其来的变故吓呆了，想喊救命可哪里出得了声，就在这千钧一发的时候，一辆大货车迎面驶来，也正是多亏了这大货车，石旺的小车才没有直接飞出路外，而是"砰——"一下撞在了货车的保险杠上。石旺一声惊呼，爱眯下意识扑进他的怀里，两个人的手不自觉地握在了一起……

小车没有翻下山崖，而是在崖口上侧着翻倒在地，石旺被翻出车外，两条腿被压在了车下，虽说有旁边的石头垫着，不至于使整个车子的重量都压在腿上，可腿卡在里面，人爬不出来了。石旺用手使劲撑着车子，帮着减轻腿上的压力，爱眯很幸运，没被甩出车外，她小心翼翼地爬了出来。

那辆装满栎树皮的大货车并无大碍，车上装的一卷松动的老树皮筒滚落在路边。满脸大胡子的司机被突如其来的事故吓坏了，他将车停稳后，急忙跳下车，朝石旺翻车的方向奔去。爱眯看到大胡子像是来救人的，她爬起身，尖尖的嗓音都快变调了："大哥，快救救石总——"

爱眯的这声呼喊使石旺心里一暖，没想到爱眯这个时候还真替自己担心。可谁知大胡子听到这声音，再看看爱眯，已经跨出的脚又停下了，嘟哝了一句："什么？'石总'？"

"就是石总经理……"爱眯忙解释道。

"哦，是总经理，有权有钱的嘛！"大胡子这时倒不急了，还抱起了膀子。

一股冷空气再次袭来，石旺的左手一阵痉挛，手上一松劲，汽车沉下来一点，腿被压得更痛了。石旺心里明白大胡子想要钱，可现在他连张嘴的力气都没有，只好用乞求的眼光示意爱眯给他掏钱。

爱眯细白的手指从口袋里掏出一叠钱，着急地递过去，说"这钱归你，快救救他……"

大胡子看都不看一眼："太少了，我要你的手链，手链比钱好，存一万年都值大钱，你给吗？"

"你？"爱眯虽然很生气，但碰上石旺可怜今今的目光，她只好把手链褪下来，递给大胡子。

大胡子得寸进尺地说"我老婆连棉袄都没新的穿，她做梦都不敢想自己能有件貂皮大衣，听说穿着这玩意儿就是掉进冰窟里也暖和着呢。"

爱眯简直忍无可忍，她正想开口骂这个趁火打劫的刁民，却听到"哗"的一声响，她向石旺那边看去，原来石旺身下崖缝里的一块石头碎了，石旺喘着粗气，额上是密的冷汗，爱眯哆嗦了一下，极不情愿地开始脱身上的貂皮大衣。

谁知大胡子此时低下头，目光向爱眯胸口瞅去，不怀好意地说："这位小姐脱了大衣，身材更显得好了，不知比我老婆强多少倍——"

正当大胡子"嗤嗤"怪笑的时候，

那卷从大货车里滚落到路边的柞树皮筒里突然传来"哎呀"一声响，大胡子不明白怎么回事，呆住了，爱眯更是吓得丢了魂似的，只见那筒里钻出一个人来，她一骨碌爬起来，抖抖衣衫冲大胡子喊道："贼男人，要看来看看老娘的！"

大胡子吃惊不小，不过他很快认出了这个女人："你这个婆娘，我不让你搭车，你啥时候钻进了树皮筒里，这要是跌下山涧死了，怕连神仙都说不清是咋回事！"

婆娘听了这话更是来气："神仙不让我死，是叫我救人哩，见死不救，趁火打劫，亏你还是个大男人！"

大胡子气鼓鼓地说："他们这些人，明里是'总经理'，暗里是'总坑人'，知道我这山货为啥挑了这大过节的日子才往外运，你以为我不想在家过节啊，就是想躲过这帮层层揩油的总购总销的'总瘟神'，让他们丢丢魂有啥不好！你当我真想趁火打劫啊，我是想让他们吃点苦头，要不是这女人喊了声什么'石总'，人恐怕早就救出来了！"

大胡子这样说着，早见那婆娘奔向了崖边，绕过车子想去救人。大胡子连忙喊声"危险——"，一个箭步冲上去，和那婆娘一起，把车子往路边上拖，石旺这时候不敢有半点闪失，也紧紧抓住车子，要不然，他可真要翻下山崖了。那婆娘"嘿哟"一声喊，竟真的和大胡子一起把车子拉回了一点，大胡子推开婆娘，从侧面挤进去，连拎带拖，把石旺"捞"了上来。

石旺像进了趟地狱似的，半天才有气无力地睁开眼睛，他心想一定要好好谢谢这位救命恩人，可抬眼一看，惊得他哪里还说得出话来，原来这个衣衫不整的女人不是别个，正是他乡下的老婆阿枝！阿枝也惊得后退了好几步，她叫着石旺的小名："石头，咋是你？"石旺没缓过气来，也不知道该说啥，只好问道："阿枝，你咋会在这里？"

阿枝看石旺惊慌失措的样子，又变了一副嬉皮笑脸："想你了呗！大过节的，山里路不好，班车停运了，我只好去找趟过路车捎捎脚，找来找去只有那个大胡子开着货车要进城，哪知他嫌搭个女人不方便，咋说都不点头，我知道这些男人没一个有好心眼儿，要是我阿枝有个水柳一般的俏身段，他心里没准比灌了蜜还要甜，倒给钱都会捎上……"

这时，大胡子变得不自在起来："你这婆娘，怎么胡乱猜测别人的心思，难道你就这样钻进了货车厢，你不怕冷风冻死你？"

"咱阿枝满身都是脂肪，再说，钻那栎树皮筒里比穿貂皮都暖和，刚才我还在做美梦，就被摔下来了，还以为是到站卸货了呢，再一听你嚷嚷

的，觉着不对，就使劲钻出来，竟是石头的车翻了，真是巧了！"阿枝忽然想起什么似的转头对石旺说，"你不是说公司忙，不回家过年么？是不是事情做完了，改了主意从这往家里赶？"

正当石旺左顾右盼不知说啥好的时候，一旁的爱眯带着满身的脂粉香气走了过来，她明白了眼前的肥婆就是石旺的老婆时，故意留给阿枝一个俏丽的背影，殷勤地俯下身，想把地上的石旺拉起来，可她刚碰到石旺那只左手，就听到石旺"哎哟"一声，石旺怨恨地用另一只手把她推了个大趔趄，爱眯不明白是怎么回事，急了，背过身去装作生气的样子。

阿枝看到眼前的情象像一下子明白了，脸上的笑意僵住了，不过她咬咬嘴唇，还是蹲下身，从温热的怀里取出一只护手，递过去说："你说不回家过年，我就想把这只老式护手捎来，前段时间的天气预报说今年过节风寒特别大，十多年遇不上一回，我听了就想进城看看你，你那老毛病要是发了，啥事也做不成，石头，你现在就戴上吧！"

一阵山风吹过，护手里的麝香散发出阵阵香味，石旺闻到这熟悉的味道，低下了头，他伸出另外一只手，紧紧握住妻子长满厚茧的手。

（本篇月月评短信代码：0205）

（题图、插图：魏忠善）

悔棋

□ 平之

老曾头在公园里摆象棋残局。下棋的规矩很简单，输的人给赢的人五块钱，和局则互不相欠。老曾头摆残局一是出于对象棋的爱好，二也是为了维持生计。

这天中午，一个留了长头发的男青年走到残局前看了起来，长头发左手臂上文着一个穿了箭的心形图案，胸前吊着一块碧绿的观音玉坠。看了一会残局，长头发对老曾头说："我加大，你敢跟我下吗？"

老曾头说："加多少？"长头发说："五百！"老曾头盯着他胸前的那块玉坠看了一会，说："可以！但如果你输了，我就要你胸前的玉坠，你愿不愿意？"长头发想了一想，点点头说："行，反正你输定了！"

老曾执红，长头发执黑，两个人当下就你来我往下起棋来。周围的看客见赌注下得这么大，心想必定是一场高手之战，都来了精神。长头发大概早想好了如何破这个局，前面二十步棋落子如飞。老曾头则显得局势艰难，好半天才战战兢兢下出一步棋来，来看棋的都为老曾头捏了一把汗。

可局势就是在这么一瞬间逆转的，正当大家都以为老曾头必败无疑时，他突然来了一招跳马，长头发脸上马上显出后悔的神色。众人一看，老曾头的走法原来是绵里藏针，前面看似可有可无的棋，恰恰是铺垫，现在这一招算是挑明了，整盘棋的局势也就因为这一招而扭转了。

天天来看棋的老黄对老曾头的这招赞不绝口，不屑地对长头发说："年轻人，你的棋艺是不错，可还是欠点火候啊，我看这棋没下头了，你还是认输吧！"老黄说完，众人也都随声附和，内行的人都明白，棋到这一步，黑棋肯定没救了，三步之内必死无疑。长头发听着众人的话，脸上一阵红一阵白，自言自语道："唉呀，我今天算是上当了！我怎么能够跟摆残局的人下棋呢？人家心里整天琢磨着呢，可是，可是，无非就一步棋嘛！"长头发说完，眼睛看着老曾头，咬牙道"老头，你确实很厉害，可是你敢让我悔棋吗？只悔这一步，你敢吗？"

老曾头看着长头发的眼睛，好半天没答话。老黄在边上急了，高手下棋哪有悔棋的，这步要是让了，这局棋算是输定了。可任凭老黄在边上又挤眼又摆手的，老曾头根本不理，像是很有把握了似的说："行！就让你悔一步，看你赢得了不？"伸手把跳出的马放回原处，说："刚才你是车七平四，现在你走另一步吧！"

长头发也不多想，来一招车七进六。果不其然，就这么一招，老曾头无论再怎样长考，都无济于事了，勉强撑了十几步之后，老曾头推枰认负。

围观的人都唏嘘不已，长头发则得意洋洋伸出手来，说："怎么样啊老头子？五百块，拿来吧！"老曾头在口袋里摸索了一阵，拿出几张皱巴巴的钞票，一数才有十五块。他对长头发说："小兄弟，对不起，我没有那么多钱，你跟我回去拿可以吗？"长头

发看着老曾头，抖了抖那块玉坠，说道："阿伯！既然口袋里没钱，您还愿意跟我赌，不会是以为自己必胜无疑，才冲着我这块玉来的吧？可你也不想想，天下会有这样的好事吗？"说到这里，长头发忽然大声吼道："告诉你吧老头，你可别想什么阴招，我可是吓大的！"

老曾头似乎并不介意他的态度，诚恳地说："小伙子，我真的不是不想给你钱啊！你说像我这样出来摆残局的，谁拿着这么多钱出来啊！你要相信我，现在马上跟我回去，保准一分钱不会少你的！"长头发犹豫了一下，对老曾头说："好！好！我跟你去，谅你也不敢要赖！"

老曾头带着长头发回到了家，给他倒了杯茶水，说："你先喝杯茶，我打个电话，完了再给你钱！"长头发点了点头。老曾头走进卧室去打电话，拨好号码后往客厅张望了一下，看到长头发随手拿起桌上的一本杂志翻了起来，老曾头犹豫了几秒钟，挂断了电话。他从卧室抽屉里拿了五百块钱，走出来坐在长头发对面，问："小伙子，今年多大了？"长头发说："干吗？"老曾头扬了扬手中的钱，笑道："你别急嘛！钱我不是拿出来了吗，你还怕我不给你啊？我只是想跟你聊聊，不行吗？"

长头发发现自己有点多疑了，口气缓和了一点："我今年二十五岁。"

老曾头说："看你这棋下得如狼似虎的，看来没少用功，我老头子干不了别的事，才摆残局，可你年纪轻轻，该找点事做做，这么下去不是个事啊！"长头发摇了摇头，说："要是能找到事做，谁还会东游西荡？这不是没人要嘛！"老曾头看着长头发："要是我帮你找到工作，你做不做？"长头发愣住了，似乎不太相信，可看看老曾头认真的样子，他点了点头。

"好！你等等！"老曾头说着站了起来，去拨了个电话。很快通了，老曾头说了一阵，放下电话，回来把五

百块钱给了长头发，说："工作找到了，有一个汽车修理厂的老板是我的老哥们，我跟他说你是我侄子，他就答应了，叫你去洗车，然后有空再学修车，包吃住每个月暂定四百五，要是行，我现在就带你去见他，你干不干？"长头发还是不能相信这是真的，老曾头拉着他就出了门。

长头发叫曹清，老曾头没看错人，他修车就像下棋一样，有点悟性，很快就成了一把好手，没多久还和厂里的一个姑娘谈起恋爱，结了婚。结婚当天，席终人散，曹清把老曾头叫到他的洞房，跪在老曾头面前，说："曾伯，没有您，就没有我的今天啊！今天我要和您说实话，我原来干过偷鸡摸狗的营生，没遇上您，我恐怕早在大牢里呆着了！"

老曾头忙把他扶起来，笑着说："你这大礼我受不起！不过到了今天，我也要和你说实话了，你胸前这块玉坠，虽说不怎么值钱，可这是我老伴送给我的，你今天就还给我吧！"

曹清惊得张大了嘴巴，这玉坠是他第一次偷东西偷来的，原来戴着是觉得好看，改邪归正后，他还一直戴着，是想给自己提个醒，要好好工作，别走回那条老路。

老曾头看他不明白，接着说："玉坠是在公交车上丢的，回想起来，我隐约记得那天有个手臂上有刺青的人曾在我身边挤来挤去。那天你来跟我

·中国新传说·

铃声
多美妙

□李文胜

赵 云大学毕业后没几年，就因为业绩突出和人缘极佳，坐上了

县里城建局副局长的位置，仕途上可谓一帆风顺，别人见了他都是恭维吹捧的话说不完，可偏偏就是自己的妻子小芳没说过一句顺耳的话，反而泼起了冷水："有人当上官就像鼓起来的气球，一吹就飘飘然。也没有自己的方向，风朝哪刮就朝哪飘，这样下去，气球早晚是要破的。咱不管别人

下棋，看见玉坠和你手臂上的刺青，我就猜那个小偷就是你。"

曹清一听傻了，自己那是第一次偷东西，特别紧张，哪里注意被偷的人长什么样。

老曾头继续说道："其实那盘棋你根本就赢不了！所有的残局，按最正确的步骤走，双方最后只能下成和棋，可是只要你错了一步，我就能够赢你。我让你悔棋，是因为直到你提出悔棋时，我才想到就算赢了你，你也不会把玉坠还给我，倒是我输了的

话，可以借口取钱给你，把你带回家，然后再报警抓你。我在卧室里已经拨通了派出所的电话，可回头一看，你正在翻杂志，样子就像我的小儿子。那一刻我突然改了主意：既然已经让你悔了一盘游戏的棋，为什么不能让你悔一步人生的棋呢？"

老曾头说完，曹清还在发愣，倒是新娘子猛地擂了他一下，娇嗔道："还傻什么？还不快把玉坠解下来！"

（本篇月月评短信代码：0206）

（题图、插图：安玉民）

怎么当官,自己一定要坐得端,行得正。我知道你这人心软爱犹豫,要不把你手机短消息的声音设成"三大纪律,八项注意"的第一句吧,这歌虽说老了点,可平时常听到,也能给你提个醒。"

赵云知道妻子爱较真,丁是丁卯是卯的,没有一点幽默感,这么没情调的事情也就她能想出来,可他转念一想,这样倒是对塑造自己的公众形象挺有利的,也就默许了。

这段时间,赵云局里准备投资1500多万元建一座高层的办公楼。这事由赵云负责,可招标还没开始,不知是谁走漏了风声,大大小小的建筑队头头天天云集在他办公室,纠缠不休,搅得赵云心烦。

这天晚上,赵云正坐在客厅里兴致勃勃地看雅典奥运会,妻子在书房看书。就在这时候,门铃响了,开门一看,是建筑总公司的王总。

王总一进来就滔滔不绝地说他们公司的技术如何过硬,质量如何可靠,时间如何保证,设备如何先进,职工素质如何高,像在朗读一本内容丰富的投标书,赵云只好开玩笑似的说:"你刚才说的这些要是拿到招标会上去读,应该很有竞争力。"

谁知这一句客套话,王总却理解成了对他的暗示,立刻高兴地说:"谢谢赵局长的肯定,有您说话,这事就好办了。"

赵云知道他误会了,赶紧说:"像这种大事,只有张局长才能拍板。"

王总听了,以为他卖关子,忙说"张局长传出话了,你是常务副局长兼第一副总指挥长,隔着你他面子上挂不住。"

赵云是张局长一手提拔的,听到这话心里挺舒服,说道:"那让我怎么帮你呢?"

王总一看有门,就把话说白了:"你具体操作,张局长配合。"

赵云没想到他会这么露骨,吃了一惊,表情就显得有些犹豫。

王总一见他犹豫,赶紧掏出一个鼓囊囊的信封,说道:"我和张局长是多年的兄弟,你就一百个放心吧。这是定金,事成后再重谢。"

赵云看到信封,急得连忙摆手,但王总熟练地拿起信封往沙发底下使劲一塞,站起来就往门口走。

赵云有些不知所措,就在这时候,腰间的手机响了起来,那节奏特别铿锵有力。他低头一看是一则短消息:爱生活,爱小芳,不爱暗箱;公事公办,廉洁无限,清香满人间。看署名居然是妻子发来的。赵云往书房看了一眼,一下子清醒了,从沙发下抽出信封塞到王总手里,坚决地说:"明天到办公室再说吧。"王总看赵云已经走到门口开了门,只好尴尬地笑笑,摇摇头,走了。

赵云舒了口气,有些后怕,又看

了一遍那短信，笑了出来，没想到妻子说话这么古板，短消息倒发得挺幽默。

几天后，张局长说王总请吃晚饭，要赵云一起去。赵云给妻子发了个短消息，打了声招呼就匆匆赶去。

雅间里，张局长正在眉飞色舞地讲一个段子，王总津津有味地听着，一个漂亮的女服务员笑成了虾米，眼里的泪花一闪一闪的。

当两瓶白酒底朝天的时候，话题不由自主地转向了承建工程的事。

张局长用筷子指了指赵云，赵云忙幽默地表态说："张局长的指挥棒永远是前进的方向。"

张局长摇着头说："要集思广益才行，我就是喜欢你有主见这一点。"

赵云暗想：看情形工程承包的事应该是板上钉钉归王总了，投标只是掩人耳目的形式，无论自己再说啥也是瞎子点灯，不如顺坡滚毛驴送个人情，于是说道："王总公司本来就有实力，应该是十拿九稳的事。"

王总瞪着兔子眼说："安全系数只有0.9呀，会不会突然出现那0.1呢？"

赵云只好说："只要张局长在，就没有0.1的可能了。"

张局长听到这话，不免得意，于是就又讲起了笑话。讲完了，笑累了，伸个懒腰说要休息，王总忙和服务员一起将他搀进楼上的包间。

王总回来后，神秘兮兮地带上门，从包里掏出一个比那天带到赵云家的更大更鼓的信封说："老弟，从现在开始咱们是一家人了，不要嫌少。"说着就往赵云包里塞。

见啥角色说啥话，看啥环境办啥事。从今天的情况看这红包王总肯定也给了张局长一份，自己要是不拿，就和张局长不一个战线的，以后肯定没好日子过。

赵云正在胡思乱想时，"三大纪律、八项注意"的歌声骤然响起，他

慌忙掏出手机，又是妻子发的短信：腐蚀你，你是座上宾；告发你，你是阶下囚——提高警惕，保卫自己。

顿时，赵云的酒醒了大半，没去接信封，谎称头晕得厉害，蹒跚着往外走。

王总愣了一下，马上又反应过来，上前一把拽住赵云，说："老弟，不要忙着走，先上楼醒醒酒，呆会儿我送你回家。"说着软拉硬扯地带着他朝楼上走。赵云无奈，只得给妻子回了个短消息说还有别的活动，要晚些回家。

楼上包间里的灯光若明若暗，电视里播放着富有挑逗性的片子，两个仙女般的小姐温柔地把赵云摁在沙发上。沙发又宽又厚，舒服极了。一个小姐坐在他的腿上，吊着他的脖子，另一个则扭动着蜂腰，脱去本来就没有一件多余的衣服。赵云心里知道这样不行，可酒喝了不少，身体的本能也有些受不住这种消魂的诱惑，竟有些迷迷糊糊地任人摆布了。

正在千钧一发之际，手机又响了起来。赵云慌忙掏出手机，短信上写着：摘不到的星星总是最闪亮的，溜掉的小鱼总是最可爱的，抱着的美人总是最好看的，家里的贤妻才是最爱你的。不用说，又是他妻子发来的。

这段乐声不仅让赵云清醒了，就连两个小姐都觉得自己有些别扭，停了下来，这房间里的一切在这段乐声里都显得有些可笑。

赵云本来就发烫的脸因为羞愧变得火辣辣了。他忙起身整理好衣服，抓起公文包，逃也似的跑出了酒店。

事后，正如赵云预料的一样，张局长对他不冷不热，王总最终还是一举夺标并签订了合同。

可没过多久，单位里不见了张局长。又过了几天，传说他被双规了。原来王总贪污和挪用公款的事情东窗事发，查这笔钱的去向，把张局长也带了出来，赵云听说这件事情的时候，吓出一身冷汗，坐着半天没有动。

没多久，组织上找赵云谈话，让赵云接替局长的位置。赵云欣喜若狂，一路小跑地奔回家，把这个喜讯告诉妻子，满以为她会夸奖一番，可妻子还是一副平淡的样子，和短信中那个情深意长、幽默睿智的她真是判若两人啊！

（本篇月月评短信代码：0207）

（题图、插图：安玉民）

·本刊信息传真·

启　事

有"月月评"短信获奖读者来电反映，他们没收到奖品、奖金。经查，主要是这些读者提供的地址不准确，致使奖品、奖金被邮政部门退回。希望读者在收到短信中奖通知后，能正确地将自己的姓名、地址、邮编等资料发回，以便及时收到奖品或奖金。

天真的梦想，装点出美丽的人生；虚构的故事感动着真实的灵魂。——聂志红（广东）

广告也精彩

□ 马 强

鹊桥镇的吴老太是个戏迷，眼看要过六十大寿了，她提前几个月就跟儿子表态，坚决要求不摆寿宴，要拿这笔钱出来，去城里请有名的戏班子，热热闹闹唱三天大戏，让十里八乡的戏迷都过足戏瘾，还不收大伙门票。

吴老太的小儿子银贵听了这话，掰指头一算，就不乐意了，摆寿宴还能赚礼金，这免费唱大戏，得花不少钱，就算和在县里电视台工作的大哥金贵平摊，这也肯定是亏本的买卖，不说别人，自己的媳妇首先就不答应。

可吴老太态度坚决，看银贵还在犹豫，脸立刻阴沉了下来。银贵看这情形，赶紧点头答应，可再回头一看，媳妇的眼珠子都快瞪出来了，咳，真是愁死他了。

这天一早，银贵就到了县剧团，人家给了他一份报价单，他一看就傻了，最便宜的也要3000多元！银贵没辙了。

银贵垂头丧气地走出剧团大门，在公用电话亭给大哥打了电话，谁知大哥听完情况，连说他笨，这么点小事情都想不出办法，接着就把自己的主意一说，银贵听了，还真的眉开眼笑了，直夸好，这在电视台工作的人，就是不一样啊。

银贵回到家里，看媳妇脸色不

好，知道是为唱戏这事，忙凑上去在她耳边嘀咕了一番，银贵媳妇也笑了。

要说这主意也不是什么新招，就是在唱戏的时候插播广告。现在电视里广告比正式节目时间都长，让你看不说，还要在屏幕上打上一行"广告也精彩"，金贵说了，弄不好，这戏唱完了，还能赚下点钱呢。

接下来的两天可把银贵给忙坏了，他先学着人家县剧团出了个报价单，按时段和时间长短定价，这个他懂，新闻联播前头那几个广告，一个就只给播几秒钟，可价钱大了去了。平时他看电视最讨厌广告，现在才知道为什么大伙都需要这玩意。

接下来就是联系客户了，一试才发现，感兴趣的人还真不少，一是新奇，二是价钱低，三是实惠。要说这免费听大戏，十里八乡的都得来，平时那些做小本生意的、搞乡镇小企业的，花不起钱上电视台做广告，再说了，东西还是卖给十里八村这些乡亲，有这么个知名度就足够了。

几天下来，看看签下来的合同，把银贵给乐得合不拢嘴，他都想好了，以后啊，年年唱，一年唱两次也行！不光银贵乐，银贵媳妇也乐得不轻，她渐渐看出了门道，自己也偷偷背着银贵和人家签了两个合同，都是银贵没应承的，她可不管，有啥不能播的，有钱不赚那叫傻。

这天中午，银贵从县城回来后，跑到吴老太跟前，给了她一份同县剧团签订的协议书，白纸黑字，外加鲜红的印章和指纹！银贵不但把戏班子请到了，请的还都是名角，不管是老生、花旦，全都是在省戏剧大赛中拿过奖的，就连器乐班子里那些扯板胡、吹海笛、敲铙钹、击梆子的人，也是县剧团里最好的。他把协议给吴老太一念，乐得吴老太眼睛都眯成了小月牙！

几天下来，银贵觉得自己很有长进，他现在不仅懂得做广告了，还明白了一定要大力宣传，来的观众越多，做广告的人越高兴啊。他请人把协议里的一些关键内容，用大红纸抄写成一张张海报，并注明：后天晚上7点，在镇中心的古戏台准时开戏，不售门票！这个消息一传开，十里八乡的乡亲们真是乐翻了天，懂戏的都想看个门道，不懂戏的也想凑个热闹！

到了唱戏这天晚上，戏还没开唱，古戏台前早已是人满为患。不少熟人都过来给吴老太贺喜，等到邻乡的丁老汉拎着茶壶跑过来祝寿的时候，吴老太特别高兴，一把拉着他坐在了身边的凳子上。这丁老汉脾气暴，好多人不喜欢他，可吴老太最喜欢听他说戏，他不但是戏迷，更是看戏的行家，戏里的事情，他懂得特别多。

丁老汉也不客气，坐下来就问吴老太："这么好的角儿，为啥不唱本戏，咋偏唱折子戏呢？"吴老太摇摇头说她也不知道。

没多会儿，戏就开场了，一折唱罢，演员退回幕后，大家正等着下一折戏开唱时，台上却走来一位穿西装的男人，台下顿时一片嘘声加笑声：这不是鹊桥镇沙发厂的厂长杨大嘴么？他好端端地跑到台上来做啥？就凭他那公鸭嗓子，难道也会唱戏不成？

杨大嘴从西装口袋里掏出一张纸，展开，将领带在胖子上拧了拧，念道："男大当婚，女大当嫁，结婚住新房，离不得好沙发！鹊桥沙发，质量顶刮刮，弹簧多又粗，海绵不掺假，真皮包座面，底板用实木加，看样订做包送货，款式新颖人人夸！地址：鹊桥镇南街5号，电话是……"此时，台下早已哄笑阵阵！吴老太和丁老汉也闹明白了：为啥不唱本戏要唱折子戏，原来是要在唱戏的间隙插播一番广告哩！

杨大嘴刚一下台，两位武旦便从左右两侧，手执马鞭，趟马而出，走到台中央，转头，定神，亮身段，随着器乐班子一声"叮咣采！"台下叫好声连天。丁老汉眼睛一亮，他最爱看的武戏终于开始了。

两位武生在台上又跳又打，大家正看得起劲时，两人却又一闪身，快步走回了幕后。观众正纳闷着，却见从后台走出一个胖子，众人猜了半天也没猜出此人是谁。胖子像变戏法似

的从身后亮出一个礼盒，介绍了一番，台下乱哄哄的，他说的啥也听不大清楚，最后胖子把声音提高八度喊道："法人代表王二定，产品质量过得硬！"底下有人开始起哄了，故意调笑道："王二定，说了半天，你到底卖个啥？"

此后，台上唱上一折戏，便要插进一段广告，商家也用尽了心思，念顺口溜，做打油诗，还有用竹板伴奏说快板的，"亚克西"烧烤庄还特意表演了一段新疆舞蹈呢！台下观众又说又笑，但心里始终惦念着下一折好戏，也就全当笑话看了解闷。

三十年河西 （结尾部分）

（1月号上半月刊说到王府上下正在为暴死的王大牙举办丧事时，只见一个人冲了进来……）

那人披头散发、衣衫褴褛，扑在棺材上嚎啕大哭："爹呀……爹呀……都怪你做事太狠了……"

大家一看，这人竟是福来，王大牙的大老婆冲着福来骂道："你这个没良心的，你爹是活活让你气死的，你不在山上逍遥，还有脸回来？"

福来一把眼泪一把鼻涕地说"我逍遥什么呀？没被他们整死就算是命大了！"

"你不是和红杏这个臭娘们成亲了吗？"

"成亲？成什么亲呀，他们把我拴在山洞里，不是灌辣椒水就是坐老虎凳，还把我……给阉了呀……"

三十年河东，三十年河西，老话说得可一点不错哇！

所以，正确的答案是：A. 王大牙的儿子福来

吴老太看看场面挺热闹，也就没把这广告的事往心里去。戏唱到一大半，吴老太出去解手，可等她回来的时候，吓了一大跳，只见丁老汉正在台上又比划又说，难道他也上去做广告？再看看丁老汉边上的人，吴老太愣住了，那不是卖寿材的大奎吗？

只听丁老汉大声骂着："好你个大奎，你是想钱想疯了咋地？你卖孝盆寿衣，做棺材花圈，没人说过你一句缺德话。可今儿是啥日子？这戏是为啥唱的？你也好意思跑到这戏台上来做广告？你这不光糟蹋了戏，还糟蹋了人！"吴老太听明白了这些话，一股子气直蹿脑门。

大奎也不是盏省油的灯，他扯长了脖子喊道："老子花钱做广告，关你个屁事？人家银贵都没说个啥，轮得上你在这儿吵吵？银贵媳妇和我商量好

的，要不是你个老不死的跑出来，趁银贵他娘出去的这个空档啥事都解决了，等老太太回来，广告做完了，大伙听戏，有什么不好！"丁老汉气得直发抖，却被众人拉住了。

这下大奎越发来劲了："出了钱就能做广告！别说你一场破戏了，就是到城里电视台，也是这个理！"

银贵媳妇赶紧上台去拉大奎，银贵这才明白媳妇背着自己卖广告，大奎当初在自个这儿没说通才去找了他媳妇说。银贵不敢和媳妇当场顶，可看看娘伤心的样子，真不知道怨谁好，嘴里嘟囔着："我哥在电视台整天播那么多广告，有谁说过啥？咋我想做两个小广告把收支打平，就这么难啊！"

（本篇月月评短信代码：0208）

（题图、插图：王申生）

富柔公主

□ 童程东

靖康年间，赵构做了偏安皇帝，根本不去想收复北方的事情。

这一天，一个女扮男装的叫花来到宫门外，拄着拐杖、拖着一双跛足，一副长途跋涉的样子。她自称是柔富公主，从北方逃回来了，特来见驾。

赵构听说此事，心存疑虑地说："许多将军武夫尚不能逃回，公主一个女流突然回来了，这里面是不是有诈？"于是有大臣建议让以前伺候过公主的宫女去辨认，赵构点头答应了。

宫女们看了，个个惊呼："是真的，一丝不差。"又问宫中旧事，女叫花也对答如流。赵构虽然还是心存疑虑，但也说不出什么，只好颁诏加封她为"福国长公主"。

赵构心里盘算着：要是公主不多说什么，倒是可以把她作为故国的象征，安抚那些一直想北上收回国土的将领；要是她有心煽动，就要另作打算了。

这天，赵构设宴，请了一班重臣，一起为公主接风压惊。酒过三巡，柔富公主缓缓起立。她端起一杯酒，扶着拐杖走到中间，朗声说道："皇上，各位大臣将军，请了。"说罢，她面朝北，神情悲切地把酒洒向地面。

赵构看情势不对，刚想制止，却只听公主抢先说道："我女扮男装从北方逃回，一路乞讨，多次逃脱金兵的搜捕，我豁出命去，保住了一道密旨。"

听到这话，赵构吃了一惊，回来的时候他已经让人在公主身上仔细搜过了，什么也没发现，现在公主怎么说有密旨？可现在群臣都在，而且情绪都被煽动了起来，不让她说下去也是不可能的了。

只见公主弯下腰，褪下左脚靴子，又一圈一圈地除下绑着的白纱布，鲜血立刻从里面渗出来，有侍者上前想去服侍，却被公主喝退了回去。

公主肿胀的左腿肚上有道长长的伤疤，她咬咬牙，从头上拔出一支金钗，对准伤疤猛划过去，腿上立刻鲜血四溅，周围的人一阵惊呼。只见公主伸出两根手指，插进迸裂的伤口，扯出一个淤血包裹、长约三寸的物件。公主忍住剧痛，站起身来，捧着这团血肉模糊的东西，赵构一阵眩晕，而群臣也都吓得说不出话来。

公主抹去血迹，剔除油纸，里面竟是一筒白色丝绢，上面陈血斑斑。她展开丝绢，泣声喊道："这是太上皇的亲笔血书！"公主说的太上皇是指宋徽宗，他的瘦金体天下知名，群臣一看便知是真迹。顿时，大家的眼光齐刷刷地望着赵构，看他如何定夺。

赵构的脑中一片空白，呆呆地坐在上面，不知所措。公主却不理会，开始宣读血旨：

我等溺于所爱，疏于国事，以至靖康之乱，蒙尘北狩。我等身死事小，念北国失地遗民，终日凌辱于金人铁蹄之下，我心犹焚。望皇儿早日整顿国事，挥师北伐，救黎民于水火。

徽宗、钦宗于难中

公主念完后，强忍住腿上剧烈的疼痛，冷冷地扫视着在场的每个人。一片寂静后，兵部侍郎赵鼎站出来说道："皇上，公主历尽磨难，带来血书。我等绝不能贪图安逸，偏安一隅。只要您一声令下，我赵鼎敢为先锋，直捣黄龙，救出……"

"皇上，军国大事岂能说打就打，依我之见，还是从长计议。"一个头发灰白的老臣说道。

"皇上，公主回归，又奉血旨，事出突然。我看当设法迎回太后，以证其实，再作计议。"

就这么片刻间，主战、主和还有中立三派就吵开了，而赵构始终脸色铁青，不发一言。柔富公主因失血过多，在一阵争吵声中晕倒在地。

柔富公主醒来时，已是次日清晨，但见四周窗明几净，昨日今晨，恍若隔世，而那份血旨，早已不知去向。她稍稍欠身，牵动左腿伤势，涌上阵阵揪心的疼痛。

一个宫女闻声过来，道"公主醒了，太医说公主不能下地……"柔富公主冷冷说道："扶我起来，我要去见皇上！"那宫女急道："公主，皇上和大臣们连夜在御书房议事，直到清晨才歇息。皇上传旨，任何人不经他传唤不能见驾。"柔富公主挣扎着起来，扶着宫女挨到门口，只见外面站满了带甲卫士。领头的上前拱手说道："公主请回，有事但请吩咐。"

柔富公主明白了，自己这是被软禁了。而就在这时候，赵构正用和议的办法，营救太后。

几个月后，太后被秘密接了回来，赵构和她在一个密室中母子相见。稍叙别离之苦后，赵构道："我有一事想请教母后。"说完，他从袖中取出那份血旨，慢慢地摊开在案上。见

旨如见人，太后忍不住伤心起来，开始簌簌地落泪，道"柔富在城破之际身怀血旨逃走，我以为她早就死了，没想到她居然真的回来了，她在哪里？我要见她！"

赵构一声不响，挥了挥手。一名侍者端上一杯酒，又退了出去。赵构把酒放在血旨上，道："母后，这是一杯苦酒，不是我喝就是柔富喝，请您定夺。"

太后一听，脸色大变，道："你这是何意？"赵构一句话也不说，眼睛死死地盯着太后。

太后叹了口气，说："我明白了，你不想让皇上回来，你想一心做你的安乐皇帝！"

赵构不接她的话，接着说道："公主身负血旨，万里归来，举国上下，人

心惶惶，谣言四起，再不平息，恐怕即使父皇不回来，我也做不成这个皇帝了。"

太后听了长叹一声，声音低沉地说"你想让柔富一死来掩天下人的耳目？这杯酒我宁愿自己来喝。"

赵构似乎早料到她有这话，"啪"的一声夺过酒杯摔在地上，接着拿出一道密函，狠狠地说："我这样做也是迫不得已。既然母后重情，这酒谁都不喝也罢，你只需按照上面的话向群臣言明，我保证你和柔富都平安无事。否则情势逼人，事情就说不准了！"太后看了密旨上的内容，泪流满面。

这天晚上，太后来到柔富的宫中，母女俩劫后重逢，有说不完的离情别绪，流不尽的伤心泪。夜深了，太后收起眼泪说道："柔富，今晚我们母女同睡。从你出生起，我们很少睡在一起。这是生在皇家的不幸，我们往往身不由己。说来真是羡慕那些平常百姓。"

母女俩相拥而卧，太后拍着柔富公主的肩膀，如同拍着一个新生的婴孩说道："柔富，让我们娘儿俩离开皇宫，到民间造几间瓦房，过平常人的生活，如何？"

柔富公主轻声道："母后，国已破，家何在？"

太后发出一声极轻的叹息声……

次日，群臣聚集，赵构为太后接风洗尘。柔富公主由宫女们扶着走进大殿，上前给母后请安。

太后见了，脸上肌肉一阵抽动，盯着柔富公主从头到脚看了半天，惊道："你是谁？柔富被俘，受不得苦楚，已死多年……都是我亲眼所见……怎会又有一个柔富？"

此言一出，举座皆惊。柔富公主听了眼前一黑，惊道："母后你这是怎么了，昨夜……"

太后的声音嘶哑僵硬，硬生生地说道："我在北朝听说过大都有一个女巫……柔富死后我也听说有人在民间又见到了柔富，还听说此女巫暗暗用心，找流落民间的宫女问宫中旧事，在心中记熟了，当初我还不信，要不是我当初亲眼看着柔富已死，定也会把你当女儿的！"

话音刚落，她就觉得喉头梗塞，眼前阵阵发黑。赵构忙过去扶，伸手按住太后的嘴，假装掐其人中。

柔富公主抓起拐杖挣扎着站起来，两行清泪一泻而出，仰天喊道："母亲，兄长！你们可以不认我，难道连丈夫和父亲也不认吗？你们可以不认他们，难道连百姓也不认吗？"

赵构听了大怒，喝道："侍卫，把这妖言惑众的巫婆拉出去，立即斩首！"

"慢！"柔富公主叹道，"我不能死在自己朝廷的刀下！"说罢，她扔掉拐杖，一头撞向立柱，倒地而亡。

（题图、插图：黄全昌）

□魏治祥

老板，
你要认错

滨江自助火锅城正式开业这天，总经理郑元光亲自召集全体员工训话。他风趣地介绍了火锅城的经营理念，充满激情地描绘了火锅城的美好前景，他的讲话赢得了热烈的掌声。郑元光一高兴，就对站在第一排身穿唐装的迎宾小姐说："今后你们要迎来送往，口才很重要，今天就每人先说一句话吧，只要和开张大吉有关就行。"

大伙都明白，他这是要让这些漂亮的小姐说些吉利话，讨个好彩头。这些女孩子都想在经理面前表现一

下，于是依照顺序说开了，话是一个比一个吉利，声音是一个比一个动听，可轮到一个长相文静的女孩子的时候，她犹豫了一下，说道："我希望咱火锅城人流如潮，可是，这不一定能做到。"

正含笑点头的郑经理突然听到这话，又惊又气，一时说不出话来。大堂经理惶恐地凑近郑元光，说这姑娘是迎宾小姐王怡，一个来自农村的打工妹，以前在好几家火锅城做过服务员。郑经理根本听不进这些话，不管是谁，在这时候说这样的晦气话，他都不能容忍！他强压怒火，冷冷地说"一个穷打工的，仗着有几分姿色，就敢在这儿说三道四！既然你对本店缺乏信心，不马上滚蛋还等什么？"王怡没想到郑经理会说这样伤害人的话，她抬起头来，咬着嘴唇，似乎还想辩白，但终于默默地转过身离去了。

开办火锅城之前，郑元光做了周密的市场调查。他认为，尽管全城有近百家大大小小的火锅店，但规模都不大，而且档次不是太高，就是太低。档次太高，工薪阶层吃不起；档次太低，公款请客没面子。如果搞一家中、高档装修、中低档消费的火锅城，做到两者兼顾，薄利多销，就一定能在众多的同行中独树一帜，后来居上。

可这些只是郑元光的推测，事实是，王怡的话应验了。偌大的火锅城食客寥寥无几，清静得让人心虚。问题出在哪里呢？论价格，每人收费25元，只比那些脏兮兮的路边店多10块钱；说服务，完全可以跟高档餐厅一争短长。郑元光咬了咬牙，又到电视台打了一个月广告，但仍然没有多大起色。三个月下来，他整整瘦了一圈，在炒掉第二个公关部经理后，郑元光向全体员工宣布，谁能够在两个月内让火锅城起死回生，谁就是公关部经理，同时重奖1万元。

决定宣布后又过了半个月，没有任何人敢接招。就在郑元光准备面向社会公开招聘时，王怡意外地出现在他面前。

"你来干什么？"郑元光没好气地问。"当公关部经理呀。"王怡似乎带着一丝嘲讽。她并不在乎郑元光的猜疑和敌意，接着反问道："假如我真的能让火锅城起死回生，你能做到不计前嫌，兑现你的诺言吗？"郑元光哈哈大笑："你有没有搞错啊？这可不是当迎宾小姐，会说两句'欢迎光临'、'请慢走'就行。"王怡并不理会他的这些讽刺，而是平静地告诉他，滨江自助火锅城最大的失误就在于"兼顾"二字，看似高档的装修和门口的迎宾小姐吓退了工薪阶层，而内部的雅间却因为档次不够高而无法满足高规格接待。"恕我直言，郑总，你的火锅城从一开始就没有准确的定位，再这样下去，只能是关门大吉。"

郑元光愣住了，这么简单的道理怎么就没想到，而这个普普通通的姑娘早在开业之前就预料到了。更让人难以理解的是，被炒掉的她居然在关键时刻前来助他一臂之力。沉吟良久，他狐疑地问："说吧，你有什么条件？"

王怡说有两个条件，第一，国庆节前夕的促销活动由她全权负责，任何人不得干预。第二个条件暂时不谈，等火锅城生意火爆后再说。她看郑元光还是有些犹豫，于是说道："郑经理尽管放心，我不会漫天要价的。"郑元光想不出更好的办法，也就点头同意了。就这样，王怡成了公关部临时负责人。

一转眼又过了十天。王怡要么把自己关在办公室里上网，要么东奔西跑，好像并没有什么高招。郑元光多次催她拿出具体方案，她都推说还没有考虑成熟。多问几次，她干脆回答说方案保密，一副莫测高深的样子。到了8月30日，恰好是周末，郑元光正准备回家过周末，王怡把他堵住了，说是明天将正式启动她的宣传攻势，前提是这两天火锅城的一切都必须由她说了算。郑元光不由得喜上眉梢，急切地问王怡究竟有啥高招。王怡的回答很简单：国庆前的双休日对工薪阶层实行优惠，每客由25元降为20元。郑元光大失所望，这算什么高招啊，可他也懒得多说，倒要看看这丫头要怎么折腾，于是马上叫来几个部门经理，叫他们两天内一切听王怡的。

8月31日这天，一个爆炸性的广告轰动了全城：为迎接国庆，滨江自助火锅城开展为期一个月的双休日酬宾活动，凡私人消费每客一律2元，同时免费提供散装白酒。更吸引人眼球的是，订座电话后面又加了一句：本店出具的正式发票上将加盖"自费"字样的印章。

广告播出后，订座电话和上门咨询的人如潮水般涌来。"每客2元，这不是开玩笑吗？"大堂经理在一旁叫苦不迭。只见王怡亲自在吧台坐镇，不断向顾客说明应该是每客20元，却又按2元的标准受理了所有的预定。大堂经理急了，赶紧打电话报告郑元光。而这时九月份的双休日已经全部被订满了。

郑元光听说以后，又气又急地赶

回火锅城，质问王怡是不是为了报复，特意回来害他的。王怡却很平静地说："郑总，我们不能食言。这样吧，我马上请电视台更正。"

直到晚上10点，电视台才播出了一个紧急更正，说火锅城工作人员一时大意，把20元写成了2元。为此，滨江自助火锅城将承担全部责任。但火锅城郑重承诺，凡10点以前已经订座的消费者仍然享受每客2元的优惠。

第二天上午，郑元光想找王怡问问到底是怎么回事，这下公司肯定亏

大了，可王怡却消失了。

这一定是报复！报复啊！郑元光后悔莫及。火锅城一连亏了几个月，这一来可真是雪上加霜啊！正当他不知所措的时候，电视台和报社的记者却到了。他们对火锅城高度重视诚信的举动表现出极大的兴趣，对郑经理的君子风度赞不绝口，把郑元光搞得哭笑不得。他刚要把记者轰走，大堂经理气喘吁吁地前来报告，说紧急更正播出后，订座电话仍然接连不断，他们一再说明不再优惠，客人还是要提前订座，从9月1号到国庆大假已经天天爆满。郑元光简直不相信自己的耳朵，这不是歪打正着吗！记者们更兴奋，说报道的题目也有了，叫做"诚招天下客"。

整整两个月，滨江火锅城始终保持着兴旺的势头。郑元光专门问了一些回头客，过去为啥不到这儿消费，他们的回答进一步印证了王怡的判断。这天早上，他翻着火锅城的账册，不禁好一阵感慨：看来，打工妹也不能小瞧啊。她们有时候只是没有展示自己才能的机遇罢了。至于她把20元写成2元那个低级错误，郑元光突然闪过一个念头，王怡根本不是不小心出了差错，更不是报复，这正是她的高招啊。想到这里，他不禁叫了一声"啊呀"！

"'啊呀'什么呢，郑经理？"王怡不知啥时候进了办公室，笑吟吟地站在了面前。

郑元光涨红了脸，喃喃道："我在想，那个广告的差错……"

"差错？哦，那是我精心设计的。为了塑造火锅城的形象，我们不得不背水一战。"

郑元光红着脸问："你为啥不早说呢？"

王怡淡淡一笑："我敢说吗？就这样有人都恨不得吃了我。好了郑总，现在轮到你兑现自己的诺言了。请把全体员工集中起来好吗？"

郑元光又是一愣，不知她打的什么主意，但还是爽快地叫人集合全体员工。

不一会儿，人到齐了，郑元光拿出了1万元奖金，接着就要宣布对王怡的任命，这时王怡却抢在前头说："请郑经理不要着急，让我先说出第二个条件。"

"说吧，什么条件？"

"奖金和职务我都可以放弃，但你必须为开业那天发生的事向我认错。尽管你是老板，可你那天的确没有给我应有的尊重！"

王怡的话音刚落，全场一片寂静，所有的目光都"刷"的一下投向郑元光。郑元光先是涨红了脸，可想了想，又坦然了，他快步走到王怡面前，向她深深地鞠了一躬。

（本篇月月评短信代码：0209）

（题图、插图：安玉民）

捡一株
情人草

□曾　恽

小李是个出租车司机，一向循规蹈矩，从不拈花惹草。但这并不代表他不喜欢女人，老实说，碰上漂亮的姑娘媳妇坐车，他的心情也总是特别愉快，车也开得又快又稳。

这天晚上，一个胖男人带着一个漂亮的女孩上了车。小李暗想：这胖子年龄也不小了，艳福不浅啊！忍不住就从反光镜里多看了女孩子几眼。不一会儿，车停在一个富丽堂皇的夜总会门口，胖男人递过来一张百元大钞，小李翻了半天，身上的零钱也不够找的。

胖男人不耐烦地说："别翻了，你跟我进去，有兄弟已经在包房等着我了，让他们直接付给你零钱好了。"

小李没法，只好停了车跟他进去。包间里灯光昏暗，几对男女搂抱着靠在沙发上，小李拿了钱，刚转身要出去，突然听到外面一阵喧哗，胖子跑到门口一看，赶紧关上门，气急败坏地说："坏了，撞到枪口上了！"

小李不知道怎么回事，还想往外走，被胖子一把拉住了："现在出去你也跑不掉的，从包间里出去的都得查问！"

小李明白了，原来是赶上扫黄了，可自己是进来换钱的，有什么好怕的。胖子一下子看穿了他的心思，不屑地说道："老弟，你以为警察会相信你？你先打听打听规矩，既然撞上了，有这么轻易出去的吗？要是这么说，大伙都有理由。"

小李万分委屈："可我真是来换钱的，什么也没干呀！"

胖子翻了翻眼睛："这事谁说得清楚，按老规矩，每人罚款三千块，交钱走人！"

三千！小李倒吸一口凉气。

胖男人似乎就等着他有这个反应，立刻说："老弟，我也知道你冤枉，干脆，你的三千我替你交了！不过，你得承认她是你女朋友。"说着把刚才一起坐车的漂亮姑娘拉了过来。

小李明白了，这胖子不方便说自己和那姑娘的关系，可要说不认识，估计这姑娘就难脱身了。正想着，一只软绵绵的胳膊已经挽上了他的手臂，小李的脸"刷"的一下红了。

那姑娘看他这么害羞，笑着说："大哥，谢谢你帮我。我叫齐娜，这是我的身份证。"

小李没想到齐娜如此落落大方，低头一看身份证，更让他吃了一惊，齐娜和他居然来自同一个小县城，是正宗的老乡啊！小李用家乡话一试探，齐娜也高兴得眼睛发亮。

正在这时，包房的门被打开了，两个警察冲进来，挨个盘问。齐娜把手放进小李的手掌里，小李能感觉到她手心里全是汗，这才知道她也非常紧张。但是出乎意料，警察的盘问并不像预想的那么严，查看了身份证和

小李的驾驶证，尤其是听到他们在讲家乡话后，很快相信了他们这对开出租车的"情侣"是进来换钱的。

小李刚要松口气，却突然看到齐娜脸色煞白，细密的汗珠排满额头，起初还以为她是因为紧张，但不一会儿，齐娜手捂着胸口，痛苦万分地蹲了下来。小李慌了，周围的人也乱了手脚。还是一个老警察看出了点名堂，问小李："她是不是有心脏病？"心脏病！小李呆了片刻，支支吾吾点头说是。老警察果断地命令一辆警车送他们去医院。

齐娜的心脏病挺严重，经过急救后吊上了盐水，她才安静地睡着了，这时候已经是晚上十二点了。医院要求要有人陪着，可胖子蒸发了似的消失得无影无踪。小李守在床头，看着齐娜恬静白皙的脸，心里忽然涌出几分爱怜。

半夜时分，齐娜醒了，随即带来了一个难题：她想小便，但又无法起床。小李赶紧跑到护士那里要来一个便盆，洗净抹干后交给齐娜，然后走出病房等在走廊上，几分钟后小李才红着脸走进去……忙完了这一切，小李看到齐娜的眼睛里隐隐有泪光闪动。这一夜他们聊了很多，齐娜告诉小李，她21岁，原来在一家花店打工，最大的愿望就是想有个自己的花店。当小李提起那男人时，齐娜的眼光一下子暗淡下来，她说他是做生意

的，眼下正在跟老婆闹离婚，但这一切并不是为她，除了钱，他谁也不爱。

第二天，胖男人竟然没来，到下午才打来电话说在外面谈生意，等会来看她。

齐娜接完电话，从包里取出一个存折，要小李去银行取钱寄给她家里，她把密码和地址写在一张纸上，笑着告诉小李，她弟弟今年考上了大学，过几天就要去学校了，这是寄给他的学费。小李接过存折，心里忽然有些堵得慌，于是故作轻松地问："你就不怕我是坏人，取钱跑了？"齐娜看他一眼，笑了笑，什么也没说。

小李办好事情回到医院，走到病房门外，就听到里面有人说话。

"这么说，那小子侍候了你一个晚上？"问话的是胖男人。

"我倒是想让你来，可你敢来吗？"

房里面"咣当"一声响，紧接着传来胖男人阴阳怪气的声音："哟，连尿盆也替你端了，这小子艳福不浅啊。"

"闭嘴！"齐娜一声断喝，然后冷冷地说，"我还没卖给你，你管不着！"

"齐娜，我提醒你，你弟的学费还是我给的，卖没卖这话要看怎么说了！"

"我也提醒你，要是让你老婆知道了这事，离婚时拿出来做证据，你损失可就大了。"

胖男人听到这话，口气立刻软了下来，嘿嘿一笑："算了算了，别为了这穷小子吵了，让他占点便宜也算了，别让那只癞蛤蟆吃了就行。"

小李再也听不下去了，愤怒像火一样烧得他浑身难受，他想去公安局把一切全说出来！癞蛤蟆？倒要看看谁是癞蛤蟆！可转念一想，过去这么一说，那胖男人肯定要倒霉，但是会不会连累齐娜呢？想起齐娜恬静可人的脸庞，小李在心里叹了口气：不能让她再受苦了。

这时，胖男人走了出来，一见小

李，就问他能不能继续照看齐娜，他可以付工资。小李犹豫了一下，胖子赶紧说："她脾气坏，刚才对我说一定要你来照顾，不会太久的，你帮帮忙。"小李一听这话，就点点头，然后赌气似的开了个高价，胖男人咬牙答应了。

就这样，小李尽心尽力照顾着齐娜，这期间，胖男人偶尔也来，他来时小李便出去，但胖男人的脸色一次比一次阴沉，有一天还同齐娜大声吵了起来。

一个月后，齐娜出院了，她同胖男人断绝了关系，小李跟她说已经在家乡的县城帮她找好了卖花的工作，小李自己也回去开出租。

回到家乡县城最热闹的一条商业街上，老远就看到一家新开张的花店，等走近一看，齐娜惊呆了，店名赫然是"娜娜鲜花屋"。

齐娜愣住了，泪水夺眶而出，她不敢相信眼前的事情是真的，哽咽着问："你哪里来那么多钱？"小李故作轻松地说："我自己开车赚了一点，家里人又东拼西凑给凑齐了。"

齐娜抱一捧淡紫色的情人草，摆在花店最醒目的位置，自己就站在旁边，深情地看着小李，泪水还不断地流下来。

小李看到这场景，下定决心永远也不告诉齐娜事情的真相，其实自己哪能一下子凑这么多钱出来，这钱是胖男人的老婆给的，他把胖男人有外遇的证据卖给了他老婆，就是几盒录有胖男人和齐娜对话的录音带，让胖男人在离婚后失去了大部分的家产。

鲜花店开张以后生意很好，可是有一天，齐娜坚决地把老板位子让给了小李，她自己嘛，心甘情愿地当起了老板娘。

(本篇月月评短信代码：0210)

(题图、插图：安玉民)

好朋友

□ 寒 梅

琼和珍妮一起在孤儿院长大，是形影不离的好朋友，现在她们在曼哈顿大道一个叫格林的富翁的资助下，都还在读大学。

琼每个周末下午到纽约富人区的126号别墅，给詹姆斯先生读读报、念念书，或者陪他聊天。而珍妮则在街角的咖啡屋里找一个靠窗的座位，边喝咖啡边看书，等琼出来。

说实话，琼一点也不喜欢阴沉古怪的詹姆斯先生，只不过这份报酬丰厚的工作是孤儿院安排的，她不便推辞，而且詹姆斯先生的私人助理约翰，是个可爱的小伙子，他深情的眼神真让琼着迷，最近，他还送给了琼一本厚厚的普希金的爱情诗集，琼知道自己恐怕是爱上了约翰，可她没有把这件事情告诉任何人，包括珍妮。

这天，詹姆斯先生又开始对着琼发脾气，琼认为这老头最需要的是去看看外面的世界，呼吸一下新鲜的空气，于是不顾他的怒吼反对，自作主张地推着他的轮椅，走上了街道。

明朗的阳光让詹姆斯先生渐渐平静了下来，他就像个听话的孩子，仔细聆听着琼从小到大对这个富豪住宅区的遐想和猜测："住在这里该有多么幸福啊，衣食无忧，每天睡觉前还能吃上最喜欢的美味甜品，或者一个冒着热气的蛋糕。更重要的是，我想，格林先生或许也住在某一座房子里……"

"格林先生是谁？"詹姆斯突然打断了琼的话。

"是资助我上学的一个富翁，可是我从没有见过他。"

"像你这样的孩子多吗？"詹姆斯的口气一转。

"多，很多，将来我工作了，有了钱，先要帮助那些孩子，詹姆斯先生，你那么有钱……"琼感到了唐突，自动卡住了。

"哼，"詹姆斯冷笑了一声，"我捐钱出去，会有多少用到孩子们身上呢？多半进了个人的腰包，我可不想做什么慈善家。我累了，推我回去。"

琼不再说什么，这个老头是绝对想不到哪怕一点点的资助对于像她，像珍妮这样的孩子意味着什么。

回到别墅，琼给老头念了一段普希金的诗，可刚开个头，老头就微微皱了眉，说："你恋爱了？"

琼连忙否认，老头瞥了她一眼："我嗅到了爱情的味道。"

傍晚时分，琼刚打算离开的时候，老头突然犯了哮喘病，呼吸困难，满脸发紫。琼吓坏了，立刻打电话叫急救车，然后通知了约翰。

等在医院里把老头安排妥当了，约翰送琼回学校，要分手的时候，约翰突然问道："你喜欢我是吗？"琼吃惊极了，但还是使劲点了点头。

"琼，你听我说，我也爱你，我有个计划，我现在掌握着詹姆斯所有财产，琼，我们远走高飞吧，从此远离这种任人差遣的日子。"

琼受了惊吓似的后退了一步，连连摇头"你是说带着他的财产走，不，

不！"琼痛苦极了，她一直等待着约翰的表白，但没想到等来的却是这样无耻的请求，她开始有些愤怒了。

约翰看着琼的反应，露出了微笑："亲爱的，我刚才那样说，是为了试探你，你知道吗？现在的女孩都一心想做灰姑娘，穿上水晶鞋，一步迈入豪门，我真高兴我爱的姑娘是如此善良，心地纯正。"

琼又惊又喜，尽管这一幕像电影一样令人难以置信，可她还是很高兴自己没有看错人。

詹姆斯自从住院后，变得越来越依赖琼，管家说只要琼迟到一会儿，他就暴躁不安，他习惯在她轻声的朗诵声中吃晚饭、想心事，甚至和琼讨论他死后的问题，这让琼有些惶恐不安，詹姆斯对她似乎有超乎寻常的关注和依赖，琼弄不明白为什么，却隐隐地有些害怕詹姆斯会在自己身上动什么花招，这些有钱人的心思有谁能摸透呢？可是一想到有约翰在，她又觉得安心了。

珍妮对琼的这些秘密一无所知，不过她也有个秘密。

两个月前的一天，珍妮在街角咖啡屋正全神贯注地读着一段美文，一个小伙子突然走到她的面前，微笑着说："请问几点了？"

"差一刻六点。"珍妮回答。

"我叫杰克。"这个英俊爽朗的男孩没有走开的意思。

能有个人陪着聊天也不错，更何况珍妮对这个男生的样子很有好感，他们坐在咖啡屋里闲聊了起来，直到琼快要出来了，杰克才一下想起了时间："哎哟，我有事要走了，你什么时候还来这里？"

"一般是周末。"珍妮甜甜地笑着，杰克恋恋不舍地走了，他说他家就住在附近。

尽管他们从没有约过时间，可杰克总是会适时地出现在咖啡店里，当珍妮确定自己爱上杰克时，就把这件事情告诉了琼："我喜欢他，可是对于他那样的家庭，我既向往又害怕，爱情来了，想不爱都难。"

琼极力支持珍妮，她拿出攒了很久的零用钱，交给珍妮，让她去买件像样的衣服，珍妮的幸福就是琼的幸福，从小到大的相依为命，她们彼此把对方看得比自己都重要。

这天，琼正在医院里照顾詹姆斯先生，孤儿院的嬷嬷打电话让她回去一趟，说珍妮把自己关在

房间里号啕大哭，她们很担心，但任别人怎么问，珍妮却什么也不说。

琼安顿好了詹姆斯，急急地赶回来。几周不见，珍妮憔悴得叫人心疼，平日里流光溢彩的脸上像蒙了一层灰，瘦弱的肩头在微微颤抖。

果然像琼猜的那样，珍妮又失恋了，这个丫头好像在这方面特别不顺利，她越是想抓牢，别人就越是要挣脱，只有琼懂得她，从小就没有什么真正属于她们自己的东西，这多半是她们可怜的身世造成的。

"可是这一次不一样，"珍妮的眼泪止不住，"他说他并不像我想象的那么富有，他满足不了我的爱情奢望，而且他又爱上了另外一个女孩，

可是我真的不在乎他是谁，我就是爱他。"

"我能帮你什么忙吗？"珍妮的情绪让琼很担心。

"明天我要和他在相识的咖啡馆里见面，我不是爱慕虚荣的女孩，你是了解我的，帮帮我，向他说清楚。"

琼看着珍妮乞求的眼神，点了点头。

第二天，琼晚到了十分钟，刚一拐过街角，就看见珍妮和一个男孩在靠窗的座位上坐着，琼吃惊地停住了脚步，居然是约翰，他怎么会在这里？可是看珍妮急切的表情，他显然就是她热爱的那个杰克。

约翰和杰克是一个人，这么说他欺骗了她们两个？不，珍妮说他爱上了别人，原来他那天说的，一心想做灰姑娘的女孩是指珍妮，可如果他了解珍妮，就知道她有多么可爱。但如果不是有意欺骗，他怎么会说两个名字？琼一面为他辩解，一面痛恨他的行径，心神不定地回到了医院。

再见到詹姆斯先生的时候，琼突然对这个老头有了信任的感觉，怯怯地问道："您了解约翰吗？您说过他是您熟人的孩子。"

"是的，他是个好孩子，小时候，他也长在孤儿院里，叫杰克，后来被我的一个亲戚收养了，改名叫约翰，可他经常还是对人说他叫杰克，大概是忘不了那段苦日子。"

詹姆斯先生轻描淡写的几句话，让琼又惊又喜，这么说约翰没有欺骗她们，是因为爱上了自己，才拒绝珍妮的？可一想到珍妮，琼就感到一阵真切的疼痛，她爱约翰，可是她不能让珍妮受这么大的委屈，她不能容忍自己抢了珍妮的爱人，就在这一刻，琼已经有了自己的决定。

第二天，琼对詹姆斯提出要找人来代替自己的工作："我要准备毕业论文了，让珍妮来照顾你吧，她是我最好的朋友，你见过她的。"

让琼意外的是，詹姆斯先生听了这话，居然没有发怒，平静地问："我想知道为什么？"

琼不想多解释，说道："就是因为写论文，没有别的。"

"我听约翰那小子说他爱上你了？是不是因为他？"

"不是的，"琼低下头，"我不喜欢他，以后珍妮做得会比我更好的。"

"你把珍妮看得比自己更重要吗？如果你们爱上了同一个人，你会怎么办？"詹姆斯偏偏问这个问题。

琼没有多想詹姆斯先生怎么会这么问，坚决地说："没有这种可能，我永远不会抢好朋友的东西。"

琼微笑着走出了詹姆斯的病房，可一出门，眼泪就流了下来，她已经让老头答应不要告诉约翰她要去哪里，她打算谁也不见，毕业后就离开纽约，她永远不会让珍妮知道事情的真相，她相信没有了自己，约翰一定会爱上珍妮的。

可事情并不像她想的那样，珍妮并没有接替她的工作，有一天约翰还是找到了她，说是珍妮告诉他地址的。

琼变得很愤怒："你应该好好爱她，你怎么能从她的嘴里打听我的消息，她现在全知道了吗？"

"是的，"约翰好像一点也不觉得有什么，"她说一切都过去了，她不会抢你的东西。"

琼丢下约翰，跑着找到了珍妮，两个人像小时候吵了架和好一样，抱在一起又哭又笑，那个什么约翰还是杰克，对她们来说变得不再重要，如果爱情偏要她们拿友谊为代价来换取，她们宁愿不要。

一个月后，詹姆斯先生去世了，按照他事先写下的遗嘱，他所有的财产交给琼和珍妮共同支配，并让她们拿这些钱去帮助更多的孩子。

琼和珍妮听到遗嘱宣读的时候，简直不敢相信自己的耳朵，这怎么可能？詹姆斯在她们的印象里，是个十分小气的富人。

宣读遗嘱的律师道出了秘密：老詹姆斯自从几年前因病不能行走之后，脾气变得非常古怪，不相信任何人，他通过孤儿院的老院长选中了琼和珍妮，无儿无女的他想把巨额财产交给她们两个共同继承，用来资助更多的需要救助的孩子，也希望她们能过上富裕幸福的生活。

"可是，他不是有约翰，或者叫杰克吗？为什么不给他？"琼问。

"他？"律师笑了，"他是詹姆斯雇来的演员，是用他来考验你们对朋友的忠诚的，按照老詹姆斯的逻辑，只有对朋友无限忠诚的人，才是可靠的，值得信任的。你们彼此忍让，彼

"掌上灵通杯"《故事会》优秀作品月月评

2005年,《故事会》继续与上海掌上灵通咨询有限公司联合举办"掌上灵通杯"《故事会》优秀作品月月评活动,形式更新,奖品更丰厚,全年共设价值48万元的奖金和奖品,等你来赢取!

今年的评选方式和奖品设置如下:

1. 本期由初评委推荐以下10篇故事为候选作品,读者可挑选出你最喜欢的一篇,将其月月评短信代码(如0208,没有短信代码的作品不参加评选)发送到200056(移动用户)或900056(联通用户)。每次限选一篇,可多次投票。

篇名与短信代码

代码	篇名	代码	篇名
0201	潇洒醉一回 (P8)	0206	悔棋 (P34)
0202	什么是喜事 (P11)	0207	铃声多美妙 (P37)
0203	漂亮女对手 (P17)	0208	广告也精彩 (P41)
0204	告状 (P26)	0209	老板,你要认错 (P49)
0205	握住你的手 (P30)	0210	捡一株情人草 (P53)

2. 作者奖:每期设"最受欢迎的故事"三篇,由得票最高的前三名作品获得。这三篇作品均将列入本刊今年举办的《中国最有影响力的故事》征文大赛候选名单(该征文活动详见本期第65页)。第一名的作者还将获赠上海文艺出版社出版的大型历史图书《话说中国》一套(价值1000元)。

3. 读者奖:参加评选并选对当期"最受欢迎的故事"的读者均有机会获得现金奖,每期20人,各获现金500元;所有参加评选的读者均有机会获得参与奖,每期200人,各获价值30元的礼品一份;参加全年24期评选的读者更有机会获得年终大奖,共12人,各获价值5000元的数码摄像机一台。

4. 本期活动截止期为:1月20日。得奖读者在评选结果揭晓后将得到短信通知,用户接收每条短信收费0.50元。

此相爱,彼此割舍的态度让老詹姆斯非常满意。老詹姆斯是个怪人,只相信他他自己的眼光。"

琼和珍妮惊讶地张着嘴,一切都是老头精心导演的,怪不得有那么多的巧合,怪不得两段恋情独立发展着,从没有穿过帮。

琼和珍妮用那笔钱建造了纽约最好的一家孤儿院,老嬷嬷赶来祝贺。

"我还有一件事情想不明白,"琼拉着老嬷嬷的手问,"我想知道詹姆斯先生选中我们是巧合还是有什么其他的原因?"

"当然不是巧合了,"老嬷嬷的嘴角泛起一丝微笑,"他每天都关注着你们的成长啊,孩子,他就是资助你们的格林先生,格林是他捐款的化名。"

琼和珍妮惊呆了,这么多年来她们一直发誓有朝一日要当面谢谢格林先生,想不到这个心愿最终成了遗憾,不过也许詹姆斯先生已经十分心满意足了。

(题图、插图: 箭 中)

吃亏

一天早晨，父亲做了两碗荷包蛋面条，一碗蛋卧上边，一碗上边无蛋。端上桌，父亲问儿子："吃哪一碗？"

"有蛋的那一碗！"儿子指着卧蛋的那碗。

"让爸吃那碗有蛋的吧！"父亲说，"孔融7岁能让梨，你10岁啦，该让蛋吧！"

"孔融是孔融，我是我——不让！"

"真不让？""真不让！"儿子一口就把蛋给咬了一半。

"不后悔？""不后悔！"儿子又一口，把蛋吞了下去。待儿子吃完，父亲开始吃。没想到父亲的碗底藏了两个荷包蛋，儿子傻眼了。

父亲指着碗里的荷包蛋告诫儿子说："记住，想占便宜的人，往往占不到便宜！"

第二次，父亲又做了两碗荷包蛋面。一碗蛋卧上边，一碗上边无蛋。端上桌，问儿子："吃那碗？"

"孔融让梨，我让蛋！"儿子狡猾地端起了无蛋的那碗。

"不后悔？""不后悔！"儿子说得坚决。

可儿子吃到底，也不见一个蛋，倒是父亲的碗里，上卧一个，下藏一个，儿子又傻了眼。

父亲指着蛋教训儿子说："记住，想占别人便宜的人，可能要吃亏！"

第三次，父亲又做了两碗荷包蛋面，还是一碗蛋卧上边，一碗上边无蛋。

父亲问儿子："吃哪碗？"

"孔融让梨，儿子让面——爸爸您是大人，您先吃！"儿子诚恳地说。

"那就不客气啦！"父亲端过上边卧蛋的那碗，儿子发现了自己碗里面也藏着一个荷包蛋。

父亲最后意味深长地说："不想占别人便宜的人，生活也不会让他吃亏！"

（推荐者：王杰刚）

世上最美味的泡面

他是个单亲爸爸，独自抚养一个七岁的小男孩。

这天，他加班到很晚，于是就打电话给儿子让他自己吃饭，然后乖乖地睡觉。深夜，他才疲惫地回到家里，当他掀开被子准备上床休息时，吃了一惊：棉被下面，竟然有一碗打翻了的泡面！儿子就在泡面边上睡熟了。

油烘烘的泡面让疲惫的他火冒三丈，盛怒之下，朝熟睡中儿子的屁股上一阵狠打，边打边吼："谁叫你在床上吃东西的！"

孩子被惊醒了，吓得一时说不出话来。

他更生气了，接着骂道"把棉被弄脏，谁来给洗？"说到这，他突然想起了过世的妻子，心里一阵难过。

"我错了，爸爸，"孩子抽抽咽咽地辩解着，"可我不是要在床上吃东西，这是我给你做的晚餐，怕凉了，我看到门口卖馒头的伯伯用棉被盖着馒头，馒头就不会凉，才把面端到被子里来，没想到后来就睡着了……"

爸爸听了这话，愣住了，他看着碗里剩下的那一半已经泡涨了的泡面，知道这可能是世上最最美味的泡面。

（推荐者：鲁 媛）

高贵的怜悯

一个舞蹈教师一个人住着一套120平方米的房子，宽敞、舒适，许多朋友非常羡慕，她也自得其乐。

一天晚上，舞蹈排练结束后，班上一个小女孩迟迟没人来接，舞蹈教师就把她带回了家。

这之后，小女孩每次来学跳舞，都会给这个舞蹈教师带来一小块饼干或几块糖果，看她吃下去，小孩的眉眼会乐得堆成一朵花。有时小孩还带给舞蹈教师玩具狗、猫，说是让她带回去放在家里。

有一次，舞蹈教师和孩子母亲聊起这事，对孩子母亲说"您女儿好像很喜欢我家，我很愿意再带她到我家里去玩。"女孩的妈妈笑着说："我家孩子不知念叨多少遍了。她说您住在又大又空的房间里，一个人孤零零的，没有亲人和朋友，也没有玩具，真可怜，还要叫你和我们一块住呢。"

舞蹈老师愣住了，这是她收到过的最纯真、最高贵的怜悯。

（推荐者：任 铃）

（本栏欢迎来稿，一经录用，即致推荐费，部分特别精彩的将会入选正拟编纂的《滴水藏海——300个3分钟典藏故事》第三辑。推荐稿可从邮局寄发，也可发电子邮件，本期责任编辑的电子信箱为：liangningning@vip.sohu.net）

网络经济学

◇ 第一次上网找人聊天，这叫创业初期；

◇ 上来一看，哇！美眉还真不少，这叫市场潜力巨大；

◇ 可是帅哥也不少，这叫竞争激烈；

◇ 你说："这里有美眉吗？"这叫市场调查；

◇ 有20个人同时回答："我是美女。"这叫泡沫经济；

◇ 你飞快地记下她们的联系方式，这叫客户关系管理；

◇ 网管说："不许你强占这么多美眉！"这叫政策干预；

◇ 跟一个美女见面后，你发现该"美女"与照片不符，这叫商业欺诈；

◇ 然后你不再理她，去找其他人，这叫开拓新市场；

◇ 好不容易找到个满意的，你发现她有很多网友，这叫多方控股。

◇ 于是你决定以高傲的形象吸引美眉，这叫市场定位；

◇ 旁边一个男的看不惯，说你其实又丑又穷又好色，这叫恶性竞争；

◇ 你向网管告状，网管把他踢了出去，这叫规范市场。

· 本刊信息传真 ·

欢迎投稿

　　人们在讲故事时往往下意识地把"悬念"当作一种必不可少的要素，为此，本刊特推出"悬念故事"栏目，以强化作品的"悬念"色彩，满足人们与生俱来的"悬念"愿望。来稿要求：1. 要有新奇性，不能让读者观其头而凭经验就能知其尾；2. 要有暗示性，不可故弄玄虚，让读者摸不着头脑。3. 要有诱导性，步步为营，充分调动读者的兴趣。4. 本栏目题材不限，字数以3000字以内为宜。

　　来稿必须注明投稿人的真实姓名、地址及一般联系方式（如电话、手机等）。来稿若没有采用，恕不奉还。投稿地址：上海绍兴路74号《故事会》杂志社，邮编：200020；请在信封上注明"悬念故事栏目"收。

　　本期责任编辑E-mail地址：liangningning@vip.sohu.net。

□林 秀

二手交易

1. 自己割肉喂自己

老魏是一家公司的业务经理，平
时最爱讲这么一个故事：

从前，有一个人遇到了难事，到
庙里去求观世音，拜罢刚想站起来，
又来了一人也跪下，细看正是观世音
本人。那人大惊，慌忙拜问："您干吗
拜自己？"观世音答道："遇到了难
事。"那人想了想说："那您该去求如
来佛。"观世音笑道："须知求人不如
求己。"

老魏笃信这个道理也是有本钱
的。十几年来，他在商场中经风雨见
世面，摸爬滚打，练就一副果断刚毅、
敢拼敢打的作风，再加上小时候习过

武，会几下子防身绝招，因此更是自
信，碰到事情，轻易不求人。

前不久，老魏的帕萨特轿车被盗
了，按规矩去报了案，等了两个星期
没消息，朋友劝他找门路拜托公安局
的领导抓紧破案，老魏不肯，警察就
是抓贼的，难道没人拜托就任贼逍
遥？朋友笑他迂腐，他嗤之以鼻。

只是车没找回来，误了生意实在
不好交代，想买辆新车又怕旧车找回
来白费了钱。恰好总经理说，他和一
个叫贾大头的旧车商有一面之交，劝
老魏买辆旧车先用着，钱不凑手公司
可以给垫一些。老魏想想也只得如
此，总经理当即就给贾大头打了电

话。

　　贾大头果然不负所托，当天就通知老魏去看车。车子也是帕萨特，虽然内饰有些陈旧，外表却光鲜如新，老魏试了试，开起来挺顺手，人家看在总经理介绍的面子上，车价又格外让了一万元，老魏当即和车贩敲定。

　　交了钱，老魏和贾大头去车管所办过户，警察检查了车辆，拿过老魏的证件手续，在电脑上敲打了一阵，"咦"了一声又出去查了发动机号和车架号，回来挺生气地问："你怎么自己给自己过户？吃饱了撑得没事干啦？"

　　老魏大吃一惊"我的车丢了，这是买的旧车！"警察嗖地站起来："这就是你丢的车！卖车的人呢？"老魏一回头，那个贾大头早没影儿了。

　　老魏再到公安局报案，管案子的警察听了哭笑不得，告诉他这是偷车贼的惯伎，偷了车重新喷漆，造份假手续再卖，错就错在老魏既没经验又轻信，第一不该从贩子手里买，第二过户前不该先付款，如今丢了的车又买回来，岂不是自己割肉喂自己？

　　老魏懊恼不已，总经理觉得自己也有责任，提出公司借给他的钱不要了。老魏装作不在乎的样子，可平白无故损失了十多万元，说不心疼那是假的，更丢面子的是在公司里被传作笑话，同事们看到他的车就指指点点，老魏实在受不了这种刺激，决定

眼不见为净，干脆把车卖了，贴上钱再买辆新车。

　　下了班，老魏把车开到旧车市，刚停下就有人凑过来，看了看车况开价八万元，老魏嗤之以鼻，掉头就走，不一会，又一个打扮时髦的女人拦住老魏，看了看车说最多值十万，因为这车新喷的漆质量不好，如不赶快卖掉，到夏天褪了色，连八万也没人要了。

　　老魏暗暗佩服这女人好眼力，正盘算着和她再讲讲价钱，那女人忽然喊起来："老贾，你来看看这辆车！"

　　老魏心里一动，忙转身看去，见远远走来的果然是贾大头，贾大头同时也认出了老魏，急停步转身就逃，老魏大叫："抓贼呀！"撒腿就追，贾大头兔子似的钻进一辆车，开起来就跑，老魏也急忙转身上了自己的车，加大油门追了上去。

　　贾大头开车很油，不断地变换车道，连超几辆车蹿到了前面，老魏一急，驶上逆道前冲，险些跟一辆车迎面相撞，吓得急忙打轮归道，惹得旁边的车慌忙躲闪，司机一阵臭骂，老魏趁机连超几辆追了上去。

　　两车相距一百多米，贾大头仍是左躲右闪一路超车，老魏明知追不上了，只想努力看清他的车牌号，可那车牌脏兮兮的，自己眼神儿又不好，只顾瞪着车牌就没看见红灯，更没看到跑过来拦车的交警，当时只见

眼前黑影一闪，接着"咚"地一声，挡风玻璃就开了花。

老魏急刹车跳出来，前机盖上已趴着一个额头流血的交警。出车祸了！撞倒的竟是警察！老魏两腿一软坐在了地上。接下来就昏昏沉沉被人推上警车带到交警大队，糊里糊涂地给关进一间小屋子里。

此时的老魏只想大哭一场，屋漏偏逢连夜雨，黄鼠狼专咬病鸭子，他意识到事情的严重性：这祸闯大了！被撞的人不知死活不说，就是没撞出什么毛病，人家警察也饶不了自己！没多会，进来两个警察，先测了他的酒精浓度，然后开始做询问笔录，老魏没喝酒，当然也不会说酒话，他讲了遭遇，两个警察还挺同情，待讲到追击贾大头撞了警察时，警察生气了："遇到这事就该向我们求助，怎么反倒撞起警察来了！"

"我、我……"老魏实话实说，"我光顾看他的车牌了……"警察问："看清了吗？"老魏说："尾数好像是三个6。"

"666？"一个警察苦笑，"可不就让他溜了！"

2. 化装侦察当卧底

违章肇事伤人，老魏被拘留了，最后如何处理还要看警察的伤势。

被撞的警察也姓魏，听说被撞得鼻青脸肿，好在大麻烦没有，一个警察骂老魏："人家小魏还没搞对象，要是伤了脑子破了相，你就缺大德了！"老魏听了又悔又愧，坚决要求去探望小魏，否则就绝食，警察们看他真诚，就带他去了医院。

到病房见了小魏，老魏上去抓住他的手，一句话没说就流下了眼泪。小魏已经听说过老魏的事，不但没埋怨反倒安慰他："没关系，我的伤不重，这账要算在贾大头身上。等我养好了伤一定帮你抓住他。"

老魏感动得泪如泉涌，死活要留下来照顾小魏，几个警察劝不动老魏，只好请示领导，领导听了也很感动，正好老魏的拘留时限到了，只是等候事故处理，所以也就同意了。

几天照顾下来，小魏的伤好多了，生活基本能自理，于是坚决不要老魏伺候，老魏当然不答应，两个人争争抢抢里透着亲热，不知道的人全以为他们是父子俩。

长话短说，一个月后小魏伤愈出院在家休养，要老魏带他去旧车市调查，可老魏就是不愿求人，何况小魏刚刚痊愈，决定还是自己先悄悄地侦察侦察，等有了眉目再报告警察。于是他理了个小平头，留起胡子换了装，戴上一副平光眼镜，有空就到旧车市溜达。

那天，老魏正装作买车的样子跟人瞎搭讪，一个女人凑过来，老魏一

眼就认出了她就是那天喊贾大头看车的时髦女人，可时髦女人没认出老魏，反倒向他推销起旧车来。

老魏早打好了主意，便说不是自己要用车，是自己公司的效益不好，存下的钱怕坐吃山空，想买辆便宜车倒手赚几个。时髦女人听了更热情了，忙介绍自己姓丁，车贩子中人称"螺丝钉"，又说做这种买卖外行可不行，都是几个人合伙互相帮衬，看老魏挺厚道，可以让他投资一股，投上十几万倒几辆车就赚回来了。

踏破铁鞋无觅处，得来全不费工夫，老魏料她跟贾大头必有联系，让他入股，这倒是个打入他们内部的好机会，便说愿意入股，只是钱都存了定期，取早了就损失了利息，还是等看好了车再说。

螺丝钉一笑："你是信不过我吧？好，我这就带你去看车。"

两个人来到一个停车场，螺丝钉指着一辆八九成新的红旗轿车告诉老魏，她已经跟车主讲好了，底价十万，粗算下来也有个二三万的利润空间，只要交了钱马上就可以成交，说着就掏出车钥匙让老魏试车。

老魏把车里里外外查了一遍，螺丝钉所说不虚，车子确实有八九成新，看完了就开车上了路，车内的配置跟帕萨特不同，螺丝钉就坐在副驾驶座上，探过身来指指点点，又细又白的小手不时地触到老魏的手，身上一阵阵香气袭人，斜眼看看螺丝钉，齿白唇红的也确有几分姿色，丧妻多年未娶的老魏不禁有些心旌摇荡。

螺丝钉大概也感觉到了，抿着嘴笑笑就跟老魏聊起了家常，一聊才知道螺丝钉也是一个人过，两个人聊得也越发投机了。

老魏倒没有色令智昏，试完车拿着牌照做了鉴定，过户也没问题，再反悔恐怕说不过去，想想也是稳赚不赔，索性取钱买了下来。生意做得顺利，老魏高兴得请

螺丝钉到饭店大撮了一顿。

这顿饭吃得挺温馨，灯光柔和，乐声缭绕，面对花瓶中娇艳的红玫瑰，两个人互相夹菜，推杯换盏，眼看一瓶红酒告罄，螺丝钉的话更多了。

老魏趁机问起其他合伙人的情况，螺丝钉笑起来，说合伙人其实只有一个叫贾大头的人，这家伙神通广大，手眼通天，这辆红旗车就是他搞来的，只是上个月不知为什么被人追得躲了起来，直到现在还没有露头，再这样下去，今后的货源就难找了。

说到这里，螺丝钉还告诉老魏，贾大头是不让她发展同伙的，所以也不准备把老魏的事情告诉他。

这正是不谋而合，老魏也想要她瞒着贾大头，连忙又敬了一杯酒。螺丝钉醺醺然了，眯着眼问老魏"知道人家为啥叫我螺丝钉？"老魏猜道："是因为你能钻吧？"螺丝钉得意忘形了："这一钻就钻成了内行，看车估价一说一个准儿，贾大头只相信我一个人，嘻嘻，你就等着跟我发财吧！"说完又嘱咐老魏，干这行嘴一定要严，不该问的不问，不该说的不说，只管做买卖赚钱，老魏听了连连点头。

吃罢饭下得楼来，楼下的歌舞厅里正在轻歌曼舞，螺丝钉对老魏做了个请的手势，挎上他就进了歌舞厅。

3．只身逼强惊疑犯

侦察没有进展，贾大头的去向下落没有摸清，老魏和螺丝钉的感情却发展得不错，这种事自然不好意思告诉小魏，虽然小魏来过几次电话，要和他去旧车市，最终都被老魏谎称太忙推掉了。

这天老魏到一家公司谈生意，谈妥签好合同，公司的黄经理送出门，一见老魏的新坐骑红旗车就叫起来："哈！发财发财，鸟枪换炮啦！"老魏赶紧谦虚："沾光沾光，全靠贵公司多多关照。"正要握手告别，却见黄经理盯着车子的保险杠直了眼。

老魏推他一把："喂喂，你怎么啦？"黄经理这才回过神儿来，问："你这车从哪儿买的？"老魏紧张了："旧车市呀，怎么啦？"黄经理只是摇头不语，看样子必有隐情，老魏越发要问个明白。

黄经理无奈，好在两个人是老朋友，也只好说出了来龙去脉：

原来黄经理养了个小蜜，还为她买了房子和红旗车，不想上个月小蜜突然卖了房子开了车子跑了，至今找不到下落。只因这辆车曾经撞过一下，正巧在保险杠上撞出个心形凹陷，黄经理觉得这颗心颇有象征意义，修理时就特意保留了下来，如今睹物思人，多少往事涌上心头。

这回该老魏直眼了：买车虽然合法，却没想到竟是这种来路，怪不得价钱如此便宜。这个贾大头果然手眼通天，上次坑得自己割肉喂自己，这次又害得自己如此尴尬。

老魏红着脸要把车原价奉还，黄经理连连摆手："不敢不敢，贼去关门，破财免灾，开着它只怕一走神儿送了命！"

事后老魏好几天没约见螺丝钉，不管这女人是否知情，总归是个危险人物，只怕自己越陷越深，没抓住贾大头倒先犯了法。

倒是螺丝钉沉不住气了，打电话来开口就埋怨老魏狠心，一连好几天不理她，老魏只好推病，螺丝钉一听就急了，说什么也要来看他，老魏不敢引狼入室，只得约了出去吃饭。

到了饭店，螺丝钉一定要做东，要了一大桌海鲜，她兴高采烈地告诉老魏，贾大头突然来电话说有笔大买卖，搞好了一下子就能赚它十多万，要老魏赶紧筹钱，过了这村就没这店了。正说着螺丝钉的手机响了，她一边听一边眉开眼笑，接完电话就告诉老魏，是贾大头要她去看货，她不便带老魏一块去，让老魏慢慢吃喝，吃好了回去等她的消息，说罢结了账匆匆走了。

机会难得！老魏顾不得满桌子海鲜，起身悄悄跟在后面，待螺丝钉开车驶上大街，看前面已经隔了几辆车，这才启动车子跟了上去。

螺丝钉开车一直向北，出了市区，驶上乡村公路，路上车越来越少，老魏和她中间只隔了一辆农用车，老魏怕她发现，只好减速跟在农用车后面。只见螺丝钉开进了前面的村子，拐了个弯不见了，老魏不敢开进村，锁上车徒步跟了进去，村子里只有一条土路，老魏顺着土路走到头，向左一拐就看到荒地里一座厂房，厂房的铁门半开着，附近没人。老魏跑到围墙外面，双手扒住墙头引体向上，探头向厂里望去，只见里面两座炼炉满地废铁，像是家被取缔的钢厂，螺丝钉的车停在库房门外，她一定正跟贾大头在里面看货。

老魏正在琢磨下一步该怎么办，只听身后"咚"地一声，屁股上重重挨了一脚，身子一滑掉下来，立刻被一条胳膊紧紧勒住了脖子，耳边一声低吼："找死！"一把刀子顶在了肋上。

所谓会者不忙，说时迟那时快，老魏使了个金蝉脱壳，突然抓住那人的胳膊往上一推，身子一缩一扭反到了那人身后，迅雷不及掩耳地在他肩胛上一拍，只听"咯"地一声，那人胳膊立刻脱了臼，刀子"当啷"掉在地上，没等他喊出声来，老魏又在他下巴底下一托，颌骨也"咯"地脱了臼，干张着嘴直"啊啊"。

老魏在那人脚踝上一踢，把他摔到荒草地里，正要潜进院子，忽听里面有人喝问："二马，你小子干啥啦？

快过来！"接着又听到汽车发动起来，老魏看看四周没有藏身之处，急转身撒腿就跑，一口气跑到村口跳上车，已听到后面车声渐近，便知道再跑定会被后面的车看到，转眼发现旁边有个高高的麦秸垛，灵机一动开车向麦秸垛撞去，麦秸垛"哗"地塌了，整个把红旗车埋在了里面。

老魏躲在车里，不一会儿就听有辆车驶过的声音，待声音渐远，老魏摇开车窗探出头，却见那辆车又返了回来，慌忙再缩了头，估摸那辆车回到了废厂房，这才松口气倒出车来，

绕道向市区开去。

半路上手机响了，接过来就听螺丝钉问："你在哪儿？"老魏呸呸嘴："吃海鲜呢。"螺丝钉又问："我怎么听见车响？"老魏慌忙收了油门："门口有辆车刚开走。"螺丝钉不响了，老魏再要说话，螺丝钉已收了线。

事不宜迟，老魏开车直奔交警队，恰好小魏正在开会，老魏忙把他叫出来，一五一十地说了事情的经过，小魏边听边惋惜地直喷嘴，顾不上埋怨老魏，急忙带他去找领导汇报。

领导听了老魏的汇报也挺遗憾，好在老魏收拾那个家伙的时候快如闪电，估摸对方没看清老魏的脸，螺丝钉也只是疑心而已，不过这一来就惊了他们，贾大头他们肯定已经转移，再采取行动已经晚了，如今就只有让老魏继续和螺丝钉周旋，一旦发现情况立刻跟交警队联系，不要再擅自行动了。

4. 楼门惊魂遭突袭

等了两天没有音信，老魏只好主动跟螺丝钉联系，螺丝钉沮丧地告诉他买卖吹了，贾大头又销声匿迹了。那天他的手下不知被谁卸了胳膊下巴，看样子不像警察干的，很可能是漏了风有人想黑吃黑。

螺丝钉像是开玩笑地问："不会是你干的吧？"老魏笑起来"过奖过

奖，你太看得起我了。"螺丝钉也笑了："看你文绉绉的也没这个本事，所以就没跟贾大头说起你。"

老魏马上夸奖道："聪明绝顶！他一多心咱们就没买卖了。"螺丝钉挺得意"你放心，风声一过他还得来找我。怎么样？晚上陪我去跳舞散散心？"老魏连忙答应："行行行！"

老魏打电话通知了小魏，小魏嘱咐老魏一定要争取螺丝钉的信任，警方已经立案侦查，正在监视螺丝钉，一有线索立刻就会采取行动。

老魏和螺丝钉吃过饭进了舞厅，大约是来得早一些，里面舞客寥寥，螺丝钉精心化妆打扮过，还真让人有点心动，她越跳越往老魏身上贴，老魏躲躲闪闪地让着，一个圈子转过来，忽然被一人挡住了去路，螺丝钉"啊"地一声站住了。

他面前站着贾大头。

大概是因为老魏留胡子戴眼镜，舞厅的光线也暗些，贾大头没认出老魏，笑了笑，对螺丝钉说："新舞伴？给我介绍介绍吧！"螺丝钉红着脸看了老魏一眼，刚要开口，老魏忙接过话来说："敝姓李，公司职员，请问您……"贾大头接着老魏的话，转身对着螺丝钉哈哈一笑："不错不错，有眼力，人挺潇洒嘛，你们跳，接着跳。"说罢到舞池外坐下，要了杯啤酒喝起来。

这怕不是偶然相遇，老魏一边跳舞一边琢磨，看贾大头一时没有走开

的意思，行为失常必会引起怀疑，反正螺丝钉已经暗示了和他关系不同寻常，眼下也只好假戏真做。想到这里，老魏两只胳膊加力，把螺丝钉越抱越紧。

又一曲跳罢，灯光复明，厅里不见了贾大头。

螺丝钉余兴未尽，含情脉脉地抱住老魏："想不想到我家看看？"

老魏当然不想，可他知道贾大头很可能正在暗中监视，自己的红旗车是万不能用，而打车回家螺丝钉又会猜疑，为了稳住他们，也只好先跟螺丝钉回家，到时候再相机行事。老魏故意忸怩了一会儿，才说："那就去看看吧。"

两个人出了舞厅，老魏便说喝多了酒，一头钻进了螺丝钉的车里。螺丝钉开车来到一座楼下，锁好车，带老魏进了楼门，伸手一按灯没亮，螺丝钉望着黑洞洞的楼梯撒娇道："啊呀，楼灯又坏了，真黑呀。"老魏拉住她的手说："跟我走吧。"

老魏在前，螺丝钉在后，摸上二楼一拐弯，墙角里一个黑影倏地闪出，伸手就勒住了老魏的脖子，一把刀同时顶在了肋上。老魏一惊，本能地要使金蝉脱壳，抓住那人的胳膊刚要上推，脑子灵光一闪立刻停了手，抖着身子哀求："别杀我，钱都给你……"

同时，老魏听到身后的螺丝钉也

被人捂住了嘴，"唔唔"叫着挣扎。看他们还没有下手的意思，老魏继续装蒜"别使劲呀，我喘不上气了……钱就在我口袋里……"那人却没掏口袋，拿刀抵着他的软肋低声喝道："钱也要命也要！"

装蒜不能不要命，老魏正待动手，螺丝钉身后那人发话了："饶了他们吧。"老魏和螺丝钉同时觉得脖子一松，两个人影飞快地跑下楼去，不见了。

螺丝钉坐在地上直发愣：不要钱就饶命简直是奇迹，天下哪有这样抢劫的？只有老魏明白：好一个狡猾的贾大头，明摆着是来试探，幸好自己沉得住气，一动手就露馅了！

老魏扶起了浑身发抖的螺丝钉，庆幸自己总算闯过了这一关。螺丝钉

惊魂未定，死死抱住他不放，说啥也要老魏陪她过夜，老魏想不出推脱的理由，也想不出自己有啥吃亏的地方，倒可趁机套出些底细，于是索性跟她进了屋。

老魏安顿螺丝钉躺下休息，躲到卫生间给小魏打电话，刚说了舞厅里那个男人就是贾大头，就听小魏不知对谁大叫："快！跟我去宾馆！"电话里再没了声音。

老魏哪里知道，其实小魏当晚一直在跟踪他们，当然也看到了舞厅里的一幕，小魏凭经验判断，那个突然出现的男人很可能是贾大头，可惜没办法找老魏证实，后来见贾大头离开舞厅，他立刻悄悄跟了上去。

贾大头开车回了宾馆，小魏跟到宾馆记下他的车牌号，再找到值班经理亮出证件，要求查阅住宿登记，就在这当儿，他没看见有两个男人离开贾大头的房间出了宾馆，当然也就没看见老魏被劫的好戏，等他记下住宿登记再回到舞厅，老魏和螺丝钉已经走了。

就在这时他接到老魏打来的电话，证实那个男人就是贾大头，小魏急忙

故事树上结满欢乐的花、苦涩的籽和智慧的果。 ——曹腊梅（广东）

带人赶到宾馆，贾大头已经退了房间不知去向了。

小魏回来把情况汇报给了领导，马上进行网上查询，将近天亮时有了结果，新洲市公安局发来了传真，根据住宿登记和车号比对，证实绰号贾大头的人真名叫贾大秋，居住地就是邻省新洲市。新洲市公安局介绍，他们新近破获了一个盗车团伙，据案犯交代，盗来的车都由这个贾大头销赃，经查此人目前不在本市，也正准备网上通缉。

现在证据已足，接下来的任务就是抓捕贾大头了。

5. 引蛇出洞布罗网

第二天一早，小魏打电话约见老魏，对他说了调查结果，老魏知道案情重大，只得红着脸说了昨夜的先苦后甜，本以为小魏会笑话他，不想小魏却夸奖他智勇双全，至于跟螺丝钉之间发生了什么，纯属个人私事，螺丝钉只为赚钱不知内情，只要提供线索抓住贾大头就立了功，不会受太大的牵连。

这话说到了老魏的心里，他还真有点喜欢上了螺丝钉，原来还有些担心，现在倒可以放心地去螺丝钉那里了。

两天之后，老魏正在公司里上班，螺丝钉突然来电话召唤，老魏忙放下手里的事赶了过去，一进门螺丝钉就扑上来，吊在老魏的脖子上直叫："我们要发财啦！"

老魏一问才知道贾大头又来了电话，说急等钱用，要把手里价值一百多万的车以五十万的价格让给她，老魏马上就明白贾大头一定是听到风声不妙，急于把赃车脱手携款潜逃。

螺丝钉直摇晃老魏："你发啥愣呀，还不快想法儿筹钱！"老魏坐下来问道："你想想他为啥一百万的车只卖五十万？"螺丝钉不耐烦了："我管他那么多，不是偷的就行！"

老魏一拍大腿："他就是偷的！""啊？"螺丝钉叫起来，"你说我销赃啊！"

事已至此，老魏干脆就合盘托出，听得螺丝钉目瞪口呆，半晌才瞪着老魏问："敢情你是来卧底的？"老魏摇摇头，螺丝钉又问："你是在利用我查线索？"老魏摇摇头："查案也是真的，对你也是真的！"

两个人正说着话，电话突然响了，螺丝钉接过电话，是贾大头催问钱筹到了没有，螺丝钉看看老魏，老魏把口袋翻出来抖了抖，螺丝钉会意，回说还没凑齐，贾大头限定明天交钱，老魏掏出车钥匙晃了晃，螺丝钉又会意，提出要先看车，贾大头犹豫了一下，答应了。

一挂电话，老魏就抢着和小魏联系，小魏要他们只管去看车，这次机会难得，切记不可轻举妄动。

老魏和螺丝钉开车来到约定地点，一个陌生男人拉开车门，一见老魏就瞪起了眼"你……"同时下意识地抖抖胳膊，摸摸下巴，眼珠儿不停地转来转去。

老魏一眼就认出了这个被自己拍脱过胳膊下巴的家伙，可这家伙还不敢肯定就是老魏，那天他疼得眼冒金星，也只是看到老魏个大概轮廓。

看他犹豫，老魏索性主动进攻："怎么啦，你认识我？"这家伙张张嘴咽了口唾沫，转头对螺丝钉瞪起了眼："谁让你带外人来的？"螺丝钉也瞪眼："怎么是外人？他是我老公，我们两口子买车就得两口子看车！"

这家伙半信半疑："你老公？我怎么不知道？"螺丝钉狠狠啐了他一口："你算个屁！我找老公要请示你？"这家伙"嘿嘿"干笑两声，朝老魏伸出手来："对不住，冒犯了，我叫二马。"老魏一握就感到他手上在暗暗使劲，故意"哎哟"一声缩回手来："好大的手劲呀。"二马得意地笑了。

笑归笑，事儿他不敢作主，只好打电话请示，贾大头经过那天在舞厅和螺丝钉家楼门里的试探，挺痛快地同意了，二马便带着他们向市郊开去。开了大约百多公里，又是来到一个废弃的工厂，二马打了个唿哨，大

门自动敞开了，看起来几间厂房大门紧闭像是停了工，里面却隐隐传来金属碰撞的响声。老魏正要侧耳细听，二马急忙招呼他们来到仓库，打开库门里面却是空的。

二马跺脚"咳"了一声，回头告诉螺丝钉和老魏在库里等着，不准到处乱跑，说完就气冲冲地出了库房。老魏对螺丝钉使了个眼色："我上趟厕所。"也蹑手蹑脚地跟了出去。

只见二马匆匆跑到对面一间厂房，打开一扇小门钻了进去，老魏贴着墙跟上来，东张西望地想找个地方偷看，可厂房的门窗堵得严严实实，连个缝儿也找不到，老魏正要撤回，一眼看到墙角有个梯子，大概是这些家伙预备出了事逃跑用的，他一下子有了主意，蹬着梯子上了房顶。

房顶上是一排天窗，老魏轻轻走到那间厂房上面，一伸头就见几个人围着一辆崭新的宝马车忙得满头大汗，二马正叉着腰大发脾气："……人家都来提货了，真他妈一帮饭桶！"一个工人连忙赔笑："快了快了，装上保险杠就完活儿。"二马骂道："装他妈仔细点儿，别让人家看出毛病！"

房上的老魏一看散落在地上的包装箱就明白了，前不久他也曾在电视上看到过：这是在用走私来的零部件拼装进口车！再看半间厂房里堆的都是车架子零部件，才知道这是个地下拼

装厂，这样拼出来的车成本最多不过三十万，不知多少人还要上当，贾大头这家伙也太黑了，临逃跑还要狠捞一把。

老魏正要下来，只听二马对工人们喝道："限半小时完工！"说完出了厂房直奔库房，老魏慌了，只好顺着房顶跟到库房上面，没等伸头去看，就听二马在里面大叫起来："快说！你老公跑哪儿去了？"螺丝钉挺镇定"他说肚子疼，多半儿是找厕所去了。"二马骂了一声跳出来，向工厂角落的一间小房子跑去。

机会难得，老魏急忙抓住雨水管溜下来，脱下裤子蹲在了库房旁边的矮树丛里，待二马扑了空转回头，老魏突然提着裤子钻了出来，慌慌张张的二马吓了一跳，指着老魏的鼻子便骂："谁他妈让你出来的！"老魏提着裤子也火了："你他妈眼瞎了！不出来拉你库房里？"

螺丝钉闻声出来夫唱妇随："你小子发什么疯，出来拉屎也犯忌？车到底在哪儿？拿我们找乐儿是吧？咱不买了！"说着拉起老魏就走。二马慌忙拦住："别急呀，车正加油呢，我去看看完事了没有。"急急地又跑回厂房。

老魏乘机告诉螺丝钉车是拼装的，反正也不是真买，验车不必认真，只要把贾大头调出来就行。不一会儿，二马把车开出来了，螺丝钉试了一圈就点头认可，提出明天要跟贾大头一手交钱一手交货，二马只得又请示贾大头，贾大头说太忙来不了，让他们跟二马交易，螺丝钉抢过电话叫道："这么大的买卖我不放心！你想做就来，不想做就散！"老魏随声附和。

贾大头无奈，只得答应亲自交易，具体时间要他们明天等电话。

两个人回到家马上向小魏汇报，小魏立刻向上汇报，因案情有了发展，证实贾大头不仅销赃还涉嫌走私，领导经研究决定先派人监视这个地下拼装厂，明天双管齐下一网打尽。

6. 插翅难逃终自毙

一切安排就绪，小魏交给老魏一个装着五十万元的密码箱，告诉他们只管放心去交易，交接完了就回家，千万不要打草惊蛇。

第二天，老魏和螺丝钉一直等到晚上九点才接到贾大头的电话，通知他们立即动身，驾车上高速公路向北开，路上会跟他们联系。

时间紧迫，老魏马上通知了小魏，自己和螺丝钉随即驾车出发，很快驶上了高速公路。老魏驾车保持中速行驶，螺丝钉抱着密码箱坐在旁边，一气开出百多公里没有消息，螺丝钉着急了，抱着钱箱不住地左看右看，公路上的车虽不多，但辆辆灯光耀眼，根本看不清是什么车。

电话终于响了，打开一听正是贾大头的声音："我就在你们前面，看到了吗？"前面一辆车的尾灯在不停地闪烁，螺丝钉回答看到了，贾大头说道："快点儿跟上来！"老魏加速跟上去，看到正是那辆宝马，两车并排的时候，车窗开了，贾大头大声问："钱带来了吗？"螺丝钉举了举密码箱，贾大头喊了声："跟我来！"开车驶进了紧急停车道。

看贾大头停了车，老魏也停了车，抢先跳下来，贾大头从车窗里探出头喝道："你别动，让螺丝钉把钱送过来！"螺丝钉看看老魏，老魏点点头，螺丝钉骂道："真他妈做贼心虚！"提着密码箱走了过去。

螺丝钉钻进车里刚关上门，宝马车突然启动，箭一般地飞驰而去。

突生变故，老魏愣住了，他怕小魏他们来不及部署，让贾大头携款逃跑，当然更担心螺丝钉的安全。他猜可能是二马把对他的怀疑报告了贾大头，要是这样，螺丝钉就危险了，此刻还是求人不如求己，老魏一咬牙，加大油门追了上去。

想追上宝马谈何容易，老魏把油门踩到了底，把心提到了嗓子眼儿，死死盯住宝马车的尾灯，他只想远远地盯住贾大头，暗中保护螺丝钉，如果被贾大头发现，一提速就会无影无踪了。

这时，后面一辆车摁着喇叭从超车道追上来，两车一并排那辆车就开始向外挤老魏的车，老魏起先并没在意，可是越避让他就越挤过来，老魏警觉了，这家伙的意图已经很明显，就要挤得他撞断护栏滚下深沟，不用说肯定是在阻挠他追击贾大头，这家伙十有八九就是二马！

这时对面的车灯照亮了一张狰狞的脸，果然就是二马！老魏的车已紧贴了路边，二马又挤了一下，老魏的车擦上了护栏，伴着刺耳的摩擦声闪出一串火花，车身猛烈地颤抖起来，老魏急眼了，猛打方向盘给他来个以牙还牙，两车"嘭"地相撞，前轮挤在一起，"吱吱"尖啸着冒出了一股橡胶的焦糊味儿。二马显然是个亡命徒，死死把老魏的车挤向护栏，他的车要比老魏的马力大，挤得老魏一次次擦上护栏，轮毂盖撞掉了，前机盖也被撞得凸了起来。

看来不甩掉二马是没法儿追击贾大头了，开车斗不过就下车斗，主意打定，老魏突然急刹车，车轮一声怪叫冒起了青烟，二马猝不及防，猛踩刹车已经晚了，巨大的惯性使他擦着老魏的车头斜冲出去，"嘭"地撞上了护栏，前轮轰然爆炸，前机盖张了大嘴，车子转了个三百六十度，"嘭"地再撞到护栏上瘫痪了。

老魏跳下车跑过去，只见二马被安全气囊挤在座椅上，龇牙咧嘴动弹不得，老魏要卸他条胳膊出出气，一拉车门已变形卡死，现在没工夫收拾他了，老魏又急忙跳上车向前追去。

其实高速公路的各个出口都早已被封锁，正要下路的贾大头突然发现出口横着警车，扭

歪着脸猛踩刹车，急忙掉头又驶了回来，看到贾大头气急败坏的样子螺丝钉慌了，她当时以为是到车里验钱，没想到贾大头会突然开车，现在后悔已经晚了，刚要编点儿什么话，贾大头冷笑起来，狠狠一拳打在她太阳穴上，螺丝钉"嗷"地一声昏了过去。

早就跟在后面的警车见贾大头发现了堵截，立刻鸣起笛追上来，贾大头心里庆幸早有防备，自己带上螺丝钉，后面派二马护驾，如果没有螺丝钉在车上，前堵后追的警察们就敢开枪了。

贾大头心里很清楚，高速公路再长也有个头，前面也必定会有警察迎面拦截，跑下去最终要落进警察的套

子里，眼下惟一的办法就是弃车逃走，可丢下螺丝钉就没了人质，带上她又累赘得难以脱逃，若不是害怕杀人偿命，贾大头真想给她一刀子。

贾大头狠狠把油门踩到底，宝马像长了翅膀一样飞驰，渐渐和后面的警车拉开了距离，当拐过弯看不到警车的时候，贾大头急刹车跳下来，提着密码箱翻过隔离网落荒而逃。

后面的警车追上来，看到路边的宝马立刻停车，小魏和两个警察跳下来，观察了一下，立刻翻过隔离网追了上去。

老魏紧跟着赶到，跑到宝马车前拉开车门，一眼看到昏过去的螺丝钉，抱起她上了车，飞车往医院驶去。

警察没有抓到贾大头，他们追到河边的时候，只看到了漂在水面上的密码箱，密码箱捞起来了，贾大头却不知去向，难道是潜水逃走了？警察们调来警犬，沿着河两岸搜索也没发现踪迹，现在上游水库正在放水，水下有一股很急的暗流，估计贾大头已被淹死，于是马上通知下游拉网拦截……

螺丝钉被打成了脑震荡，老魏请了假在医院伺候，小魏也买了鲜花水果来慰问，看到老魏忧心忡忡的样子，忍不住埋怨道："行动前就告诉你我们都安排好了，各个出口早埋伏了警察，贾大头后面也有人化装驾车跟

踪，只等他一到出口就瓮中捉鳖，你可倒英勇，玩起了电影里的飞车特技，如果不是惊了贾大头，螺丝钉怎么会受伤？求人不如求己也得看是什么时候！"

老魏红着脸连连自责，小魏不好再埋怨，告诉他贾大头的尸体已经找到，幸好二马只受了点轻伤，这才没断了追赃的线索，地下拼装厂里的从犯也全部落网，估计很快就可以结案，要他安心照顾好螺丝钉。

老魏岂能不尽心，螺丝钉只住了三天就出了院，也正是水到渠成，没多久老魏跟螺丝钉就结婚了，小魏也应邀参加了婚宴，酒酣耳热之际，小魏给大家讲了个故事：

村里有个老倔头，平生不肯求人，跟邻居也是老死不相往来，夏天突发大水，他和邻居都爬到房顶上等待救援，老倔头心眼儿多，怀里揣了几张大饼，饿了就躺在房顶上慢慢吃，邻居饿急了，央求他给一点儿，老倔头笑道："求人不如求己，你还是自己想招儿吧！"邻居无奈，仗着水性好，潜进屋里捞了些生米充饥。

看邻居直着脖子吞生米，老倔头正在庆幸自己有备无患，房子"哗啦"塌了，老倔头不会水，抱着块木板向邻居呼救，邻居也笑道："求人不如求己，你也自己想招儿吧！"

老魏笑起来："你小子影射我！"

（题图、插图：杨宏富）

阿P故事

　　阿P是一个社会群体的缩影，他独特的对事对人的处理方式，使这些故事充满了情趣。不过洋相百出的阿P，他的内心世界又是复杂的，他的所作所为留给读者的思索是多层次多元化的。阿P故事不仅仅是消遣作品，还有着揭示社会矛盾、启迪人生和思考未来的认识和教育作用。

滑稽故事

　　滑稽是一门引人发笑的艺术，被称之为生活和艺术中一种特殊的"调味品"。本书所选故事均取材于社会生活，作者想象力丰富，倾向性鲜明，作品内容极具口传性，诙谐色彩浓郁，是人们茶余饭后上佳的精神伴侣。

芝麻官故事

　　芝麻官故事旨在全方位地展示这一特定社会角色的思想境界和人格境界。他们或两袖清风，为民请命；或贪赃枉法，假公济私；或昏庸糊涂，装腔作势；或廉洁奉公，兢兢业业。由于他们同老百姓的距离最为接近，因此他们的故事就更具现实意义。

打赌故事

　　古今中外73则打赌吹牛故事，按内容分为"逗趣、斗智、惹祸、戏丑"等四大类，多为表现人们的诙谐与机智，有的立意鲜明，寓有讽刺味，而较多的则是娱乐与逗笑。

哲理故事

　　生活中处处有哲学，57则作品无不通过曲折生动的故事情节与矛盾冲突，揭示丰富和深刻的哲理内涵，让你从中看到智慧的闪光与思想的火花，并由感情的激荡而升华为哲理的思索，从中悟出事物深层的蕴含与人生命运的真谛。

打官司故事

　　"打官司"这个词具有强烈的民间语言色彩，官司一打起来，各种矛盾冲突就无可回避，无法隐藏。本书共收集涉及法制的故事30则，分6大类，它们是：精彩个案，愚昧法盲，弄权枉法，道德法庭，回头是岸，法永道恒。

校园故事

　　一生最好是少年，一年最好是青春。
　　这是一本充满活力的书，学生的时代，校园的生活，如花盛开般奔放，如火焰般热烈，全书34则故事，也许能唤起您少年时代最美好的回忆。
　　愿这本书能成为学生和老师的朋友！

打工故事

　　随着改革的不断深化，打工的观念将会成为社会普遍认同的一个观念。本书收编的24则故事，就是生活中打工仔、打工妹们打工生活的真实写照与缩影，它们是同类故事中的精品，相信能引起您的阅读兴趣。我们祝愿打工者们：明天会更好！

矮了一公分

□ 刘宇晴

俗话说，一分钱憋死英雄汉，这回是一公分难为了两个高材生。

王大帅和张小军是形影不离的好朋友，前两天都拿到了广播学院的通知书。这本来是件好事，可通知书上一项附加要求，让他俩傻了眼：所有报考的男生，身高必须达到一米七。可他们偏偏都只有一米六九，差了要命的一公分。

王大帅回到家里，把通知书往茶几上一丢，气哼哼地仰倒在沙发上。王大帅的爸爸是大老板，见到宝贝儿子一脸郁闷，赶紧上前问是咋回事。弄清楚了前因后果，试探着问："现在

分数考不够不是交点赞助费就能上吗，这一公分咱赞助一万还不行？"

大帅翻身坐了起来，冲老爸一白眼："别老土了，知道什么叫名校吗？要是真可以用钱买，别说一公分一万，就是十万也有人买！"听儿子这么一说，王老板也懵了，他习惯了用钱来摆平一切，现在堵死了这条路，一下子还真是适应不过来。两天之后就是面试的日子了，俗话说病急乱投医，王老板拉着儿子就往外走："我就不相信奈何不了这一公分，走，上医院！"

大帅想不出更好的办法，于是跟着父亲到了医院。王老板扯住瘦高的主任医师，掏出一个厚实的红包塞过去，言词恳切地说："我儿子好不容易考上了这个学校，个子矮也只怪我们做父母的呀！医生我求你了，两天之内，一定要让他长高一公分，否则我这一辈子都心里不安……"

两天！一听只有两天时间，医生

忙把红包往回推，连连摇头说："两天时间能做什么？这不是开玩笑嘛，增高是一件很科学的事情，最少也得一个月，要不，你们去跟学校商量一下，一个月后去面试行不行？"

王老板看了看儿子，大帅烦躁地眉头一拧："这怎么可以？一个月后早就开学了，肯定不行！"

三人沉默了片刻，医生突然一抬头问大帅："你真量准了，只有一米六九？"大帅有气无力地回答："这还有错，刚才护士才给量过，就差这该死的一公分。"

"好！"医生一巴掌拍在桌子上，"有希望了！我告诉你们啊，每个人在一天中的身高都是不同的，特别是年轻人，早晚相差往往达到一公分以上，现在是下午，我看只要措施得当，早上起床时很有希望超过一米七。"

一听此言，王老板立刻激动地说："要怎样安排尽管吩咐，一切全都靠您了。"

医生冷静地思考了片刻，忽然想起了一个至关重要的问题："对了，参加面试的人一共有多少？""五十四个。""你排在多少号？""五十号。"

王老板一听这话急了，赶紧提醒儿子："你不是说你同学张小军排在第一号吗？"

对啊，大帅眼睛一亮，当时张小军还一直抱怨，说安排在第一个面试

心里紧张，吃亏的。可现在要是他知道第一个面试的好处，会答应和自己换吗？

王老板看出了大帅的心思，说道："你不是说小军家境不好，正愁没钱付学费吗？要是他跟你换了号，不管他最后上了什么学校，学费我都包了！"说罢，看大帅还是有些迟疑，索性拉着他就往小军家去了。

小军一家也正愁眉苦脸地商量身高和费用的事情，王老板一看这情形，立即表示：如果小军愿意和大帅换一下面试顺序，不管最后小军上了什么学校，学费和生活费都由他包了，另外再赞助一万元钱，算是酬金。

大帅一直不好意思地低着头，觉得自己夺了小军的机会，可小军一家却早就高兴得不知所措了。

面试结束那天，王大帅带着张小军一起回家，王老板看见张小军才两天不见，竟然瘦了整整一圈，心里正过意不去时，王大帅却兴奋地大嚷："爸，你肯定想不到吧，我们俩都通过面试了。"

王老板惊讶地望着张小军："你也去医院增高了？"

"没有。"

"那一定是托了关系？"

"也没有。"

"那？"

小军有些不好意思地说："那天你们走了以后，我乡下的大伯来走亲

可笑的八字胡

□ 连召波

小赵三十不到，却留了个八字胡，看上去怪怪的。这天他心情不好，下班后约朋友喝了点酒，打车回家的时候，人已经有点晕乎乎的了。

开车的是个不到20岁的小青年，

他一边开车一边偷偷地看小赵，过了一会儿，他突然问："现在几点了？"

小赵看了看表说："9点56分。"

可那司机没听清似的接着问："现在几点了？"

小赵提高了嗓门回答说："9点56分。"

小赵以为司机这下总听见了，没想到他居然还问："现在几点了？"一边问还一边偷笑。小赵心情本来就不好，被这个司机问得发起了火："你的

戚，听说我只差了一公分，就说他有个主意，正好他们家的三个小孩也在愁学费，我就说如果我真能过关，这一万块就全给他们了，反正我的学费有王叔叔赞助。现在好了，什么问题都解决了。"

王老板满脸疑惑地问："你大伯到底用了什么办法呀，比增高科专家还神？"

小军不好意思地说："办法倒是很简单，他带着我回了一趟老家，来回走了八十里山路；面试那天早上不放心，又拿擀面杖敲了敲我的头。"说着，伸出了脚，探出了头，让王老板看。

王老板一看一摸，乖乖！张小军脚底的泡和头顶的包，加起来何止一公分啊！

耳朵有毛病吗？你笑什么？"

"哈哈哈……"那司机听到这话，反而笑得更厉害了，"我喜欢看你说9点56分时，八字胡一翘一翘的样子！特别有趣……"

要在平时，这善意的玩笑小赵也不会计较，可他正有火没处发，现在又被这小青年无理取笑，小赵板着脸说："你小子找揍啊。"

司机一看这阵势，不敢再笑了。

回到家，小赵越想越气，越想越气，在房间里焦躁地踱来踱去，走到阳台时，发现窗台上竟然放着一瓶啤酒，小赵想也没想，仰脖子就喝。

刚喝到嘴里小赵就觉得味道不对，一半吐了出来，还有一半已经咽了下去。正在这时，老婆像一颗子弹似的射到他跟前，伸手夺过酒瓶，狮吼了起来："你在干什么，想死吗你？笨蛋！你看你喝的是什么？是汽油哇！"

小赵一听，慌了。

"你赶快跟我去医院！"老婆不容分说就把小赵拖了出去。

来到一家个体诊所，老婆对着医生大喊说小赵喝了汽油，要洗胃。那个医生当时正在悠闲地抽着烟，听说小赵喝了汽油，像被针刺了一样跳了起来，猴急地把剩下的半支烟扔进了痰盂里。

小赵有气无力地问："不用这么夸张吧，医生，我只喝了一小口，要洗胃吗？"

医生笑着说："洗胃倒不必，但你要切切记住，三天之内不准抽烟，不准吃辣椒，不准对着电灯打呵欠，嘴里最好能随时含根冰棍，不要见太阳，要多上厕所！"

"为什么呀？"老婆呆头呆脑地问。

"以防爆炸嘛！"医生嘲弄地说。

小赵一肚子闷气被这个幽默的医生逗得消了，起身要走。

还没等迈出诊所大门，只听那医生又在后面喊了一句："先把八字胡剃了，免得火灾时烧了嘴唇！"

月月看故事月月月圆，天天听故事天天天蓝。——武俊浩（陕西）

不要叫鬼

□ 李清泉

这天早上，老王出去买酒，正在大街上慢慢地走着，听到后面有人叫："老鬼，让一让。"老王心想：这个人说话怎么这么没礼貌，回头说："你说什么！"那人知道有一点不对，于是说："大爷，请让一让，谢谢！"老王这才让了。

到了杂货店，他给了老板两元钱说要买一块九一瓶的那种酒。杂货铺的老板找了半天居然没有找到一角零钱，便说："大爷，我这儿没有一毛钱，下次来给您补上吧。"老王说："什么下次，我脑子不好，记不得的，一毛钱，你知道有多不容易赚吗……"看老王不好商量，那人拿出五角钱说："吝啬鬼，那四角钱算是我请你的！"老王一听又气了，节约怎么变成了吝啬？

老王拿着酒坐在旁边一个店门前想歇歇，顺手把酒瓶打开闻了闻，这时背后的店里出来个人，说："酒鬼，走开，我要倒水了。"老王火了，今天自己已经被喊了三次鬼了，哪知刚冲上前去想讲理，门里就真的倒出了一盆水，老王惊得赶忙往后退，不小心正撞上路过的一个美女，美女满脸怒色地吼道："你这个色鬼，想占便宜啊你！"老王一听自己没多大会儿，就从老鬼变成吝啬鬼，又变成酒鬼，最后竟成了色鬼，不由气得血压升高，倒在了地上。

有人赶快把他送到了医院，经过一番抢救总算捡回了一条命。他的老伴听说他高血压又犯了，马上赶到医院，老远就着急地喊道："你这个死鬼，可不能有什么三长两短啊。"老王刚醒过来，一听到"鬼"字，差点又晕了过去。

救命小白脸

□ 溪 洋

老李和大刘是铁哥们，多年来同在一个矿井里当挖煤工，没想到这天却一起在井下遇到了事故。

事发那会儿，老李倒没有大碍，大刘受了点伤，连惊带吓，有点撑不住了。

老李一看他昏昏欲睡的样子，急了，他知道，这时候谁要是一睡着肯定要坏事。老李连叫带摇地折腾了一会，一点效果都没有，眼看大刘就要睡过去了，老李突然想起了一件事情，犹豫了一下，还是开了口："好兄弟呀，看来咱哥俩这次真的要一起报销在这儿了，可不知你有什么遗憾的事情？"

大刘听老李这么一说，眼泪不禁扑簌簌地落了下来："就是太对不住媳妇了，俺俩结婚才不到两年！"

老李听他说这话，突然有了火气："真替你不值，到现在还想着你媳妇！哪知道人家……"老李话没说完，又咽了回去。

"咋了，你这话是什么意思？"

"算了！唉！我不讲的好！"

"咋了老哥，都到这时候了，还有什么不能说的。"大刘声音大了一点，似乎没刚才那么困了。

"没事，看我这臭嘴！"老李说着，使劲抽了自己一个嘴巴。

老李越是这样，大刘就越要听，老李被逼得没办法，只好开了口："你真要听？好，反正你也挺不住了，不想活了，对你说了，让你做个明白鬼！唉，你听好了，是关于你媳妇的

故事世界里，情节是经，人物是纬，细细实实织出了人间的悲欢离合。 ——武俊浩（陕西）

事。"

"什么？我媳妇咋了？"大刘说话的腔调都变了。

"咋了？她半年前就养上了一个新来的小白脸！亏你还对她那么好！"

"你说什么？"大刘抓住老李的手问，"你有证据吗？"

"当然有！"老李掰开了大刘的手。

大刘听老李这样肯定地说，不由咬牙切齿地说："你有证据吗？是哪个小白脸？我非刷了他！"

"这可不是乱说，不光我，好多人都看到他们整天在一起，你老婆的魂都快被他勾去了！"老李叹了口气道，"咱恐怕都不能活着出去了，还说什么找人家算账的话！"

"告诉我是哪个杂毛？我挺得住！我一定要活着出去，找他算账！"

老李看他这样，下狠劲地说："好！只要你能挺住，我们一同脱离了险境出去，我一定告诉你他是谁。"

大刘热血沸腾，一点不困了，他把身边的人都想遍了，可还是猜不出谁是那个小白脸，不过他知道，老李是一定不会骗他的。

不知过了多久，当他俩苏醒过来时，已经躺在了煤矿医院的病房里，周围挤满了亲朋好友和煤矿领导。一名电台女记者迫不及待地问

大刘："刘师傅，你们是如何在这么深的矿井下，几天几夜不吃不喝活下来的？是一种什么力量支撑着你们去挑战生命极限的？"

女记者的连珠发问，使大刘很快记起了老李在煤窑里讲的那段儿事，心里"呼"地又蹿起了怒火，他斜乜了一眼一直守候在他病床前的妻子，恨恨地吐出了两个字："仇恨！"

"哦？什么？"女记者惊愕地收起了话筒。在场的人无不面面相觑，不知所云。只有老李心里最清楚，也最着急，得赶紧告诉大刘那个小白脸是谁，不然可要出大事儿。

等大伙离开病房，让他俩好好休息的时候，大刘沉着脸问："李哥，现在该给我个明白话了吧？那个小白脸是谁？"

谁知老李竟没好气地大声说道："是你娘的孙子！"

大刘一听，愣了："哎，你咋骂人呢？"

"我没有骂人呀，哈哈哈……"老李见大刘那愣怔样，忍不住又哈哈大笑着提醒他，"小子，谁不知道你老婆的肚皮已经鼓起来了？可不是整天在一起？再说，就这小白脸，还不把你老婆的魂都勾去啦！"

大刘兴奋地猛一拍脑门说："我明白了，你在下面给我讲的，是个救命的瞎话啊！"

石狮子的想法

□ 胡立秋

曾经声名远播的瑞翔公司这几年走起了下坡路，业务不景气，人心涣散。接连换了三位老总，屡战屡败，没有抑制住败势。社会上流传，说问题出在风水上，总部办公地点犯邪。

新老总到任后，私下打发人请远近闻名的一个风水先生给相了相，先生看后双眉紧皱，不住地摇头，连声叹气，说："你们当初建这大楼时，怎么也不找个明白人看看呢？这楼盖的毛病大了。选址压了龙尾，动土冲了太岁，再者坐南朝北，逆而不顺。还有，对面是全市最大的幼儿园，上千的孩子在你眼皮底下活蹦乱跳，儿童是什么？是小人儿，所以这就犯了大忌——小人。这样一来，还顺当得了吗？换一百个老总一百个裁，没好。"

新老总一听，吓坏了，急忙讨教解救办法。风水先生拿五做六，推说天机不可泄露，否则自己要损阳寿等等。直到新老总一狠心开出了大价钱，他勒出了大油水，才神秘地告诉他们，说要想平安，须刻一对大号石头狮子，一左一右摆在门前，便可以镇住煞气，制服克星。

这事不难，老总立即派人订制了一对花岗岩狮子，在鞭炮声中，把两个狮子安放在了办公楼大门前。

有这两尊形象威猛的石头狮子把门，果然平静了一段时间。可不到几个月，就又起波澜，公司被对手举报，税务部门的人找上门来，又是调查，又是审计，大问题没有，小问题却不少，罚了钱不说，名声也越加坏了。

老总一看，还真是犯了小人，但狮子咋不管用呢，他又让人找来那位风水先生，说："我钱也花了，事也费了，这石狮子怎么不管用啊？"

风水先生在门前转了几圈，突然大叫，说："哎呀，这事叫你们办的，你们把狮子位置摆错了！"

"位置错了？"人们一头雾水，"当初你不是让一左一右摆门两侧么？"

"不错，我是让你们一左一右摆门前来着，"风水先生说，"可你们把公母摆颠倒了。东为大，所以公狮子应该摆东面，而母狮子放西面。如今你们正好弄反了，母狮子倒蛮得意的，可公的不高兴啊。公母不和只顾着怄气了，还顾得上镇宅了么！"

老总恍然大悟，原来这石头家伙也分性别。

"当然分性别啦，"风水先生指指点点，"公狮子抬起一只前爪，爪下按的是个彩球，母狮子抬起的前爪下抓的是个小狮子。"

人们一看，果然如此。于是找来吊车，把两个狮子的位置掉换了过来。风水先生和老总都松了一口气。

可没多久，公司一个大订单被业务部的一个小子给飞到其他公司去了。老总不满地找来风水先生，鼻子不是鼻子、脸不是脸地问他为什么还是不灵验。

风水先生在狮子跟前伫立良久，突然一拍脑袋，说原因找到了。

老总急忙问为什么。风水先生告诉他，这门前是通衢大道，地处闹市区，每天红男绿女成双成对勾肩搭背来来往往，这诱惑令石头狮子也动了凡心，觉得自己如此雄悍威风却只能守

·滑稽诙谐 针砭时弊·

着身边的黄脸狮婆，有些不甘，因此每日朝思暮想，要享艳福，达不到目的就闹情绪。"它这是跟你闹待遇呢，满足了它肯定就拼死保你平安了。"

老总问怎么办，风水先生说："此乃俗事，按说仙家不宜参与，但救人水火，事情紧急，不容我不多嘴一二。你另刻一尊青春雌狮，藏一清静雅致地点，定期将门前雄狮送去与之幽会，雄狮受此恩惠，定会对你报以忠诚。"

老总连声称妙，送走先生，立即让手下去刻制了一头昂首挺胸活泼靓丽的小母狮子，安置在郊区一栋重新粉刷一新的仓库内，并初定每周末用吊车送雄狮去与其幽会。一切安排就绪，手下突然想到一个问题，急忙去找老总，提醒说："我们光顾了照顾公狮子了，却忘了公狮子去幽会，母狮子就要独自带着小狮崽守在门前，它要是闹情绪发起脾气来，我们还太平得了吗？"

手下说着就要再去找风水先生，被老总拦住了。

"这点小事，何必求他，我自有办法。"老总胸有成竹地说。

"怎么办？"手下问。

"真笨！这还问我？"老总手一挥，"最简单不过了，公狮子去幽会的时候，咱们以它的名义给门前母狮子的嘴里塞个存折，一切全解决！老婆孩子不缺钱，想开了还闹个啥！"

客 串

□ 李清林

丁县长是演员出身，喜欢在人多耀眼的场合亮相。今年春节，他别出心裁，指示有关部门，不要再搞大秧歌、二人转汇演之类的文艺活动，嫌太俗，要提高档次。他亲自策划，花重金请来不少名星大腕，要学学央视，搞一台阵容可观的戏曲晚会，也是对县里的一次宣传。

演出前，丁县长发表了重要讲话，结束时又登台接见演员，合影留念。

演出结束后，记者采访观众，重点是要采访对象谈对县长讲话有何感受。人们都嘻嘻哈哈不正面回答，追问急了，一位老农民回答："要问感受嘛，一句话！"

"怎么讲？"记者问。

"呵呵……"老农笑了，"说的比唱的都好听！"

这话有些不对味儿，丁县长犯寻思了：自己的讲话是有点枯燥，没什么新意，他脑瓜一转，有了！立即指示电视台，节目先别播；又指示有关部门，留住明星们，给出场费请他们再演一场，并决定自己亲自登场表演，与民同乐。

丁县长的节目作为重场戏放在整台晚会的最后，是清唱京剧《赤桑镇》中包公主持正义铡了亲侄儿后的唱段。虽然他当初在剧团学的是武丑儿，但唱起这花脸戏也还在行，自我感觉韵味气势都挺到位。没想到的是，台下反响还是很冷淡，只有前排领导席上有些礼节性的零星巴掌声。

怎么回事儿呢？演出后，记者又去采访观众，人们嘻嘻哈哈只笑不答。最后，一位老工人总算开了口："不错，不错！"

记者就问："怎么个不错呀？"

老人大笑："哈哈——今天的晚会不是叫明星反串戏曲晚会么，所以

用心灵编织故事，用故事滋润心灵。 ——刘仪伟（湖南）

举 报

□ 贺绿青

市交警队鼓励市民参与交通违章的举报，规定凡是拍摄到车辆违章的照片，都可到交警队领取二十元钱的奖励，当场兑现。消息一出，乐坏了的士司机刘三。刘三整天都在琢磨着，怎么能不费力气就来钱，交警

这角色安排得好啊，咱这县长反串包公这清官，不正恰当嘛！"

这话听起来让丁县长犯堵。他暗怪自己大意，怎么把反串这层意思给疏忽了呢？反串清官，那不意味着自己是……

大家思来想去，一致认为，只有一条路，那就是今晚再重演一遍，丁县长换个角色上场。

因为明确是反串，所以只有演反面人物才有正面效应。丁县长这次化了妆彩唱，演的是《宰相刘罗锅》中的大贪官和珅，而且事先不向观众挑明身份。

这次果然效果奇佳，台上表演刚

完，台下立刻爆发出阵阵掌声。记者抓住时机，赶紧采访观众，众人异口同声称赞说此演员唱工很专业，动作招式有创新。并纷纷打听从哪请来的这位大牌名星。

记者见大家这么认可，这才告诉人们，可能化了妆你们没认出来，这位既不是什么大腕，也不是什么明星，他就是咱们县的丁县长。

人们不由一愣，一个老头当即抢着说："我说的嘛！就冲他见到钱物就放光的眼神儿，和往怀里揣银票的熟练劲儿，一看就是个内行。"

周围的人们"哄"的一声笑了起来。

队出的这一招，正合了他的心意。

第二天出车的时候，刘三就带上了他的数码相机，专往人挤、车多、警察少的地方去。不一会，刘三就发现桥下不远处的马路上有一辆的士开始越线，他连忙尾随过去，为了不惊动对方，他悄悄靠边停下，这时，那辆的士已经明显越线了，刘三忙飞快地摁了下快门，将那辆违章车拍了个正着。刘三带着照片直奔交警支队，想探探虚实，没想到值班的交警将照片输入电脑，仔细地核对后，当场给了他二十元，刘三乐坏了，这比跑车挣钱快多了。

离开交警队，他又开车转了一会，发现高速隔离带对面有一摩托车司机没戴头盔，可近处又没有缺口可以过到对面去，他来不及多想，忙掉转车头往前追去，很快就追上了。刘三选好角度，拍了好几张照片，这回他不急着去交警队了，想多逮几条"鱼"，一起去换钱！

要说刘三运气真不错，没多久，他看到一辆私家车缓缓前行，司机左手摸着方向盘右手却捂在耳朵上，那家伙是在打电话！市里明文规定开车不准打手机，刘三忙将车超到前面去，将相机对准司机，刚摁下快门，不料却被对方发现了，司机摇下玻璃窗，探出头来破口大骂："你敢拍我违章？看我整不死你！"说罢驾车追了

上来。刘三知道自己惹不起，启动车子想溜之大吉，无奈对方穷追不舍，两人在街上现场表演了一场飞车，眼看就要被追上了，刚好到了一个十字路口，刘三看到前面的绿灯刚切换成红灯，便"嗖"的一声飙了过去，这才把对方甩了。

刘三舒了口气，觉得今天钱也赚得差不多了，又在街上逛了几圈，拉了几个客人，快下班的时候，才去交警支队领奖。他心里盘算着，领好奖金后就去买点酒菜，回家好好乐和乐和。

交警队接待他的还是那警察，他将刘三相机里的照片输入电脑，仔细核对后，当场兑现四十元。刘三那个高兴就别提了，边起身要走边夸交警说："你们办事真有效率！"

可那交警却示意让他坐下，说还有别的事情要办，刘三不明白了，刚想问，却见交警从电脑里面调出几张照片，又查看了一些资料，一脸严肃地说："这是你的车吧，今天一天就有三次违章纪录，在路边乱停放一次，逆向行驶一次，冲红灯一次，都被人家拍照举报了，人家送照片来的时候我就觉得眼熟，你早上来过对吧，正好，也不用给你寄罚单了，你现在就交罚款吧，一共一千二百元！"

这下刘三傻眼了，原来琢磨这好事儿的人不止他一个！

（本栏题图、插图：李　加）

336

2005
SEMIMONTHLY
上半月刊

2月

STORIES

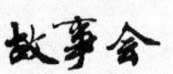

故事会

2005 年 2 月
上半月刊·红版

主　编：何承伟

副主编：吴　伦

社务委员会

何承伟　吴　伦　姚自豪

夏一鸣　冯　杰　张凯

本期责任编辑：蔓　石

美术编辑：李宝强

发稿编辑：

姚自豪　鲍　放

夏一鸣　梁宁宁

马　峡　潇白

主管：上海市新闻出版局

主办：上海文艺出版总社

（上海市绍兴路 74 号）

邮政编码：200020

电话：021-64375030

督印 发行：张　凯

（上海市建国西路 384 弄 11 号甲）

邮政编码：200031

电话：021-64313938

广告总代理：上海文艺广告传播中心

上海市绍兴路 74 号（邮编：200020）

广告总监：张　淮

广告业务：021-34010383

广告投诉：021-64333738

广告经营许可证

沪工商广字 3101034000029 号

发行：中国图书进出口上海公司

本刊各栏目欢迎来稿。来稿寄上海市绍兴路 74 号《故事会》杂志社，邮编：200020；本刊 E-mail 地址：gushihui@vip.sohu.net；本期责任编辑 E-mail 地址:manshi@vip.sohu.net

搜狐文化
CULTURE.SOHU.COM

刊与搜狐文化
作推出电子版

职业病

在四海镇迎新年趣味体育联谊会上，有位皮肤白皙的姑娘镖法神准，连连命中十环，博得场外阵阵喝彩。不过，这位姑娘每投一次镖之前总要先用左手指尖去揉揉镖盘盘心，这个动作使四周围观众百思不得其解。

有位好事者拦住正准备去领奖的姑娘要问个究竟，姑娘不好意思地说道："俺是镇卫生院注射室的护士。"

（张学兵）

（本栏插图：李 加）

要笑 24 小时

阿公去看病，配了药回家后，一直咧着嘴笑。孙子不解地问："阿公，你今天遇到了什么开心事啊，怎么笑个不停？"

阿公说"我拿药的时候，护士小姐说'要笑'24个小时呢！"

孙子觉得奇怪，就拿过那瓶药仔细查看，结果在说明书上看到一行字："每次一粒，药效24小时。"

（张 枫）

讲实话

小李姑娘身高只有1米50，还胖嘟嘟的。这天，男朋友陪她到医院体检。医生问小李的身高体重，小李不假思索地说："身高1米69，体重50公斤。"

医生听了，眉头大皱。男朋友在一旁轻声责备说："这是医院，不是在网上，讲点实话吧。"

（张晓晴）

借与嫁

某 地方言里面，"借"和"嫁"同音。一次，在课堂里，后排男生向前排女生说道："把你的尺嫁（借）给我吧。"女生就把尺给了他。

不一会儿，男生又说"把你的橡皮嫁（借）给我吧。"女生又给了他。

最后，男生又说："把你的小刀也嫁（借）给我吧。"

女生烦了："别一次一次地嫁（借），我都嫁（借）烦了，要什么，你自己来娶（取）吧！"（许　建）

念　旧

丈 夫说："女人是喜新厌旧的动物。"

妻子马上反驳道："谁说的，我们也很念旧的。"

丈夫问："你怀念以前的什么东西？"

妻子说："年龄！"

（小　非）

从来没洗过脚

一 个部门里的两位男士打赌，谁输了就请全办公室的人去足浴城洗脚。

结果一个男士输了，只能带领大家去洗脚。在电梯上，一个女同事兴奋地说："太好了，我长这么大，还从来没洗过脚呢！"　（邓寿生）

挑剔的丈夫

新 婚的妻子努力想让丈夫满意，但总是失败。比如吃早饭，妻子做炒蛋时，丈夫说想吃荷包蛋；她做荷包蛋时，丈夫又说想吃炒蛋。

一天早晨，妻子特意做了一只炒蛋和一只荷包蛋，放在丈夫面前，等待他的赞扬。

谁知，丈夫瞥了盘子一眼，愤愤地说："那只蛋该做荷包蛋的，你却把它炒了！"

（邓建军）

何时走人

某公司新上任的经理第一次做年度计划报告，只见他打开讲稿，滔滔不绝地念起来，从一月如何，二月怎样，一直念到十二月，待他口干舌燥时，低头一看，台下空无一人了。

经理生气地问秘书："什么时候人都走光了？"

秘书想了想，回答道："从二月开始行动，到七月底就没人了。"

（刘　立）

男高音

歌舞团到一个村里去演出前，团长给了村主任一份海报，请他宣传一下。

第二天，团长一进村，就见到了海报，上面写着：前来演出的有52岁的男高音和25岁的男低音……

团长忙找到村主任，说："你的海报登错了，是52岁的男低音，25岁的男高音。"

村主任回答："没错，经过我们商量，觉得25岁就升男高音太不公平了，所以改了过来。"

（马俊伟）

替死鬼

有一天，小明到他姨妈家做客。姨妈进厨房忙着做饭，客厅里只剩下小明和姨妈养的小狗花花。

不知道吃了什么东西不消化，突然间，小明放了一个臭屁，他心想：这下丢人了！没想到，姨妈只是大喊了一声："花花！"

小明放心了：幸好有花花当我的替死鬼，姨妈一定以为是它放的呢。一会儿，小明忍不住又放了个屁。姨妈依旧在厨房里大喊："花花！"

紧接着，小明又放了第三个屁。这时，姨妈冲进来，对着狗大骂道："花花！你要等到被臭死才跑啊？"

（王　勇）

浸泡过眼泪的微笑最美丽，体味过挫折的成功更可贵。 ——张辉（河北）

控制不了

一天，一个德国教授要用英语发表演说。在演说开始前，他谦虚地说："各位女士、各位先生，我的英语说得不好，请大家原谅。我的英语很像我的太太——我爱她，可是控制不了她。"

(俞林龙)

散兵游勇

语文课上，老师问"谁能解释'散兵游勇'这个词？"

阿强一马当先，抢先答道："'散兵游勇'的意思就是凶多吉少。"

老师大惊，问："何出此言？"

阿强回答："因为伞兵是空军，叫他游泳，生命就危在旦夕了！"

(蔺建伟)

一次成功的登山

经过整整一个月的艰苦努力，两名登山队员终于登上了山顶。

一位登山队员对另一位队员说："我们为了登上这座山插上国旗，几乎送了命，但这是值得的，快把国旗给我吧。"

另一位队员听了，吃惊地问："国旗？我以为你带了啊！"

(许 泽)

吃西餐

几个同学陪着他们的外籍英语老师吃饭。餐桌上有一只蚊子飞来飞去，不知为什么，蚊子只叮外教一个人。

外教无奈地抱怨说："这只蚊子欺生啊！"

一个同学听了，笑道："老师，也许这只蚊子喜欢吃西餐。"

(蔺建伟)

本栏欢迎来稿，读者、作者可将有新鲜感的、有精彩细节的笑话佳作投寄给我们。来稿一经采用，最高稿费为一则100元。本期责任编辑电子信箱：manshi@vip.sohu.net

点烟的

□ 刘金涛

这年夏天，二十岁的女大学生李晓丽在一家四星级大酒店当"点烟女郎"，打工挣学费。她的工作很简单，就是发现有客人掏出香烟时，微笑着迎上去，用精美的打火机为客人点上。

李晓丽的服务区是一楼大堂的一个茶座。酒店支付给她的报酬不高，每天十元钱。不过，据有经验的"点烟女郎"说，如果客人满意，会悄悄塞给她们五元、十元的小费。李晓丽刚来酒店两天，给客人点烟的时候很害羞，有时候一紧张，手上的火苗还会烧疼客人，所以，她还没有收到一笔小费。

这天下午，李晓丽穿着一身天蓝色旗袍，正笑吟吟地注视着茶座上的客人，旗袍是酒店配发的工装，穿上

去挺合身，刚好展示出李晓丽窈窕的身段和迷人的曲线。

大约四点钟，一个三十岁左右的青年男子出现在她的视线里，青年男子背了一个黑色旅行包，在一张沙发上坐下来，一边看手表，一边用右手伸进衣袋里摸索。李晓丽急忙掏出打火机走上前，礼貌地说："先生，我能为您点上香烟吗？"

青年男子一愣，瞅了瞅她手上亮晶晶的打火机，那只伸进衣袋的右手迟迟没有掏出来。李晓丽以为客人不是掏香烟，正要说"对不起"，青年男

子却从衣袋里摸出一支香烟，反问一句："你有火柴吗？"

"火柴？"李晓丽也是一愣，酒店配发给她们的都是高档打火机，根本没有火柴，她不明白客人抽烟为什么非要使用火柴，就随口问一句："先生，我身上没有火柴，打火机和火柴不是一样能点火吗？"

青年男子盯着李晓丽的眼睛，憔悴的脸上透出一缕阴郁的神情。这时，听到两人对话的大堂经理走过来，对李晓丽说："顾客是我们酒店的上帝，上帝的要求一定要满足，你去客房部领一包火柴过来。"

李晓丽点点头，匆匆乘上电梯去客房部。等她拿着火柴下楼回到茶座，青年男子的对面已经坐了一个漂亮的年轻女人。李晓丽听酒店的员工说过，这女人以前也是个点烟女郎，后来干上了靠姿色赚钱的行当，在酒店包了一间客房，每天下午都要出现在茶座，与那些喜欢女色的男人们搭讪，然后带着男人回房间。看来，用火柴抽烟的古怪男子已经成了她的"猎物"。

果然，年轻女人开始了"行动"，只见她从小坤包里掏出一支细长的女士香烟，问："先生，我想抽支烟，可以吗？"

青年男子点点头，年轻女人从坤包里摸出一盒火柴，"哧"地划燃一根，却没有立即点烟，而是朝青年男子一笑，问了一句："先生，我们女人抽的香烟味道很独特，你要不要也抽一支？"青年男子摇摇头，说了一声："我自己有。"说着，从衣袋里摸出一支香烟。年轻女人的眼睛里掠过一丝兴奋，起身把正在燃烧的火柴递向青年男子，嘴里轻声说："先生不抽别人的香烟，一定是个警惕性很高的男人，我这根火柴没有什么问题吧？"

李晓丽很看不惯这个女人的媚态，她忍不住也"哧"地划燃一根火柴，走到青年男子身边，轻声说："先生，您要的火柴来了，我能为您点上香烟吗？"

两根火柴都在燃烧，青年男子瞅了瞅身边的两个女子，面色一沉，把香烟装回衣袋，说："算了，我最近嗓子有点上火，不抽了！"年轻女人的火柴已经燃到尽头，连她自己手上的香烟也没来得及点，而李晓丽手上的火柴刚燃烧了半截，年轻女人急忙凑上去，借火点上了香烟，猛抽了一口，从挎包里摸出一张十元的钞票，塞给李晓丽说："小姐，谢谢你，你可以去别处招呼客人了！"

李晓丽对她更加反感，把钞票往茶几上一放，客气地说："谢谢你的好意，这根火柴本来是点给这位先生的，你的小费我不能收。"说完，转身便走。

"哼！"年轻女人把钞票收起来，

冲着李晓丽的背影瞥了一眼，脸上现出不愉快的神情。突然，座位上的青年男子朝年轻女人开了口："小姐，请问，你经常用火柴点烟吗？"

年轻女人一听，脸上的不愉快顿时消失，干脆挪到青年男子身边坐下，说："是呀，火柴是一种奇妙的东西，燃烧的时候就像男女之间的激情，如果先生想到我的房间去——"

青年男子的脸抽搐了一下，低声说："那好吧，你先回房间，我随后就到。"年轻女人想不到这么快就捕获了"猎物"，喜滋滋地留下房间号码，

离开了茶座。

不远处的李晓丽见状，心里"咯噔"一下，她从年轻女人兴奋的表情上看出来，青年男子已经上了她的"钩"。

可是，年轻女人离开十多分钟，青年男子依旧没有上楼去，他的目光倒是不时地瞟向几米远的李晓丽。最后，他像是下定了决心，背上黑色挎包，起身走到李晓丽身边说："小姐，我想请你给我点上一支香烟，可以吗？"

"愿意效劳！"李晓丽内心对这个"意志薄弱"的青年男子非常讨厌，但职责使她不得不掏出刚才那盒火柴，抽出一根正要划燃，青年男子却伸手夺过那盒火柴，把火柴一根根掐断，连同火柴盒扔进了垃圾桶。李晓丽吃惊地问："先生，你为什么要这样做？"

青年男子面无表情地低声说："小姐，用打火机为我点上香烟可以吗？"

李晓丽被青年男子的怪异举动弄懵了，她从来没碰到过这样变化无常的客人。没办法，客人的要求不能拒绝，她只得掏出打火机，为青年男子点上了香烟。只见青年男子深深地抽了一口香烟，掏出一张百元面额的钞票塞到她手中，低声说："记住我的话，以后永远不要用火柴为男人点烟！"

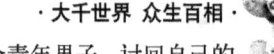

"先生，你……"李晓丽捏着百元钞票，更是吃惊，青年男子猛抽了两口，把剩下的大半支香烟扔进痰盂，走进了电梯间。

李晓丽没有把钞票装进衣袋，这是她第一次得小费，而且一下子就拿到一百块，意外的收获反倒让她有点忐忑不安。这时候，一个叫小张的点烟女郎出现在她身边，盯着她手上的钞票说："晓丽，这个男人出手够大方，点支烟就付一百元小费，楼上那个女人肯定会捞不少油水！别愣了，他敢给咱就敢收，今天下班你要请客啊！"

"可是……"李晓丽捏着钞票说，"这个客人也太古怪了，开始的时候，他要我用火柴为他点烟，等我找来了火柴，他又让我用打火机，你说奇怪不奇怪？"

小张一把拉住李晓丽的手，说："哎呀，你刚来这家酒店打工，不知道情况。用火柴点烟是那些风骚女人与坏男人之间的暗语，如果一个坏男人问一个女孩子能否用火柴点烟，就是问女孩子愿不愿意跟他上楼开房间。如果女孩子用火柴给男人点上香烟，就表示可以——"

"什么？"李晓丽恍然大悟，想起自己刚才主动找来火柴为青年男子点烟，顿时觉得遭受了莫大的侮辱，她朝手上的钞票连连"呸"了几下，撒腿跑进电梯，下决心要把钞票退还给那个青年男子，讨回自己的尊严。

可是，她刚到八楼，就听见楼道里响起一串刺耳的警铃声，只见一个房间的门缝里冒出阵阵烟雾。不一会儿，几个保安人员提着灭火器来到那个房间门前，"咚"地一脚把房门踹开，旋风般冲了进去……李晓丽吓呆了，因为出事的房间正是那个年轻女人包下的。

两天后，报纸上刊登了一篇报道《引"火"烧身的悲剧》，说某电脑公司有一位青年经理，一次到某酒店消费，结识了一位用火柴为她点烟的女子，鬼混之后染上了艾滋病毒，他决定报复那个把病毒传给他的女子，可女子早已离开了酒店，绝望之下，他把复仇的目标锁定了在酒店里用火柴为男人点烟的女子。他把一壶汽油装进黑色挎包，进入一个风骚女人包下的房间，在房间里洒上汽油，用女人的火柴点起熊熊烈火……

"我的天啊！"李晓丽看完报纸，额头出了一层冷汗，耳边响起那个青年男子的话："以后永远不要用火柴为男人点烟！"

第二天上午，李晓丽把那一百元"小费"送给了街头的乞丐，她发誓：这辈子宁肯饿死，再不去当为客人点烟的女孩！

（本篇月月评短信代码：0301）

（题图、插图：安玉民）

抓阄

□ 丰国需

你说，穷人要想翻身，除了自己的努力以外，还要靠什么？没错，靠机遇！

里山村的二百多户人家现在就有这么个翻身的机遇！不久前传来一个好消息，说是县里决定在齐岭山造一个水库，水库一造，齐岭山四周的五六个山村全得淹没在汪洋之中，也就是说，里山村的村民可以离开这块穷乡僻壤，改变世世代代贫困的命运了。

没过多久，县里的移民方案出来了，移民以村为单位，一批移往县东面的临河镇，另一批移往县西面的石林镇，为了体现公平，采用最原始的办法——"抓阄"，由村主任为代表参加抓阄，抓到哪里算哪里。

消息传来，整个里山村顿时炸开了锅。原来，动迁去的这两个地方，一东一西，有着天壤之别。临河镇十多年前就是全县闻名的"亿元镇"，富得冒油，而石林镇也是个山区，比齐岭山只好了一口气。这可是关系到全村人今后子子孙孙的命运啊！要是村主任手气不好，有个闪失，那……真是不堪设想。于是，大家都不约而同地拥到了村主任家里。

里山村的村主任名叫林山生，是个退伍军人，他当村主任不足三年，已经赢得了大家的信任。但抓阄这事毕竟非同小可，谁的心中都没有底。大家将村主任的家里围得针都插不下，七嘴八舌地讨论着抓阄的事，有的说："村主任，这抓阄靠的是手

精彩的故事如同沙漠中的绿洲，让我们在困境中饮到生命的甘泉。 ——郑海深（河南）

气，我已托城里的朋友去买高级香皂了，买来后你得天天用它洗手呀！"那个讲："是呀，我们大家的命运全吊在你那只手上了呀，这些天你什么也别做了，保持手的干净。"一时间，众说纷纭，还有的越说越离谱，竟提出要林山生在抓阄之前不能碰老婆，以免坏了手气，听得村主任的老婆当场翻脸，气呼呼地连夜赶回娘家去了……

林山生的压力太大了，白天吃不下，夜里睡不着，人整个瘦了一圈。他绕着村后的小河转了三圈，最后一咬牙，召开村民代表大会，宣布他这个村主任不干了，谁能抽到好签谁当！这下，村民们都傻了，在这节骨眼上，谁敢来当这个村主任呀。

找不到接班人，辞职也没用，林山生还得去抓这个阄。

一波未平一波又起，眼看抓阄的日子快到了，村里忽然有人传说，老村主任阿三伯近来手气好得不得了，闲来玩些小麻将没有一场不赢的。此消息一出，一下传遍全村，十几个村民代表来找林山生，要他将抓阄的权力让给阿三伯。林山生巴不得有人代他去抓阄呢，瞌睡碰到枕头，连忙一口答应："只要阿三伯愿意，我没有任何意见。"代表们一听，又一阵风般地拥到阿三伯家里去了。

阿三伯一听大家的来意，埋着头猛抽几根烟，一跺脚，说："乡亲们说

得不错，最近我的手气是挺旺的，如果大家信得过我，那我就代山生抓阄吧。不过丑话说在前面，万一抽得不好，大家可别怪我。"代表们一听，连连点头说好，都感觉有老村主任出马，心里踏实了不少。

转眼抓阄的日子到了。里山村两百余户人家谁也不干活了，像等待审判一样期待着老村主任的抓阄结果。从村里到乡里二十多里山路，每隔一里就站着个人，这样能用最快的速度将消息带回村里。

林山生陪着阿三伯去抓阄。走到乡政府门口，阿三伯把林山生拉到一边，紧紧抓住他的手，说："山生啊，这抓阄的结果谁都不知道，要是抓得好，自然是好，要是抓得不好，我也没有脸回村了，唯一放心不下的就是我的老伴，只有拜托你照顾了……"听到这里，林山生不由眼泪夺眶而出，激动地说："老村主任，你……你放心吧，你抓得再不好，我们也都不会怪你的！但有一条，你千万得和我一起回村呀！"阿三伯什么也没有再说，只是默默地握了一下林山生的手。

抓阄开始了，气氛压抑得让人透不过气来。轮到阿三伯，他猛抽几口烟，毅然将烟蒂一丢，面无表情地上前抓了一个阄，双手颤抖地打了开来，突然，他眼前一亮，大声喊了起

来："临河，临河！"

守在门外的林山生一听，一下跳了起来，立即冲出乡政府，将消息告知守在外面的村民。顿时，消息像长了翅膀一样，向里山村飞去……

等林山生陪同阿三伯走出乡政府，一顶披红挂彩的八人大轿出现在面前，随着"噼啪"一声爆竹炸响，八个喜笑颜开的精壮汉子上前将阿三伯抛了起来，连抛三圈，这才将他扶上轿子，抬了起来。顿时，鞭炮震天，喷呐齐鸣，浩浩荡荡地向里山村进发。

一路上，抬轿子的小伙子们使出

浑身解数，一路抬，一路颠。每抬一里路，便有八个年轻力壮的小伙子等在那里接班，人越聚越多，喷呐、号子、山歌、鞭炮汇聚在一起，仿佛是抬着一个得胜回朝的将军。

眼看离村里越来越近，年轻人越颠越起劲。这时从远处跑来一个人，大声喊："颠不得呀，快别颠了……"等来人跑近一看，竟是阿三伯的老婆阿花婶婶，阿花婶婶气喘吁吁地说："放下来，颠不得呀，老头子有心脏病的……"此话一出，大家这才恍然大悟，连忙放下轿子一看，天呀，老村主任早就口吐白沫，闭着眼睛不省人事了……

这真是乐极生悲呀，大伙一下全傻眼了，好半天才有人说："快，去医院抢救！"匆匆掉头赶往医院，一行人苦苦哀求医生，无论如何想办法把老村主任救过来……可是，医生一检查，为难地摊开双手，说了句："太迟了……"

阿花婶婶扑在阿三伯身上，悲痛地大哭起来。那些抬轿子的小伙子也一个个哭成了泪人，一声声自责："都是我，都是我，怎么光知道乐了呢？"林山生擦擦眼泪，上前搀起了阿花婶婶，说："阿花婶婶，别哭了。咱们先把阿三伯抬回家！"阿花婶婶站了起来，擦擦眼泪说："你们知道吗？老头子打小麻将手气好的风声全是他自己放的，那些赢的钱也是事先串通几个

"友朋"小吃 (文:陈 剑;图:包丰一)

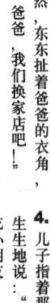

1. 爸爸带东东去一家叫做"友朋"的小吃店吃早点。

2. 突然,东东扯着爸爸的衣角说:"爸爸,我们换家店吧!"

3. 爸爸奇怪地问:"为什么要换呀?"

4. 儿子指着那家小吃店的招牌,怯生生地说:"那……那家小吃店要吃小朋友!"

亲朋故意输给他的。他是想为村主任挑一下重担,他说若是村主任抽得不好,今后怎么带大家往前走?他反正年纪大了,若是抽得不好,也不准备回村了。可……可想不到,抽得这么好,老头子他……他还是去了……"说到这里,阿花婶婶又痛哭起来。

一番话听得大伙全都愣住了,好半天大家才如梦方醒,林山生大喊了一声:"阿三伯!"

阿三伯出殡那天,林山生被乡里叫去开紧急会议,他关照大家,出殡仪式等他回来主持。那天,全村上自90岁的阿公,下至抱在手里的小毛头,全都来到了阿三伯家门口,在阿三伯的遗体前哭成一片。

晌午时分,林山生阴沉着脸回来了。他什么也没说,一下子跪倒在阿三伯遗体前,"砰砰砰"地磕起了响头,头磕在地上,实碰实,额头上顿时磕出了血。大家愣住了,有人忙上前拉他:"山生,你怎么啦?""山生,你节哀呀,这出殡还等你来主持呀。"

林山生红着眼推开众人,失声道:"阿三伯,你……你……你死得好冤呀,呜呜呜……"

原来,刚刚乡里的紧急会议上,县长亲自宣布:省里下了文件,因为缺乏资金,水库不造了……

(本篇月月评短信代码:0302)

(题图、插图:箭 中)

悲剧故事

　　本书所收10则故事是从《故事会》刊登的数千同类作品中精选出来的，主人公的遭遇构成了凄怆感人的故事情节，主人公的命运牵动人心，主人公悲惨的结局更令人心颤。

喜剧故事

　　从《故事会》"幽默世界"栏目中精心挑选成集，按内容分为：谐趣篇、巧计篇、戏谑篇、讽刺篇、荒诞篇、沉思篇。本书的特点是：(1)现代感强。作品均是反映当代生活的各类题材；(2)短小精悍。作品长不过千余字，短只有三四百字，言简意赅，内容丰富。

恩仇故事

　　构成恩仇的因素是多方面的：由爱变恨，由恨成仇；以怨报德，恩将仇报；忘恩负义，寻仇报复；亲人之间，恩怨仇杀……本书这9则中篇恩仇故事矛盾冲突尖锐复杂，有很强的可读性。

怨女故事

　　这是一本关于悲怨女人的故事书，54则作品分为"大祸从天降、魂系狼窝口、扭曲的灵魂、水火当有情、红颜怨恨天、情谊伴君行、三女抗争记、情歌绝唱对、亡灵的哭泣、山村血泪情"等10个篇章。

说大事、小事、普通人的身边事
讲闲话、实话、老百姓的心里话

搓麻将引起的故事

　　说起麻将的历史，估计最起码也该有上千年了，那可是有年头的老古董了。本来嘛，搓麻将是一种茶余饭后的娱乐，玩玩也没啥，可不知为什么，这麻将时时要和"赌"粘在一起，这一赌就不得了，你听听，顺口溜是这么说的："上班电话忙，业务在晚上，最怕三缺一，人齐就开场。麻将'啪啪'响，不认爹和娘，小孩靠边站，老婆守空房。清一色自摸，刺激又紧张，杠上花中鸟，钞票一张张。高烧三十九，上桌头就凉，玩的是心跳，身上钱光光！"

　　搓麻将，真让人如痴如醉：嘻嘻哈哈时下注，吵吵闹闹中出牌；"抱膀子"的在一旁指指点点，"敲边鼓"的于紧要处吆五喝六；一万两万可以"上阵"，一元两元也可"冲锋"；闹市街心、酒店茶楼可以"开战"，穷乡僻壤、路边野地也能"过瘾"；可以挑灯夜战、通宵达旦，也能忙里偷闲、见缝插针……多少人茶饭无心、神魂颠倒、玩物丧志、迷途不归，多少人同事不和、朋友反目、兄弟成仇、夫妻离异，又有多少人债台高筑、倾家荡产、铤而走险、以身试法……

　　今天，我们就来说几个搓麻将引起的故事……

一个派出所民警讲的故事：

遇见了一位梅花天使

　　黄老三是个老实人，他在一家很小的家具加工厂做工，这厂子其实是一个家庭作坊，黄老三是唯一的工人。黄老三嫌每月领工资往家汇钱麻烦，他自己向老板提出到年底一次性结账，可黄老三万万没有想到，这老板是个麻将迷，三天两头在麻将桌上赌钱，临近过年，竟付不起他的工资。那可是黄老三一年辛辛苦苦应得的报酬呀，有上万元哪，家里还指望他拿这笔钱回家过年呢，黄老三天天找老板要，可老板总是说没钱。

眼看春节一天天地临近，黄老三不能再等下去了，万般无奈，他把主意打在老板四岁的独生女儿盈盈身上，他相信，只要拿盈盈来要挟老板，老板再没钱也会想办法付清他的工资，因为老板疼盈盈。

这一天下了雪，好大好大。黄老三悄悄来到老板的楼下，躲在隐蔽处，等到老板出门了，老板娘也出门了，黄老三才上楼，去按老板家的门铃。好一会儿，门才打开一条缝，露出了一个小姑娘的脑袋。

黄老三摘下了头上脏兮兮的兔皮帽，说："盈盈，你不认得我了？"

小姑娘立即就笑了，叫他"黄叔叔"，并将防盗栓打开了。盈盈不仅认得他，而且和他很熟，也知道黄老三在帮爸爸打工。

黄老三装模作样地问盈盈：爸爸呢？妈妈呢？盈盈说："爸爸做事去了，妈妈买菜去了。"黄老三听了就装出一副很失望的样子，说"我还打算带你去堆雪人呢，你爸爸妈妈不在家，看来你去不成了。"

盈盈一听，欢天喜地的，嚷着要去，心甘情愿地上了黄老三的当。

黄老三为了这次行动，准备了好长时间，每个细节都策划好了，但当真将盈盈从屋里抱出来时，还是浑身发抖，他知道自己这是在干什么，他在犯罪！

黄老三抱着盈盈上了2路公共汽车，一直乘到终点站。这里已是城市的尽头，盈盈一个劲地问："叔叔，我们去哪里堆雪人？"黄老三哄她："去我家。"其实他早已物色好了一个地方，将盈盈关在那里很合适。一会儿，黄老三将盈盈带到了郊区一间废弃的民宅里，那里还有一个小院子，院子里有一棵很大的梅树。因为这里要建一座工厂，地被征了，住户搬了，只是房子还没来得及拆。

黄老三将盈盈抱进那幢空落落的房子，小姑娘立即睁着大大的眼睛，一脸惊讶："叔叔，你家里怎么什么都没有哇？没有沙发，没有桌子，没有床……你好可怜哦。"黄老三抚摸了一下小姑娘的头，说："叔叔也是没办法，别怪叔叔，叔叔需要钱。"

盈盈将房子看了一遍，大眼睛一眨一眨的，满脸同情地问："叔叔，你睡哪里呀，没被子呀，这多冷呀！"说的也是，天寒地冻，寒气入骨啊，黄老三禁不住打了个寒颤，他正琢磨着该怎样向盈盈开口，盈盈却已经走到别的地方去了。

黄老三想了好久，还是狠狠心，准备将盈盈关起来，然后给她的父母打电话。他太需要那一万块钱的工钱，没有钱，他的老婆、孩子将没法过这个春节，他甚至没钱坐火车回家去和他们团聚！打定主意，黄老三就去找盈盈，却发现她独自在屋后的院内站着，大朵大朵的雪花飘飘洒洒，盈盈的身上全白了，但她呵着热气，仰着头，眼睛一眨不眨地盯着院子角落里的那棵梅树看，那梅树的花开得正热闹，满树都是红红的。

黄老三想把盈盈哄回屋去，但盈盈却不肯，她说她在找东西。

"找什么？"

"梅花。"

"这树上开的，不都是吗？"

"不，我要找的，是九个瓣的梅花。"

黄老三摇了摇头，小孩子就是小孩子，梅花大多五瓣，哪有九个瓣的？盈盈这时回过头来，很认真地说"妈妈给我讲过一个故事，说有一种梅花，有九个瓣，是天使变的。谁得到这朵梅花，谁就会幸福。这树上这么多梅花，一定有一朵九个瓣的，我要找到它，送给叔叔，叔叔就会有被子了，晚上就不会冷了。"

黄老三的心猛地一颤，看着小姑娘那冻得红扑扑的脸蛋，他一下子手足无措起来，在盈盈那双湖水一样明净的大眼睛面前，他动摇了！

黄老三蹲下身去，抱起了盈盈："我们不找了，院子里冷，看你的脸冻

的！"可盈盈不愿意，她说"不！我要找到梅花天使，送给叔叔，这样叔叔的家里就会有床，有被子，有好多好多的东西，叔叔的日子就过得开心了！"

黄老三又感动又羞愧，面对着这样一个善良的小女孩，他哪里下得了手关押她？他犹豫再三，咬了咬牙，说："盈盈，咱还是走吧，我送你回家。"盈盈认真地说："可是，没找到梅花天使，叔叔晚上会冷的。"黄老三

苦笑着说："孩子，叔叔已经有梅花天使了。"

盈盈惊诧地问："在哪？"黄老三捏了捏盈盈那小巧的鼻子，又摸了摸那红通通的脸，笑了起来："就是你呀！"

黄老三将盈盈送回了家，他刚走下楼梯，盈盈的爸爸恰好从外面回来，盈盈的爸爸见了他，就笑起来："黄老三，你来得正好，我今天出去借了一点钱，可以付你的工资了。喏，拿着，回家过年去吧。"

黄老三接过了那一万多块钱，双手竟颤抖了起来："我的天啊！"他不敢想象要是自己没有听盈盈讲那个"梅花天使"的故事，事情会弄到怎样的地步……

老王邻居讲的故事：

大街上发生的抢劫案

老王就住在我们这幢楼里，我说的这事没半句瞎话，全是真的！

老王有个毛病，就是好搓麻将，好赌。"赌"这毛病祸害可大可小，大者让你倾家荡产，小者让你夫妻吵嘴。老王赌得不大不小，所以家里的婆娘总是雷声大雨点小，唠叨一阵就没事了。这一晚上，老王拉上小舅子又跑去镇上搓麻将，结果两人输光了身上所有的钱，各自向赌友借了5000元，眼睛一眨，又赔了个精光。两人耷拉着脑袋灰溜溜地退出赌场，这时已经凌晨一点了。两人不敢马上回家，向街边一个小店赊了瓶二锅头，躲在一株老梧桐树下喝了个烂醉如泥，然后才各自跌跌撞撞回了家，倒头就睡，省得听老婆一顿臭骂。

骂虽是免了，可老王第二天走在大街上，心口总像堵了块大石头，闷得慌。他费尽心机，就是想不出法子来填补那5000元赌账的缺口。正为难呢，猛不防身后有个人重重撞了他一下，然后从他身边一溜烟地跑过。老王站稳脚跟，定睛一瞧，嘿，这不是个贼嘛！头上套了个长统丝袜，只露出两只眼睛，跟电影里的劫匪一个模样！老王正想着，身后果真传来了一阵喊声："抢劫啦，抓强盗！"

这一下，老王来劲头了，他拔腿就追，那速度、那冲劲、那气势，活脱脱一只刚出笼子的野豹子！别人追劫匪多半是见义勇为，老王这么卖力地去追，却是别有用心的，他不是正缺钱嘛，就想见机行事，或是趁火打劫，抢了劫匪的钱，再让他跑了，或是把劫匪逮了，让公安局给一笔奖金。

老王眼看着就要追上劫匪了，只差几步远，他就纵身一个箭步扑上去，用上看家本事，把劫匪撂倒在地，然后一手去夺劫匪手上攥着的钱包，一手掐住劫匪的脖子。他原来的如意算盘是匪徒肯定会保命，扔了钱包就逃，那样的话，自己假装追一程，钱包就到自己手上了，可万万没想到那匪徒瞪大了眼珠子，一只手死命抵抗，另一只手硬抓着钱包不放，跟老王耗上了！七月的天热啊，街面滚烫滚烫，都快把老王的皮肤烤焦了，可一想到那5000元的赌债，老王又豁出命来，一个劲地掐住对方的喉咙不放，俩冤家就横在地上你争我夺、死去活来，大热天，街上没什么人，没人看见，自然也没人上来帮老王。

过了半分多钟，后面的人追上来了，有群众也有民警，一群人上来把那个劫匪硬生生摁在地上，警车也来了，民警给劫匪铐上了铐子，押上车，带走了。这时候，老王倒真把钱包抢到手了，可惜人却溜不了啦，一个胖女人正使劲握着他的手，一迭声地道谢呢，打开钱包一看，是那女人的买菜钱，一共才十七八块。老王擦着一头的汗，揉揉酸疼的胳膊，心头暗骂："早知道，鬼才替你卖命追呢！"他脸上虽还挂着笑，但那是一脸的苦笑！

也不晓得从哪

儿突然冒出个记者，对着老王"咔嚓咔嚓"几个特写镜头，老王一看那架势，赶忙整了整衣冠，用手理了理头发，笑得也灿烂了，他让记者拍了好几张照。

回到家，老王便把今天大街上的事添油加醋渲染了一番，当然喽，只字不提他逮人是为了抢钱还赌债，他还说明天早上要去买一份报纸，让老婆好好看看他是如何的英勇了得。

第二天一早，老王夫妇刚起床，大门就被人擂得震天响。老王开了门，想瞅瞅谁的火气这么大，一看，只见老婆的弟媳妇铁青着脸，恶狠狠地把一张报纸砸在老王脸上。两口子莫名其妙地拿过报纸一看，昨天老王抓

劫匪的事还真上了头版，上头还有一张他笑容满脸的照片，可老王哪里知道，他抓的这劫匪不是别人，竟然就是老婆的弟弟，他的小舅子！小舅子向警察交代，因为和姐夫搓麻将赌钱，各自欠了5000元赌债，这才起了抢劫的念头……

老王的脑袋"嗡"的一声，差点没晕倒！他这才明白，怪不得劫匪那双眼睛瞪得贼大，咋就这么眼熟，原来是小舅子呀，可小舅子干吗不叫自己呢？哎呀，自己拼命掐着他的喉咙，他哪吱得了声呐！

海边渔民目睹的离奇一事：

这事发生在凌晨三点半

庞天其是一间小贸易公司的老板，他脑子灵活，什么好做就做什么，几年下来，也挣了不少钱，可近来他禁不住麻将的诱惑，一脚踩了进去，没想到踩进去就拔不出来了，钱如流水过，都装进了别人的腰包。这天晚上，庞天其又输了不少钱，因为预先约好和几个客户谈生意，他离开赌场就去了酒楼，到了那里他没精打采的，客户见他一副死了爹的脸，一个个借口上厕所，拂袖走了人。

庞天其左等右等不见客户回来，这才追了出去，可哪里还有客户的人影？"有啥了不起，不跟你们合作老

子也不会饿死！"庞天其骂骂咧咧，脚步跟跄地走到停车场去取车。他今晚也喝得差不多了，但所谓酒醉三分醒，眼睛虽然有点蒙眬，却还知道自己的车是一辆崭新的红色桑塔纳3000，他摸到了车前，摸出钥匙想开门，却发现车门没锁，他顾不上去想自己为什么没有锁门，一头钻到后排座位上，倒头就睡。

这是庞天其多年来的好习惯：不轻易酒后开车。睡了一会儿，庞天其感觉车子给人启动了，正向前驶去。他心里是明白的，第一反应就是没关好车门，遇上偷车贼了，于是，他极力想睁开眼睛看一下，可偏偏眼皮沉得像挂了个铁砣，就是睁不开！

迷迷糊糊中，车子像被人驶到了海边，周围传来一阵阵的浪潮声。这时候，车子剧烈地晃动了一下，"啪"的车门一响，庞天其打了个激灵，心里一害怕，猛然醒了过来，眼睛也能睁开了，手脚也有了点力气，他紧张地半趴着，望前面瞄了几眼：车内没有其他人呀，庞天其还以为自己刚才做了个梦呢，不料他刚直起身子一看，禁不住一声大叫："妈啊！"惊得酒全醒了，不可思议，车子的确给人开到海边来了，此刻，车子就泊在悬崖边，下面传来了"哗哗"的海潮声。车窗不知什么时候给人扒开了一个口，冷风一阵阵地往车里钻！

庞天其只觉得脊梁骨一阵阵地发

凉，他马上意识到一定是刚才有人乘他睡着了，把他的车开到了这里，可会是谁呢？为什么偷了他的车又不要了呢？庞天其看看手腕上的表，刚巧是凌晨三点半，他忽然想起半年前的一件事：那天晚上，他到一个地下赌场赌钱，钱输光后又向赌场放贷的人借了三万五，输光之后又借了三万五，再输光后，赌场的人露出了歹毒心肠，硬逼他签了一张欠款十万的欠条，并派两个大汉押着他回家取钱。就在三个人穿过一条马路时，老天帮了他的忙，一辆失控的货车冲了过来，当场将其中一个大汉给撞飞了。庞天其乘乱跑了，为了这事，他还搬了几次家。

想到这里，庞天其心里又惊又怕，他想：一定是赌场的人找着他，绑架他到这里来进行恐吓！不过，现在这些人去了哪儿呢？庞天其一时摸不着头脑，他只知道应该赶紧离开这里，于是他慌乱地坐到了驾驶座上，伸手一摸，车钥匙没插在车上，他正打着点火机找备用钥匙时，突然看见前方有两个黑影走过来了！

妈的，说鬼鬼就来了！庞天其按死了车门锁，一边紧张地想着对策，可就在这时，两个黑影子已经来到了车前，他们探头探脑地围着车子转一圈，然后敲着车玻璃叫道："喂，你出来！"

庞天其哪里敢开车门，抱着头来个装聋作哑，同时，他偷偷掏出手机按了１１０："报告……有人绑架……"

这时，外面的人敲着车玻璃叫嚷着："你跑不了，听见没有，你给我快出来！"叫了好一会，他们见庞天其没一点反应，便嘀咕起来，其中一个人还举起了一支长枪似的家伙想伸入车内……庞天其惊得心都要蹦出来了，看这个情形再不出去对方就要开枪整死他了，他不敢再装傻，赶紧拉开车门，"扑通"跪在地上，连连求饶

"兄弟……大哥，有话好说啊！别开枪，十万嘛，我给！我给！"

那两个人沉默了一会，其中一个怪声怪气地说："有钱人就是了不起，做起事来心狠手辣！"庞天其听着不对路，抬起头仔细一看，不禁傻了眼眼前的两个人都是渔民打扮，手里握的不是枪，而是捕鱼用的鱼枪鱼具，两人正狠狠地盯着他！

庞天其结巴起来："你、你们是、是什么人？"另一个人瞟了他一眼，用一支鱼枪指着他说："我们是附近的渔民，刚才跳海的那个女人是你什么人？你说，是不是你把她推下海的？"

什么女人跳海啊？庞天其摸不着头脑，他回头又看看车，突然发现那根本不是自己的车，自己上错了车！庞天其那个恨哪，这事叫他怎么解释得清？就在这时，警笛响了，接报的110警察赶来了。警察赶到后盘问了庞天其，又问了两个渔民，渔民说是刚才正在悬崖下面捕鱼，突然看见一个女人从悬崖上摔了下来，他们慌忙爬上来，看见庞天其呆在车里，因此怀疑那女人是他推下去的。

警察听了，立刻向悬崖边奔去，留下几个人，看住了庞天其。过了一会儿，庞天其被作为凶杀案的嫌疑人给警方带回去调查，面对警方的盘问，庞天其慌了，因为他根本不知道有什么女人跳海！

好在没多久，警方就把案情弄清楚了：经调查，那个跳海的女人是当地一个女老板，平日里喜好搓麻将豪赌，最近几天她差不多把全部家产都输了，一时受不了这个打击，才跳崖自杀。那天，她的车没锁，庞天其稀里糊涂地上错了车，又被稀里糊涂地带到了悬崖边上。从在悬崖边上留下了一条深深的车痕来看，那个女人本来打算连人带车冲下悬崖的，在冲下前的一刹那发现庞天其躺在车子里，幸好她还算有良知，才及时刹了车。

庞天其虚惊一场，从公安局出来后像是做了一场梦。他疲惫不堪地回到家，一进门，迎上来的是妻子和女儿，他心头顿时一热，上前紧紧拥着妻儿，红着眼睛说："麻将桌上找不来幸福啊，从今往后我再也不搓麻将啦！"

几天后，庞天其带着妻子和女儿来到海边，全家人对着大海深深鞠了一躬，将一束鲜花抛下了悬崖……

"遇见了一位梅花天使"作者：方冠晴；"大街上发生的抢劫案"作者：林贤安；"这事发生在凌晨三点半"作者：蔡阳子。

下期话题：三个父亲的故事　　　　　　（题图、插图：刘斌昆）

只要你过得比我好

□ 张东兴

有对老夫妻，儿子在外地，每次打电话回家，老太太问儿子吃的啥，儿子总回答："吃热狗。"老两口平时吃烙饼喝稀饭，这"热狗"是啥滋味，还真没吃过。于是，老太太就给了老头三十块钱，让他出去买俩热狗回来尝尝。

老头走到街上，没看到热狗，却看到有个小伙子在卖狗。这小伙子穿着西装，打着领带，一看就是个白领，他卖狗的方法也和别人不一样，一定要狗看上了新主人，才谈价格，否则给多少钱都免谈。旁观者中有不少人觉得新鲜，想上去试试，可这狗脾气很大，对这些人一个也看不上，谁上

来都汪汪乱叫，张嘴咬人。

老头觉得稀奇，细看这狗，金黄的体毛，雪白的围脖，是条正宗的苏格兰牧羊犬。老头看着喜欢，也上前摸了摸。嘿，怪了，这狗见了老头，温顺得像只小绵羊，不但不叫不咬，还伸出温热的舌头舔老头的手，舔得老头心里酥酥的，想起儿子小时就着他的手吃桂花糖、伸出舌头舔糖碴的情形，刹那间就打定主意要把这条狗买下来。老头想，这样不但可以稍减膝下冷清，剩饭剩菜也好处置了。

小伙子一看老头想买，伸出手掌开了个价："五千。"老头摇摇头："这种狗最多三千。"小伙子翻翻白眼：

"我就这价儿,您爱买不买。"老头转身就走,一步三回头,走了好远,看小伙子真没喊的意思,只好又回来,咬咬牙说:"算你狠。"从附近相熟的小店里借了四千,又摘下儿子给买的劳力士手表,总算把狗买了下来。

老头牵着狗走了不到二百米,小伙子举着钱从后面追了上来。老头不由一阵紧张,急着说:"男子汉大丈夫,咱可不兴反悔的啊。"小伙子嘿嘿一乐,说:"我就反悔,我不卖了。"说完,把钱和手表塞进老头口袋里,咽了口唾沫,说,"我的狗白送给您。"

老头被弄愣了,这是演的哪一出呀?小伙子叹口气,说:"大爷,不瞒您说,我在外企工作,因为工作紧张,经常通宵加班,实在没法照顾这条狗,才狠心把它送人。但又担心狗跟了新主人受罪,所以就让狗挑主人,挑好了再故意高高开价,看看买主是真心喜欢还是打算转手倒卖。"

老头一听,拿出三千要还给小伙子:"那你好歹留个本钱。"小伙子坚决不要:"我只希望它过得比我好。"说罢,眼圈一红,掏出狗的户口本防疫证递给老头,掉头跑了。

老头白得了一条纯种牧羊犬,而且还有户口本防疫证,非常高兴。他牵着狗,买了热狗,一路哼着小曲回了家。回家就向老伴吹嘘:"嘿,这狗和我有缘分,满大街的人不要,单单

挑中了我,你瞧——"说着就取出一个热狗,递到狗的面前:"来,乖,你舔我的手,我给你这个。"

谁知狗的态度发生了一百八十度大转变,不但不过来,反向后退了两步。老太太说:"嘿,老头子你真厉害啊,这一会儿的工夫,跑天津去了。"

老头摸不着头脑"谁,谁跑天津去了?"

老太太说:"你没跑天津去,哪弄的'狗不理'啊?"

老头气得把热狗往桌上一扔,冲狗一瞪眼"你还真难伺候,热狗都不吃,我还指望你吃剩菜剩饭呢!"

老太太说:"你接管它的时候,有没有问它的食性?"

老头一想,是疏忽了,他只得把狗往院子里一拴,进屋拿了个小碗,放在狗面前,准备一样一样地试。

老头先拿了点早晨的剩稀饭,不吃;再拿馒头,不吃;油条,还是不吃。老头跑了一趟又一趟,最后狗面前都摆上满汉全席了,狗还是眯着眼在那儿趴着,动都不动。

老头这下真没咒念了,在屋里心神不定地来回走动,晃得老太太头晕,就说了一句:"与其在这儿瞎折腾,你不会找它主人去?"

老头说:"找?上哪儿找去?要能找着我早去了。"

老太太说:"没听说过吗,猫记千,狗记万,小鸡还记二里半呢,没

准儿这狗自己就能找着。"

一语惊醒梦中人，老头一拍大腿："是呀！"立即牵狗去找。

一开门，哟，迎面就撞上了那个卖狗的小伙子。小伙子见了老头，乐了："大爷，我从小店店主那儿打听到您的地址，总算找到您了。"说着，从汽车的后备箱里，抱出狗的小屋、睡垫、衣服、餐具，一样样往屋里搬。

老头拉住小伙问："小伙子，先别忙，我问你，你的狗有没有病？怎么啥都不吃呢？"小伙子一听，挠挠头皮，不好意思地说："忘了告诉您，这狗有个毛病：只要是拴着它，半尺之外的东西，哪怕是山珍海味，它都不会碰一碰，链子再长都不碰。"说着，他亲自示范，用手把那碗稀饭推到狗面前，半尺以外，狗果然看都不看，一到半尺以内，那狗立即两眼放光，张口大吞，没几下，就把那碗稀饭喝光了。

老头看得呆了，半晌才想起来问："难为你怎么训的，尺度把握得这么准。"

小伙子不答，蹲下身把馒头、油条一样样推过去，狗都吃得津津有味。老头儿在一边觉得稀奇，又抓起那只热狗，送到狗嘴前。谁知，狗看见热狗，就像看到毒药一样，连连后退，碰都不碰。

小伙子见老头疑惑的神情，就说："我工作忙，平时就靠热狗对付肚子，我吃一个，它吃一个。时间长了，它对热狗就腻成这样了，反而喜欢吃您的稀饭馒头。"

老头恍然大悟："难怪我回家以后拿热狗逗它，它理都不理我哩。可我还是不明白，它为什么不碰半尺以外的吃的呢？"

小伙子说："热狗这东西是高热量，吃了光长肉，我们俩都弄了一身肥肉。我没时间锻炼，也没时间遛狗。后来我想出个办法，给它弄了个跑步

"掌上灵通杯"《故事会》优秀作品月月评

2005年，《故事会》继续与上海掌上灵通咨询有限公司联合举办"掌上灵通杯"《故事会》优秀作品月月评活动，形式更新，奖品更丰厚，全年共设价值48万元的奖金和奖品，等你来赢取！

今年的评选方式和奖品设置如下：

1. 本期初评委推荐以下10篇故事为候选作品，读者可挑选出你最喜欢的一篇，将其月月评短信代码（如0308，没有短信代码的作品不参加评选）发送到200056（移动用户）或900056（联通用户）。每次限选一篇，可多次投票。

篇名与短信代码			
代码	篇名	代码	篇名
0301	点烟的女孩 (P8)	0306	岸上的孩子 (P47)
0302	抓阄 (P12)	0307	一张百元钞票 (P49)
0303	只要你过得比我好 (P25)	0308	和绑匪过招 (P61)
0304	煎饼妹子 (P29)	0309	楼上楼下 (P83)
0305	你能给我拍张照吗 (P35)	0310	衣柜后面的秘密 (P86)

2. 作者奖：每期设"最受欢迎的故事"三篇，由得票最高的前三名作品获得。这三篇作品将列入本刊今年举办的"中国最有影响力的故事"征文大赛候选名单（该征文活动详见本期第56页）。第一名的作者还将获赠上海文艺出版总社出版的大型历史图书《话说中国》一套（价值1000元）。

3. 读者奖：参加评选并选对当期"最受欢迎的故事"的读者均有机会获得现金奖，每期20人，各获现金500元；所有参加评选的读者均有机会获得参与奖，每期200人，各获价值30元的礼品一份；参加全年24期评选的读者更有机会获得年终大奖，共12人，各获价值5000元的数码摄像机一台。

4. 本期活动截止期为：2月5日。得奖读者在评选结果揭晓后将得到短信通知，用户接收每条短信收费0.50元。

机，两边加上栏杆，前面吊根骨头，把狗拴跑步机上，离骨头有半尺远。开始还行，它在上面跑啊跑，努力去够那根骨头。可是时间一长，它跑得再努力也够不着，就对半尺之外的食物丧失了兴趣。"

两人正说着，忽听屋里传来呜咽声。老头忙跑进屋里，只见老太太眼泪扑嗒扑嗒的。老头连声问："怎么了？怎么了？"

老太太哽咽着说："狗吃热狗都腻成这样了，人不知成啥样呢。"老头明白了：原来老太太想起儿子老吃热狗的事了。老两口原来以为儿子在外地大城市工作，一定是样样都好，所以除了寄钱以外，很少回家，连电话也不常打回来。现在才明白，儿子天天吃热狗，一定是和这个小伙子一样，忙呀！

老太太立起身来，斩钉截铁地对小伙子说："今儿说什么你也不能走了，大娘我给你熬粥去。"

（本篇月月评短信代码：0303）

（题图、插图：魏忠善）

煎饼妹子

□ 范大宇

临近中午时，被人称作"煎饼妹子"的罗怡芬又把她那辆食品车推到了居民区的大门口，立时围上来三三两两的顾客。罗怡芬就紧忙乎，舀面糊，摊鸡蛋，抹辣酱，放薄脆，只短短二三分钟，一个又香又软热乎乎的煎饼就生产出来了。

突然，罗怡芬下意识地感到有人在注视着自己。她抬头一看，果不其然，一个留着连鬓大胡子的陌生男子正用火辣辣的目光死死地盯着自己看。

"看什么看，我又不是煎饼。"

谁知大胡子话也不搭，仍是那么毫不顾忌地盯着她看，仿佛她罗怡芬是座没被开采的金矿。

"唉唉唉，你买不买？"

大胡子干笑了一下，问："你贵姓？"

"贵姓？"罗怡芬瞪了他一眼，"你又不是派出所的，查户口呀？"

大胡子迎着罗怡芬的目光，又问："有经营证、卫生证、健康证吗？"

罗怡芬心里一"咯噔"，心说：怎么，遇上工商的，还是城管的了？便挺不情愿地将一应证件从车子的顶部拿出来，递给大胡子看。大胡子看得很仔细，边看边叨唠："罗怡芬，罗怡芬……"然后将证件还给罗怡芬，不好意思地笑了一下，说："给我来俩，多放点辣酱！"

"好嘞。"罗怡芬特意给每个煎饼多放了一个鸡蛋。她把热煎饼递过去，说："好吃再来啊！"

大胡子递过来一张百元大票。罗

怡芬笑笑说:"嗨,就俩煎饼,甭给了。"

大胡子摇摇头,说:"找钱!"

罗怡芬拍拍自己的口袋:"刚开张,没有那么多零钱。明天再说吧!"

大胡子却不干,"啪"地将老头票拍在车子上,说:"先放这儿,一起算!"说完扭头走了。罗怡芬看着他的背影,说:"精神病!"

这话立即引起旁边人的共鸣。人们告诉罗怡芬,这个大胡子不是什么工商城管的,他只是个画家,行为怪怪的,夜里通宵地开着灯,白天却"呼呼"睡大觉。他老婆和他离了婚,一个儿子判给了他,上的是寄宿学校,平时很少能看见他们父子。今儿怪了,他怎么白天出来了?

"画家?妈哟,吓得我够呛。"罗怡芬举起大胡子的老头票,对着太阳一个劲地照,说,"这家伙,别给我张假钞吧。"

第二天是周末,大胡子又来了,并带来了他的儿子,那孩子也就七八岁,一副愁眉苦脸的样子。

大胡子面无表情地说:"来仨!"

那孩子拉拉大胡子的衣角,说:"爸,我不想吃。"

"不吃这个,饿了怎么办?"

"我想吃肯德基。"

"不行,就这个!"

那孩子接过煎饼,噙着眼泪,一丁点一丁点地往嘴里塞。大胡子火

了,吼道:"吃药呐?大口吃!"

罗怡芬感到挺不忍心,这个当爸的,也太凶了点。于是她掏出瓶饮料,递给大胡子的儿子,说:"小朋友,喝这个,就着吃啊,乖!"

那孩子眼里放出光,笑着说"谢谢大姐姐!"大胡子一拧孩子的耳朵,说:"叫阿姨!"

罗怡芬差点"扑哧"乐出声来,心说我再岁数大,也只有二十多,当孩子姐姐怎么啦?还非得叫阿姨,这大胡子,真怪。

这以后,大胡子是天天来买煎饼吃,而且一次要买五个。每到周末,大胡子则一定带着他儿子来吃。每次那孩子都是一脸的不高兴,可也无奈。一天,罗怡芬问大胡子:"老吃这个,不腻呀?"

"不腻!"

"你怎么自己不开伙?"

"麻烦。"

这时,煎饼车前没顾客了,大胡子看看前后左右,突然,他的喘气变得粗了,结结巴巴地说:"你后、后脖子上那、那红痣真好看。"

"呀!"罗怡芬的脸"腾"地红了,急急用手摸自己的后脖梗处,可今天穿的是高领衫呀,这鬼东西,什么时候偷看的?她警惕地看看大胡子,说:"请你自重点!"

大胡子马上毛了,连着说:"对不起对不起。"

罗怡芬感到自己的话重了，就往回转，说："你应该快些找个媳妇儿，也好做口热饭，照顾孩子。"

谁知大胡子急了，摆着手说："我不找我不找。"说罢，看着罗怡芬，慢慢地说，"你不应当干这种活儿，你是有文化的，应该当白领。"

罗怡芬感到被侮辱了，不高兴地说："我干什么和你没关系。"

大胡子耸耸肩，从兜里掏出一叠钱，递给罗怡芬。

"干啥？"

"我听街坊们说，你妈住院了，开刀，需要钱，这是借给你的。"

罗怡芬冷着面孔，也不接钱，目不转睛地盯着大胡子，想看看他究竟要干什么。大胡子想把钱放下就走，可罗怡芬一声断喝："站住！"

大胡子一个激灵，站住了。罗怡芬指指那钱，说："拿走！"

"我没有别的意思。""拿走！"

大胡子尴尬地把钱拿走了。大胡子走后，罗怡芬真想"哇哇"地大哭一场。她妈妈是个中学老师，得了重病，现在急需一大笔钱动手术，可她不能要这种不明不白的钱。

第二天，大胡子没来，第三天、第四天，大胡子仍没来。罗怡芬倒有点挂念他了，她就问老顾客。老顾客笑着说："那个精神病，搞不懂。不过，他死不了，瞧他那邋遢样，小鬼都烦。"

人不经念叨，正说着大胡子呢，大胡子就来了。他一脸兴冲冲的样子，离大老远的就喊："煎饼妹子，快给我来两个，饿死我了。"

没一会儿的工夫，两个煎饼就进了大胡子的肚子。他打了个饱嗝，拍拍脑袋，说："呀，差点误了正事。"说着将一个包包递给罗怡芬，说，"这是你妈的学生托我带给你妈的。"

"我妈的学生，谁呀？""二愣子。""二愣子是谁呀？"

"他的大名，嘿，我这狗脑子，怎么想不起来了。唉，反正他说了，于老师——就是你妈后天过生日，是吧，你妈让他买的东西。他遇上我了，得，省了他的车钱……"

晚上，罗怡芬回到家，和她妈一说，她妈如堕五里雾中。打开那包包一看，天，是一万块钱和一封信。信不长，说是20年前，他曾是于老师的学生，得到于老师亲切的关怀，才使得他的爱好志向有了结果，这令他终生难忘，在老师生日之际，送一笔钱给您治病云云。信尾也没有落款。

这是谁呢？母女俩猜呀猜猜。

第二天，罗怡芬的煎饼车刚推到小区门口，大胡子带着他儿子就来了，他又要了五个煎饼。当他正要转身离开时，有人拍了他的肩头一下，同时叫道："王彪！"

大胡子一惊，手上的煎饼"啪"地掉了，他回头一看，是罗怡芬的妈妈，他中学时的班主任于老师。

大胡子顿时像个孩子似的，低下头，腼腆地叫了一声："于老师。"

于老师慈祥地看着大胡子，说："你呀，还真成了画家了，怎么不上我家去啊？"

大胡子有点羞涩地笑笑，说"我记得毕业时和老师说过，我不拿国际大奖不回来见您。可我现在还没拿到呢。不过，快了。"

"你呀，真倔！就为这句话不敢

来。你是怎么找到我的？"

大胡子一指罗怡芬："那天，我一眼就认出小妹了，为了证实是她，我突然袭击，说她脖子后的那红痣，她以为我是流氓，差点报警。吓得我呀……可，她怎么干这个呢？"

"卖煎饼有什么不好，芬子从小就爱吃我做的煎饼，长大了非要干这个。我说，你爱干就干，只要你高兴就行，干什么都是生活。可我听说你对你儿子太专横了。这可不对呀，这会压抑孩子的健康成长的，别忘了，你当年在班上画画，你爸没少揍你，说你不务正业。是我坚持让你画的吧……"

大胡子看看儿子，一脸的不自在。可他儿子听了，却乐得一蹦老高，偎在于老师的身上，说："奶奶，您带我去吃肯德基！"

"行，今天奶奶请客！"

大胡子王彪冲罗怡芬挤挤眼，用手指指自己的后脖子，扮了个鬼脸。罗怡芬就骂道："不要脸！"

于老师回头问："芬子，骂谁呢？"

罗怡芬一指大胡子："他呗！"

于老师一拍脑袋"你不叫，我还真忘记了，王彪的外号就是'不要脸'。这丫头，记性真好啊！"

嗨，这是哪儿跟哪儿呀。

（本篇月月评短信代码：0304）

（题图、插图：魏忠善）

一盏灯，可以照亮黑夜里的眼睛；一则好的故事，可以开启心灵的窗户。——姜继飞（内蒙古）

错位

□ 李六合

双休日，老俞到建材市场选购木地板。他在市场转了一圈，最后在拐角处的一个门面不大的店外站住了。店门口一个头发花白的老同志见老俞有意购买，就摇着大蒲扇一个劲介绍说："我们的板质量上乘，只是店铺位置偏些，所以比别家的便宜，薄利多销嘛。"

老俞觉得这家的地板质量确实不错，而且这个营业员的年龄和自己差不多，也产生了一丝信任感，于是很快谈妥了价格，当场成交。

老同志对老俞说："你到里边去缴款，我去叫个车来。"

老俞走进屋，靠墙的一张办公桌后边坐着一个二十出头的小老板，桌子上放着饮料，旁边落地电扇正吹着。老俞把钱交给他，小老板开了张收据交给老俞，然后随老俞一起出来，对老同志说："抓紧时间把先生选中的地板从阁楼里搬下来，装上车。"老同志应了一声，赶紧放下没喝完的开水，忙着搬运装货。这种木地板的包装是两平方米一大箱，老俞用手掂了掂，还真有点重。老同志搬运过程中，一次下梯子最后一级时踩空，差点连人带货摔倒。小老板见了，有点生气地说："怎么搞的？小心点，别把地板碰坏了。"

老同志好容易把33箱货装完，已经是汗流浃背气喘吁吁了。小老板站在一边，喝着饮料说："快走吧，早去早回，一会儿还有生意呢！"

这时，老俞问小老板："我家住5楼，你们给送到家吧？"

小老板一听，口气坚决地说："不，我们只送到楼下，搬到家要再雇人！"

老俞傻眼了："这、这临时抱佛

脚，让我到哪里去雇人！"

老同志在一旁听了，抹着汗，说："要不你加30元，我给你搬上去！"老俞想了想，点头同意了。

到了家，老同志帮老俞把木地板一箱箱地搬上5楼。老俞看到他累得腰都有点直不起来了，就从冰箱里拿西瓜给他吃，让他歇一会儿。老同志连声道谢。

老俞关心地问道："你这么把年纪了，还干这活，够辛苦的。店里小老板一个月给你开多少工钱？"

老同志听了，……

A.露出难过的神情（短信代码GA） B.露出愤怒的神情（短信代码：GB）
C.露出自豪的神情（短信代码：GC）

（题图：王申生）

猜情节，赢大奖

开动脑筋，猜想正确的情节！请选择你认为正确的情节发展，将其短信代码发送到200056（中国移动）或900056（中国联通）。我们将在本月下半月的刊物上刊登这个故事的结尾，并从竞猜正确的读者中抽取优胜奖20名，赠送价值100元的纪念品；从参加竞猜的全部读者中抽取参与奖500名，赠送价值10元的纪念品。

参加全年情节ABC活动，并猜对全部情节的3名读者更将获得特等奖彩信手机一部！本期活动截止日期为2月5日。

得奖读者在评选结果揭晓后将得到短信通知。本活动每条短信收取0.50元。

· 本刊信息传真 ·

启 事

经抽奖，张文淦（浙江）、陈太艳（海南）、马赤云（天津）、周平颂（四川）、姚寅生（陕西）、李俊（北京）、张福华（广西）、陈一飞（上海）、李赤峰（湖北）、谢建凌（福建）等600名订阅2005年全年《故事会》的读者，获得柯达超值套装礼包一份。中奖通知和奖品已陆续寄出。

让我们在故事中体会感动，在感动中体会爱。——张振（安徽）

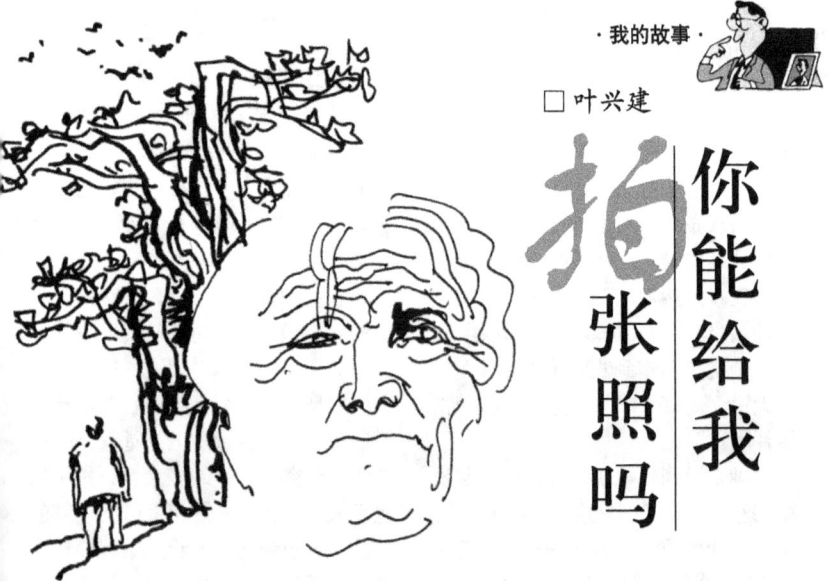

□ 叶兴建

你能给我拍张照吗

去年，我携女友回老家举行婚礼。婚礼第二天，女友的心情很好，兴致勃勃地提出再补拍几张照片。我在村后池塘边支好三脚架，连串的精彩镜头"咔嚓"、"咔嚓"摄入相机。兴趣正浓间，一个衣着陈旧的老太婆总是不合时宜地闯入镜头，浪费了女友好几次表情，搞得我们大为扫兴。我定眼一看，原来是村口老槐树下那个专门替人牵线做媒的张媒婆。

"你给我闪一边去！"我有点生气了。张媒婆被我一训，像做了错事一样，一声不吭地躲到一边去了，可是她的眼睛一刻不停地在我女友身上打转，看得我和女友浑身不自在，没了拍照的情绪。最后，女友气呼呼地说："我不拍了。"我刚准备收了三脚架回去，张媒婆说话了，她的语气充满哀求，眼神充满渴望："你能给我拍张照吗——和新娘子一起？"

我一怔，恍然明白，原来，她是想与新娘子照呢。我把征询的目光投向女友。女友是大城市的千金，平时任性惯了，果然，她狠狠瞪了张媒婆一眼，气冲冲地抛下一句："谁和你照呀！"便转身进屋了。

几天后，我和女友返回省城。当我们路过村口那棵百年老槐树下时，突然树后闪出一个身影，声音里满是喜悦："娃子，你可终于来了。"

我一瞅，竟然又是那个张媒婆。只见她麻利地卸下肩上的小背包递给我："娃子，拿着。"

我心存疑虑地看了看她。张媒婆

见我不接，忙小心翼翼打开包：里面是两双崭新的绣花棉布鞋和一包颗粒硕大的红枣干。"娃子，我也没啥好东西送你，就赶紧儿纳了两双布鞋。红枣是自个家的，不碍事。"她的脸上流露出的真挚表情感动了我。虽然，这点东西对我根本不算什么，但对她却是最珍贵的礼物了。

她把东西塞到我的手里，吞吞吐吐地说："娃子，你……你能给我拍张照片吗？"

哦，说到底她还是要我给她照张相。这也难怪，在这七拐八折的穷乡僻壤，出去拍张照并非易事——或许日子过得紧巴的她一辈子也没照过相呢！

我动了恻隐之心，把相机取出来，张媒婆感动得泪水一下涌了出来，不停用手在头上左摸摸右摸摸。接着，扯扯上衣，拉拉裤腿，还忙不迭地说："娃子莫急，娃子莫急，容我收拾收拾！"

我偷偷按了一下快门，想把张媒婆的窘相摄入镜头时，却发现胶卷已经用完了。看到风中不停左拉右扯、充满期待的张媒婆，我内心忽地产生了一丁点内疚，可马上又觉得无所谓了：一个穷乡僻壤的老太婆，拍了照也没人看，让她在照相机前尝个鲜就可以了。想到这里，我开始装模作样地给她照相、教她摆姿势了。我不停按空门，闪光灯接二连三地跳动。张媒婆的精神一次比一次抖擞，眼中闪着的泪花一次比一次莹亮。

在我按了十几次空快门后，张媒婆又向我女友挥了挥手，局促地说："闺女，我能与你合张影吗？"

见女友面露犹豫之色，我急忙跑过去耳语："没胶卷了，你只要在她身边装装样子而已。"女友捂嘴一笑，兴高采烈地跑过去，在她身边做着各种夸张的动作。张媒婆显得更加激动、兴奋了，脸上露出的笑容犹如一朵绽放的向日葵，不停地说："谢谢好闺女，谢谢好闺女。"

折腾完后，张媒婆把我拉到一边，用手巾擦着晶莹的泪花："娃子，你啥时候能把照片寄回来呢？"

"这个呀,我回去就洗,洗完了马上给你寄。过年之前你应该可以收到吧。"我搪塞着,心想,等到过年,她忙前忙后,或许早把这事给忘了。

她高兴得像个小孩子:"哦,这就好,这就好。"

回城后的这个冬天似乎特别寒冷。我忙着装修新房,把年前回家的事情搁浅了——更别提给张媒婆寄照片之事了。当我再次回到湘西老家已经是第二年的春节之后了。

来到村口那棵百年老槐树下时,我惊奇地发现树背后那座破祠堂变成了残垣断壁,住在这里的张媒婆呢?我回家问母亲,母亲一边淘米,一边说:"哦,村里把老祠堂扒了,打算在那儿盖个新祠堂……你说的那个张媒婆,几天前刚去世了。"

张媒婆去世了?面对这个骤然而至的消息,我愣住了。

母亲停下手中的活,顿了顿,说,"这个张媒婆呀,临死前还真有点怪异。年前的十来天,她每天都要站在那棵老槐树下等。一开始,谁也不知道她在等什么。后来才知道,她是在等她的儿子给她寄东西。听村长说她儿子外出打工,因为嘴豁,形象不好,没厂子收留,情急之下,干起了抢劫的坏事,被当地公安机关抓住了。她没钱去探监,就只有每天在村尾口的那棵老槐树下等她儿子的信。偏偏年前的天气恶劣,大雪纷飞,邮递员连续好几天没来。她就一直这样等,谁劝也不肯离开。最后,还是因为受了风寒,病倒了,没几天,便死了……不过,那张媒婆实在捉摸不透,有几次她顶着风雪跑到咱家说是要看你拍的结婚照,每次来都要喋喋不休地追问有没有新的照片寄回来,还问有没有她的照片。这个老媒婆,也不知道哪根筋出了毛病,咱家哪会有她的照片……"

我的心咯噔紧了一下,又问她的儿子怎么样了。母亲叹了口气,说:"也死了,据说是越狱的时候被打死的。张媒婆想去探监,但是岁数大,身体又不好,就想给儿子寄张她的照片,以免儿子惦记。张媒婆还骗儿子说她已在家里为他物色了一个对象,她会把和未来儿媳妇的合影在过年之前一起寄给他。开始,她儿子受了鼓舞,改造积极。可她哪来的照片! 后来,她儿子一直没等到照片,知道她妈在骗他,就越狱了,又拒捕,结果被打死了。"

得知事情的真相后,我久久说不出一句话来。我终于体会到了张媒婆那句"你能给我拍张照吗"的话中包含的渴望,也终于明白她为啥要不顾一切地一次次闯入我们的镜头,一次次央求女友与她合张影,原来她是要以此来拯救她唯一的儿子……

(本篇月月评短信代码:0304)

(题图、插图:王申生)

□ 沈海清

阿芳住在一个小山村,这天一大早,丈夫进城卖山货去了,阿芳在门前翻晒山上采来的香菇、木耳,刚满周岁的儿子小昆昆在一边的竹榻上睡觉。转眼,一上午快过去了,阿芳怕孩子饿了,打算喂他吃点稀饭。阿芳从屋里拿出一只大瓷碗,倒了半碗开水,把瓷碗烫了烫,便顺手把半碗开水泼向墙角的草丛。

想不到,阿芳这么一泼,竟然惹来了一场大祸。

只见草丛中"嗖"的一声,猛然蹿出一条三米多长的大蟒蛇来,蟒蛇夹着一股风,闪电般扑向阿芳,那柔软的蛇身一触及阿芳,就缠住了她的双腿,盘旋而上,一眨眼间,又缠住了她的腰。

这一带山区多蛇,小的青蛇只有数寸,大的蟒蛇长有丈余,但蛇和人友善相处,从不相互侵犯。本来,那条大蟒蛇在草丛中歇着,谁知阿芳的半碗开水正好泼在蟒蛇的脑袋上。蟒蛇原本是不会主动攻击人类的,但冷不防被滚烫的开水一浇,便下意识地冲出来反击。

阿芳被沉甸甸凉丝丝的大蟒蛇一缠住，当下吓得丢了瓷碗，本能地蹲下身子，用双手死命拉扯缠在腰间的大蟒蛇。

然而，蟒蛇的力气巨大，三米多长的蛇身在阿芳纤细的腰间盘了好几圈，便开始箍紧了。阿芳越是拉扯，蟒蛇缠得越紧。

阿芳喘着粗气喊了几声"救命"，就感觉胸口发闷，呼吸困难，声音也发不出来了。山里的人家距离都很远，平时串个门也要走半天，指望邻居来救，根本不可能。

阿芳只觉得腰部越来越沉，一会儿便变成剧痛，纤细的腰仿佛被勒断了，双手再也使不出劲来，她不由双腿一软，眼前一黑，瘫倒在了地上，这时，她心里只有一个念头——别让儿子小昆昆有危险！

不知过了多久，迷迷糊糊间，阿芳忽然觉得胸口松了一点，她还以为是自己的错觉，可是马上觉得又松了一点，她呼吸到一大口新鲜的空气，渐渐恢复了意识，感觉缠在腰间的大蟒蛇真的在缓缓松开。阿芳不由微微睁开眼睛，只一眼，就把她吓得差点又昏过去！只见那条粗壮的蟒蛇仍缠在自己腰上，自己的儿子小昆昆趴在旁边，正微笑着用胖乎乎的小手轻轻抚摸着蟒蛇的身子。

说来也奇怪，随着小昆昆的小手轻轻地抚摸，蟒蛇不但没有发怒，反而微微昂起脑袋，一伸一缩地吐着那鲜红的舌信子，缓缓松开缠住阿芳的身子。

原来，小昆昆不知道蟒蛇是什么东西，觉得它怪好玩的，便从竹榻上爬下来，用小手抚摸凉丝丝的大蟒蛇。

那条蟒蛇受到开水的"袭击"，第一个反应便是反击，对手越是激烈反抗，它就越箍缠得紧，就在它要置阿芳于死地的一刹那间，受到一双柔软的小手抚摸，它觉得很舒服，于是缓解了敌对情绪，放弃了进攻。

阿芳浑身都被冷汗湿透了，她屏住呼吸，一动也不敢动，默默地注视着小昆昆，任凭冷冰冰的蛇身在自己身上缓缓蠕动。

终于，"啪"的一声，蟒蛇完全松开了阿芳，用幽幽的眼睛望了阿芳母子一眼，又朝小昆昆晃了晃脑袋，好像是向他告别，然后蜿蜒着游进了墙边的草丛，一会儿，便没了踪影。

"妈呀！"阿芳呻吟了一声，再也没有力气撑住身子，整个人倒在了地上，双手紧紧搂住了小昆昆。

阿芳躺在地上，怎么也不敢相信，是一岁的儿子救了自己。她想起身抱儿子，但浑身酥酥地直打哆嗦，怎么也爬不起来，便一翻身，伏在小昆昆粉嘟嘟的脸上亲了又亲……

（题图：安玉民）

撞见人心

□ 易振华

黄大毛是个货车司机，这天，他驾着大货车，在一段下坡的柏油路上开。因为前一天晚上通宵打麻将，黄大毛的精神有点恍惚，在拐弯的时候，一个走神，撞翻了一个骑自行车的老头儿。出于本能，黄大毛踩下刹车，可是，大货车发出一阵刺耳的"吱咯"声后，却没有停下来，沿着七弯八拐的下坡路越滑越快。黄大毛惊出一身冷汗，只能死死地把着方向盘，腾云驾雾一般冲了下去。

终于滑到山脚，奇怪，刹车又恢复了正常，汽车停了下来。黄大毛不知道山顶上那个被撞的老头儿怎么样了，本打算找个岔路口把货车掉头，沿原路返回山顶去看看。可车往前一开，黄大毛心里就多转了个念头，当时撞翻老头儿，周围也没人看见，何必回去找亏吃，跑了算了。想到这里，他在油门上使了点劲，汽车便风驰电掣般飞了起来。

再说这骑车的老头儿，被大货车一撞，翻倒在路旁，头部重重地磕在石头上，当时就没气了。

山里车少，过了许久，才来了辆面包车，开车的是个养鱼专业户，人称"胖鱼头"，在山下承包着几十亩湖面，春天投下了四万多尾鱼苗，吃起饲料来就跟搬山一样，这几天资金紧缺，鱼塘里断了饲料，那些鱼苗顶不住饿，比赛翻起了白肚皮，急得胖鱼头驾着面包车到处去赊账。想不到人走霉运，饲料没赊到，竟遇上个老头儿倒在路边。胖鱼头心想，救人要紧，他把货车停下来，把老头儿抱上车，转头朝医院急驰而去。到了医院，医生说，人早已死了，让胖鱼头把尸体拉走。

拉走？拉到哪里去？这老头儿是谁？家住何方？都不知道。没办法，胖鱼头只好掏出手机报警。

警车很快就来了，警察到底有办法，很快找到了老头儿的家人。不一会儿，老头儿的儿子女婿赶来了，不由分说，抓住胖鱼头就打，警察们拉都拉不开，胖鱼头被打得鼻青脸肿，多处软组织损伤。

胖鱼头本来是做好事，可老头儿的子女说什么也不相信天下有这样的好人，一口咬定胖鱼头就是肇事者。因为死无对证，胖鱼头真是跳进黄河都洗不清了。最后，胖鱼头无奈，在民警的调解下，出了一笔老头儿的丧葬费，算是照顾老头儿子女的情绪。

好容易折腾完，胖鱼头回家越想越憋屈，做了好事还赔钱，自己鱼塘里的鱼还不知道怎么样呢，这叫什么事呀！人一急，就病倒住进了医院。

回头说那开货车的黄大毛，把货车开回家，已经深夜了，草草地吃过饭，冲了个澡，就上床睡觉。刚一关灯，就见一个老头儿，头上流着血，站在自己的床前。

黄大毛大惊失色，伸手打开灯，床前却什么也没有。黄大毛以为是自己开了一天车，特别是出了那事儿以后，神经过于紧张的缘故，重又躺下，关灯睡觉。谁知刚要睡着，陡觉肩头剧痛，转头一看，又见那个老头儿，嘴里流着血，在用力抓自己的肩膀。黄大毛大叫一声："鬼呀！"从床上一跃而起。儿子媳妇听到动静，也都起床过来探问。黄大毛不敢说实话，只说自己做了噩梦。媳妇安慰黄大毛说："爸，可能是您太累了，休息一夜，明天就好了。"黄大毛说什么也不敢睡了，儿子说："您睡吧，我今晚就在您旁边坐着。"

有儿子守护，黄大毛总算安心地睡了一觉。第二天一大早，黄大毛爬上货车，发动车子要出发，儿子从屋里出来，拦住黄大毛，说："爸爸，您休息一天吧，货由我来送。"黄大毛不让，对儿子说："昨天闹得你也没睡，你在家休息吧，我没事儿的。"说着开动汽车上了路。

货车在公路上飞驰，公路两旁都是大大小小的鱼塘，成群的燕子贴着湖面上下翻飞，景色格外宜人。

黄大毛看着车窗前的美景，渐渐把昨天的事抛到了脑后。突然，黄大毛似乎看到一个老头儿在车窗外飞快地探了一下头。黄大毛心里一凉：糟了，这回真的遇到鬼了。他想扭头看，又不敢，越不敢越怕，越怕越想看。最

掌上灵通杯 "我心中的故事会" 新年寄语征集启事

在《故事会》成功改版一周年之际，欢迎你来参加掌上灵通杯 "我心中的故事会" 新年寄语活动，把你心中对故事和人生的感悟、对《故事会》想说的话，或者对于新年的展望和梦想，用优美精练的文字表达出来，发给我们。入选寄语将在2005年的《故事会》中刊登出来，优秀的寄语还将成为我们的封面语!

寄语内容须在30字以下，你可以选择以下方式参加: 1. 用短信将寄语直接发送到2000561 (移动) /9000561 (联通) (接收短信每条0.2元); 2.中国移动手机用户可拨打125908911再按1号键，用语音留下你的寄语 (每分钟0.7元); 3.发送电子邮件到gushihui@vip.sohu.net; 4.寄信到上海市绍兴路74号《故事会》杂志社 (200020)，请在信封上标明: 新年寄语。请在电子邮件和来信中注明你的真实姓名和联系地址。

入选内页寄语的作者各获价值30元礼品一份; 入选封面寄语的作者各获500元现金奖。本活动截止日期: 2005年2月28日。

自征集启事发布后，我们从网上、短信、语音、来信中收到大量的读者寄语。这些寄语，文字优美、富有哲理，不仅道出了故事的真谛，也加强了读者和《故事会》之间的情感交流。为此，我们在刊物双页选登一批优秀寄语，以感谢广大读者对《故事会》的厚爱。

后，黄大毛鼓足勇气，甩甩头，眨眨眼，扭头一看，顿时发出"妈呀"的一声惊叫，车窗外分明有一张老头儿的脸，嘴角的血还在往下滴。

黄大毛心里一慌，迅速刹车，可这刹车又失灵了，一抬头，迎面冲来一辆大卡车，已不足十米，情急之下，黄大毛猛打方向盘，货车刚刚避过大卡车，便一头栽进了路边的水沟，车头冲下，车厢整个向前覆了过去，一车货，全部倒进了水沟对面的大鱼塘。黄大毛在失去知觉前，眼睛死死地盯着车窗外，可是哪里有什么老头儿的脸，刚才分明是自己的幻觉……

再说胖鱼头，在医院里住着，这天，儿子从鱼塘来看他，告诉他一件稀奇事:"爸爸，前几天早上有一个开货车的，拉着一车鱼饲料，开到咱家鱼塘前的公路时，不知怎的，竟一头栽进路边的沟里，人当场就死了，那一车饲料，全都倒我们家鱼塘里了。"胖鱼头听了连连称奇。

胖鱼头的儿媳妇在旁边插嘴:"我说这人哪，是有旦夕祸福的。我们虽说是吃了冤枉，可我们上对得起神灵，下对得起良心。"

儿子笑嘻嘻地对胖鱼头说:"爸，我们家那塘鱼，得了人家的饲料，都活蹦乱跳呢! "

(题图: 魏忠善)

□ 游 子

棋魂

这天清晨，江州"王府"的两名家丁刚刚打开沉重的黑漆大门，只听"咚"的一声，一个人突然跌进门来。这是一个二十五六岁的青年人，双目紧闭，浑身水湿，他的左臂负了刀伤，鲜血湿透了衣袖。王府的王管家闻讯赶来，吩咐将青年人送到下房急救。

经过一番治疗，青年人悠悠地醒了过来，轻声问道："这里可是江州刺史王景文大人的府第？"王管家点点头："正是。请问足下从何而来？"

青年人答道："小人莫谷青，江北中州人氏，自幼好围棋，因得知江州王景文大人棋艺精绝，人称'江南棋王'，便有心与王大人切磋棋艺。只因两国以江为界，各守疆域，小人只好于夜间偷渡。好容易平安上岸，又在途中路遇劫匪，寡不敌众，身中一刀，盘缠全数被抢，这才赶到王府。不过终于可以一会王大人了！"说着，莫谷青疲惫的脸上露出了兴奋的笑容。

王管家听了暗暗吃惊，当时正是南北朝时期，南北两个朝廷隔江而治，发现偷渡者是要杀头的，此人不顾性命过江，竟是为了找人下棋！

王管家命人照顾好莫谷青，进内堂禀报后，回来告诉莫谷青："我家老爷说，足下远道而来，又受了刀伤，身体有所不适，先请静养数日，待到神完气足后，再请公子赐教。"说完，递过一副围棋，躬身退下。莫谷青无奈，只得耐着性子住下养伤。

一晃十天过去，莫谷青终于跟着

王管家跨进了王府的"松云轩"。只见堂中檀木椅上端坐着一个中年人，三缕长须，面色祥和。这人就是南朝尚书仆射领江州刺史王景文，他大姐是当今皇妃，深得皇上宠幸。莫谷青跨前一步，双手一揖，朗声说道："江北棋士莫谷青，特来向江南棋王领教！"

堂上众人见莫谷青长揖不跪，举止傲慢，都暗自心惊。王管家正要厉声喝斥，却被王景文摇手止住："莫谷公子不远千里而来，以棋会友，不可以常礼拘之。"说着，躬身向莫谷青道，"公子太过奖了，棋道无涯，老夫怎敢担当'棋王'二字？今天公子前来指教，老夫喜不自胜。请！"说着，便与莫谷青分宾主坐下对弈。

莫谷青年少，执黑子先走。几个幕僚屏息静气，立在王景文身后看棋，室内只有棋子声叮然作响。

两个时辰过去，棋势进入中局，双方各分秋色。这时，莫谷青求胜心切，强行打入白方腹地，结果被王景文击中要害，首尾难顾，形势十分危急。莫谷青眼看大势不妙，额间沁出了细汗，突然，嗓子一咸，一口腥血蹿上喉咙，他不动声色地咽了回去，考虑半天，颤抖地投下了一子。他知道，即便如此，今天也难逃输棋的命运了。再看王景文身后的幕僚们，个个面露喜色，他们也都看清了局势。

谁知，就在这关键时刻，王景文竟随手下出一步坏棋，被莫谷青抓住这千载难逢的机会，逆转了棋局。王景文微微一笑，推枰认输："公子少年英雄，老夫领教了！"莫谷青冒险取胜，禁不住哈哈笑道："江南棋王果然名不虚传！在下胜得侥幸。这次对局，在下受教不少。心愿已了，就此告辞！"说罢，起身一揖，飘然出门。

王景文叫声"且慢！"莫谷青转过身来："莫非大人还想另来一局？"王景文拈须一笑："今日能与公子手谈一局，老夫心愿已足。只是公子身无分文，如何返回江北？"一挥手，王管家端上来一个礼盘。莫谷青见是一百两纹银，先是一愣，随即笑了："多谢王大人周到，在下心领了！"只用两指拈起一锭银子，长笑而去。

王景文望着莫谷青背影，拈着长须沉吟不语。一个幕僚小心翼翼地问道："在小人看来，这局棋大人有两次可以杀死黑方大龙，为何将它放过了？难道是此人棋中别有玄机？"王景文笑道："此人棋力不下于我，但锋芒毕露，不知内敛，这就和棋道不符了。我见他少年得志，心性极高，我若胜了这一局，他轻则从此一蹶不振，重则会呕血而死啊。但愿他回去复盘时明白其中道理，领悟棋道精神，可望成为一个旷世奇才。"

幕僚点头叹道："大人虽是一片苦心，倘有人说大人竟败在江北一个无名棋士之手，这'江南棋王'的称誉不就……"

王景文淡然一笑道："人世间的王侯尚不能长久，何况是棋盘上的虚名！为顾全虚名而折损一个可造之人，这有违棋道啊！"

不久，南朝发生了两桩大事：先是王景文的姐姐皇妃王燕春病逝，接着是太子继位。王景文作为朝中重臣，少不得一番忙碌。回到江州，未得三五日安闲，王管家来报：上次那个莫谷青又来了！

这次见面，莫谷青沉稳了许多，傲气也收敛了不少，语气却很悲愤："在下回去将前次对局反复推演后，发现是大人存心相让。在下又惊又怒，数月来寝食难安。士可杀而不可辱，在下想与大人再弈一局，务请大人放出手段，使出'江南棋王'真本领，让在下输得口服心服！"

王管家和几个幕僚大吃一惊，面面相觑。王景文面色肃然，沉默良久，站起来向莫谷青躬身一揖："感谢公子教训！王某不该小觑天下英雄，心存轻慢！"摆上棋盘，两人刚坐下，莫谷青突然从身上掏出一张押单："在下渡江之前，已托贵国商人将价值十万两白银的货物押在江州大兴隆栈，这是押单。在下就以此物为注，和王大人对弈一局。"王景文一愣，随即笑了："公子是怕

王某不肯竭尽全力，故以此相激啊？王某应了，此局若输给足下，照数赔还。请！"

这几个月来，莫谷青呕心沥血，将与王景文的对局研究烂熟。他执黑先行，注重实地，稳扎稳打，步步为营。王景文应对看似平淡无奇，实则蕴藏着绵绵后劲。棋盘上看似波澜不惊，一子落下，犹如千钧系于一发。几个时辰过去，双方进入了"官子"阶段。莫谷青反复清点，见盘面上白棋形势略优，不由心头焦急，胸中气血翻滚，双眉紧锁，两眼似乎要把棋盘盯穿。就在这时，一个家人进来禀报

"皇上圣旨到，请大人即刻接旨！"

王景文一怔，极不情愿地放下手里的棋子，对莫谷青说声"失陪"，走进内室更衣接旨去了。约莫过了半个时辰，王景文穿着朝服进来了，朝莫谷青抱歉地一笑："官身不由己，让公子久等了。"就在王景文接旨的这段时间里，莫谷青竭尽心力，终于想出了一招回天妙手，"叭"地一声落下，如钉入木。王景文一愣，仓促落下一子，却是步坏棋，被莫谷青连发妙手，扳回了劣势。终盘一数，不多不少，莫谷青赢了一子。

王景文看着棋盘，呆了一阵，摇头苦笑："古人'泰山崩于前而色不变'，老夫竟为五尺之躯乱了方寸，走出昏招。到底是修为不到，定力不足啊！"他叫过王管家："迅速备银十万两，送莫棋友出城过江！"王管家答应一声，刚要退出，却被莫谷青拦住了："此局在下虽胜了王大人，仍属侥幸。这十万两银子请暂时存放在贵府，待数月后王大人公务稍闲，在下再来与王大人重博一局。"

王景文轻轻一笑："感谢公子厚爱！只是王某再也无缘与公子共研棋艺了。"说着，缓缓从衣袖里掏出圣旨，展开念道"奉天承运，皇帝诏曰：尚书仆射、江州刺史王景文勾通燕朝，与燕帝三子慕容白交游，图谋不轨，着即赐死。钦此。"话音才落，早

就在门外等得不耐烦的两个黑衣使者端着一壶"鹤顶红"应声而进。王景文取过酒壶，对众人抱歉一笑："这酒不便于相劝大家，我只好独饮了。"刚一举壶，莫谷青身形一闪，劈手夺下酒壶，朗声说道："在下就是大燕国三太子慕容白！我两番冒死渡江，不过是想与王大人切磋棋艺，发扬棋道而已，决无不利于南朝之意。既然祸由我起，就请贵使者将我押解到京城，以释王大人清白！"放下酒壶，将双手反背在身后，示意将他上绑。

王景文叹息道："慕容公子，你上次在我府里养伤时，我就查明了你的身分。虽知与你下棋会留下祸患，但我和你同样醉心棋道，企盼南北棋界有所交流，所以两次和你对局。我死不足惜，你赶紧走吧！"说着，一把抓过酒壶，一仰头吞下大半。慕容白转身来抢时，哪里还来得及！

王景文身子一晃，栽倒在地。慕容白双膝跪地，含泪道："王大人棋艺超凡，阴曹地府中哪有对手？南朝有疆，北朝有界，不如阴间畅通无阻。在下愿做你的两世棋友，同到阴曹，也好无羁无绊地下棋！"话音未落，抓过剩余的小半壶酒，一饮而尽。

一南一北，一老一少，两个酷爱围棋的人死后被分别埋在长江两岸，隔水相望。千年不断的涛声，就像他俩在棋盘上叮当落子。

（题图、插图：黄全昌）

岸上的孩子

□ 黄廷洪

一群游客乘坐"神女号"游船在小三峡游览。临近中午，游船驶出了一段长长的峡谷，经过一个名叫黑牛滩的地方，展现在眼前的是一片开阔的河滩。游客们拿出方便面、火腿肠，开始简单的午餐。这时候，河滩上出现了一群孩子，有的光着膀子，有的穿着裤衩，踩着阳光闪烁的鹅卵石跟着游船奔跑着，叫喊着。

导游向游客们解释说：这些都是当地纤夫的孩子，他们是向客人索要吃的。于是，心肠软的游客便将面包扔了过去，接着，矿泉水、牛肉干、方便面也被纷纷扔上了岸……

有个头发花白的老人坐在船头，默默望着岸上奔跑的孩子。大一点的

孩子自然跑得快，个头小的孩子捡不到东西，急得哇哇大哭。老人发现有个又瘦又黑的小男孩总是跑在最前面，抢到游客们扔过来的东西，返身送给一个身穿紫红色褂子的小女孩，然后再追赶游船，呼喊、奔跑……

"喂，孩子们！"老人站在船头，向岸边招了招手，扔过去一瓶矿泉水，又扔了一包豆腐干，然后是可乐，很快，老人手上的东西扔完了，他犹豫了一下，竟然从怀里掏出一只皮夹子，使劲地朝岸上扔去……那个又瘦又黑的小男孩果然又冲在最前面，把皮夹子拿到手里，好奇地翻看起来。

老人的这一举动让游客们很吃惊，导游好心地说："老先生，那些小家伙每天都来，给他们一点吃的就行了。"

老人目不转睛地盯着岸上的孩子们，笑了笑，什么也没有说。游船继

续往前开,过了一会儿,停靠在一个名叫白鹤镇的地方,导游动员大家上岸购买土特产,时间是一个小时。游客们都去买东西了,只有老人没有去,他默默地坐在河埠头,好像是想着什么心事。有个游客悄悄地说:"这老头,连皮夹子都给了那帮小孩子,腰包空了,现在后悔了吧。"一个小时后,游客们上船的时候,老人却做出了一个不可思议的决定,他对导游说:"我不走了,要在这白鹤镇上住下来。"

导游叫了起来:"老先生,您有没有搞错?把您弄丢了,我可负不起这个责任。"

老人摆摆手,说:"是我自己决定不走的,和你没任何关系;再说还有这么多人给你作证,你怕什么?"

其他游客都不知道这个老头是怎么了,纷纷劝他一起走,可老人十分固执。最后,导游怕耽搁行程,只好让老人写了一份声明:

本人游览小三峡返回途中,自愿脱离神女号游船,在白鹤镇住下,一切后果自负。

游船开走了,船上的游客们看着坐在河埠头的老人身影越来越小,都不知道究竟是什么东西吸引了他。

游船开走没多久,黑牛滩那个又瘦又黑的小男孩跑来了,他气喘吁吁,大汗淋漓,看见老人还坐在河埠头,咧开嘴笑了,举着手中的皮夹子说:"老爷爷,我知道你们要在白鹤镇停一个小时,特地追过来,没耽误你们开船吧?这个还给你。"

老人说:"皮夹子里面的钱是给你的啊,你为什么追来还给我?"

小孩摇着头,说:"钱太多了,有一千多块呢,我不能要。"

老人抚摸着小孩的头,笑了,让他在自己的身边坐下来,然后看着他的脚,那两只光脚板上正隐隐冒着血。老人问小男孩:"你叫什么名字?"小男孩说:"我叫小树。"

老人又问:"那个身穿紫红色褂子的小女孩是你的妹妹吗?你为什么每次都把抢到的东西给她?"

小男孩告诉老人,她不是自己的妹妹,小女孩的父亲给人背纤吐血死了,母亲有病,很可怜。

老人点点头,这天晚上,他去了一趟黑牛滩,在那个名叫小树的男孩子家里住了一夜。第二天,黑牛滩传出一条新闻:一个外省来的老教练发现了小树的短跑天才,还说他的品德能够使他成为一名优秀的运动员,把他带走了,要把他训练成一名短跑运动员,参加世界比赛。

后来,小树果然成了气候,在省运会、全运会、亚洲锦标赛都拿了冠军,据说他下一个目标,是在2008年的北京奥运会上拿金牌呢。

(本篇月月评短信代码:0306)

(**题图**:安玉民)

一张百元钞票

□ 杨还珠

张亦扬的单位效益不错，这不，夏天到了，给每人发3000块钱的旅游专用款。这几年来，全国叫得响的风景名胜去得差不多了，审美都疲劳了。张亦扬决定这次游出个花样来，去偏僻边远的山区。张亦扬想，越是贫困闭塞的地方，越有一种原汁原味的美妙。最后，他选定了一个国家级贫困山区，那地方年人均纯收入不足百元，要是遇到天灾人祸，只有靠政府救济来过日子。

张亦扬揣上那3000块钱，背上一个大行囊，几经周转，来到山区的一个小山村里。果然不出所料，这里青山绿水，重峦叠嶂，空气清新，没有都市里的喧闹，好一处世外桃源。

张亦扬在山里漫无目地走着，不知不觉，快到中午了，他大汗淋漓，口渴得不行。正在这时，他越过一个山冈，眼前出现了一小片西瓜地。肥嘟嘟的西瓜躺在瓜地里，让人直流口水。田头有个瓜棚。张亦扬喊了声"有人吗"，从瓜棚里钻出个小姑娘来。小姑娘十来岁的样子，扎着羊角辫，一双山泉般清澈的大眼睛怯生生地看着张亦扬。张亦扬冲小姑娘笑了笑，说"我口渴了，想买只大西瓜救命。"小姑娘高兴地"哎"了一声，"噔噔噔"跑到西瓜地里，摘来一个西瓜，说："叔叔，给，保证又脆又甜又解渴。"说话间，小姑娘杀了大西瓜，嘿！青皮沙瓤，绝对的好瓜。张亦扬捧起西瓜，猪八戒般地啃起来，一边啃，一边和小姑娘拉着家常。张亦扬得知小姑娘叫翠儿，在山下的小学读三年级，爸爸到外面打工去了，家里只有她和妈妈。小姑娘还说，只要把这田里的西瓜卖掉，她下学期的学费就有着落了。

一个西瓜下肚后，张亦扬通体清爽。抹着湿漉漉甜蜜蜜的嘴巴，问该付多少钱。小姑娘脆生生地答道："一块钱，老少不欺。"张亦扬吓了一大跳，在深圳，这样一个大西瓜最少要30块钱呢！张亦扬看着小姑娘被晒得红彤彤的脸蛋和干裂的嘴唇，从心里生出一份喜爱，他决定献一份爱心给她，于是从钱包里抽出一张百元大钞，说："翠儿，我手里没有零钱，给你100块吧，也不要你找零了。"

小姑娘显然被张亦扬的慷慨吓住了，大眼睛直勾勾地望着那张百元大钞，不说话，也不敢接钱。张亦扬把钱塞到她手里，说："别客气了，这一张钞票，就够你的学费了。"翠儿疑惑地攥着那张百元大钞不说话，突然，她把钱还给张亦扬，说："叔叔，我不要，你就给我一块钱吧。我看见你钱包里有一块钱的。"张亦扬被翠儿的朴实感染了，他更坚定了献爱心的念头，把钱又塞到翠儿手里，故意板着脸说："你这小姑娘怎么这么不听话

呢？你要是再不收下，叔叔就要生气了。"说着，张亦扬还做出要打屁屁的架势。翠儿的大眼睛里露出恐惧的神色，她不再坚持，只把那100块钱拿在眼前，看来看去。

张亦扬见小姑娘收下了钱，就摆手说了声再见，又撅着屁股向前面的山坡上爬去。翻过那个小山坡，又是一番别有洞天的景象。张亦扬戏弄着泉水，追赶着松鼠，不知不觉中，太阳退下西山，天色很快暗淡下来了。

张亦扬赶紧沿原路退回，想找一家农舍过夜。三转两转，一处灰墙土瓦的农舍出现了。张亦扬欣喜地走过去，敲开了门。

开门的是一个四十来岁的妇女，慈眉善目的。她听张亦扬说明来意，有些迟疑。张亦扬赶紧声明道："大嫂，我借宿一晚，再讨点吃喝，你放心，我会付钱给你们家的。"大嫂笑了笑，说："不是钱不钱的事，我们当家的不在家。"张亦扬明白了，大嫂是怕瓜田李下呀。张亦扬把工作证拿出来，又递给她一张名片，说以后到城里有事可以找他。大嫂的疑虑这才打消，把张亦扬让进屋里。进了屋，张亦扬乐了——他看见在灶下烧火的小女孩，不是别人，正是中午卖西瓜的那个翠儿！张亦扬笑嘻嘻地和她打招呼，谁知翠儿一愣神后，居然白了张亦扬一眼，没有理睬他，仍旧专心烧她的火。张亦扬糊涂了，这是怎么回

事，自己中午才"贿赂"了她一百块钱，才半天时间，她怎么对自己敌视起来了？转念一想，肯定是小姑娘背着妈妈藏私房钱，怕自己和她妈妈说了，露了馅，才做出一副陌生人的样子。

这时，大嫂叫翠儿给张亦扬倒杯水，翠儿坐在那里不动身。大嫂生气了，骂道："翠儿，你这个死丫头，家里来了客人，你连杯水都不倒！"翠儿猛地站起身，"噔噔噔"跑到妈妈跟前，踮起脚，贴在她的耳朵边说了几句话。张亦扬隐约听她在说西瓜和钱的事情。大嫂定定地望着张亦扬，脸色变得难看起来。

张亦扬奇怪了，这翠儿说了个什么样的谎话，会让她妈妈对自己的态度来了一百八十度的转弯？

屋里的气氛尴尬起来，张亦扬找着话题，可翠儿和大嫂总是不冷不热地应付几句了事。

晚饭吃得很难受，大嫂一言不发地给张亦扬送来一碗稀饭后，转身就走。随即，屋子里安静下来，只有三人喝稀饭时的"呼啦呼啦"声。

吃过饭后，翠儿母女俩简单地洗漱了一下，也不理睬张亦扬，回到里屋，门"砰"的一声关上了。

张亦扬气坏了！仿佛受到了侮辱，还有点委屈，这个翠儿怎么能这样对待自己，自己献爱心，还惹出麻烦来了。

第二天一大早，张亦扬看见翠儿和大嫂起床，也赶紧爬起来。可她们依旧没有好脸色。张亦扬没了兴致，默默地拎起旅行包就走，母女俩也没有阻拦。

张亦扬并没有按事先承诺的那样，付住宿吃饭的钱。那多付的99块钱已经绰绰有余，张亦扬可不想再多掏一分冤枉钱，看这母女俩的冷脸了。

张亦扬满心失望，这里的风土美是美，可人情不咋样啊。他没有了继续游览的兴致，闷闷不乐地回到城里。

在深圳这样一个快节奏的城市里，张亦扬忙得头昏脑涨，很快淡忘了那对母女，淡忘了那件不愉快的事。

年底的一天，张亦扬忽然接到一封信，从邮戳看，是从他夏天去过的那个山区寄来的。他拆开一看，居然是那个叫翠儿的女孩写的。张亦扬想，肯定是翠儿内疚了，向自己道歉来了。果然，信的开头就写道："敬爱的叔叔，请你接受我和妈妈对你的歉意。"

张亦扬冷笑一声，继续往下看：

"叔叔，我和妈妈都错怪了你，那天晚上，你在我们家受委屈了。本来，妈妈是会热情招待你的，都怪我在她耳朵边说的那些悄悄话，我告诉她，你就是那个吃西瓜不付钱的坏人。叔叔，你一定会奇怪，你不是给了我100块钱吗？你说得没错。可是我从来没有见过100块钱是什么样子，我从来不知道，世界上还有一张这么大的钱。当时我以为你给的根本不是钱，而是一张用来骗我的花纸片。回到家里，我把那100块钱给妈妈看，妈妈也没有见过100块钱，她也以为你骗了我。叔叔，对不起，我和妈妈错怪了你。今天爸爸从城里打工来了。

妈妈把那100块钱拿出来给他看，爸爸说，那不是纸片，就是100块钱。爸爸骂我们错怪了你，要我代表全家给你写这封信，向你道歉，你多付的99块钱，爸爸已经到山下的邮局寄给了你，就是按你名片上的地址寄的，相信叔叔能收到吧……"

张亦扬的眼泪就下来了。他不敢想象，在中国的贫困山区，还有一对母女从来没有见过百元大钞！

不知什么时候，办公室的许主任走过来，说："咳，小张，你眼泪汪汪的发什么愣啊，快到财务处去，年底到了，单位又开仓放粮了，给我们每人划了5000块钱的旅游专用资金。对了，你上次不是去了个边远山区吗？这次还去吗？"

张亦扬摇摇头说不去了。许主任说："是啊，国内的景点实在没有什么看头了，到新马泰去吧，蛮刺激的，跟团去，5000块钱差不多了。"

张亦扬说："我哪儿也不去，我要把这笔专用资金寄给一对母女。半年前，她们俩从来没有见过一张面额100块的钞票，这次我要她们一次见到50张这样的大钞。"

许主任认真地看着张亦扬，琢磨了半天，乐了："小张，你乱七八糟地说些什么胡话啊，没发烧吧，要不要到医院去看看？"

(本篇月月评短信代码：0307)

(题图、插图：王申生)

托儿的绝招

□ 史蒂芬·玛罗 原著
陆自敏 改编

艾迪在一个叫做"世界奇观"的马戏团里干活,不过他既不是演员,也不是厨师,他的身份很特殊——是一个"托儿"。

托儿这个职业大家都知道,也叫"撬边的",就是和卖家串通好了,冒充顾客,鼓动大家买东西的人。不过艾迪做托儿,一不开口,二不动手,他有一个绝招,就是能做出一副傻呵呵的痴迷样子来吸引别人。

每到一个新地方,马戏团老板红胡子巴特会在帐篷前大吹大擂,说自己团的节目有多么精彩。艾迪呢,就站在他的面前,两眼发直,嘴巴微微张开,一动不动地傻看着,仿佛被巴特的介绍完全迷住了。

说来也怪,只要艾迪往那里一站,就像有魔力似的,立刻就能把周围的过路人吸引过来。艾迪不用回头,便知道身边聚集了多少人,等他觉得差不多的时候,第一个上去买票,这时候,身边那些人,也仿佛中了邪一样,乖乖地跟着艾迪买票进场看马戏了。

凭着这手绝活,艾迪很受老板红胡子巴特的器重。可是最近,艾迪有了心事。

艾迪的心事说起来也正常，就是看上了马戏团里一个新来的姑娘阿兰娜。这个阿兰娜年轻貌美，到团里不久就当上了台柱子，她表演的轻纱舞成了每次节目的压台戏。

团里迷上阿兰娜的不止艾迪一个，还有老板红胡子巴特，也对阿兰娜盯得很紧，一有机会就往阿兰娜住的篷车里蹭，可是阿兰娜对红胡子巴特连正眼也不看一下。据说，阿兰娜的理想是遇到一个又有钱又爱她的人，就结束江湖生活，去做阔太太。

艾迪知道自己没有机会娶到阿兰娜，他只要每晚看到阿兰娜在台上演出就心满意足了。

这天，马戏团到了一个新的小镇，艾迪和老板一搭一档，又吸引了满场的观众。艾迪混在观众中间，等啊等啊，等着阿兰娜上场。

可是，奇怪的事情发生了，最后一个节目竟然不是阿兰娜的轻纱舞，变成了大力士的举重表演！直到演出结束，也没有见到阿兰娜上台。艾迪很纳闷，等到观众们渐渐散去，他赶紧来到后台看个究竟。

在后台，艾迪遇到了正在数钱的老板巴特。艾迪走过去，问："今天……今天阿兰娜怎么没有上台？"

巴特眼皮也不抬，冷冰冰地回答："谁知道，也许是身体不舒服吧。"

艾迪又问："你今天见过她吗？"

"没有，没有见过。"

听巴特这么一说，艾迪更紧张了，阿兰娜生病了？生了什么病？严重吗？想到这里，他转身想去阿兰娜住的篷车看看。

"站住。"巴特在背后叫住他。艾迪转过身，只见巴特抬起头，两只老鹰似的眼睛直勾勾地盯着他："你最好别去看阿兰娜，她需要休息。"

这时，艾迪注意到巴特的大衣上别着一朵红色的石竹花，不过一半花瓣已经掉了，大衣的前胸也被撕破了一道口子。艾迪想了想，说："我还是去看看吧。"说完，走了出来。

艾迪走到阿兰娜的篷车前，敲敲车门，里面没有动静。他伸手一推，门开了，车里黑乎乎的什么都看不见，艾迪叫了声"阿兰娜"，就走了进去，他摸索着打开电灯，"叭"的一声，灯亮了，艾迪看清篷车里的情形，只觉得浑身的血一下子凝固住了。

阿兰娜仰面朝天躺在地上，双目圆睁，脸部肿胀，舌头外伸，脖子上有一道紫印，显然是被掐死的。艾迪叫了一声，跪到阿兰娜身旁，失声痛哭起来。他看见死去的阿兰娜手中紧紧抓着几片红石竹的花瓣，还有一片碎布，和巴特身上那件大衣的花纹一模一样。艾迪明白过来，他刚想起身去报警，就听见背后传来冷冷的声音："你最好别动。"

艾迪缓缓转过身，只见红胡子巴特像座铁塔似的站在门口，手里握着一把枪，黑洞洞的枪口正指着艾迪。

艾迪问："是你杀了阿兰娜？"

"不错，"巴特咬牙切齿地说，"这个臭娘们从来没有正眼看过我一下，她还梦想去做什么阔太太呢，哈哈……我得不到的东西，别人也不要想得到！我知道你也很喜欢她，所以就让你来见她最后一面，顺便帮我一个忙。"艾迪愤怒地嚷道："你别做梦了，我会去告发你的！"

巴特笑了："哈哈……你说警察会相信一个马戏团老板呢，还是会相信一个到处招摇撞骗的'托儿'？大家都知道你一直喜欢阿兰娜，我只要说是你追求阿兰娜不成，杀死了她，没有人会怀疑我！"

艾迪说："阿兰娜的手里抓着你大衣上的碎片呢，还有红石竹的花瓣，这是你杀人的证据。"

巴特又是一阵大笑："证据？如果我们把她埋了，就没有证据了。听着，这事儿

我一个人干不了，所以找你帮忙，你乖乖地跟我把她埋了，我就让你继续在马戏团过好日子，不然的话，嘿嘿……"

艾迪坚决地摇了摇头。巴特目露凶光，大步跨了上来，抢起手里的枪柄，对准他的下巴就是一下子。艾迪猝不及防，被打倒在地，他摸了一下脸，看见满手是血，刚支撑着站起来，巴特对准他的脑门又是一枪托，艾迪重重地倒在地上，感觉天旋地转。

巴特狞笑着问地上的艾迪："到底干不干？我给你最后一次机会！"

艾迪在地上趴了好久，才晃晃悠悠地站了起来，说："好吧，我可以帮你，但我现在胸口发闷，要喘口气。"

巴特说："对，你是个聪明人，知

道除了帮我没有别的办法，你就在这里喘气吧。"

"不，这里的空气让我难受，我要到外面去，否则帮不了你。"

巴特犹豫了一下，说："好吧，你可以出去，不过别想逃跑，也不许喊人，不然我立刻就开枪把你打死。"

艾迪点点头，走出了篷车。他站在车前的空地上，深深吸了一口气，然后回过头，就像他平时做托儿一样，两眼发直，嘴巴微微张开，一言不发地看着篷车，仿佛在看一样世界上最有趣的东西。艾迪用全身心的能力看着车门，比他以往任何一次做托儿的时候都要看得认真，看得入神!

仿佛有魔力一般，那些散了场还没有走远的观众和路上的行人，被艾迪那副傻呆呆的样子吸引过来，人们放慢脚步，或者掉过头，站在艾迪的身后，也对着那辆篷车的车门看。

人越聚越多，艾迪没有回头，甚至连眼睛都没有动，他能够感觉到身边的人群，最后，他坚定地走向篷车，人群也跟着他走了过去。车门推开了，人们看见了地上躺着的阿兰娜，还有她身边的红胡子巴特。巴特正像疯了一样地从阿兰娜手里撕扯那片碎布，可是怎么撕也撕不下来。

红胡子巴特被抓住了，艾迪为阿兰娜报了仇，这一天，是他做托儿以来，最最成功的一次。

（题图、插图：箭　中）

0—6岁 影响一生——幼儿教养锦囊
（超级爸妈养育秘笈）

这是一本以学龄前儿童家长为主要读者对象的自助性儿童教养读物，全书分为"快乐"、"勇气"、"爱心"、"自信"和"宽容"等五个部分，具有很强的知识性、可读性、操作性和指导性。

本书由长期从事儿童心理教育的儿科医院医生主编，作者针对幼儿家教中普遍存在的问题，通过对大量中外儿童教育成功或失误事例的系统分析和阐述，向年轻的家长们传授行之有效的家教方法，读来颇有启发。

谁叫你提钱

□ 谭文春

这年头，谁有房，谁吃香。这不，肉联厂在滨河东路的门市部搬迁，空出一间店铺要出租。这边是繁华地段，生意火爆，店铺自然抢手。这几天，门市部主任丁满家的门槛，快要被人踩扁了。

这些上门求租的生意人，都带着数量不等的"中介费"，少则几千元，多则上万元，目的只有一个，要把这间空店铺搞到手!

可是，面对这一拨拨的来人，丁满把头摇得跟拨浪鼓一样，不管人家给多少酬金，丁满都不心动，只是说

对不起，这店铺已经租出去了。

其实，那间店铺并没有租出去，丁满准备把它留给老同学陈东东。陈东东和丁满是十几年的铁哥儿们儿。陈东东原先在滨河西路开店铺做生意，一次说起自己想把生意转移到滨河东路这边来，可惜一直"抢"不到地盘。

说者无心，听者有意，丁满就暗暗地留了心，记下了。这次大好时机，租谁不租谁都是自己一句话，理所当然的应该帮帮哥儿们儿。所以，搬迁的当天，丁满就给在外地进货的陈东东挂了电话，等他回来签租赁合同。陈东东在电话里当然感激不尽。

丁满的妻子开玩笑说："我的大

主任，你真是兄弟如手足、金钱如衣服啊。为了友情，人家送上门的钱，你居然都不要。"丁满也笑着说："人嘛，当然要讲感情的。至于钱这个东西，多一点，少一点，日子还不是一样过？"妻子娇嗔地白他一眼："就你清高！"

几天后，陈东东回来了，哥儿俩在酒桌上开怀畅饮。酒至半酣，陈东东拿出一个纸包，推到丁满面前。丁满问："这是什么？"陈东东哈哈一笑，说："哥，我是生意人，一切向钱看，从来不白帮人，也不白让人家帮我。这五千元是我付给你的中介费。"

丁满一脸惊讶地看着陈东东，说："东东，我帮你办这事，并不图什么。而且，我也不是'人家'，我们是好兄弟呢。"

陈东东说："我知道、我知道，但是，情归情，钱归钱，两者不能混淆。亲兄弟还要明算账呢。"丁满皱着眉头，问："真的要这样子呀？"陈东东说："应该的，商品社会嘛，一切都要用金钱来衡量。"

丁满低头考虑了半晌，然后说：

"那就这样吧，等合同签订以后，你再付我，好吗？"陈东东说："你先拿着。"丁满死活不拿。陈东东又问什么时候签合同，丁满说："等我消息吧。"

这一等就是几天，陈东东着急了，打电话过去问，丁满在电话里说情况有变，要等厂里头批准，让陈东东再等等。

再等了几天，陈东东发现那店铺已经有了业主，大吃一惊，忙打丁满电话，问是怎么回事？丁满说："唉！我们老板坚持要把这店铺租给那家，我没有权力更改，实在不好意思。东东，你不会怪我吧？"陈东东叹了口气，说："哪能呢？"

丁满放了电话，一旁的妻子冲他揶揄说："你们不是手足情深的哥们儿吗？你咋又出尔反尔，把店铺租给别人了呢？"丁满叹息说："这不能怪我哇！你也知道，一开始我是无私帮助他的，可后来他和别的人一样，一定要给我钱，拿了钱，就谈不上感情了。我心想，既然非拿钱不可，我为什么不选择给钱多的人呢？"

（题图：魏忠善）

感谢责难

有个厨师，在纽约郊外的一个度假村工作。

一个周末，厨师正忙得不可开交，服务生端着一个盘子走进厨房对他说，有位客人点了这道"油炸马铃薯"，他抱怨马铃薯片切得太厚了。

厨师看了一下盘子，跟以往的油炸马铃薯并没有什么不同啊，以前也没有客人抱怨过切得太厚。不过，他还是重新将马铃薯切薄些，又做了一份请服务生送去。

几分钟后，服务生端着盘子气呼呼走回厨房，他对厨师说："那个挑剔的客人一定是在别的地方遇到了麻烦，把气撒在我们身上，他还是嫌马铃薯片切得太厚了！"

厨师也很生气，但他没有说什么，还是忍住脾气、静下心来，耐着性子将马铃薯切成更薄的片状，然后放入油锅，炸成诱人的金黄色，又在上面洒了些盐，第三次请服务生送过去。

没过多久，服务生又端着盘子走进厨房，但这回盘子是空的。服务生对厨师说："客人满意极了，连连说这辈子从没吃过这么好吃的炸马铃薯，同桌的其他客人也都赞不绝口，他们还要再来一份。"

这道薄薄的炸马铃薯从此之后成了这个厨师的招牌菜，吸引许多人慕名前去品尝，传开以后，成了炸薯片，今天已经是深受各国人喜爱的休闲零食。

对待别人的批评，不管是否过分，总保持着耐心，合理地去对待，抱着"有则改之，无则加勉"的心态，以求做事尽善尽美，这样，总会有所收益的。

（作者：杭大庆）

闯了红灯之后

一个夜晚，天下着细雪。有个德国人抱着侥幸心理驾车闯了红灯，结果被一个睡不着觉的老太太发现。没隔几天，保险公司的电话就到了："你的保费从明天开始增加1%。"

"为什么？"

"我们刚刚接到交通局的通知，你闯红灯，根据我们判断，这种人很危险，所以保费要增加1%。"

这个人心想，那我就退保，投保另一家保险公司。但当他找到别的保险公司时，那家公司也要求他的保费比别人多1%。原来，全德国的保险公司通过网络都知道他有一次闯红灯的不良记录，所以每一家保险公司都会增加他的保费。

没过多久，他的太太也进来了，问他："老公，银行突然通知我们购房分期付款从15年改成10年，到底发

买房的 13 种 "死法"

◇ 房子太多，性价比不错的太少，一到周末四处看房子，跑死；

◇ 售楼小姐态度太好，一天一个电话，来来回回就几句话 "快来买吧"，烦死；

◇ 售楼小姐态度不好，见衣装一般的人爱理不理，眼神就表示 "这房子你买不起"，气死；

◇ 首付款和月供交了后，天天去工地看，不见封顶，等死；

◇ 到了交房时间，迟迟不见有人通知自己收房，听人说开发商已经没钱了，慌死；

◇ 装修时自己动手，从买材料到刷墙亲自动手，累死；

◇ 房子住进去三个月，门前空地开进一帮人施工，才知道住的只是一期，后面还有二期三期，一天到晚机器轰鸣，吵死；

◇ "外国进口的暖气" 用不到一年就坏了，正值寒冬腊月，蜷在家中，呵气成冰，冻死；

◇ 夏天，正是 "桑拿" 天气，忽然停电，空调、电扇、电梯全部瘫痪，上不能上，下不能下，热死；

◇ 小区停车位不够，为寻停车位，找死；

◇ 二期三期也快建成了，才发现效果图上标的绿地居然不是绿地，而是一条非常重要的市政路，想到以后窗外就是大马路，车来车往，不得安宁，愁死；

◇ 朋友买了一个新建小区住宅，环境优美，户型设计优秀，居民生活悠闲，和自己的房子一比，优劣顿现，悔死；

◇ 静夜，躺在床上想起自己赚钱之种种不易，买的房子居然如此不济，辗转不能眠，哭死。

（推荐人：蒋宁贤）

生什么事了？"

"实在对不起，因为我前几天闯了红灯。"

太太生气地说："啊！闯红灯？我们家已经没有钱了，还搞这种事情，你自己想办法！"

不久，他的宝贝儿子从学校回来："爸，老师叫我把学费现金送过去，说不能分期付款了。"

当儿子得知这一切都是因为爸爸闯红灯造成的，感到不可思议："啊，爸爸你闯红灯！难怪同学都笑我，下礼拜我不想去学校了，真丢脸！"

这个德国人陷入困境，只是因为闯了一次红灯。

（作者：张涛帅；推荐者：王济黎）

和绑匪过招

□ 彭晓风

我是一家监理公司的业务员，出事那天晚上我加班到很晚，快走到我家那条黑胡同时，迎面开过来一辆面包车，在和我擦肩而过的一刹那，车门猛地打开了，从里面伸出两只手，一下就把我拽进车里，死死地摁在了座位上。

这一切来得太突然了，我还没意识到是怎么回事，头上就挨了一家伙，疼得我眼冒金星，刚想反抗，脖子又抵上了一把刀，耳边有人低声说："请你和我们走一趟，放老实点！"我一犹豫，手脚立即被绑上了，嘴里塞进一团纸，眼睛也被蒙了起来。

这是绑架！我突然明白过来，但已经晚了，全身都动弹不得，也发不出声音，只好忍着脑袋的剧痛，默记着面包车所走的路线，看绑匪把我带到哪里。但面包车在街上转来转去，一会儿就把我拐迷了，大约过了一个多小时，车才停了下来。我感觉先被抬进了一所房子，然后下台阶进了一间很阴冷的屋子。进去之后我被按坐在一张床上，蒙在眼睛上的布和塞在嘴里的纸团被拿掉了。我睁开眼睛，映入我眼帘的是一胖、一瘦、一矮三个绑匪，在昏黄的灯光下，他们的面目显得十分狰狞。

三个绑匪我都不认识，不知道他们为什么绑我。我说："你们是不是抓错人了？我只是公司的普通职员，没钱赎身的。"那个胖绑匪好像是头，他笑了一下，说："错，怎么可能？你小名叫强子，是公司的金牌业务员，老婆叫王岚，是名医生，儿子胡小刚在经纬路上小学，这些都不错吧？"

听他这么说，雇他们绑架我的很可能是熟人！我紧张地说："是谁指使你们来的？"见三人不理我，我干脆扯着嗓子喊开了："救命啊，绑架啦！"三个绑匪一听，同时扑向我，对我一顿拳打脚踢，把我打昏了过去。

这一顿打我并没白挨，至少我知道这附近还有人，否则他们不会反应那么激烈。过了一会儿，我醒了，说："想要多少钱你们说，别为难我老婆孩子。"

几个绑匪看了我一眼，没说话。他们的举动让我很纳闷，一般说来，绑匪绑架了人，肯定第一时间找家人索要赎金，但他们好像并不着急。胖绑匪指了指瘦绑匪，对我说："今晚他看着你，别做无益的反抗，否则他一个人也能让你神不知鬼不觉地消失。"

绑匪心狠手辣，什么事都干得出来，好汉不吃眼前亏，我不能做无谓的牺牲，得用智取。拿定主意后，我仔细观察了一下这间屋子，发现是间地下室，没有窗，头顶上总有车在跑，奇怪的是有时感觉车子离得很近，有时又感觉离得很远。我忍着浑身的疼痛想，这究竟是在哪里呢？

这一夜我是在焦虑和惊恐中度过的，一点睡意都没有，我的手机被绑匪搜走了，我失去了同外界联络的一切途径，老婆现在知道我被绑架了吗？绑匪会怎么对付她？到底是谁想对我下毒手？脑海里各种假设交织在一起，到第二天还没理出个头绪。

第二天一大早，矮绑匪来接替瘦绑匪。等到地下室就剩我们两个人时，我试探着对矮绑匪说："兄弟，就是死你们也让我死个明白吧！"矮绑匪说："想知道我们是谁雇的？"我苦笑着说："我想了一夜也没想出这个人是谁，总不会是上帝吧。"矮绑匪点了一支烟，得意地说："你就当是上帝好了。"

我见他的脸部表情松弛下来了，就说："兄弟，要不这样，我给你一笔钱，你把我放了，他俩来了你就说我跑了。"矮绑匪愣了一下，眯起眼盯了我一会，说："你和你老婆都是上班族，能有多少钱？"我说"虽然不多，但还有一点，你开个价吧。"矮绑匪一听，哈哈一笑，说："你别耍小聪明，我才不会上你的当呢。"

矮绑匪说完便不再理我，我更奇怪了，世上还有不要钱的绑匪？

中午和傍晚，瘦绑匪给我们送来两次饭，伙食还不错，似乎没有为难我的意思。到了晚上，瘦绑匪来换班，于是我又试着用钱引诱瘦绑匪。

可瘦绑匪连连摇头，也不动心。我又说："你不动心你兄弟可动心了，只不过我们在价钱上没谈拢。"这句话果然管用，瘦绑匪听后连忙问："你能出多少钱？"

终于上钩了！我抑制住内心的兴奋，说："十万，十万怎么样？"其实我这是信口开河，家里根本没这么多钱。谁知瘦绑匪一乐"我们三个是好兄弟，为了十万块钱和他们反目不值得，要是你出一百万我就考虑一下。"

我愣住了，没想到这小子太精了，早就摸清了我的底，根本不上我的当！看着他洋洋得意的样子，我恼了，对他说："我要方便。"瘦绑匪拿来一个矿泉水瓶，我哼了一声，说："不是小便，是要大便！"瘦绑匪一听，便找来几张报纸铺在地上。我白了他一眼，没好气地说："你们把我的腿绑着，怎么蹲得下来？"瘦绑匪想想也是，就过来弯下腰，松开我脚脖子上的绳子。

我趁着他低头松绳子的当口，一咬牙，猛地一提腿，用膝盖狠狠撞在他的面门上。他怪叫一声，仰面倒地，我立即往门口跑去。可没跑几步，瘦绑匪就扑了上来，我感到身体猛地被电击了一下，立刻浑身酥软，一下倒在了地上。

只见瘦绑匪满脸是血地站在我面前，手里拿着根电警棍。我想这下完了，一顿皮肉之苦肯定少不了。但他

把我的双腿重新捆上之后，并没打我，只是狠狠地说："小子，我给你记着！"

功亏一篑啊！我懊恼不已，担心绑匪夜里下手撕票，又睁着眼睛挺过了一宿，到了早上，才昏昏沉沉地迷糊过去。

但我睡得并不安稳，一直做噩梦，梦见有人不停地追我，后来我跑回了家，却发现一家人全被人绑架了，我怒火中烧，发誓一定要亲手抓住凶手。梦到这里我一下惊醒了，对，我不能就这么束手就擒，我要想办法出去，家里人还等着我呢！

吃过午饭，我又开始琢磨这地下室到底在哪里。正在这时，有两辆车同时经过地下室的上方，听声音不像是并排走，而是一个上一个下。我闭着眼睛默想了一会，忽然明白了：上面是座立交桥！但全市有好几座立交桥，会在哪一座下面呢？从过往车辆的数量来看，不太可能是在市内；北郊那座周围一点建筑都没有，不可能有地下室；东郊和西郊的两座还没完工，根本没通车。排除了这几座，我兴奋得几乎要跳起来，因为我想起被绑前曾经看过一则新闻，说是南郊桐柏路立交桥经过一个村庄，有些村民搬迁时地下室没填，压路机曾把路面压塌过。对，这里一定是南郊！

确定了地下室的位置后，我又犯愁了，怎么把这信息送出去呢？正想着呢，一直没露面的胖绑匪忽然来了，他和另两个绑匪耳语几句，一手拿着我的手机，一手拍拍我的肩膀，说："等急了是吧，那就赶快发条短信告诉你老婆存折放在哪里了。"

哦，绑匪终于问我要钱了，我从他的话里知道妻子很平安，于是稍稍放了点心。我装作心疼的样子问："你们要多少？"胖绑匪干笑了一下，说："你不是愿意出十万收买我兄弟吗，那就十万好了。"

我又说："给我看看我老婆发的短信！"胖绑匪犹豫了一下，把我的手机递给我，然后死死盯着我的一举一动。我先调出他今天发给我老婆的短信："你丈夫在我们手里，要想让他平安归来就准备十万块钱，报警他就没命了！"再看我老婆的回复是："存折平时都是他收着，我找不着，让他告诉我。"

不愧是我的老婆，回答得真聪明！我猜她一定报警了，要知道家里的存折都归她管呢，她这样说，分明是想得到我的消息。这时，胖绑匪一把夺过我的手机，不耐烦地问："想好了没有？"我略微思考了一下，告诉胖绑匪这样一句话："存折在家里那个桐树吉他南头的琴桥下面。"胖绑匪听了，没发现什么异常，就照我说的发了。过了一会儿，老婆回短信说："存折已经找到，但现在银行取不出大笔钱，得等到明天早上。"

看到这句话，胖绑匪面露微笑，说："今晚我们就在这儿凑合一夜，明天拿到钱再说。"我的心里却一点底也没有，不知老婆明白了我的意思没有，也不知道警察找到这里以前我还能不能活着？

三个绑匪不久就呼呼入睡。我仰着头，侧着耳朵，等呀等呀，不知过了多久，忽然听见有几辆车由远而近，最后在地下室上面停了下来。我的心猛地狂跳起来，睁大眼睛看着三个熟睡的绑匪，生怕他们在这个当口突然醒过来。这一刻，空气仿佛也凝固了，我能听见自己怦怦的心跳声，心简直都要跳出来了。

"砰！"一声巨响，地下室的门被人一脚踹开了，几个全副武装的特警一拥而入，三下五除二就把刚从睡梦中惊醒的三个绑匪一一擒获，我也被一个特警抱起迅速离开。

转眼之间我已到了安全地带，看见在外面等候的老婆，一脸紧张和憔悴，我的眼泪禁不住流了下来，我们两个人抱在一起，很久说不出一句话来。随即三个绑匪也被押了出来，看着一脸惊愕的胖绑匪，我朝他吐了口唾沫，说："其实我家根本没什么吉他，我编的那个短信是报信的！你们想不到吧？"

警察把我带回公安局做笔录。做完笔录，我问一个审讯绑匪的警察："他们究竟为什么要绑架我？"警察反问我"你知不知道浩宇公司？"我一怔："知道，这家公司是我们的同行，怎么了？"警察说："绑匪交代是浩宇公司的老总雇了他们，让他们限制你两天自由。"

我觉得莫名其妙，问："限制我自由干什么？"警察说："浩宇公司老总说你曾经抢过他们公司的生意，这两天又有一笔大业务要竞争，他怕再次失手，就找人把你这个金牌业务员关起来。绑匪完成了'任务'，本来就要放人了，可你不是想收买他们吗，所以他们打算多捞一票，没想到聪明反被聪明误，就栽在这贪上！"

案子破了，我也得救了。更让我高兴的是那笔和浩宇公司竞争的业务，本来，我被绑架那天加班就是准备第二天去谈判这笔业务，因为竞争的公司多，我也没有把握。可这事一出，人家竟答应跟我们公司签约了，原因是有我这样在绝境中也不放弃努力的好员工，我们公司一定错不了。

看到这个结果，我想被捕的浩宇公司老总的肠子一定悔青了。

（本篇月月评短信代码：0308）

（题图、插图：箭　中）

· 本刊信息传真 ·

郑重声明

为严肃出版纪律，编辑部再次郑重声明：1.本刊拒绝重发稿、抄袭稿。一经发现，编辑部将视情节轻重，对其作出相应的处理，如通报有关部门、在刊物上公开曝光等，并保留向司法部门起诉、追究法律责任的权利。2.所有来稿务请注明：原创、翻译、改编、推荐、搜集整理以及需要说明的事项（包括该作品是否已投寄其他刊物）。3.来稿三个月内未接到任何通知，作者可另投他处，编辑部不再退稿。

一把价值连城的小提琴，演奏着两代人的传奇……

魂系阿玛蒂

□ 李滋民

1．李小宁的故事

李小宁是县文化馆的小提琴演奏员。这天，他到省城开会，结识了省歌舞团的首席小提琴陈老师。晚上，在招待所里，李小宁和另外几个拉提琴的请陈老师喝酒，顺便向他请教小提琴的问题。陈老师十分健谈，两杯啤酒下肚，便海阔天空地吹了起来，他先讲了一个小提琴起源的故事，说是古埃及有个人，一次在河滩上散步，踢到了一只大贝壳，贝壳震动出的声音非常好听，于是他就按照贝壳的样子做了一只琴，配上弦，这就是小提琴最早的样子……

大家正听得津津有味呢，突然，陈老师问道："你们知道世界上最好的小提琴是哪里出产的吗？"

这个问题还真把大伙给难住了，有的说是法国，有的说是德国，还有的说是美国。陈老师听了连连摇头，最后揭晓谜底似的说："告诉你们吧，世界上最好的小提琴产于两百多年前意大利一个叫克雷莫纳的小城。直到今天，人们造出的琴都超不过克雷莫纳大师们的作品！"说到这里，陈老师来了精神，两眼放光，好像真的到了那个意大利的小城，他滔滔不绝地讲起来，"克雷莫纳有很多制造小提琴的世家，几代人都是造小提琴的高手。因为做小提琴的木头要充分干燥，所以从祖父挑选到最好的木头，自己不用，要存放几十年，留到孙子手里再用。小提琴背板用的枫木，一定要有虎皮一样深浅不一的斑纹，这样的枫树，大约一千棵里只有一棵。给小提琴上漆要延续一个多月，连续上四十次，用的漆都是世代相传的秘方……"陈老师说得眉飞色舞，大家听得如痴如醉，都说想不到一把小提琴还有这么多的学问，难怪人们称小提琴是"乐器里的皇后"啊！

大家你一言我一语正说得热闹，李小宁若有所思地插话道："要说意大利小提琴，好多年前我还见过一把，陈老师不说我早就忘了。说起那把琴，还有一个故事呢……"陈老师让李小宁说说他的故事，李小宁见大家有兴趣，便趁着酒兴，说开了。

大约三十年前，李小宁和几个知青到一个叫蘑菇滩的地方插队。快到春节时，有个宣传队到大队演节目。当地的一个小伙子把舞台上的小提琴叫做"下巴胡"，让知青们听了笑弯了腰。李小宁给他纠正说，那叫小提琴，不叫"下巴胡"。小伙子不服气地说"咋不叫'下巴胡'哩？九队朱有福的房梁上就挂着这么个东西，我早就见过！"知青们又是一阵哄笑。

当时这话说过，别人就忘了。可朱有福家有小提琴的事一直在李小宁的脑海里打转。李小宁当学生时就在学校宣传队拉小提琴，他一直梦想有一把属于自己的琴。经过了一年的辛苦劳动，他分得了四十八元四角钱。

他揣着这一生中的第一次劳动报酬，决定买下那把挂在房梁上的小提琴。李小宁在没脚腕儿深的雪地里走了两个多小时，终于找到了朱有福的家。

朱有福是个四十多岁的汉子。当他听李小宁说明了来意，很爽快地说："有哩，有哩，有这么个东西哩。"说着话，便从房梁上取下一个烟熏黄了的报纸包。打开裹着的几层报纸，果然是一个小提琴盒子。打开盒子，一股呛人的炕烟味从里面散发出来。琴的外观古香古色，琴背是漂亮的虎斑纹。李小宁从音孔望进去，有几个他看不懂的外国字，这还是一把外国琴哩。李小宁激动得心怦怦跳着问："大叔，你这琴卖不卖？"朱有福说："你想要，二十块钱拿走！"李小宁没想到会这样顺利，他手忙脚乱地给琴定好了弦，一弓拉下去，不料，这外国琴发出的声音极其微弱，而且嘶哑，根本不能听。李小宁大失所望，这样的琴当然不能买了，没想到一年的辛苦，竟换来这样一个结局。

买卖不成仁义在，朱有福还是热情地留李小宁在他家吃饭。二人坐在热炕头上，慢慢地聊着。李小宁问道："大叔，你从哪里搞来一把外国小提琴？"朱有福呷了一口土烧酒，告诉李小宁，那还是1960年快过年的一天，外面下了一尺多厚的雪，朱有福到河边去挑水，猛地看见雪地里趴着一个人。朱有福走近一看，见那人穿着一件狐皮大衣，脸朝下趴在雪地里。他赶紧把那人翻过来，见他戴着黑边眼镜，怀里抱个"下巴胡"盒子。朱有福伸手摸摸那人的心口，发觉还有些热气。于是他水也不挑了，先把那人背回家，放在热炕上焐，约莫有一顿饭的工夫，他才醒过来。一问，才知道他是个右派，在四十里外的一个农场劳动。快过年了，场里放他们回家与家里人团聚。他是赶往三道沟火车站坐车的，可是他走了几十里的雪地，又累又饿，就昏倒在雪地里，幸亏朱有福把他给救了。朱有福知道在那个

农场里劳动的尽是些有学问的人，此刻他家的锅里正好煮着五根胡萝卜，那可是他一家五口人的一顿饭呀。朱有福一咬牙，把胡萝卜全捞出来端给那人。那人兴许是饿疯了，两口一根，两口一根，眨眼间五根胡萝卜全下了肚。他咂着嘴，一抬头，见朱有福的三个娃都望着他流口水，他全明白了，不由得流下泪来。

朱有福见那人身体很虚弱，这么去南方，说不定走到半路就没命了，于是就留他住了两天，还把家里剩下救命的半碗黄豆煮熟，都给他吃了。吃饭时，那人看见朱有福全家人的碗里都是水煮萝卜缨子，又偷偷地抹开了眼泪……

大年三十晚上，村里的几个小伙子到朱有福家。大家说，老朱啊，肚子里光是些野菜汤汤，饿得人心慌哩，这年咋过呢？咱到学校听听"花儿王"漫"花儿"，也算解个心慌吧！村里小伙子说的"花儿"，是西北广为流传的一种民歌。他们说的"花儿王"，名叫张有才，他是这儿方圆百十里唱得最好的。这时那个右派，一听朱有福他们要去听"花儿"，高兴得像个孩子，非要跟着去。到了学校，已经放假了，只有张有才一个人。他们十几个人就挤在他的小房子里，围着火盆，一边烤火，一边听张有才唱"花儿"。那个右派高兴得像个傻小子，一边拿个小本本记着，一边摇头晃脑地

念叨着："太美了，太美了！"那天晚上，主要是张有才唱，别的人也跟着唱了几段，闹腾到半夜才散。当朱有福喊那个右派回家时，他竟赖着不走，硬要和张有才睡，说还要听"花儿"哩。后来他在张有才的屋里住了两天，天天喝张有才的野菜汤，听张有才唱歌，还小心翼翼地在小本本上画黑豆芽子，两个人成了好朋友。

朱有福卷了颗辣椒烟，猛抽几口，继续说道："大年初三，我送他上路，他拉着我的手，眼泪汪汪地说：'老乡，你是我的救命恩人，可我这会儿只有几十块钱，还要买火车票。我身上的这件大衣也挺值钱的，送给你。你的恩情，我以后再报答。'说着就要脱大衣。我就骂他：'你疯了，这大雪天，没有大衣，走不出十里地，你就会冻死，那我的胡萝卜、黄豆你也就白吃了。'那人叹了口气，又犹豫了好一阵子，才说：'我这把琴，是很名贵的。你留下它，等将来国家的形势好了，把它卖了，够你一辈子的吃喝。'我心想，这人大概是吃了我的胡萝卜黄豆，过意不去，说大话宽心呢。反正他提上这东西在雪地里赶路，也是个累赘，留就留下吧。我这'下巴胡'就这么个来历。听他说，这下巴胡，还是什么——大意的呢！"李小宁笑着说："大叔，是意大利吧？"朱有福也笑了："对，是这名儿！"

李小宁这三十年前小提琴的回忆，听得大家入了神，他们又聊了一阵子闲话，便各自散去了。

2. 陈老师的计划

第二天，陈老师悄悄把李小宁叫到没人的地方，掏出一张纸，问："你当年要买的那把琴上，有没有这里面的字？"李小宁接过纸，只见上面用圆珠笔写了几串外文。他辨认了好半天，才指着其中一串外文说"好像是这几个字，哎，这都三十年前的事了，谁能记那么清楚？"

陈老师看着李小宁指的字，一张脸顿时变红了，他的声音微微颤抖地说："你再仔细看看，到底是不是这几个字？"李小宁不明白陈老师为什么这么激动，只得朝纸上又认真地看了几眼，才说："没错，就是这几个字。"

"天哪！"陈老师猛地扔掉了那张纸，一把抓住了李小宁，"你知道吗？你知道吗？这可是意大利制琴大师阿玛蒂的签字，阿玛蒂是克雷莫纳城制琴业的祖师爷！这是世界上顶顶好的小提琴！一个百人乐队里，一把阿玛蒂琴的声音能够清清楚楚地传到音乐大厅的最后一排。按欧洲人的说法，这琴能穿透人的心灵！"他的话让李小宁听得目瞪口呆，他不解地问："那为什么我拉它的时候，声音那么微弱？"陈老师说"我估计是音柱跌倒了，音柱把声音的震动从面板传到背板，被意大利人称为小提琴的'琴魂'。修好它不难，找一根细绳子，一根铁丝，在二十分钟之内我就可以把它拉起来。唉，李老弟，当年你要是胆子再大一点，二十块钱把它买下来，现在可就发了！你猜，一把阿玛蒂小提琴现在值多少钱？"李小宁茫然地摇摇头。陈老师伸出了一个巴掌。李小宁问："五万？"陈老师哈哈大笑："五百万！是五百万啊！"

这下，轮到李小宁目瞪口呆了，他愣在那里，半天没过回神来。陈老师压低了声音，拍着李小宁的肩膀接着说："你也不必过于懊悔，也是咱哥俩有缘分，这就叫天赐良机。你明天到我家来，咱们凑上三万块钱，你立马到那个蘑菇滩去。依我猜想，你那位有福大叔肯定不知道这把琴的价值，如果琴还在，你拿这三万元把它买下来，我负责拿到广州出手。得的钱咱们五五分成，你看怎么样？"

这简直就是天上掉下一麻袋钞票来，还能怎么样？当然是照陈老师的计划行事了。

李小宁来到了阔别三十年的蘑菇滩，当他走进朱有福家门时，朱有福家已今非昔比，小土坯屋变成了漂亮的红砖四合院，院子里种着花，还有个葡萄架。朱有福也苍老了许多。李小宁上前招呼道："有福叔，你还认得我吗？"朱有福眯眼望着李小宁说："啊呀，我眼拙，记不清人，你是不是县里的工作组？"

李小宁笑着说："什么工作组，我是当年在这里插过队的知青，我还来买过你的下巴胡呢！""哦，我想起来了，你是那个会拉下巴胡的知青李小宁吧？你也老了！""可不是么，这都几十年过去了。大叔，您那下巴胡还在吗？""在，在，快进屋说话。"

朱有福把李小宁让进屋，让他坐下，沏茶敬烟后，他走进里屋翻腾了半天，拿出了那个李小宁三十年前曾经见过的盒子。

李小宁取出小提琴，把上面的字母一个一个地对了三遍，一点没错，真的就是阿玛蒂！他激动得差一点晕过去。这时，朱有福的儿媳妇已把酒菜摆上了炕桌，两个人三杯酒下肚，李小宁掏出三万块钱，说明了来意。朱有福一见这么多钱，惊叫起来："啥？当年二十块钱你都不要，如今要掏三万，你是醉了吧？"李小宁心里高兴，又喝了酒，早把陈老师嘱咐的话抛到脑后，当下把这阿玛蒂的来龙去脉一五一十给老汉神侃了一通，不过他没敢说五百万的事，只说这琴现在能值几万块钱。

谁知，朱有福听了，沉默很长时间，终于说道："钱，你先收起来，你让我想一想。"李小宁心里嘀咕，这老汉准是乐胡涂了，二十块钱的东西，卖成了三万，还有什么可想的？

万没想到，第二天一起床，朱有福对李小宁说："老李，昨晚我思谋了一夜，这东西不能卖。"李小宁急了："大叔，你是不是还嫌价钱低？要不你出个价？"朱有福连连摇头说："出啥价哩，你要不说这是一答理还是两答理的东西，我白送你都行。如今我也不缺二十块钱了，这东西在我手里也是个闲物件，你拿去玩就是了。可我知道了这东西的来历，就得另作打算了。"听他这么说，李小宁恨不得扇自己两个大嘴巴，昨天给几杯酒闹得发了昏，胡侃什么呀，这下可侃出麻

烦来了！

李小宁好说歹说，把嘴皮子都磨薄了，可朱有福就是一根筋铁了心：不卖！

李小宁垂头丧气地回到家，马上给陈老师打电话。陈老师一听，当即在电话里把李小宁一顿好训："老李呀，你让我说你什么好呢？难怪人家说搞音乐的人脑子里少一根弦，我看你是少两根弦。你扯那些废话干什么？好好的事让你给搅黄了。这样吧，我们最近有个演出，一个星期后回来，我亲自出马。"

3. 阿玛蒂失踪了

一个星期后，李小宁和陈老师再次来到蘑菇滩。寒暄几句后，朱有福老汉直奔主题说："那东西我不卖了。"一句话，像孙悟空施了定身法，把李、陈二人都定住了。老汉接着说："我是这样想的，咱村子里买个唱秦腔的板胡，也得十块钱。这巴胡是洋货，怎么也值二十块。那人吃了我的五根胡萝卜，半碗黄豆，饥荒年，也就扯平了。可是，听你们说这东西值好几万，我要是卖了，那不是打劫落难人的钱财吗？人活一世，就讲一个义字。它就是一座金山，不是我的，我就不能要。该是谁的，就应该还给谁。你走后，我在那个盒子里翻出来几张纸，上面画了些黑豆芽子，还有名字和地址哩。"老汉说着，从抽屉里拿出

几张五线谱纸。李小宁和陈老师接过被烟熏黄的五线谱纸一看，是一首没写完的小提琴独奏曲，标题是《戈壁小夜曲》。开头的几句旋律纯净、优美，可惜没写完，下面有落款：南海音乐学院况若虚。朱有福接着说"我让儿子照着这个地址写了一封信，打听一下这个人还在不在。要是还在，不管这东西值多少万，我都要还给人家。"

陈老师哗哗地翻着颜色发黄的五线谱纸，感叹不已地说："老李呀，咱们俩虽说都是搞音乐的，今天才算是见识了一位真正的音乐家。你看这位况若虚，快要饿死了，还在写这种甜腻腻的小夜曲，这才叫音乐家！咱们俩算什么呀？"他顿了顿，又对朱有福说，"还有您，朱大叔，难得您老人家有这样的侠义心肠。像您这样的人，如今社会上可不多见了。可敬！可叹！这样吧，琴，我们不买了，您把那意大利古琴拿出来，让我看一看。说出来不怕您老见笑，我拉了大半辈子提琴，在咱们省也算是小有名气了，好琴也见过几把，可正宗的阿玛蒂还没拉过。我就在您老的这屋里过把瘾，也算我们这趟没白跑。"

朱有福点着头说："那成，光说这是个稀罕物件，价钱大得吓死人，还不知道能弄出个啥声音来。"

说话间，朱有福从里屋抱出琴盒子来。盒盖一打开，陈老师的脸色就变了，冲李小宁吼起来："老李，你开什么国际玩笑，这叫什么阿玛蒂？这是国产的'星海牌'，你看这琴的档次，也就一二百块钱的东西。"

李小宁接过来一看，琴上的漆崭新明亮，绝对不是一星期前见过的那把古香古色的意大利琴，他惊异地望着朱有福。

朱有福的脸由红变白，又由白变青。只见他把手中的茶杯猛地朝地上一摔，跳出了屋门，站在院子里大骂："朱少龙，你狗日的给我滚出来！"陈老师悄悄问李小宁："朱少龙是谁？"李小宁告诉他，是老汉的儿子。

这时，只听老汉的儿媳妇从那间屋里出来，怯生生地回答："爹，少龙一大早就出去了，什么事让您生这么大的气？"说着话，把老汉扶进了屋里。朱有福气得呼呼喘着气，问："到哪里去了？怎么也不跟我言语一声？"儿媳妇低着头回答："我哪里知道啊，他平时出门也不跟我说。"

朱有福老泪纵横地说："没想到老了老了，还丢这样的人。东西肯定是让我那贼儿子换走了。如今这年月的人，咋都这样啊，一见钱，就跟鬼魂附到身上一样……"

儿媳妇也哭了起来："爹，您老人家不要这样，我就把实话给您说了吧。您的孙女儿今年上高三了，学校老师说，这孩子是个读书的好材料，他打保票，考上重点大学没问题。爹呀，您知道如今上一个大学要多少钱？四年上下来，得五六万块钱。咱家上哪儿去找这么多钱？少龙卖这东西，也是没办法的事啊……"

陈老师和李小宁听了，顿时面面相觑，不知道说什么好。但他们知道，这把阿玛蒂小提琴，真的不在老汉家里了。

4. 朱少龙闯南海

那把阿玛蒂古琴确实是朱少龙拿走的。那天他一回到家，媳妇就给他说，当年的知青老李来咱家了，说咱家的那个东西如今要值好几万块钱呢。朱少龙一听，高兴得和媳妇商量了一夜，说这下女儿上学的钱有着落了。谁知他爹拿定了主意，硬逼着他给南海写了一封信，叫他到邮局去发。朱少龙走在路上越想越生气。他觉得这东西又不是偷的、抢的，是当年咱用救命的粮食换的，凭啥白白地送给他？

走到乡邮局门口，他就把信撕了，回到家骗他爹说信发走了，但又一想，觉得这也不是长久之计，老爹不见南海回信，肯定还要想别的办法。他就到县城里花一百多元买了这把小提琴，搞了个偷梁换柱，用新琴盒子装上了旧琴，登上了去南海的火车。

朱少龙来到南海，找了一家便宜的小旅店住下，而后来到一家拍卖行，把琴递上去。几个店员一看东西，咬了一阵子耳朵，就到后面把经理请了出来。那经理拿了个放大镜，把琴足足看了一个多小时，最后挺客气地对朱少龙说："先生，要说字画、瓷器，我是行家。这外国乐器，我还真有点儿吃不准。要不你把东西放在这儿，我给你写个收据，再请个高人来给你鉴定一下，咱们再谈价钱。你看行吗？"

朱少龙也弄不清大城市拍卖行的规矩，只好说行。第二天，再到拍卖行，店员把他请进了经理办公室，里面除了经理，还坐着一位满脸皱纹的中年人。经理介绍说："这位是南海音

乐学院的田讲师，是专门研究小提琴的，他看了这琴，出价两万，我看这价钱也还合适。"

朱少龙心想，知青老李出三万，这人才出两万。他一伸手把琴拿过来，说："两万不卖！"说完，夹起琴就走。魏经理忙拉住他说"要不你报个价。"这时那个田讲师走过来，拍着朱少龙的肩膀说："先生，不要这样么，我是这方面的专家，我报的价是不会有错的。你知道这是一把什么琴？哪个国家产的？"朱少龙其实心里也没底，只是听媳妇说，知青老李说这是一把意大利产的琴，名叫阿玛蒂。他也不知道媳妇把这三个字记对了没有，怕说错丢人，就回答说："不知道。"田讲师面露喜色："这就对了么，我谅你也不知道这琴的来历。你听我的话没错，这琴能卖两万就不错了……"

朱少龙打定主意，再找个拍卖行摸摸行情，他也不想听这两个人唠叨了，紧抱着琴，回了旅馆。

第二天一大早，朱少龙还没起床，田讲师就找到旅馆来了，见面就说："啊呀，朱先生，真让我好找，你怎么住在这样简陋的地方呀？走走走，咱们找个地方好好谈谈。"朱少龙不好意思地起了床，夹起琴盒子，跟着田讲师，坐出租车来到明珠大厦。田讲师已在这里租了一个房间。他叫服务员端来早餐，等朱少龙吃完了，就开口说道：

"朱先生，你不要以为你的那把外国琴是无价之宝。我这里有一把中国琴，现在我把这两把琴都演奏一下，你听一听声音，就知道你的琴是什么价值了。"田讲师说着拿出一把崭新的小提琴，演奏了一曲《新疆之春》，朱少龙觉得好听极了。接着，田讲师又拿起朱少龙的阿玛蒂，一弓拉下去，阿玛蒂只发出一点微弱嘶哑的声音。田讲师不无得意地说："看到了吧？你的这把琴是有毛病的，怎么好漫天要价呢？我这把新琴才值两千多元，你这琴能卖两万就很不错了。"

朱少龙也糊涂了，搞不清这琴值钱值在什么地方。田讲师见朱少龙沉默不语，又说道："朱先生，我也不瞒你，你这把琴发不出声音，是因为琴里面有根小柱子跌倒了。"朱少龙急忙问："能、能修好吗？"田讲师说"能修好，但这个技术只有我会。这样吧，我先帮你把琴修好，价钱咱们再商量。"说罢，他便对着琴仔细端详了好半天，说："我这里没有修琴的工具，我给你十元钱，你到街对面的五金店里买一把小镊子来。"朱少龙没多想，下楼买了一把小镊子。田讲师接过镊子，三下五除二就把音柱拉起来了。他又用这把琴演奏了一曲《新疆之春》。朱少龙听两把琴拉出来的曲子果然也没什么区别。田讲师坚持这把琴只值两万，朱少龙依然记着知青老李说过值三万，决定打听一下再说，他又夹着琴告别田讲师，回到旅馆。

第二天，朱少龙几经周折，又找到了一家挺大的拍卖行。他把琴递上去，店员只草草地看了一下，就报价说："两千元。"朱少龙大吃一惊，说："你可看清楚了，我这琴是大名鼎鼎的阿、阿玛蒂！"那个店员听了冷笑道："你这人好大的胆子，竟敢到我们这样有名望的店里来骗人，你以为我们都是吃干饭的啊？"他见朱少龙不服气，就拿起放大镜，对他说："你要是真不懂，我来教教你好了。你从音孔里看这商标，这上面是俄文，这是五十年代苏联产的'基辅'牌小提琴，最多也就值两千元。你知道阿玛蒂有多名贵吗？我吃这碗饭二十多年了，也是只闻其名，未见其物。你这样的破琴也来冒充阿玛蒂？赶快拿上你的破琴走人吧！别在这里丢人现眼了。"店员一番话说得朱少龙眼前发黑，差点儿栽倒。

回到旅馆，朱少龙把琴拿出来仔细观察，觉得这把琴无论颜色还是花纹，和自己家的阿玛蒂几乎一样。他又对着音孔看商标，突然一股淡淡的香水味从音孔里飘了出来。他想起他家的阿玛蒂因为多年挂在房梁上，音孔里有股炕烟味。他终于肯定这把琴是被人调换了。朱少龙恨恨地骂道："他妈的，我给我爹搞了个偷梁换柱，谁又给我来了这一套？"他回想了这两天的卖琴过程，觉得田讲师捣鬼的

可能性最大。他决定明天到音乐学院去找田讲师。

5. 田讲师露马脚

第二天，朱少龙提着琴盒子，几经打听，终于找到了南海音乐学院。他理直气壮地往里走，门房保安见他拎着个琴盒子，以为是学生，也没拦他。进了学院，只见花草树木掩映着亭台楼阁，还有喷泉、金鱼池，景色简直胜过县城里的公园。他边走边打听，由于他的西北口音，把田讲师说成了"田将四"，问了十几个人，都说不知道。一直转悠到中午，也没问出个名堂来。他就到院外路边的小饭馆，吃了一碗面，又进学院转了一圈，转累了，就坐在一棵大树下，不知不觉睡着了。他不知睡了多长时间，迷迷糊糊中听到飘飘荡荡的音乐声，是老家"花儿"的曲调。那音乐委婉动听，听得他神迷心醉。可是那音乐响响停停，时断时续。他以为是在做梦，使劲摇了摇头，睁开眼睛，音乐还在响。他顺着声音找过去，发现音乐是从一座小礼堂里发出来的。他拎着琴盒走进小礼堂，见舞台中间站着一个小伙子在拉小提琴，一个年轻女子弹钢琴伴奏，旁边还站着一个秃顶老头在指指点点。台下只有最前面几排坐着十几个人。朱少龙蹑手蹑脚地走了过去，在后排坐下。

台上的小伙子又拉了几句，那个

老头当当当敲着钢琴盖子，喊道："停！感觉完全不对。亚明，我再给你讲一下，这一段，表面上看，是描写游子背井离乡的寂寞，但你不能把它处理成那种悲悲切切的。这不是技巧的问题，因为你不了解西北。西北人可以穷一辈子，辛苦一辈子，走西口一辈子，但他们一定要痛快一辈子。他们不抱怨这个世界，尤其不用歌声抱怨。西北音乐曲调悲怆，幽怨，但骨子里是一种坚韧。我再给你把这几句唱一下。"说着，老头就手打着拍子，拉米米拉道拉地唱了起来。

朱少龙听着家乡的花儿被这个老头用这种声音唱了出来，觉得很好笑，不由得"扑哧"笑出了声。笑声引得坐在前面的十几个人都回过头来看他。朱少龙的脸一下红了。

这时，一位满头白发、面容清瘦的老太太走了过来，在他身旁坐下，问道："这位同学是哪个系的？我怎么没见过你呀？"朱少龙慌了，忙说："我不是这个学校的人。"老太太看了一眼他怀里抱的提琴盒子，说："哦，那是外校的，欢迎你来看我们的排练。你也是学提琴的吧？"朱少龙说："不是不是——"老太太说："听口音你是西北人吧？那你对我们的这个曲子一定有自己的见解了？""这个调调就是我们那地方的花儿么。""你会唱吗？""咋不会呢。""麻烦你给我来

一下好吗？"老太太领着朱少龙从侧门上了舞台，对那个老头说："李教授，这儿有一位西北来的同学，会唱这种民歌。让他唱一下，我们大家都感受一下好吗？"

老头一拍巴掌，说："唉呀，这可是雪里送炭，欢迎欢迎！"说着走过来热情地握住朱少龙的手，又把他闹了个大红脸。接着，老头亲自弹起了钢琴。

朱少龙从小放羊时，花儿张口就唱，可长这么大，还从来没在这种洋家伙的伴奏下唱过歌。这时候也顾不了许多，扯着脖子就唱了起来："花儿本是心里的话，不唱由不得自家，刀刀拿来把头割下，不死还是这个唱法……"一曲唱完，台下顿时响起了一阵掌声。那位李教授也跟着拍巴掌，拍完后说："你们听听，这才是原汁原味的东西。亚明，你要用心去领会。"接着，在李教授的再三邀请下，朱少龙又唱了几段，台下依然掌声不断。最后，李教授说："今天的排练就到这里吧。亚明，我建议你把这位西北民歌手请到家里去，好好向人家学习学习。这个作品，可是令尊的得意之作，你得好好下些功夫，争取在这次艺术节上一炮打响。"

朱少龙心里好笑：我啥时候成了民歌手了？这个教授真是少见多怪，咱村子里的人，谁不会吼我这么两句。这时，那个叫亚明的小伙子和白

发老太太拉着朱少龙往家里走去，朱少龙一想，也好，说不定能从他们那里打听到田讲师的下落呢。

白发老太和亚明是母子俩，回到家，他们去交代小保姆做饭。朱少龙坐在客厅里的沙发上，眼睛东张西望。忽然，他的目光停在了墙上的一张全家福上。他发现这张全家福照片中有一个人很眼熟，定睛一看，竟是田讲师！朱少龙站起来，走过去，呆呆地望着照片。这时，亚明走过来，给他介绍说："这是我们全家的照片。我们家全都是搞音乐的。这是我父亲，已经去世了。我今天演奏的就是他的作品……"朱少龙问："这个人是不是田讲师？""是啊！这是我姐夫，是这个学院的讲师。你认识他？"朱少龙没想到事情会这么巧，他就把田讲师如何偷梁换柱的过程详详细细说了一遍。亚明的母亲不知什么时候也来到他们身边，她听了朱少龙的话，激动地问道："朱同志，你家是西北的农民，哪来一把阿玛蒂呢？"朱少龙又开始给他们讲阿玛蒂的来历。他刚讲到一半，老太太已经泣不成声。朱少龙不知自己说得有什么不对，连忙停了下来。

老太太问："你们那个村子是不是叫蘑菇滩？""是啊！你咋知道？"亚明也泪水滚滚地说："我姓况，叫况亚明。我父亲叫……"朱少龙听出点门道来了，抢着说："叫况若虚，对吧？我家现在还有几张画着黑豆芽子的纸，上面写的就是这个名字。"母子二人听了，大哭着紧紧握住朱少龙的手！想不到三十年后，两家人能够相会。接着，老太太吩咐亚明打电话叫田讲师来。

田讲师名叫田文彬，确实是小提琴方面的专家，他自己收藏有二十几把各种类型的小提琴。那天他一见朱少龙的阿玛蒂就爱不释手，细细把玩时，又发现了提琴弓子的根部刻有几个蝇头小字：况若虚购于威尼斯。这个重大发现让他的心狂跳不止。作为况若虚的女婿，他早就知道，岳父解

放前在欧洲留学，专攻小提琴演奏。他听岳母多次说过，岳父当年曾有一把稀世珍品阿玛蒂，在西北劳改农场时弄丢了。他当然知道阿玛蒂的价值，所以没给拍卖行的经理漏底。他知道，一旦说出这是岳父的遗物，况家的人肯定会把琴要回去。他想独吞这件稀世珍品。看着朱少龙憨厚老实，他心中暗喜：上帝终于给了我一个机会！于是，他先在自己的收藏品中找到一把和阿玛蒂极其相似的苏联琴，又在明珠大厦租了一个房间。然后，假说要修琴，把朱少龙支使出去后，换下了阿玛蒂。他抱着阿玛蒂回家后，高兴得一夜没合眼。

田文彬把小提琴拿回家才一天工夫，突然接到小舅子况亚明的电话，说有重要事情，请他过去面谈。田文彬一进岳母家，吃惊得差点昏倒，他做梦也没想到那个卖琴的"西北阿乡"竟然端坐在岳母家的沙发上，岳母和况亚明神色凝重地逼视着他。田文彬又惊又羞，冷汗直冒，没想到自以为天衣无缝的计划仅仅过了一天，就穿帮了。他硬着头皮，惴惴不安地坐了下来，只听岳母对朱少龙说："朱同志，阿玛蒂的事情，我想先在我们家庭内部作出处理。要不你先回家，请转告你父亲，我的女婿对不住你们全家，我会做出妥善安排的。"朱少龙此时也想通了，觉得阿玛蒂回到况家

是天意，而且况老夫人和况亚明对他十分和气，就默默地点了点头。

朱少龙回到家，被他爹骂了三天三夜。

6. 戈壁滩的温暖

大约过了一个月，李小宁接到朱少龙的电话，说况亚明和他的母亲以及田讲师要来，两家人要处理阿玛蒂的归属问题，请他和陈老师过来看看。李小宁连忙约上陈老师，一起来到朱家，刚寒暄了几句，就听到门外传来了汽车喇叭声，只见况家母子三人下了汽车，朝朱有福家走来。

况夫人进屋坐定后，就拉住朱有福的手，感慨地说："朱大哥，没想到我在有生之年还能见到你。若虚在世时，经常向我提到你。"朱有福忙说："老嫂子，我不好意思见你啊！我那儿子不成器……"况夫人摆摆手，打断朱有福的话说："若虚经常对我说，大西北虽然自然条件很差，却是一个音乐的宝库。他在蘑菇滩听了'花儿王'张有才的演唱，内心受到了极大的震撼。西北的老百姓，即使在快要饿死的时候，还那样深情地热爱着他们的'花儿'。"说到这里，况夫人眼挂泪花，对朱有福说，"还有你，朱大哥，能把最后一口粮食给了一个素不相识的人……"朱有福打断她的话说："快别这样说，老嫂子……""朱大哥，古人说，得人滴水之恩，当以

涌泉相报，何况你们还救过若虚的命呢。若虚生前虽然极喜欢那把琴，把它看成是命根子，但绝没有收回它的意思。我今天来，是为了若虚当年的一桩心愿。他用在蘑菇滩搜集到的民歌曲调写了一个管弦乐组曲，取名《花儿情》，他说这是他一生最重要的作品，一直想亲自回到这里，演奏给蘑菇滩的乡亲们听，可惜，他再也来不了啦……今天我想让亚明在这里演奏一下，一来是帮他爸爸完成这个心愿，二来也是让他体验一下这部作品的意境。"况亚明说："妈妈，我一来到这里，似乎就找到这个曲子的感觉了。"说着，打开了琴盒，拿出了那把阿玛蒂琴。况夫人说："亚明要演奏的乐章名叫《温暖》。若虚说，他写这段乐曲时心潮澎湃，想起了当年被救时朱大哥家热炕的温暖，你们全家关切的温暖，让他觉得人世间永远都会有温暖……"

况夫人说到这儿，便让儿子亚明拉琴。一弓拉下，顿时，像阳光一样明亮，像大海一样深厚，像水晶一样纯净的音乐从阿玛蒂上飘了出来，一屋子的人都被这美妙的乐曲声迷住了，每个人都觉得心从来没有像今天这样被撞击过。

一曲终了，余音绕梁。况夫人接过琴，喃喃说着："若虚，你在天国，若能听到这首乐曲，也该心安了。"一阵沉默后，她又说："朱大哥，我此行

的第一个使命完成了，这把阿玛蒂也该物归原主了。"

朱有福一听就急了："老嫂子，你这是骂我呢，我是个老农民，说不来你们的音乐，可做人的规矩我还知道。这东西你今天说啥也得拿走。我要收了这东西，死后在黄泉路上都没脸见那位音乐家兄弟了……"况夫人说："朱大哥，你说错了，你别看这屋里站了一群音乐家，可我觉得，你才是若虚这首曲子的第一知音。我如果从你这里拿走阿玛蒂，就违背了若虚生前的心愿……"可是，朱有福说什么也不肯收。最后，况夫人没有办法，只好转了个话题，说："若虚生前还有一个

念念不忘的人，那就是你们这儿的'花儿王'张有才。"朱有福说："这人早不在了。"况夫人说："那所小学还在吧？若虚一直很怀念那个地方。"朱有福连声说："在，在。"

于是，一行人来到了蘑菇滩小学。只见房屋陈旧，一间破破烂烂的教室里正在上音乐课。几十个稚气未脱的声音，有一声没一声地唱着流行歌曲："妹妹你坐船头，哥哥在岸上走，哼哼嗨嗨纤绳荡悠悠……"

几个音乐家听了直摇头叹气。朱有福说："真是无巧不成书，给娃娃们教歌的这个小丫头，就是张有才的孙女，师范学校毕业分到这儿没几年。她嫌咱这地方穷，正闹着要调走呢，怕是心思也没用到娃娃们身上。"

教室里的老师发现外面来了一群不认识的人，就停止了教歌，走了出来。陈老师说："姑娘，小学的音乐课怎么能这样上？"张有才的孙女脸一下红了："学校就这么个条件，我也没办法。"朱有福说："闺女，好好说话，这几位都是大城市来的大音乐家。"况夫人问"小张老师，我们能进你的教室看一下吗？"小张老师一步跨进教室，说："同学们，欢迎城里来的音乐家光临咱们学校！"教室里顿时响起了一片啪啪的掌声。一行人进了教室。大家望着破破烂烂的教室感慨不已。况夫人说："同学们，你们觉得刚

才唱的歌好听吗？"几十双眼睛怯生生地你望望我，我望望你，没有人回答。况夫人又说："孩子们，你们这个地方可是个音乐宝库啊！我现在用小提琴给大家演奏一首西北民歌好吗？"况夫人说罢，拿出了阿玛蒂，演奏了一首《花儿与少年》。轻快的音乐如春风拂面，孩子们兴奋得小嘴张得老大，在况亚明的指挥下，孩子们跟着小提琴的旋律唱了起来，那歌声稚嫩欢快，热烈嘹亮。下课后，小张老师跟着一群音乐家走出了教室。况夫人问："姑娘，你是师范学校毕业的，会什么乐器吗？"小张老师低声说："会一点儿电子琴，可是学校什么乐器都没有啊！"况夫人默默地点了点头，回头对朱有福说："朱大哥，既然你不愿收回这把琴，我们也不必再争了。这把阿玛蒂，我委托我的女婿田文彬以合理的价格卖出，卖得的全部款项，用来在蘑菇滩建一座希望小学，这座学校必须有一座高规格的音乐教室。"说着，她又问况亚明，"亚明，同意我的处理吗？"况亚明连连点头，说："同意。妈妈，我现在才真正理解爸爸的那首乐曲了。我想在这儿，用阿玛蒂把这首曲子再拉一遍。"

于是，在荒凉的戈壁滩上，在一所破旧的小学校前，一首名叫《温暖》的乐曲在空中久久回荡着……

（题图、插图：杨宏富）

政府大院养老虎

本书系《故事会》金栏目"中篇故事"精选，共收9则传奇色彩浓郁的精品。大老虎走进政府大院，还被委以"保卫"重任，它果然尽职尽责，抓到了坏人，真叫新奇荒唐。两头公牛一碰面就眼红气粗，斗得天昏地暗，当它俩遭遇群狼围攻时，竟捐弃前嫌，配合默契，脚蹬角挑，杀得饿狼嗥嗥惨叫，可谓奇妙。还有鹰猴各为其主，舍命拼斗；小黄牛为救女主人，居然初生牛犊不怕狼；民兵营长独闯野猪沟，杀死红野猪；汽车班长迷路斗公狼，血战沙尘……

黑色人物在行动

本书系《故事会》金栏目"中篇故事"精选，共收 9 则该栏目之精品，主要围绕金钱这一主题多侧面地拓展故事情节。其中有因钱而污染灵魂，导致亲情泯灭，好友成仇；有见财起意，不择手段冒领他人钱财；有为钱所逼，做了违心之事；更有为发横财，行骗作恶等。这些作品的特点是故事情节曲折生动，令人回味无穷。

密访曲家屯

本书系《故事会》金栏目"中篇故事"精选，共收9则有关形形色色的"官"故事精品。或是颂扬清官好官心系民众，为民请命，惩治土顽，巧妙拒贿，秉公施政；或是批评某些干部为创政绩大搞形式主义，弄虚作假，蒙骗上级，苦了百姓；更有一部分作品对那些贪官污吏们以权谋私，仗势欺人，坑害民众，甚至为逃避罪责杀人灭口、销毁罪证等不法行为进行了无情的揭露与抨击。

高原守护神

本书系《故事会》金栏目"中篇故事"精选，共收其9则故事精品，说的是怎么做人的故事。作品通过对人物举手投足的精心设计，形象地描绘做人的道德、原则与气质，展示了人与人之间相互关爱、恪守诚信以及见义勇为的精神。面丑心善的火化工关爱弱女，可歌可泣；好邻里关心失足青年，以情动人；男女青年历尽坎坷，体现了大海可以作证的为人美德，等等。

青春读本1、2

——感动中学生的100个故事

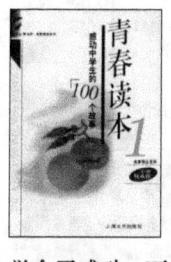

　　这是我国第一种由中学生全选、推选和评选而成的作品集。它来自全国各地的中学生之手，是从数万件推荐作品中大浪淘沙，筛选出一千来份，然后又特邀上海市的几所重点中学的同学们组成"读书会"，依其多数同学的公认，最后才集镌了这二册共200个故事。

　　据先睹为快的同学们坦言，读了这些作品，才知道什么叫轻松阅读，体会到愉快教育的真正魅力；因为它不但使人学会了感动，而且还让人在感动中留下生命的暗记；用不着逐字逐句地诵读，这些故事已完全潜入了意识领地，在需要的时候喷薄而出。

　　当然对于其他读者来说，看这些作品，一方面，可以了解我们中学生到底喜欢什么样的作品，另一方面，也可以从中探究他们的心理世界和价值取向。

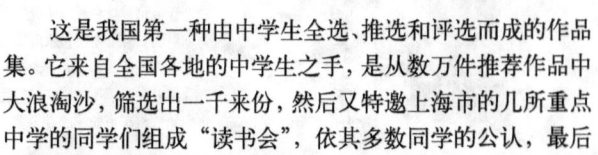

滴水藏海

——300个3分钟典藏故事

　　我们常有这样的生活经验 有时，想说出一番道理容易，而想让人接受这番道理则难，但如果你借助一个精彩的故事来述说道理，借事寓理，托事言志，情况则完全改观。

　　这就是故事的魅力。

　　本书收录的300则作品正是这样魅力洋溢的精彩故事。这些故事内容精深，构思精巧，篇幅精短，形式精致。学者撰文，教师授课，干部讲话，家长训导，学生作文，都可从中得心应手地广征博引，如同置一架书橱于身边。

　　本书会是你的良师益友。

楼上楼下

□ 杨 格

柳巧稚大学毕业后，来到深圳，在一家外资公司做职员。公司的主管是个日本人，他总有办法让所有员工像个陀螺般的旋转着，柳巧稚和同事们整天处于超负荷工作状态，喘口气都得抢抓机遇。仅仅过了半年，柳巧稚就患上了神经衰弱症，烦躁、易怒，尤其是晚上睡觉的时候，哪怕是蛐蛐在叫春，柳巧稚也会立刻惊醒，一骨碌爬起来，并且此后再难入睡。所以，给自己找个安静的小窝就成了有关柳巧稚生死存亡的大问题。几经周折，柳巧稚锁定了一个僻静的小区，还算幸运，月底的时候，有人出租房子，柳巧稚顺利地入住到里面。

这天晚上，柳巧稚回到公寓，把职业装一脱，高跟鞋一蹬，痛痛快快地泡了个热水澡，然后把自己放在床上，上下左右一片安静，没多久，柳巧稚就酣然入梦了。

不知什么时候，柳巧稚突然被一阵咕咚咕咚的声音惊醒，她两只耳朵警觉地一侦察，是楼上303室发出的声音。这声音沉闷有力，像是有人在故意用什么东西撞击地板。柳巧稚明白了，楼上是一个上夜班的人。可你上你的夜班，撞击地板发的是哪门子疯啊？过了一会儿，捣地板的咕咚声终于停了下来，可柳巧稚再也睡不着了，瞪着眼睛对着天花板胡思乱想。突然，柳巧稚一骨碌爬起来，跑到楼上，用拳头擂着防盗门说："你有病啊？深更半夜捣什么地板？你知不知道人家被吵醒后，就再也睡不着了？讨厌！变态！"

屋里响起一个男人洪亮的声音："真不好意思，我下次一定注意。"

柳巧稚回到屋里，熬到天亮，头昏脑涨地来到公司，由于睡眠不足，那天柳巧稚工作中出了几个差错。下班前，主管把全体员工召集起来，一长溜地站在公司门口，然后，恶狠狠地命令柳巧稚出列，指手画脚地罗列柳巧稚今天工作中的失误，分析这将会给公司带来的影响。最后，主管宣布，扣发柳巧稚当月1000块钱奖金。

"批斗"结束后，柳巧稚揣着一肚子委屈回到家里，她没心思吃饭洗澡，就躺在了床上。楼上静悄悄的，想必那个家伙还没下班。柳巧稚突然想到，那个可恶的家伙深夜回来后，会不会再神经质地捣地板呢？这么一想，她的精神一下子高度紧张起来，

睡意跑得无影无踪。她翻来覆去，挨到夜半时分，楼上的"咕咚"声又来了！虽然这声音比头天晚上轻微得多，但仔细听，还是可以听到。那"咕咚咕咚"的声音像是捣在柳巧稚的心里，让她更加烦躁。聚集了一天半夜的愤怒爆发了，柳巧稚一骨碌爬起来，跳下床，操起拖把就向天花板捣去。她用力地捣，歇斯底里地捣，边捣边骂："我捣我捣，我捣死你这个搅人家好梦的狗东西；我捣我捣，姑奶奶我要把天花板捣个大窟窿来。"直捣得筋疲力尽，柳巧稚才发现，不知什么时候，楼上的咕咚声已经停息了下来。

接下来的时间里，柳巧稚想反正是睡不着了，索性将这场报复进行到底，每隔一分钟，她就用拖把捣天花板，让上面的人明白：你搅了我的美梦，我让你也睡不成。就这样，柳巧稚整整折腾了一宿，第二天，她只能请个病假在家里睡觉。

不过，柳巧稚的行动很有效果。这"敌人"像弹簧，你弱他就强，从第三天开始，楼上那个男人再也不敢在深夜里捣地板了。

从此以后，楼上那个男人下夜班回家时绝无噪音，每个夜晚，柳巧稚都是一觉睡到天亮。

柳巧稚经常回忆这段泼辣的战斗史，心里颇为得意。她琢磨楼上那个男人，晚上没事捣地板干什么？莫非

真的是一个变态?

这些日子,柳巧稚休息得到位,精神饱满,活干得也漂亮。那天,主管把柳巧稚叫到办公室里说,为了奖励柳巧稚这些天来的出色表现,让柳巧稚休几天假。柳巧稚高兴得差点跳起来——终于可以好好地休息一阵子了。

回到家里,躺在床上,在上下寂静中,柳巧稚香甜地酣睡了一夜,直到第二天中午时分,柳巧稚才一觉醒来。她没有立即起床,懒洋洋地赖在床上养精蓄锐。忽然,楼上又响起轻微的"咕咚"声,而且还来来回回地响个不停。柳巧稚迷惑了,这声音怎么又卷土重来了?想了半天,得出结论:肯定是楼上那个男人以为楼下的柳巧稚上班了,便无所顾忌,放开手脚来折腾了。

咕咚了一会儿,柳巧稚听见他关门的声音,想必是上班去了。柳巧稚有些好奇,想看看这变态的人到底什么样子。于是,她裹着毛毯,一骨碌从床上跳起来,来到阳台上站定,等着那个男人出现在她的视野里。一阵"丁丁冬冬"的铁门响动后,一个年轻的男人出现在柳巧稚的视野里。可是柳巧稚惊呆了,这个男孩竟然是一个双腿被截去一半的人!

男孩很壮实,肩膀很宽,他的腋下架着一副粗大的金属拐杖。男孩一颠一颠地向前走着,拐杖敲击着坚硬的水泥地面,发出沉闷的"咕咚"声。

终于,男孩消失在柳巧稚的模糊的视线里。

柳巧稚彻底明白了:头天晚上,男孩晚班回家时的"咕咚"声就是拐杖捣在地板上发出的!第二天晚上,那个声音轻微了些,肯定是他在拐杖末端裹上了棉絮之类的东西。

那声音敲击在柳巧稚的心里,和着她"咕咚咕咚"的心跳,让她内疚脸红。

当柳巧稚回到卧室,躺在床上时,一个问题在她的心里打着转,那"咕咚"声是怎么消失的呢?男孩深夜回到家,不再拄着拐杖,这个没有腿的男孩,总不能在屋里飞来飞去吧?

柳巧稚决心找到这个答案。

夜深了,柳巧稚还站在客厅里,竖起耳朵,搜索着外面的动静,等待男孩回来。终于,楼道里响起一阵轻微的"咕咚"声,那是拐杖撞击地面的声音。柳巧稚开门迎了上去,站在男孩面前。

男孩有些吃惊,尴尬而疑惑地望着柳巧稚。柳巧稚的声音有些颤抖:"告诉我,你深夜回来时,怎么不弄出声音的?"男孩憨厚地笑了笑,不肯回答。柳巧稚逼近了男孩,半是撒娇半是蛮横地说:"你要是不说,我们就在这里站一夜,谁也不准回家。"男孩不好意思地笑着,想了一会儿,才吞吞吐吐地说:"我回来以后其实也没什么事,就是洗澡刷牙这些,我怕吵

衣柜后面的
秘密

□ 芦宏伟

天热了，小强跟爸妈闹了几次要装空调。爸爸皱皱眉头，说"夏天就热那么一个多月，忍一忍就过了。"妈妈把小强拉到一边，悄声说："小强，你爸今年做生意赔钱了，空调明年再说吧……"小强没等妈妈说完，就气呼呼地回了一句"你们赔钱关我什么事！你们把冰箱卖了还钱，现在又不让装空调，你们要热死我啊？"他觉得委屈，眼泪都快掉下来了。

晚上，小强躺在床上，越躺越热，觉得自己像是孙悟空被关进了太上老君的炼丹炉。炼丹炉？小强忽然灵机一动，想出了一个鬼主意。

第二天，天气异常闷热。晚上睡觉前，小强找出一个小电炉，趁爸爸妈妈在客厅的时候，偷偷溜进他们的卧室，把小电炉放在大衣柜背后，插

醒你，所以，所以……"

柳巧稚追问道："所以什么嘛？"男孩似乎做了什么见不得人的事情，苍白的脸上有了红晕，小声地说着："我就放下拐杖，爬到卫生间去。"

爬？！柳巧稚呆了。这个身材壮实的男孩，为了一个陌生人能够睡上好觉，居然爬着去刷牙，爬着去洗澡，爬着去睡觉！

周围一片寂静，两人可以听见对方的心跳声。忽然有了声音，那是一声畅快的抽泣——那个声音是从柳巧稚的心里发出来的。

一段时间后，柳巧稚成了这个男孩子的女朋友，她坚信，一个愿意为了陌生人爬行的人，他的爱不会残缺。

（本篇月月评短信代码：0309）

（题图：安玉民）

上了电源。做完这一切，小强就蹑手蹑脚地回自己房间睡觉了。

小强希望爸妈热得受不了，就能去装空调。可他躺下以后又担心了，万一爸妈发现是自己捣的鬼怎么办？

想来想去，小强渐渐感到不安了，就算爸妈没发现，这么热的天，房间里有个电炉呼呼地冒热气，真要热死人呢！小强悄悄起身，走到爸爸妈妈的卧室门口，趴在房间门上偷听。

开始，屋里静悄悄的，后来，他听到爸爸叹了口气。

妈妈安慰爸爸说："没什么的，做生意嘛，有赔有赚的。"

过了一会儿，爸爸说"要不咱先借点钱，给小强屋里装台空调吧。""别啦！"妈妈说，"还欠人家两万多块呢，就先搁一搁吧。"

爸爸沉默了一会儿，又长叹一声："我让你们俩跟着受苦啦！"

听到这里，小强的眼泪"哗"地掉了下来，几步跑回自己房间，扑在床上用枕头蒙着头，"呜呜"地哭了。小强哭得好伤心，似乎在一刹那间，小强明白了好多道理：自己都快十四岁了，怎么还像个小孩子似的不懂事！

哭了一阵子，小强不哭了，这时忽然觉得，其实只要心里平静了，也并不是很热。他在床上翻来覆去睡不着，就下了床，在房间里走来走去。小强的房间里也有一个衣柜，忽然间，他有种奇异的感觉，好像每次走到衣柜那里，就会感到一阵凉爽。开始他也没在意，后来发现真的是这样呢。小强不由仔细去看大衣柜，发现衣柜好像被挪动了位置，小强好奇地探身一看，哇，大衣柜后面竟多了一只大塑料桶。这只奇怪的塑料桶是谁放进去的呀？小强把塑料桶拉出来，迎面先感到一阵凉冰冰的舒服。定睛一看，塑料桶里有大半桶水，水底还有几块桃子大小的冰块……

原来是这样！小强仿佛看到爸爸妈妈满头大汗地从外面买来大冰块，放进塑料桶，又藏在了自己的衣柜后面……

小强再也控制不住，几大步跑到爸爸妈妈门口，喊："爸爸——妈妈——"妈妈打开门，柔声问："怎么了，还是很热吗？"小强什么话也没说，一下抱住了妈妈，说："妈妈！爸爸！我很久没跟你们一起睡过了，你们今晚可以跟我一起睡吗？""哦？小强今天怎么和爸爸妈妈这么亲热了？"爸爸笑着在床上坐了起来。

这一晚，爸爸妈妈住进了小强的房间，一家三口在一个房间里，睡得很甜。半夜里，小强悄悄起床，去爸爸妈妈的房间里，想拿掉那只电炉。他走到衣柜边往后一看，咦，那只电炉早就不见啦！

（本篇月月评短信代码：0310）

（题图：安玉民）

夜半惊魂

□ 徐　洋

姜大明是工学院大二的学生，他别的都好，就是胆子有点小。同宿舍几个同学晚上总是打牌影响到他的休息，他十分烦恼，打算搬到校外去住。

这天他在学校的广告栏上看到一张纸条，是水利系一个叫王小梅的女研究生写的，说她为了安静写论文，在郊区租了一套两居室的住房，想找一个本校的男生与她合租，条件是男的要遵章守纪，身强力壮。

姜大明一见正中下怀，忙给那个王小梅打电话，两人在约定的地点见了面，姜大明的身高、体重、相貌、气质，都附合王小梅的标准。再看王小梅，除了眼睛看人有点直勾勾外，和别的女生也没什么区别，大概是她写论文用眼过度的关系吧。两个人约定姜大明今天晚上就搬过去住。

晚上，姜大明夹着自己的行李卷来到了王小梅的住地。这是一座旧式的二层小楼，被一大片水塘围着。

王小梅给姜大明交待了大致情况后，就进里屋把门插上，继续写论文去了。姜大明在外屋点一盏昏暗的台灯看书，四周静悄悄的，只有窗外的树叶"沙沙"地响，让姜大明身上起了一层鸡皮疙瘩。

过了一会儿，他去上厕所。这厕所在公用过道里，只有一个蹲位，男女通用的。厕所里外黑得伸手不见五指，姜大明找了半天也没发现电灯开关。他只好摸索着进去，外面的秋风吹得厕所窗户上的几块碎纸头哗哗直响，顿时让他想起小时候听过的鬼故事，不由毛骨悚然。他格外地轻手轻脚，生怕发出响声把鬼招来。

上完厕所，姜大明回到房间又看了会儿书，正准备睡觉，突然，"吱呀"一声，里屋的门开了，王小梅出来了，她悄无声息地穿过姜大明的屋子，出去了。她的脸上没什么表情，好像姜大明根本不存在。她出门的时候，带进一股寒风，姜大明不禁打了一个寒战。就在这时，厕所里的王小梅发出"啊——"的一声尖叫，这声音在深夜里听来格外恐怖，吓得姜大明一屁股坐在了地上。怎么？第一个晚上就遇上鬼了？姜大明赶紧把皮带抽下来，握在手里当武器。一切又恢复了平静，正在他不知所措时，王小梅进来了，没事人一样揉着眼睛对姜大明说："不早了，该睡了！"就又进里屋"砰"的一下把门插上了。

就这样，一连好几天，天天如此。屋外是秋风瑟瑟，厕所里是王小梅的尖叫声，那声音在夜里听来，要多揪心有多揪心，令姜大明彻夜难眠。姜大明想问个究竟，可王小梅忙着写论文，根本不和他多说话。姜大明去校医院找了个心理医生，问："大夫，如果一个人一切都很正常，可就是晚上总是毫无原因地发出一声尖叫，这是什么毛病？"大夫说："你能确定没有任何原因吗？"姜大明说："是的。"大夫说："这还用问？精神病一个！"

啊！自己和一个精神病女生住在了一起？姜大明只觉得后脊梁沟一阵冰凉。他回去后想试试王小梅的智力，就敲她的门，王小梅开门问："怎么了？"姜大明支支吾吾地说："树上一共有九只鸟，一个猎人开枪打下来一只，问树上还有几只？"王小梅的眼睛直勾勾地看了他半天，说了声："精神病！"就又"砰"地把门关上了。

天哪，这个王小梅一定有问题。她要是哪天发作了那可怎么办？姜大明决定尽快从这里搬出去。

这是姜大明在这楼里住的最后一个晚上了，他把东西收拾好，准备第二天一大早就和王小梅摊牌，无论如何，自己是走定了！午夜时分，姜大明感到肚子一阵不舒服，要上厕所！他穿衣起来，还是轻手轻脚地进了厕所。此时的厕所里静得怕人，不多时，一种怪声在他的耳朵边响起，而且越来越近，姜大明的头发都直了起来，两腿软得几乎要倒下。突然声音停在了他的脸上，吓得他半天才稳住神儿，觉得好像是个大蚊子。秋天了还有蚊子？他抡圆了巴掌照着自己的脸上"啪"地打下去！

咦？奇迹出现了！

厕所的屋顶上突然亮起了一盏明晃晃的电灯，哈！好亮呀，姜大明的眼睛都有些睁不开了，他眯缝着眼睛看到面前的小木门上贴着一张纸，上面工工整整地写着几个字："不用别喊，节约用电，谢谢合作！"

原来厕所里安了一盏声控灯呀！

等你来包

□ 王有宏

刘大宝尽管只勉强小学毕业，这两年倒腾土特产，居然也赚了个盆满钵满。刘大宝这人本来就有点花花肠子，手头有了俩钱，那心里还不整天烧得慌？

且说这天，刘大宝押了一车皮干货到南方一个城市，交货收款，颇为顺利，心里高兴，就到街上闲逛。刘大宝随着人流，一路来到中心广场，忽然觉得眼前白花花一片，抬头一看，嗬，好大一块广告牌！再一看，乖乖，好靓一个美女！

原来那白底的广告牌上就只一个搔首弄姿的性感美女，旁边一行大字："等你来包……"刘大宝这一下不禁目瞪口呆，他平时也听人说过包二奶什么的，没想到南方这么开放，连这种事情也可以在大街上打广告！

刘大宝盯着广告牌上那美女又呆看了半晌，心中忽然一动：这么漂亮的女人，打着灯笼也难找啊，咱有的是钱，干什么不包来享受一下？他看见广告上印着电话，连忙鬼鬼祟祟抄了下来，躲到一个角落里，掏出腰里的手机就拨。

"嘟——"电话通了，话筒里一个声音嘟囔道："这么晚了还有人打电话……"接着，一个粗粗的声音传过来，"喂，你也想包吗？"刘大宝忙道"是啊是啊！"那人道："那你赶紧过来登记一下。"然后给了一个地址。刘大宝挂了电话，也顾不得回去收拾一下，打的直奔而去。

接待刘大宝的是个五大三粗的男人，那人拿出一张表格，问了刘大宝姓名、电话，一一记下，懒懒道："交500块钱报名费，明天来竞标！"刘大宝一愣："什么？"那人嘴角撇了一下，道："想包的人多着呢，要看谁出的价高！"刘大宝一想，也是，这么

漂亮的女人真是不多见，这么着也比较合理，于是爽快地交了报名费。

刘大宝回到宾馆，心痒难耐，一夜没睡好，第二天一大早就爬起来，匆匆赶到竞标地点，那大厅里已经坐满了人，门口还有一个扛摄像机的记者，刘大宝不禁又惊奇了好一阵子。不多时，竞标开始。只见台上一个人敲了一下手里的锤子，台下有人举起一个牌子，道："5万！"刘大宝一怔，心想怎么这么贵？转念一想，这么漂亮的女人，再加几万也值。过不多时，有人叫道："7万！"台下立马静了下来，台上那人说道："好，这位先生加到7万，还有没有再加的？……7万，第一次！……7万，第二次！……没有人再加，就归这位先生包了！"

刘大宝心下大急，盘算一下自己这次收了8万多货款，舍不得孩子套不着狼，咬咬牙，呼啦一下子站起来，叫道："8万！我出8万！"只听周围人一阵惊叹，刘大宝不禁得意洋洋。这时台上那人敲下木锤，宣布道："这次竞标，刘大宝先生胜出！"刘大宝心花怒放，得意地挥挥手，在"咔咔"

的快门声中，两个迎宾小姐走到刘大宝身边，道："刘先生请这边来！"刘大宝心里很激动，马上就要见那个美女了！谁知迎宾小姐却把他带到一个办公室，道："刘先生请这里付款！"刘大宝心下气闷，从包里掏出信用卡扔在桌子上，催促道："快带我去见美女！"

两个迎宾小姐微微一笑，起身又把刘大宝带到另一间办公室。刘大宝站在门口一看，果然有一个美女坐在办公桌后正埋头写什么。刘大宝大喜，一头撞了进去。那美女抬头道："是刘先生吧，你好！"刘大宝一愣，这美女并不是广告上那个，正疑惑间，只听那美女说："刘先生包下这个广告牌准备做什么广告呢？"刘大宝摸着脑袋问："什么广告？不是包、包小姐吗？"那美女笑了："刘先生真会说笑，那个广告牌是我们吸引大众眼球的一个尝试，刘先生觉得有创意吗？你想要是一块光秃秃的广告牌招标，会有人看吗？"

刘大宝只觉得脑袋里轰的一声，顿时傻了。

不用找了

□廖 颖

餐厅里有个服务小姐叫阿雯，长得很漂亮。有一天，来了一个中年男子，像是个小老板。他要了一碟小菜，一瓶啤酒，坐下来慢慢吃喝。吃完了，阿雯去埋单，中年男子递给她一张50元的票子，笑嘻嘻地说"小姐，不用找了。"阿雯没有收，从收银台给中年男子找回来34元钱。可是中年男子不拿，说："叫你不用找嘛！"阿雯说："先生，我想你是弄错了。"

正当相持不下的时候，老板过来了，他把桌上的钱收起来，对着中年男子点头哈腰"这位先生，她是新来的，不懂规矩，我替她谢您了！"

第二天，那个男子又来了，还是要一瓶啤酒一碟小菜，埋单还是给一张50元的票子，说："小姐，不用找了。"这一回，阿雯没再推辞，说声"谢谢！"笑嘻嘻地收下了。男子见她收了钱，脸上也笑嘻嘻的。

此后他每天都来，来了就有一搭没一搭跟阿雯说些闲话，眼光色迷迷地在阿雯身上转悠……每次吃完饭，男子总是拿出一张50元，说："小姐，

不用找了。"

后来有一天，那个中年男子又来了，没有看见阿雯。就拉住另一个服务员小丽问："阿雯呢？"小丽一撇嘴"阿雯啊，走啦，不在这里干了！"

男子的脸顿时拉得比苦瓜还长，骂骂咧咧地说："这个死阿雯，我花了那么多钱，她一声不吭就走了！她去哪里了？"

"这我可不知道，不过阿雯走的时候，倒是给你留过一句话。"

男子一听，高兴得不得了，忙问："快说，她说什么来着？"

小丽说："她让我转告你：先生，不用找了！"

贪心夫妻

□ 赵宏昌

汤姆和蒂妮是一对非常爱贪便宜的小夫妻。

这天两人出门逛街，见有家新开的超市非常热闹，门口贴着一张绿色的告示，上面写着，所有到超市购物的兄妹，不论购物多少，都将获得一份三明治。

汤姆挑选了一枚汤勺，蒂妮则挑选了一把切面包用的小刀，两人到收银员那儿，说他俩是兄妹，买了一些昂贵的餐具，于是收银员给了他们一份三明治。

第二天汤姆和蒂妮出门逛街，发现还是那家超市，仍旧热闹非凡，门口贴了一张红色的告示，上面写着，所有到超市购物的母子，不论所购物品价值的多少，都将得到半只烤鸡。

汤姆赶忙到隔壁的假发店买了假发，把蒂妮打扮成了一个老人。夫妻俩这次买了一小罐牙签，他们到发放烤鸡的柜台那儿，告诉收银员，他们买了一些重要的生活用品，请给他们母子半只烤鸡。收银员看了看他们，给了他们半只烤鸡。

第三天夫妻俩又跑到那家超市，这次门口贴着一张黄色的告示，上面写着，所有到超市购物的夫妻，不论所购物品价值的多少，都可获得一只肥美的烧鹅。

夫妻俩进入超市才发现，货架上的东西都卖光了，只剩下一把很旧的雨伞，而且价钱很贵。为了那只肥鹅，

夫妻俩还是毫不犹豫地付了账，然后找到了发放烧鹅的收银员，说他们买了一件下雨不下雨都非常有用的东西，请给他们夫妻俩一只烧鹅。

给过他们三明治和烤鸡的那个收银员，看看汤姆又看看蒂妮，说："真是对不起，每对买东西的夫妻都可以得到烧鹅，但是你们不行，我们有规定：近亲结婚的例外！"

（本栏题图、插图：李 加）

细米（青春系列小说）

少年细米生来就是一个爱脸红的男孩儿，他与表妹红藕两小无猜，一同长大，日子如清水一般自然流淌。然而，有那么一天，大河上飘来一叶巨大的白帆，白帆下飘来了一群仿佛来自天国的女孩儿。这些从苏州城里来这里插队的女知青，给平静的乡村带来了一股新鲜而迷人的气息，而其中的梅纹姑娘以她纯净而温柔的情感与精神力量，使细米这个桀骜不驯的乡野之子步入新的成长历程。他们初次相见时，彼此就有了一种奇异的感觉。在后来苦难而温馨的岁月中，细米一边在梅纹的引领下走向前方，一边开始暗恋着她的声音、她的举止以及她身上所有的一切，而她在那段孤独无助的时光里，似乎更深刻地陷入了一种对于细米的不可名状的眷恋。一种非恋情的恋情，在一个到处是河流与芦苇的水乡世界中令人感动地展开着，处处风采飘逸，处处诗意流动。

小说深谙人的情感的微妙，写就了一段天地之间可以与日月同在的情感故事，以优雅的笔调完成了一个少年的心灵雕塑。安宁的村落、寂静的麦田、旋转的风车、河里的小船、各色的鸽子、雪白的芦花、袅袅的炊烟，与四季优美的乡村风景一道，参加了这个东方少年的现实世界的加冕礼。

鸟　奴（青春小说系列）

这是一部故事精彩可读性很强的动物小说；这是一部蕴含深刻哲理让人掩卷沉思的动物小说。动物行为学家"我"与藏族向导强巴在滇北高原日曲卡雪山进行野外科学考察时，意外地发现一对蛇雕与一对鹩哥把自己的窝筑在同一棵大青树上。从动物分类学上说，蛇雕属于食肉猛禽，鹩哥属于普通鸣禽，蛇雕是各种雀鸟的天敌，鹩哥被列入蛇雕的食谱。在大自然的食物链上，二者是猎手与猎物的关系，怎么可能共栖共存呢？"我"决心揭开这个谜。"我"埋伏在离大青树不远的石坑里，亲眼目睹蛇雕一家子是如何飞扬跋扈欺凌可怜的鹩哥的，也清楚地看到鹩哥一家子是如何谨小慎微忍气吞声在夹缝中求生存的。经过半年的观察研究，"我"排除了这家子蛇雕与这家子鹩哥之间传统的"共生共栖"、"单惠共栖"和"假性共栖"这几种大自然常见的共栖关系，而是属于非常罕见的主子与奴隶的共栖关系。动物界特殊的"兽际关系"，折射人类社会复杂的"人际关系"，具有强烈的震撼力量。作品语言流畅生动，对大自然的描写惟妙惟肖，值得一读。

337

2005
SEMIMONTHLY
下半月刊

2月
STORIES

搜狐文化
CULTURE.SOHU.COM
刊与搜狐文化
作推出电子版

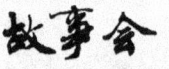

故事会
2005 年 2 月
下半月刊·绿版

主 编：何承伟
副主编：吴 伦

社务委员会
何承伟 吴 伦 姚自豪
夏一鸣 冯 杰 张 凯
本期责任编辑：夏一鸣
美术编辑：李宝强

发稿编辑：
姚自豪 蔓 石
鲍 放 梁宁宁
马 峡 潇 白

主管：上海市新闻出版局
主办：上海文艺出版总社
（上海市绍兴路 74 号）
邮政编码：200020
电话：021-64375030

督印 发行：张凯
（上海市建国西路 384 弄 11 号甲）
邮政编码：200031
电话：021-64313938
广告总代理：上海文艺广告传播中心
上海市绍兴路 74 号（邮编：200020）
广告总监：张 淮
广告业务：021-34010383
广告投诉：021-64333738
广告经营许可证
沪工商广字 3101034000029 号
发行：中国图书进口上海公司

本刊各栏目欢迎来稿。来稿寄上海市绍兴路 74 号《故事会》杂志社，邮编 200020；请在信封上注明"××栏目"收；本期责任编辑 E-mail 地址：xiayiming@vip.sohu.net

周到的服务

老王应邀参加一个重要宴会，但走到宴会厅前，就被服务员拦住了："您好，先生，您的领带松了，让我帮您系上吧。"老王低头看看胸前，这不，领带的确是松了。

服务员接着对他说："请您躺在旁边这个沙发上。"老王感到莫名其妙，不过，他还是顺从地躺到沙发上，让服务员给系好了领带。

"谢谢您，年轻人，"老王说，"不过我还是不明白，为什么必须躺在沙发上系领带？""因为我以前在火葬场工作。"服务员礼貌地答道。

（张永进）

（本栏插图：李 加）

起名字

几个朋友在筹办一家网络公司，为起什么名字大家争论起来。"就叫'想象力'吧，这名字时髦。"一个人提议道。大家齐声喝彩。

不料，另一个人冷静地说："不行，如用这个名字的话，我们公司就成了'想象力有限公司'了。既然想象力有限，那这个公司还开得下去吗？"
（张 山）

成语改错

父亲晚饭后检查儿子语文作业，觉得作文总体不错，但有三句成语写得不大对劲儿，那三句成语分别是"大喝一声"、"有口皆碑"和"含笑九泉"，他一时兴起，便提笔改了过来，把"大喝一声"改成"大喝一升"，"有口皆碑"改成"有口皆杯"，"含笑九泉"改成"含笑酒泉"。

第二天，老师看完作业，把那学生叫了过来，笑着问道："你爸特能喝吧？"
（吴 港）

发明铜丝

老师：你们知道铜丝是怎么发明的吗？

学生甲：不知道。

老师：你们可以想象一下，比如……

学生乙：我知道，是这样的，从前有两个吝啬鬼想分一个铜板，互不相让，便使劲往自己这边拽，结果越拉越长，越拉越细，于是发明了铜丝。

（张永章）

怎能不哭

动物园的一头大象突然死去，饲养员闻讯赶来，伏在大象身上痛哭起来。游客们见此情景，不由深受感动，称赞道："这位饲养员和这只大象的感情太深了。"不料，旁边有个人插话道："不是这回事。我知道，这个动物园有个规定，如果谁饲养的动物死了，那么这个动物的墓穴，就得由那个饲养员来挖。"

（司马心）

生前死后

老师：同学们，最有价值的动物是什么？

学生：是鸡。

老师：为什么？

学生：因为鸡在出生之前是鸡蛋，鸡蛋可以吃；而且，鸡杀死之后，也可以给人吃。

（张永进）

站哪边

这天，李太太对邻居数落丈夫的不是，正说在兴头上，儿子小明放学回来了，李太太想借坡下驴，于是就问道"如果爸爸妈妈吵架了，你会站在哪一边？"

小明想了想，说："站旁边。"

（关 月）

节约用水

老刘头第一次到城里，上完厕所，拍拍屁股就要离开，却被人一把拉住，问他为什么不冲水。老刘头把脖子一梗，说："别以为俺从乡下过来没文化，这墙上写着'节约用水'，俺还是看得懂的。"（刘少荣）

安心坐牢

巡视员来到一个监狱，他发现这个监狱的防范措施并不严密，可这里多年来秩序井然，从没有犯人想到过"越狱"一事。

巡视员请监狱长介绍经验，监狱长低声对巡视员说："我们每天给犯人读报，专读'社会市场'一栏，让他们知道外面物价飞涨、灾难频仍和失业严重等情况。"

（佚 名）

谁先谁后

饭桌上，父子俩争执起来。儿子问："为什么只说儿子像爸爸，不说爸爸像儿子？"

爸爸说："我问你，你说先有爸爸还是先有儿子？"

"当然是先有儿子，后有爸爸啦，"儿子理直气壮地说，"在妈妈生了我之后，你才成了爸爸的！"

（付秀玲）

自然凉

在一次自然课上，老师问学生："人死后为什么身体是冷的？"众学生面面相觑，好半天都没人回答。老师遗憾地摇摇头："没想到，这么多人竟没一个知道。"话音未落，有个同学站起来说："那是因为心静自然凉。"

（李 前）

三部曲

老师：小丸子，这次你考试不及格，我想送你三本书。第一本书：《口才》，尽量说服父亲不要打你。

小丸子：第二本呢？

老师：第二本书叫《短跑》。如果说服不了，三十六计，走为上计；如果没跑掉，那就只能看第三本书了。

小丸子：什么书？

老师：《医生》。

（胡秀玲）

有幸的是，母亲给了我生命；有缘的是，我在故事里认识了人生。——骆传光（湖北）

不怕麻烦

有个老太太来到邮局，取出了她储蓄的所有存款，过了一会，她又都重新存入。营业员有点搞不懂了，就说："取出来，又存进去，你就不怕麻烦？"

"你这是什么话，年轻人，"老太太生气地说，"这钞票是我的，我点点自己的钱难道还不行吗？"（张 湾）

其实你不懂

两个犯人在牢房里交谈，甲说："你要在这里坐七年牢，难道就不怕老婆甩掉你跑了吗？"

乙答道："说这话，说明你不了解我老婆。第一，她是个守规矩的女人；第二，她爱我；第三，这是最重要的，她跑不了。"

"为什么？"

"因为她也被判了七年徒刑。"

（张永进）

腰带理论

学生卡姆请一位著名的经济学家给"衰退、萧条、恐慌"这几个专用词汇下定义。

"好的，"专家笑道，"是这样的：经济衰退时，人们需要把腰带束紧；萧条时，人们很难买到腰带；当人们连裤子也穿不起时，恐慌就开始了。"

（李 威）

换 衣 服

国外某地有甲乙两个歌舞团，这天两个歌舞团的团长不期而遇，甲团长向乙团长请教"你们是靠什么吸引观众的呢？"

乙团长想了想，说："我们让漂亮的女演员每场都换一次衣服。"

过了一段时间，甲团长特地找到乙团长说："我们照你说的做了，可效益还是上不去，为什么呀？"

乙团长说："我忘了告诉你一个细节了，就是让那些女演员直接在台上换衣服。"

（莫 名）

（本栏目欢迎来稿。来稿可从邮局寄发，也可从网上传递。如为电子邮件，请发以下信箱：xiayiming@vip.sohu.net）

布袋鼠的

故事

□ 钱岩

春运人多车挤，说心里话，这我们不怕，怕就怕那些专打返乡民工主意的坏人。返乡前，老板结清了我的工钱：三千块！这么多钱带在身上，不小心不行啊，我想了个法子：给女儿买个布袋鼠玩具，把缝合线拆开，三千块钱就从这塞了进去，然后用线绕上。嘿嘿，小偷强盗，谁会想到这袋鼠肚子里有钞票呢？

车上都是返乡的民工，坐在我身边的是一个带小孩的妇女，一聊起来竟跟我是老乡。她说她丈夫小名叫量子，这名字我好像是有点儿印象。

车刚出城，司机又带上两个小青年。一个头发很长，扎成个辫子拖在脑后，另一个剃着光头，一看就不像好人。两小青年一上车，顿时引起一阵骚动，尤其是我身边那妇女，竟有点坐不住了。过了一会儿，就见那妇女附在女儿耳边说了几句，那女孩就怯生生地对我说："叔叔，能不能把袋鼠给我抱着玩？"这怎么行？我一口回绝了她，也不知怎的，那孩子竟"哇哇"大哭起来。哭声招人烦，这下大伙都把矛头指向我了，说："这男人怎么这么小气？一个玩具让孩子玩玩，还能玩没了？"为了不让大家怀疑，我只好把袋鼠借给小女孩玩。

中午，车在一路边饭店停下吃饭。小女孩抱着我的袋鼠跟着那妇女也下了车，这让我很放心。巧的是，在饭店里我竟遇到同学大牛。这小子在城里发了，竟包辆车回家。他一个劲地要我和他一起回去，于是，我对那妇女说："我要先走了，把袋鼠给我吧！"那妇女听了一惊，但很快镇定下来，说："好的，好的，我上一趟卫生间，马上就回来。"什么？带上我的袋鼠上卫生间，难道这妇女知道了我这袋鼠肚子里藏了钱？我忙一把夺回袋鼠，好险啊，袋鼠肚子上的线都松了，脱口说道："不行，我这袋鼠肚子里有钱。"谁知那妇女听后竟扑了上来："袋鼠肚子里的钱是我的！"

我气坏了，骂妇女是骗子，那妇女竟哭着骂我是强盗。这一下热闹了，店老板见状报了警，很快警察就赶来了。见了警察，我像见了救星，把经过大体说了一遍，没想到，那妇女见了警察，更像是见了亲人，一把鼻涕一把泪："警察同志，这袋鼠肚子里的三千块钱是我塞进去的。这钱本来是放在我兜里，可在车上总担心遇到坏人，我见他带了一个大布袋鼠，就想：要是我把钱暂时塞到这袋鼠肚里，小偷强盗根本想不到。于是我就让他把袋鼠借给我女儿玩，趁人不注意，悄悄把钱塞了进去。本以为人不知鬼不觉，但还是被这男人发现了。警察同志，你要替我做主啊……"

警察很镇静，手里拿着我的袋鼠，一脸严肃地说："虽然都说是三千块钱，但两人的钱应该是有所区别的，说给大伙儿听听，谁说得对，钱就是谁的！"那妇女犹豫了一下，说

道："钱都是百元大钞，用一个黑塑料袋裹着……"一听这话我乐了，于是大声说："钱都是百元大钞不假，可不是用塑料袋裹着，而是用皮筋扎着的！不信，你们就掏出来看看！"

当着大伙的面，警察开始掏袋鼠口袋，一掏就掏出个装了钱的黑塑料袋，一数正好三千块。我的头一下就大了：天啦，这女骗子什么时候掉了包？这下我跳到黄河也洗不清了！

我急了："警察同志，你听我说……"警察把钱交给了那妇女，把袋鼠还给我："小伙子，别再耍花招了，跟我到派出所走一趟！"见众人都用鄙夷的眼光看着我，我委屈的泪水一下就涌了出来。大牛似乎看出了名堂，从我手中夺过袋鼠，猛地一下撕开袋鼠肚子，顿时就兴奋得大叫起来：原来袋鼠肚子里还有一沓用皮筋扎着的钞票，那是我的三千块钱！原来，我藏的钱是在袋鼠肚里，而那女的是把钱藏在袋鼠的口袋里，我说的是真的，那妇女说的也是真的！

至于那两个被大伙怀疑为坏人的小青年，被警察叫来更是不停地叫冤：他们也是返乡的民工，身上带了钱怕路上不安全，于是故意装成痞子模样。不曾想保护了自己，却吓着了别人！

（本篇月月评短信代码：0401）

（题图：安玉民）

别

□ 付秀玲　供稿

招惹母亲

张燕是一家百货超市的营业员，这天加完班回到家，却发现家里黑灯瞎火的，她稍稍愣了一下，这才想起来，丈夫带女儿去医院看眼睛了。

可等她拉亮灯，不禁瞪大了眼睛：只见衣服撒得满地都是，橱柜都大敞着，不好，家里遭抢劫了！她第一个反应就是冲进卧室，奔到床边，伸手摸到床垫下的一个夹缝里，又是抠又是捏的，谢天谢地，银行卡还在！

"嘿嘿，藏得好牢啊！"突然，一个彪形大汉不知从哪里闪出来，手里握着一柄寒光闪闪的尖刀对准她。

张燕脸色煞白，浑身不由自主地哆嗦着："你……你……想干什么？"

大汉凶相毕露："干什么？抢劫！要命的话，把卡交给我。"

"求求你，我女儿生病了，这是给我女儿看病的钱……"

张燕女儿今年只有18岁，却不幸染上恶性眼疾。据医生说，人一旦得了这种病，眼球会慢慢萎缩，到最后完全失明，唯一的希望就是做眼球移植手术。想到这里，张燕的心就一阵抽搐。

歹徒奸笑道"少废话，把卡交给我，老子今天找的就是它。"

张燕绝望了：眼前这个歹徒毫无

人性，哀求和眼泪是打动不了他的。

歹徒在旁边一个劲地催着："快，把卡扔过来，我现在还只想抢钱，不想杀人。"

张燕想了想，就把银行卡丢了过去。歹徒捡起银行卡，塞进衣袋里，用尖刀威逼着张燕"把密码告诉我，别打歪主意，如果你用假密码欺骗我，当心你的女儿！"

张燕一瞬间打定主意，无论如何，她要把这个穷凶极恶的家伙捉住，绝对不容许任何人威胁她的女儿。于是她装出一副被吓坏了的样子说："密码……我……我记不起来。"

歹徒"劝导"她说"你好好想想，你是不是记在什么地方了？"

"我想想，你能不能……离我远点？我害怕。"

歹徒觉得这个弱不禁风的女人对他构不成什么威胁，就向后退了两步。

"我可能……记在一个小本子上了，我找找看。"

歹徒这时似乎有点不耐烦了，喊道："废话少说，你给我快点。"

张燕站起身来，走向梳妆台，拉开一只小抽屉。歹徒紧张起来，把尖刀一挑，随时准备扑过来。张燕索性把抽屉拉出来，双手托着，举给歹徒看，里面只有一些化妆用品，还有个小本子。

张燕先打开本子，一页一页翻

看。可卧室太暗，张燕只好吃力地把小本子举到眼前，几乎贴到脸上了。

"我能不能插上台灯？"张燕问歹徒，歹徒点点头。

张燕心中一阵狂喜，不动声色地把台灯的插头插到墙上的电源插口上。只见火光一闪，"啪"的一声，整个屋子陷入一团漆黑之中。保险丝烧断了，这只短了路没来得及修理的台灯立了大功。

"怎么回事？"歹徒被这意外的变故吓了一跳，吼道。

屋外没有路灯，屋里现在是黑得伸手不见五指。歹徒挥舞着尖刀，警告说："要命的话，你就别乱来。"

就在这时，电话突然"嘟嘟"地响了起来，然后是三声急促而连贯的拨号声，接下来，一个甜润的女声让歹徒肝胆俱裂："你好，这里是110报警中心……"歹徒冲着声音响起的方向一个箭步冲过去，一手挥舞着尖刀，一手摸索着找到电话，用力扯断电话线。

刀子没有扎到张燕。歹徒倒退着想原路回到门边，却被凳子绊了一下，"扑通"一声重重跌倒在地。他吼叫着爬起来，就再也找不到方向了。屋子里一片寂静。歹徒狂躁起来，他感到再这么耗下去，形势对他越来越不利。

"嗨！"那女人在身后叫他，他猛

转身，瞪大双眼在黑暗中搜寻那女人，正好被迎面喷来的气雾杀虫剂喷了个满眼。歹徒双眼一阵刺痛，惨叫一声，忙拼命用手揉起来。

卧室的房门"吱"的响了一声，虽然很轻微，歹徒还是听到了，他朝着响声摸过去。

门是开着的。门外就是客厅，客厅的门直接通向院子，只要到了院子里，他就算逃过了这一劫。他想君子报仇，十年不晚。

歹徒朝客厅门摸过去，却碰到了茶几。不对呀，明明记得房门就在这个方向啊。歹徒伸手在茶几上摸来摸去，竟摸到了一只打火机，不禁一阵狂喜，"嚓"的一声打着火，高举起来四处张望。他看到了，那女人就站在不远处对他怒目而视，手里拿着暖水瓶。歹徒再想躲避，已经晚了，热水"哗"的一声泼向歹徒持刀的右手，歹徒手里的尖刀应声落地。黑暗中，张燕飞起一脚踢向尖刀，尖刀在墙上撞了一下，就不知落到什么地方了。

"大姐，银行卡我还给你，你高抬贵手放我走吧。"歹徒颤声哀求道。

"那好，你先把银行卡给我放下，往前走三步，再向左走两步，前面是电视柜，就放在那上面。"

歹徒无可奈何只好顺从，果然在那里摸到电视柜。

歹徒放下银行卡，就听女人又说："现在，原路退回去。"歹徒照办，不料却一脚踩进套索里，套索猛地收紧，歹徒重重栽倒在地。歹徒挣扎着去解套索，就听一声断喝："不准动。"张燕说，"我还有一壶开水呢。乖乖躺着吧，否则就把你的脑袋烫成熟鸡蛋！"

歹徒绝望了，丧失了反抗的意志。他的一举一动对方都一清二楚，对方却躲在黑暗里无影无踪，却又无处不在，这实在是一场实力悬殊得没有悬念的战斗。

外面警笛尖厉地鸣叫着，由远而近，在附近停了下来，然后就听见有人上楼的声音。

歹徒有气无力地瘫倒在地上，心有余悸地问："大姐，你让我死个明白，你是不是夜视眼，有特异功能啊？"

张燕冷冷一笑，回答说："你错了，我不是什么夜视眼。从女儿的眼病确诊那一天起，我就准备把自己的眼球移植给她。那以后，我就一直训练自己在黑暗中生活。现在看来，成绩还不错。"

直到被押上警车，歹徒总算醒悟过来：你可以欺凌一个女人，但千千万万不能招惹一个母亲！

（题图：安玉民）

（本栏目欢迎来稿。来稿可从邮局寄发，也可从网上传递。如为电子邮件，请发以下信箱：xiayiming@vip.sohu.net）

人生就是一个接一个的故事，一个落幕，另一个亮相。——曹腊梅（广东）

本故事根据查尔斯·富兰克林的
同名小说改编

冰美人

□李 华 编译

安德鲁博士，是阿尔卑斯山冰川
学研究的权威人士，这天，他
正拿着电话发脾气，只听有人"笃笃
笃"敲门，他一边挂断电话，一边没
好气地喊敲门人进来。进来的是个女
士，二十多岁，有着一张天使般聪慧
的脸，长得很讨人喜欢。女士自我介
绍说她叫帕梅拉，是来应聘做秘书工
作的。

安德鲁问："你知道我的职业
吗？""知道，冰川学专家。""那你说
说，为什么要做我的秘书？""是为了
我的哥哥。""你哥哥？""是的，"帕
梅拉解释说，她哥哥叫霍华德，兄妹
俩每年都要到阿尔卑斯山来探险，然

而，就在四年前，他们在攀登一个叫
"梅格德雷那"的冰川时，哥哥脚下的
一块雪坡突然松动，发生了一场可怕
的雪崩，哥哥被积雪狂卷而走！她有
个愿望，就是一定要找到哥哥的尸
体……

安德鲁叹了口气，他非常同情眼
前这个女士，于是决定收下帕梅拉做
秘书，他还隐约感觉到她有冰川学的
天分。

果不其然，当了一年多的秘书，
帕梅拉不但进步很快，而且见解非
凡，给博士启发很大，在协助他写作
冰川学专著方面起了很大作用。

一天，帕梅拉告诉博士："我哥哥

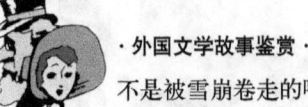

不是被雪崩卷走的吗？我们可以用你的计算方法找到他的尸体。那对你来说，也将是一次巨大的成功，它可以证明你所有的理论！"没费多少口舌，博士便答应了。他先确定好霍华德当年被雪崩卷走的位置，然后按照自己的理论开始计算……

日子一天天过去了，阿尔卑斯山夏季的游客日渐稀少。此时，博士经过计算终于确定了霍华德可能出现的位置——一个塌陷的冰丘上。他认为，冰川在运动中很有可能把尸体带到离冰面很近的地方。

他们花费了许多天在冰面上挖掘，果真发现了他们寻找的目标：一具封冻在冰层中隐约可见的男尸。

就像受到了鼓舞似的，他们低着头拼命挖掘着冰层。就在此时，一阵阵类似雷声的轰鸣从山顶上传来，博士不时停下来仔细聆听这种声音。

他们很快找到了尸体：这是一个冻僵了的身子扭曲的年轻人，身上覆盖的碎冰片在阳光下闪闪发光，仿佛撒落在坟墓中的花朵。尸体看上去保存得极好。"霍华德，终于找到你了，"帕梅拉失声叫了起来。

博士感叹道："真是太不可思议了，他就像昨天才死去一样。帕梅拉，我们最好去找人来帮忙，必须在天黑前把尸体弄回去。我有预感，马上就要发生雪崩了。如果等到明天早上，

我们就连尸体的影子也见不到了，再找出来又要费好大的劲儿。"

"快看，他脖子上挎着的小背包！"帕梅拉的声音忽然变得迫切而生硬，"帮忙把那个包拿来，我要那个包，那里面有十分重要的东西！"

博士把背包从霍华德身上拽下来递给帕梅拉，不料，她一把将背包从博士手中夺下，然后厉声说道："不要动！"博士抬头一看，发现黑黝黝的枪口正对着他。

"帕梅拉，这究竟是怎么回事？"

"呆着别动，博士，你的旅行结束了。今天晚上，雪崩会埋上这个坑，你就可以和霍华德做伴了。也许许多年后，人们会在冰面发现你，不过那时人们早就忘记这起不幸的事件了。"

"帕梅拉——不，别开枪，我不明白这是怎么了。告诉我，为什么——"

就在这时，一阵巨大的轰鸣声淹没了他的声音……

博士被碎冰汇成的冰流冲得站不住脚，但他仍挣扎着靠在坑边，抵抗着冰流。在一片混乱中，他听到了帕梅拉的尖叫。接下来，噪音消失了，黑暗降临了……

他醒来时发现自己正躺在旅馆里，一位警官正等待他苏醒。

"您没事儿，先生，身上只擦了点皮。"

"发生什么事啦？"

"您很幸运，几个导游从冰川上

本质问题 （文：闫志宇；图：包丰一）

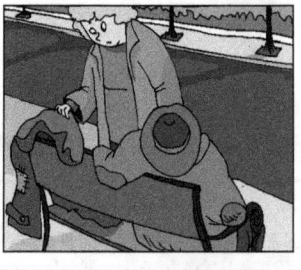

1. 流浪汉在路边坐了整整一个上午，一位女士问他：“在等人吗？”

2. “不，”流浪汉答道，“我把大衣洗了，得坐在这里守着它晒干为止。”

3. 女士疑惑地问道：“难道还有谁偷你这件破大衣？”

4. “问题不在这儿，”流浪汉说，“我担心有人把它扔到垃圾堆里。”

下来，正巧发现您遇到了麻烦，您在那里干什么？”

博士便把一切都告诉了他，警官点了点头。

“我们知道这个帕梅拉小姐。您在冰川中找到的那具尸体，不是她的哥哥，而是她的情人。四年前，这对情侣抢劫了一个著名的英国影星，并劫走价值五万英镑的珠宝。他们胆子的确很大，竟然打算翻越阿尔卑斯山逃出国境，没想到那男的身带赃物被雪崩埋住了。”

“就是那个背包？”

“是的，先生。这才是那个姑娘想要的，而不是她亲爱的哥哥。”

“我还是不太相信，你们找到她了吗？”

“没有，那些导游也险些遇难，他们只来得及救你。帕梅拉连同那些珠宝一起掉进峡谷里了。也许，先生，您又得计算了，政府方面很想找回丢失的珠宝。”

“是啊，当然了，这次是为了她的尸体。”

博士向窗外望去，山谷深处闪着黯淡的光泽，不禁喃喃说道：“他们之间不会离得太远，这对情人都被埋在冰川里。这真是一个爱情故事的冰冷结局。”

（题图：箭　中）

喜得贵子

□ 黄　胜

老树湾村有个老光棍叫张富贵，今年五十多岁，人老实，长得又丑，孤孤单单地活了大半辈子，都半截身子入土的人了，可做梦也没想到，咸鱼也能翻身，突然之间，他的命运竟发生了翻天覆地的变化。

事情的起因是张富贵在村前的池塘边，救了一个落水的小孩。该着他走运，若是普通人家的孩子也罢了，可这小孩的父亲是乡里红得发紫的人物——何老板，别看何老板管的只是乡里的一个私营企业，但神通广大，是个吃得开、走得动的大能人！何老板快四十岁了才添了这个宝贝儿子，自然视若掌上明珠，他赶到出事现场后，不顾身份，"扑通"一声就跪在老

光棍张富贵的面前。吓得张富贵双膝一软，赶紧也跪倒在地。后来，何老板来到张富贵家中，塞给张富贵一笔钱，说："这是笔谢礼，收下吧。"可张富贵没有收。何老板接着把张家上上下下打量了一眼，对张富贵说"老哥，我先走一步，大恩不言谢，你等着瞧好吧。"

果真不久，好事就来了，先是张富贵被请到乡政府礼堂里，披红挂彩地坐上了主席台，当了"见义勇为"先进个人。接着，到了年底，市里又召开"见义勇为"表彰大会，张富贵又美美地戴着大红花坐在了最前排。

好事连连，应了"又娶媳妇又过年"这句老话，春节前，"见义勇为英雄"张富贵刚从市里开完表彰大会回到村里，大名鼎鼎的媒婆何三姑就主动找上门来，要把前村的马寡妇说给他。张富贵一听，乐得嘴巴咧到了耳朵根，傻乎乎的一个劲地直点头。那马寡妇也是孤身一人，两人新事新办，

两天后，马寡妇就背着小包袱住进了村里为"英雄"修葺一新的家中。张富贵枯木逢春，老枝发新芽，那欢喜劲就不用说了，好几次梦里都把下巴笑脱了白。

却说正月初十这天，何老板的小车停在了张富贵的家门口，从车上下来何老板和一个眉清目秀的小伙子。何老板边往里走边叫："老哥，我来给你拜年来了。"张富贵闻声从炕上跳下来，鞋都没穿就迎了出去。他不糊涂，知道自己能有今天，全托何老板之福，恩人的到来，让他喜出望外，赶紧让老婆杀鸡弄酒伺候贵客。一起来的小伙子张富贵看着眼生，他估摸着大概又是来采访他的记者啥的。

何老板高兴地参观了一遍张富贵焕然一新的家，还平易近人地跟马寡妇开了两句玩笑，他拍着张富贵的肩膀，问道："老哥，当了英雄，这一下日子行了吧？"

张富贵感激涕零，他擦着眼泪，由衷地说："何老板，托你的福，这样的日子，俺以前做梦都不敢想啊。现在，俺睡着也能笑醒了。"

何老板哈哈大笑，"你呀，别忙着乐，好日子还在后头呢。"

张富贵看了一眼地下忙碌着的马寡妇，眉开眼笑，悠悠地说："能天天这样过，俺就心满意足了。"

何老板却说："老哥呀，你这还是得过且过的农民意识。我问你，你想过以后没有？将来你们老了咋办？"

张富贵一怔，他还真没想那么多，就嘿嘿笑道："还能咋样，也这么凑合着过呗。"

何老板摇摇头，语出惊人地说："依我看，现在你的这个家还不算一个完整的家，知道缺点什么吗？"

张富贵无知地摇摇头，何老板语气重重地说："缺个孩子！"

张富贵这才明白，一张老脸顿时臊红了，扭捏着说："俺们都这么大岁数了，要生也……"

何老板摆摆手，"不能生可以领养一个呀，将来一样可以养你们的老。"

经何老板这么一点拨，张富贵豁然开朗，感激地说："谢谢你，何老板，您为俺想得真是周到。"

何老板推心置腹地道："论公，你是英雄，我们乡应该为你着想。论私，你救了我孩子的命，是我家的大恩人，我是真心把你当成了我的大哥，我不关心你还能关心谁？对了，大哥，我这里就有个很好的人选，你看让他来给你做儿子咋样？"

张富贵又惊又喜，问道："谁呀？多大了？"何老板就招手把那个小伙子叫过来，介绍说："这是我姐姐的儿子，叫滔滔，今年十九了，正上高三，学习还不错，你看他怎么样？"

张富贵一听，慌了神，连声说："使不得，使不得，都这么大了，俺咋能……"他心想，这不是白占人家的便宜吗？谁舍得把养这么大的儿子送人？何老板说："没事。是这样的，你救了我的孩子，我们全家都非常感激你，尤其是我姐姐，她听说你没有儿子养老，就说，反正我还有个女儿，就让滔滔跟你得了。"

张富贵哪里敢答应，百般推辞，何老板不高兴了，脸一沉说："老哥，你是不是瞧不起我们？告诉你，我们跟你结亲可不是要图你啥、沾你啥光，虽说你是英雄，可是要权没权要财没财，有啥可图的？我们就是为了感谢你这样的好人，让你将来老了好有个依靠。"

人家何老板说得这么真诚，张富贵再不答应也就太不识抬举了，不过，让这大小伙子当自己的儿子，张富贵还是心虚，就怯怯地问道："孩子，你愿意吗？"

何老板推了滔滔一把，催道："快叫爸爸。"滔滔还真听话，脆生生地就叫了一声："爸爸。"

这一声爸爸，叫得张富贵是百感交集，止不住喜泪纵横，抱着滔滔就"呜呜呜"哭将起来。

何老板见状，拍手道："好了，这事就这么定了，明天，我就去给你们办过继的手续。老哥，恭喜你呀，喜得贵子，你老了就等着享福吧。"

张富贵乐得嘴都合不拢了，让老伴赶紧给儿子拾掇房间。何老板却

说，滔滔今年要考大学了，课程紧，一天也不能耽误，必须赶回去上学。所以，当天傍晚，两人不顾张富贵的挽留，一起回城了。剩下张富贵两口子，为添了儿子，欢喜得一宿没合眼。

村里人听说张富贵认了个养子，还攀上了何老板这门高亲，都是艳羡不已，说他有福。张富贵有了后人，腰也直了，走起路来胸脯高傲地挺着。到了秋天，从城里传来好消息：张富贵的儿子考取了北方的一所重点大学。喜得张富贵跑去买了两盘"万响炮"，挂在家门口"乒乒乓乓"炸了个五彩缤纷。然后，两口子就眼巴巴地

等着儿子来给他们报喜。可左等右等，等到快入冬了，儿子就是不来，张富贵等得心焦，只好跑到镇上去问何老板。何老板看见他，问："老张来了，有事吗？"

张富贵不好意思地问："听说滔滔考上大学了，他……咋也不来看看俺？"

何老板就告诉他："滔滔现在已经上学走了，等到放年假时他一定会来看你的，你回去耐心等着吧。"

可是到了年底，滔滔还是没来……

第二年的春天，张富贵到镇上办事，在街口正巧碰上何老板，张富贵没开口，何老板先惊道："啊呀，老张，你怎么瘦成这样了？"张富贵不好意思说是想儿子想的，就咧开嘴笑笑，问："滔滔现在咋样？"

何老板一怔，眼里有些不忍，就把张富贵拉到一旁，说："我这一阵太忙了，也忘了告诉你：滔滔在外面读大学，眼看着将来也不会回来工作，过继的事情，我看就算了吧。再说，关键是孩子有些不愿意。"

张富贵"啊"的一声，张了张嘴，却说不出话来。

何老板看他满脸失落的样子，拍拍他的肩，安慰说："好了，你放心，以后有合适的，我再给你介绍一个。"说完，何老板就忙去了。

剩下张富贵一个人，身子跟抽去了骨头似的，软软的站不稳，他眼里含着泪，嘴里一个劲儿念叨："说好的事儿，咋说变就变了呢……"

这年五月份的时候，有个穿着体面的中年人开着车来到老树湾，他打听着来到"见义勇为"典型张富贵的家里，神色诡秘地说，要与他做一宗生意。

张富贵说："我就会种地，不会做生意。"

那人就说："其实你啥也不用干，只要你让我的儿子当你的养子，我就给你一万块钱。"

还有这事？张富贵愣了："一万块？"

那人就说："两万也行。"张富贵的心怦怦跳，说："你要是愿意把儿子过继给我，我给你一万块钱都行。"

那人见他认真，赶紧解释说："咱先说清楚，只是暂时的，半年后就解除过继关系。"

张富贵马上想起了滔滔，他疑惑地问："你们葫芦里到底卖的啥药？"

那人也不隐瞒："省里不是有个规定么，父母有'见义勇为'称号的考生，高考时要加二十分，有了这二十分，我小孩考重点大学把握就大了……"

张富贵脑子里"轰"一声，对方再说什么，他一句也听不到了。

（本篇月月评短信代码：0402）

（题图、插图：安玉民）

有个外号叫"易掌门"的，特别喜欢和领导握手，为啥？他对人说："我只要跟他一握手，就能参透对方的性格脾气、过去未来……"

只想
握握你的手

□ 魏柏林

老易是县委大院的老门卫兼传达，大家戏称他为易掌门。每逢初来乍到的干部，进大院的时候都会跟他打声招呼握握手。虽然只是礼节性的过场，老易却很在意。为啥？你听老易怎么说："我只要跟他一握手，就能参透对方的性格脾气、过去未来。"

也不知是凑巧，还是他真有本事，好几任县长和书记，上任伊始都和他握过手，事后，他说谁官运不长，时隔不久那人还真的被双规了；他说谁命犯桃花，那人果然惹出一些男女绯闻；他说谁官运亨通，前途无量，后来那人硬是做出了一番大业绩，当上了省部级干部。

有些好奇的人想拜老易为师，学会这一绝技，都被老易婉言拒绝了，老易说："这有什么好学的，和领导多握几次手就知道了呗！"

这话听起来简单，实际操作可就难了。全县正级级的领导就那么三两个，别说握手，就是真人面对面也不容易啊！这年年初，县委班子又做了调整，县长换了人选，新县长还没到任，大家私下里便开始品头论足，飞短流长。老易心想，人家还没来，你们咋哓个啥，到时候看我的，只要我亲手一握，是驴是马便一清二楚！

这天老易正在门口做清洁，门外来了一位脸色黝黑的汉子，左手提着包，右手揣在裤兜里。见了老易就像熟人似的招呼："你好，今天我来报到上班，咱俩就算是认识了。"老易心想，没听说门卫要加强力量，怎么平白冒出个和自己争饭吃的主呢？这事得问问清楚："请问，是谁让你来这儿上班的，我怎么没接到通知啊？"来人稍感意外地说："哦，这我可没想到，不过，我现在通知你也不算晚吧？"

老易正想问问他是谁，来人却自报家门地说："我叫黄生，是新来的县长，从现在开始，咱们就是同事了。"

老易一听是新来的县长，连忙将手在身上擦了擦，等着县长来握呢。可是县长好像没那意思，揣在兜里的右手硬是不伸出来，弄得老易好不尴尬，双手也不知搁哪儿好。这时，幸好县委书记来到门前，他和新县长原来就认识，二人相互客套了一番之后，便说笑着走向了办公楼，老易这才松了口气。

黄县长还算大度，临走没忘记朝老易点点头，并且还说了声："你忙吧，咱们以后再聊。"可是老易还是有种失落感，这天，他一直都在想：怎么新来的县长不和自己握手呢？看来架子挺大的啊！

过了几天，便有同事来问老易："掌门的，吹吹咱新县长的品格风范吧，让我们也好顺风扯旗啊！"

"还没有握手呢，拿什么吹啊？"

老易脸上露出无奈的神情。

同事半嗔半怪地说："你这掌门可怎么当的嘛，不握手咋就放行了呢？"

老易辩解道"人家是领导，领导不伸手，咋能随便去握，这是官场规矩，懂不懂？"

"也许人家知道你这手绝活，早有防备，看来，这回你是遇到高人啦！"

"再高又咋样，只要他是大院的人，就得过我'五指关'！告诉你，不出半个月，我准会把这事搞掂，到时候，你就来听我细说端详吧！"

老易夸下海口以后，虽然天天都能见到黄县长，可是，越是处熟了，越是没有机会握手。

这天晚上轮着老易值夜班，半晚，突然狂风大作，暴雨如注。老易接到一个村干部打来的电话，村干部告诉他，他们那里出现了山体滑坡，情况紧急，请求县委派人救援。老易心想，这事儿我得亲自去告诉黄县长，到时候县长来了点情绪，和我这个尽职敬业的下属握握手也就水到渠成了。

黄县长就住在大院的一个单间里，老易冒雨赶到他的住地时，发现房里早已亮起了灯，而且房门大开，看样子县长正在向各处打电话询问灾情呢！老易穿着雨衣，浑身湿淋淋的不便进屋，就站在门口把山体滑坡的情况认真细致地作了汇报。

黄县长听完老易汇报，慎重地点了点头说："好的，我知道了！"边说边快步向门口走来，并且伸出了他一直揣在裤兜里的右手。老易知道握手的机会来了，连忙伸手迎过去。可是县长并没有来握他的手，而是用手摁住了即将关上的房门。与此同时，一阵疾风穿堂而过，老易这才回过神来，黄县长快步伸手只是为了止住房门，免得被风刮上了，哪有什么握手的意思！

不握手也罢，我冒雨给你传达情报，也该表扬两句吧？可黄县长好像知道他心思似的，一手护着门，一手握着手机，脸色严峻地说道："老易，今天我不会表扬你，我有手机，有座机，你为什么不打我的电话而要亲自跑过来呢？作为值班人员，这样做是脱岗，是失职！万一这时候有个重要电话被耽误，就是犯罪了！这类事情不允许再有第二次了！"顿了一下，黄县长又说，"我马上带人去山体滑坡现场，你在家里仔细接听电话，做

好记录，有什么问题，随时与我和其他领导联系！请记住，再不许有半点疏忽！"说完，黄县长一头钻进了应命而来的小车，急速地驶出了县委大院。老易愣了一下，赶紧跑回值班室，再也不敢想握手的事了。

这晚老易通宵未眠，守着电话，生怕漏掉一点灾情信息，直到第二天早上来人接班后，才敢放心去睡……

老易睡得正香，被老伴拍醒，他睁开眼睛一看，见老伴眼圈红红的，连忙问道："怎么这个样子？出什么事啦？"

老伴抽抽搭搭讲了一下事情的经过：原来老易家的小外孙到乡下奶奶家去玩，不料遇上昨晚的山体滑坡，泥石流冲垮了房子，把小外孙和奶奶

错 位（结尾部分）

（2月号上半月刊中说到，老俞关心地问老同志：店里的小老板一个月给他开多少工钱。）

谁知老同志精神为之一振，自豪地说："小老板？你搞错了！他是我儿子，在省城读大学，念企业管理专业，放暑假回来帮帮我。"

所以，答案是C：露出自豪的神情。

埋住了，救援的人刚刚把祖孙俩从垮塌的屋里刨出来，一根失重的横梁又突然砸向了他们，紧急关头，一位县里来的干部跑上前去，硬是用身体接住了那根横梁。小外孙和奶奶保住了性命，可那位干部却被活活砸死了！

老易听到这里，脑袋不由"嗡"的一声，连忙问老伴"你知道那位干部是谁吗？"

老伴叹了口气说"听说姓黄，才从外地调过来，好多人都不认识他。唉，真是好人命不长啊！"

"不！你、你胡说！"老易听说遇难者姓黄，眼睛立马红了，"蹭"的一下从床上翻滚下来，疯子似的冲出家门，老伴连喊带拽也没把他拦住。

当老易赶到县委大院时，大院一角已临时搭盖起一座简易拱棚，黄县长正静静地躺在拱棚里。老易双手拨开人群，"咚"的一声跪在黄县长跟前。他紧紧攥住黄县长已经僵硬的手，伏在黄县长的耳边，哽咽道："黄县长，你咋就不握握我的手呢？你刚来的时候要是握一下我的手该多好啊！我一准能帮您预测吉凶祸福！那些危险的地儿说什么也不会让您去啊……"

老易说着哭着，突然觉得黄县长的手硬得有些古怪，捧在眼前仔细一看，原来整个手掌竟是一截假肢！

"怎么会是这样呢？"老易捧着黄县长那截假手，惊讶万分。这时，旁边有人告诉老易，黄县长以前当过消防队长，在一次救火中右手严重烧伤，做了截肢手术。老易听罢，狠狠地抽了自己一巴掌"黄县长，我真混哪我！我以为您不和我握手是摆官架子呢！"

老易悔恨也好，哭喊也罢，终究不能唤回黄县长的生命。只是黄县长那截假肢留下来了。老易用一块红绸布包着它，供放在值班室的写字台上，每天，老易都要打开来，用一块白布轻轻地擦拭起来……

（本篇月月评短信代码：0403）

（题图、插图：安玉民）

文化站来了

□谢元清

位于国道旁的西平乡文化站方站长，最近老是发牢骚，说自己单位没有客人来，一年到头冷冷清清，嘴巴都淡出鸟来。

这一天，方站长刚上班，顶头上司林乡长就风风火火地推门进来说："老方，刚接到省文体厅的一个电话，说他们有一位姓刘的处长出差路过咱们乡，听说咱们乡《文化志》修得好，要来和咱们交流交流！"

一听说省里要来客人，全站人高兴得跳了起来，方站长一把拉住林乡长的手，说："乡长，省里来客人可是尼姑做满月——难得啊！今天你可要亲自作陪喽！"林乡长摆了摆手，说：

"我有急事要下乡，你们先接待一下，午饭就安排在喜来楼——标准高一些，我已与办公室主任交待好了。时间早的话我会赶回来。"林乡长说完，夹着公文包走了。

文化站来客人，可谓是久旱逢甘霖，方站长领受了任务就如接到战斗动员令，立即把全站人员集中起来，擦桌子的擦桌子，拖地板的拖地板，烧开水的烧开水，办公室一下热闹了起来。

一切准备停当，客人果然来了——是一位西装革履、提着大公文包的帅小伙。方站长亲切地叫一声"刘处长"，把客人迎进办公室，手下一帮人拥上前来，又是递茶，又是敬烟，热情得不得了。

一阵寒暄后，小伙子掏出名片和介绍信，说："方站长，我这次来有两个任务：一个是，听说你们《文化志》修得不错，想来和你们切磋切磋、交流交流，总结一些经验，向全省推广；再一个嘛，就是省厅最近编印了一套书，想请基层站帮助征订，请你们多多支持！"

方站长一听心里打了个疙瘩：一年到头没人来，今天一来却是个推销书的啊！可眼前来人是省主管厅的，他哪里敢说"不"字，只好恭恭敬敬地接过名片，满脸堆笑地问："请问多少钱一套？"

"不贵，不贵。"小伙子摆摆手说，"这套书共11本，只收480元。"随即又压低声音说，"其中180元为发行费，也就是给你们个人的辛苦费。"

方站长一听，倒吸了一口冷气，嗫嚅着说："我们的经费……嘿嘿……有些紧张……"

哪知，小伙子就像没听见方站长说话似的，从公文包内取出一大叠订书协议，递了过来，说："其他乡镇对我们支持可大了，你看，有的乡镇一口气订了二十几套呢！听说你们是市里的先进，总不能太落后吧！"

"那是，那是。"方站长见小伙子咄咄逼人，好不气恼，但他又不敢得罪，只好唯唯诺诺地附和着，心里急得如十五只吊桶打水——七上八下。

小伙子见方站长犹犹豫豫的不答应，又拿出一摞印制精美的广告册，说："这套书很好看的，许多内容都是刚解密的历史档案，我保证货有所值，你们订了不后悔！再说我们还给你们发行费，并不吃亏嘛！"

"嗯，嗯。"方站长想着心思，忙接过广告册，漫无目的地翻了起来。

哪知，他不翻不要紧，一翻吓一跳：广告册上有一幅"义和团战士"的插图，文字说明却是"旧社会的兵匪"！他对这幅图印象特别深刻，因为他昨天给儿子辅导历史，正好在儿子历史书上看到过这幅图，而且现在这本历史书就在他的抽屉里。方站长脑袋里的那根弦一下绷了起来：正规出版社怎么会有如此大的纰漏呢？来人是不是骗子？

他这么一想，再也坐不住了，假装要上卫生间，来到外边，掏出手机，按照名片上的号码挂去……

挂完电话，方站长松了一口气，可挠挠头皮，心里又有了烦恼：这事报不报案呢？不报案嘛，是失职；报了案嘛，上头来人七查八查的，贴工贴力不说，免不了还要贴一些费用。他犹豫片刻，有了主意：管他是真是假，稀里糊涂把他撵走最省事。于是，回到办公室，把广告册往小伙子面前一甩，说："刘处，还是收起你这些粗制滥造的破玩艺吧！"

小伙子一听，跳了起来："你这同志怎么这样说话？"

大家被方站长这突如其来的举动，惊得目瞪口呆，都以为他神经出什么毛病了。

方站长也不多说话，从抽屉拿出儿子的历史课本，翻出那幅图，往小伙子面前一拍，说："你自己看看吧，哼！有些话就不要我捅破了，我们可是管这个的！"

小伙子果然是个骗子，他一听这话已暗暗吃了一惊，再一看两幅图，就像吃了闷心拳样不吱声了，心想：今天是小鬼撞见阎王了，这儿绝非久留之地，赶忙收拾起材料，说："这是排版上的一个小失误，原书是绝对不会有差错的。既然你们不支持，那就算了。我时间很紧，还要到别的乡镇去，就此告辞了！"说着退出办公室，脚底抹油——溜了。

方站长追出门外，看着小伙子狼狈逃窜的背影，如打了胜仗般露出得意的笑容。

方站长打发走小伙子，长长舒了一口气，回到办公室，却发现了一个问题：大家嘀嘀咕咕地议论着什么，一见他进门又忽然煞住——不说话了，一个个你看看我，我看看你，好像相互不认识似的，刚才喧闹的场面一下变得安静了。

方站长感到奇怪，瞪着眼睛问道："都怎么了？那人可是个骗子呀！噢，你们是怪我为什么不处罚他？我们基层站哪有执法权！还是把他撵走省事嘛。"

方站长见大家还是不说话，也没辙了，无奈地摇摇头坐了下来。他点燃一支烟，吸了两口，一看手表，忽然像发现了什么似的，从座位上弹了

起来，把手一挥，对大家说："都跟我来！"

大家不知方站长葫芦里卖的是什么药，只好一窝蜂跟着走。

三步两步来到大街，方站长打老远看见了小伙子，追上前就喊："喂，你给我站住！"

小伙子回过头看见方站长带一大帮人向他追来，吓得两腿打颤，问道："你、你们要干什么？"

方站长"嘿嘿"一笑，说："不干什么，请跟我们走一趟！"

小伙子脑子"嗡"的一声——完了，可现在是老鼠钻牛角，已无路可逃了，只好老老实实跟着走。

方站长在前，一帮人把小伙子夹在当中，沿着大街走着。不一会儿，来到闹市区，方站长在当街一幢漂亮的楼房前停了下来，把腰一躬，手势一打，恭恭敬敬地说："刘处长，里边请！"

小伙子抬头一看，是一家装修气派的餐馆，心里如一架电脑立即运转起来：是自己还没露馅呢，还是另有名堂？他们不是经费紧张吗，怎么又有钱请客呢……

正当小伙子云里雾里，惊得不知所措之际，从餐馆里迎出一个人来，乐呵呵地说："这位就是省里来的刘处吧，久仰，久仰！我是政府办主任，已在此恭候多时。刘处，里边请！乡长一会儿就回来！"

小伙子一听这话明白了，原来这顿饭是吃政府的呀。他看了看背后那群人，心里说你们也和我一样姓"骗"呀，看来这一顿是不吃白不吃了。想到这里，小伙子长长吐了一口气，心里顿时轻松了，于是，一抹头发，挺起胸脯，拿出领导的风度，说了声"大家请！"径直往里走。

这时，方站长扭过头来，把手一挥，对大伙说："现在其他话都别提，咱们一起陪省里来的刘处长吃饭！"大家一听这话，"轰"地爆开了锅，"刘处长、刘处长短"地叫着，拥着客人往餐馆开去。

这一顿饭直折腾到太阳西斜，一个个喝得舌头麻木、分不清东南西北方才收场。

半个月后，人们在乡财务众多的接待单中，看到一张"来客单位"栏写着"省文化厅刘处长"字样……

（本篇月月评短信代码：0404）

（题图、插图：魏忠善）

有个叫秀秀的女人，为了实现丈夫生前的诺言，不惜做出很大的牺牲，此举是对还是错？故事在社会上传开后，引起了人们的深深思索……

为了丈夫的

□式 森

嘱托

自从丈夫刘军病逝后，秀秀就独自一人搬到山里的蘑菇场来住。这天夜里，秀秀冒雨从山下的小镇赶回来。刚走到家门口，突然被什么东西绊了一下，等她从地上爬起时，这才发现，刚才绊倒她的竟然是一个昏迷不醒的男人，不禁愣了一下。

秀秀费了很大一番劲，才把那个人弄进屋里，那人大约二十三四岁，身上全是污泥和血迹。秀秀除了替他换上干净衣服外，还找出碎布帮他包扎住伤口。天快亮的时候，那人终于从昏迷中睁开了双眼，试图从床上坐起来，但被秀秀制止住了。秀秀转身

端过一碗热粥，开始一勺接一勺地喂对方。那人不知所措地瞪着她。

片刻之后，秀秀冷不丁地开口问道："强子，你打算什么时候去投案自首？"

那人吓了一跳，说："你怎么知道我是强子？"

秀秀不慌不忙地说："城里面到处都张贴了对你的通缉令，而且你长得跟你哥哥很像。"

原来，这个年轻人名叫强子，是秀秀从未谋过面的小叔。秀秀的公公婆婆死得早，留下刘军、强子兄弟俩相依为命。十年前，强子因用弹弓打

伤他们班主任的眼睛，被刘军狠揍了一顿，后送医院检查，才发现强子的一条手臂骨折。当时，刘军很后悔自己的一时冲动，觉得下手太重了，可就在他还来不及对强子说一句道歉的话，强子就从医院里偷偷逃走了，而且这一走，从此就再没露过面……

秀秀说："你知道吗？这十年来，你哥哥一直在苦苦寻找你的下落。即使是在他临终前，他还紧紧地拽住我的手说，他死了没什么大不了的，唯一让他放心不下的就是你，他说，如果有一天你回来了，让我一定要想办法留住你。不然，就是死了他也不会瞑目。其实，你哥早就听人说，你在外面是干那一行的，这也就是他一直担心你的真正原因。"

说到这儿，秀秀早已泪流满面，强子脸上也充满不安的神情，张着嘴，却不知说什么好。秀秀擦去脸上的泪水，忧心忡忡地说道："可是，你现在虽然回来了，我又怎么留得住你呢？"

强子说："嫂子，我这次回来没有别的目的，只想到我哥的坟前看看他，然后我会尽快离开这里的。"

秀秀说："我没有赶你的意思，我只不过是想让你去自首，争取从宽处理。"

强子紧张地摇头说："不，我再也不想坐牢了，就是死，我也要死在外面。"

秀秀站起身说："你暂时不要想那么多，先留下来把伤养好，到时就算你硬要走，我也不会勉强你的。另外，你哥临终前还给你留下了一封遗书，待会儿我就去拿来给你看。"

接下来的日子里，秀秀果然没有提到让强子去投案自首的事，她每天除了按时替强子换药外，还从山下弄来一大堆补品给他服用，在秀秀的精心照顾下，强子的健康状况也在明显好转起来。

这天夜里，秀秀忙完家务活，刚躺上床不久，就被门外一阵犬吠声惊醒，秀秀一惊，连忙披衣下床，她刚走出房间，便见到强子手里拿着一把手枪，正趴在门缝上朝外窥视。秀秀似乎预感到要发生什么了，二话没说，走上前便拽住强子的手就走，强子一愣，问她想干什么，秀秀停下说，我不会让他们就这么把你抓走的，秀秀的语气听上去非常坚定，而且是不容置疑的，这令强子多少感到有些意外，同时也让他颇有些感动。

随后，秀秀把强子领到后院的一个角落里，两人用力扒开一块青石板，地面上很快便露出一个黑乎乎的洞口，紧接着，秀秀又找来一捆绳子，迅速系好后，示意强子下到洞里躲藏起来，强子稍微犹豫了一下，结果还是顺从地抓住绳索往洞底下滑下去了。

秀秀刚忙完这边的事，就传来了一阵激烈的敲门声，秀秀稳定了一下情绪，然后上前开门。从门外走进的是本地派出所的几名干警，他们问秀秀是否有强子的消息，提醒她，如果知情不报，那就等于犯了包庇罪。秀秀则向他们保证，如果强子回来，她一定会举报他的。警察见问不出什么名堂来，坐了一会儿，便起身告辞了。

秀秀见他们走远了，又悄悄地溜回到洞口边来。强子在洞底下一听见秀秀的声音，就知道自己已经脱离危险了。秀秀叹息一声，说："强子，今晚上我也是迫不得已这么做的。假如刚才我不及时把你弄进洞里，那你肯定会干出更加愚蠢的事来。我不想见到你杀人，也不想看见你被人杀。如果是那样的话，我就再也没机会救你了。"

强子说："不，嫂子，我不会杀人的，请你相信我。"

秀秀说："你不会杀人，为什么身上还带着枪？"

强子一下子哑口无言了。

秀秀说："强子，时间不多了，你赶快拿定主意，是让我陪你主动去投案自首还是继续顽固不化，在犯罪的路上越滑越远？"

强子说："嫂子，我听你的，你快放下绳子让我上去吧！"

秀秀说："不，在你没有真正答应我的条件之前，我是不会放你出来的，我已经想好了，既然你那么害怕坐牢，那我唯一能帮你的，就是把你藏起来，除非有一天你亲口告诉我，你宁愿去坐牢，也不愿呆在这暗无天日的洞底下，那我才有可能让你上来。"

强子突然冷笑道："你关不住我的，我会想办法逃走的。"

秀秀哽咽地说道"强子，别犯傻了。就算你真的能从这里逃出去，那你今后的日子，不也是要东藏西躲的，这跟你藏在洞里头有什么区别

呢？反正今晚上该说的，我已经说完了，剩下的就是你自己的事了。"说完，她头也不回地走了。

从那晚起，秀秀除了一日三餐用一个竹篮子将食物吊入洞里外，其他的事，她就一概不管了。一开始，强子还不把这当一回事，心想，这种日子有吃有喝的，又不用干活，上哪儿找去？可随着时间一天天过去，强子的情绪也渐渐变得狂躁不安起来了。一天下午，他对秀秀说，他实在忍受不了这种地狱般的日子了，如果秀秀再不放他走，那他还不如死了算了，秀秀冷笑道："像你这种人，就是死在这里，也总比放你出去干伤天害理的事好。"

秀秀原以为强子只是在吓唬她，但没想到当天夜里就从洞里传出一声枪响，秀秀吓了一大跳慌忙跑进洞口边，一连叫了十几声"强子"，可下面连一点儿动静也没有。

秀秀这下子真的慌了。她从房内找出一把长梯，撬开青石板，放下梯子，然后顺梯而下，洞里面很黑，秀秀用手电筒一照，发现强子一动不动地趴在地上，身边还掉着一把手枪，秀秀顿时"哇"地哭出声，扑过去抱住强子的头，边摇晃边说："强子，你怎么那么傻呀！你死了，我可怎么向你哥哥交待啊——"

话没说完，就听见强子在她怀里

"扑哧"一声笑了起来，秀秀又惊又怕，猛然推开他，说："你竟敢骗我？"强子嬉皮笑脸地说："我不骗你，你会下来吗？"

强子从洞里爬上来后，重新换了一套衣服，就转身朝大门外走去，可是他没走多远，又突然调头返回了。此刻，秀秀正坐在房间里暗自抹泪，当听到强子的脚步声走来时，她突然从椅子上站立起来，惊喜地问道："你，你不走了？"

强子走近她，突然握住她的手说："嫂子，我已经想好了，我不能丢下你一个人不管，我要带着你跟我一块走！"

秀秀呆呆地说："你能把我带到哪儿去呢？"

强子说："哪儿都行，外面的世界大得很，谁也休想抓住我们。嫂子，只要你答应跟我走，今后我一定会好好报答你的，我有钱，有很多很多的钱。"

秀秀摇摇头说："不，我不能跟你走。"

强子急了，说："这也是我哥临终前的遗愿。"

秀秀一愣，说："你说什么？"

强子低下头说："我哥在信里说，如果有一天我回来了，他最希望看到的，就是我能和嫂子重新组成一个新家庭，他还说，如果我这辈子不好好地待你，那他就是做鬼也不会饶过我的。"

秀秀颤声说："他……真是这么对你说的？"

强子掏出信说："不信，你自己拿去看吧。"

秀秀看完信后，不禁长叹一声，手中的信也随之飘落下来。片刻之后，她缓缓地抬起头说："强子，前几天我曾到过一家律师事务所咨询过你的事。律师告诉我，像你这种情况，如果能主动投案，并能如数交还所劫之款，到时不仅不会丢命，说不定所判的刑期也许不会超过十年。十年，只不过是眨眼的工夫。我的意思是，不管今后你会坐多久的牢，我都会耐心地等你出来，而且为了证明我是真心诚意的，今晚上我就把自己给了你。"

说着，秀秀就当着强子的面，开始脱掉她身上的衣服，秀秀还很年轻，人很漂亮，身材也很丰满，她脱得很慢……

强子突然哭了，蓦地跪了下来，抱住秀秀的双腿说："嫂子，从来也没人像你对我这么好，包括我哥哥，我答应你，天一亮我就去自首！"

秀秀紧紧地搂住他的头，同样哭泣着说："强子，我的好强子，秀秀要的就是你这句话。"

第二天中午，秀秀醒来后，发现身边是空的，强子不知什么时候走了，床头边摆着一张纸条，上面写道："秀秀，请原谅我的不辞而别。昨晚我想了很久，最终我还是决定先离开这里。你知道吗？那些钱是我拿命换来的，我可不想这么白白地交给警察，秀秀，你先在家里等我，等我把那边的事安顿好，我就会回来接你。"

秀秀看完纸条，随手抓起身边的一盒火柴，擦亮火，然后面无表情地看着那张纸条在面前化为了片片灰烬……

一周后，山下有人跑来告诉秀秀，那个名叫强子的通缉犯，前天夜里被警察围困在一家小旅馆里，当时警察一再劝他缴械投降，可他就是不听，还开枪拒捕，结果被警察当场击毙。最后，警察从他随身所带的皮箱里搜出一大笔赃款，另外还听人说，警方的这次行动，是有人通过匿名电话提供了一条重要的线索，才得以发现强子的踪迹。

在一个大雪纷飞的日子，秀秀挺着一个大肚子，踏雪来到丈夫的坟墓前，她含泪告诉丈夫：她虽然没能留住强子，但她却留下了他的血脉，她说，等孩子出世后，她会好好教他做人。今后，她不求孩子发什么大财，做什么大官，但他必须是一个懂得遵纪守法的人……

（本篇月月评短信代码：0405）

（题图、插图：季 平）

（本栏目欢迎来稿。来稿可从邮局寄发，也可从网上传递。如为电子邮件，请发以下信箱：xiayiming@vip.sohu.net）

□邹吉庆

超载罚款

西门桥岗亭是312国道进出县城的必经之地，有个值勤人员叫刘法宽，人称"刘罚款"，仗着他手中有点权，为所欲为，对过往的司机想怎么罚就怎么罚。

这天，一辆油罐车经过西门桥，被刘罚款拦了下来。刘罚款原以为司机会赶快下车对他点头哈腰敬烟，没想到那司机稳坐在驾驶室里，不耐烦地问："什么事？"

刘罚款心里那个气呀，心想还没见过这么和自己说话的司机呢！他铁青着脸，咬着牙嘀咕了一句："好小子，看我怎么收拾你！"

刘罚款围着车子转了一圈，实在挑不出什么毛病，便问："车上装的什么？"

"柴油。"

"多少？"

"三吨。"

"胡说，起码有三吨半！掏钱吧，超载罚款！"

司机还想争辩，刘罚款眼睛一瞪："听你的还是听我的？"

没办法，司机问："罚多少？"

刘罚款伸出两个指头晃了晃。

"20？"

"呸，20，亏你说得出口，2000！"

"啊，这么多，能不能少罚点？"

"你当这是做买卖呀？告诉你，我这是执法，一个子也不能少！"

司机翻了翻兜，说："我身上没带那么多钱，你看怎么办？"

刘罚款嘴角露出了得意的笑容："没钱就扣车！"

司机无可奈何，只得随刘罚款把

油罐车开进了办公大院。

第二天，油罐车司机带钱来交了罚款，换回一张由刘罚款签字的"超载罚款"的单子。

司机要回车钥匙，绕着车转圈看了看，顺手把油罐上的阀门打开一点，没想到一点油也没流出来。

"不对呀，油罐里怎么没油了？"

刘罚款也过来拧了拧，果真滴油不出。"我可没动过你的油！"刘罚款搞不清是咋回事，也有点慌神了。

"没动过？那三吨——不，三吨半的油到哪去了？"

两人争辩起来，引来一堆人围观。

仗着这里是自己的地盘，刘罚款稳了稳神，口气又硬了起来："你别耍赖，你这车本来就是空的！"

"空的？空的怎么会'超载罚款'？"司机扬了扬手中的罚款收据。这一下，刘罚款感到是有一百张嘴也说不清楚了。

司机撂下车气哼哼往外走，临出门，又回头朝刘罚款喊了一句："我要到法院去告你！"

此事传得很快，本地一家报纸还做了报道，县委领导也非常重视，专门派人下去调查。

正当人们翘首以待此事如何了断的时候，有消息说，那位司机不告了，还说那天油罐车确实是空的，他这样做只不过是为了教训一下刘罚款这样的人。

果真，打这以后，经过西门桥的司机再也没见过刘罚款的身影了！

（本篇月月评短信代码：0406）

（题图：王申生）

·本刊信息传真·

欢迎投稿：为了我们的故事更精彩

您手中有没有得意之作？新的，奇的，巧的，趣的，险的，情感的，悬念的，智慧的……欢迎您投寄本刊。本刊辟有二十多个原创性栏目，如中国新传说、中篇故事、悬念故事、我的故事、幽默世界、16岁故事等，可谓丰富多彩，必有一款适合您。

读到或听到什么有趣事可以和大家一起分享吗？3分钟典藏故事、情节聚焦、外国文学故事鉴赏、快乐辞典等，是本刊的推荐性栏目，一旦采用，您将获得相应的"推荐费"。如果您有何心得体会或建议，也不妨写下来寄给本刊，我们将择优选登。

来稿可从邮局寄发，也可从网上传递，但必须注明您的真实姓名、固定地址及一般联系方式（如电话、手机等）。若没有采用，恕不奉还。

邮寄地址：上海绍兴路74号《故事会》杂志社，邮编：200020；请在信封上注明"××"栏目收。本期责任编辑电子信箱为：xiayiming@vip.sohu.net。

挂标语

□刘国栋

办公室的高主任从局长那里出来，怀里抱着一团红彤彤的东西，大步流星走进办公室，招呼大家："都过来，都过来，开个会。"

办公室里坐着或站着的老宋、大张、小赵听到喊声都聚拢了过来。高主任把怀里的东西往桌子上一放，端起茶杯"咕咚咕咚"灌了两口，掏支烟拿出打火机"吧嗒"点上，看了一下众人，问："小陈呢？"大张答道："去厕所了吧。""咱们要开紧急会，她还去厕所？"高主任嘟囔道，"小赵，你去喊喊她。"小赵撇撇嘴："那是女厕所，我咋进？"高主任挥挥手说："去厕所门口喊几声，不就好了？"

一会儿，小赵和小陈一前一后进了办公室。

高主任见人都齐了，敲敲桌子："咱们开一个会，是个紧急会啊。"高主任把桌子上的东西打开，是一条标语，红布白字的标语，上面写着"治理污河水，造福全市人"十个字。高主任说："刚才局长布置了，在防汛的关键时期，让咱们办公室完成一个重要任务，去街上挂标语，挂在单位门口，市里今天下午要组织检查！"

众人一听是个出力活儿，一耷拉头都不吭气了。

高主任说："当然了，挂标语是个体力活儿嘛，得爬高上梯、扯绳、钉钉、用铁丝拧……再说，也有一定的危险性，为同志们的安全考虑，谁参加，给谁办一份鸿运人身保险。"

大家眼睛一亮，摩拳擦掌都要去。小陈冲高主任飞个媚眼，晃晃自己的红色高跟鞋"高主任，光办保险可不行，穿这个鞋怎么上梯子呀？"

高主任说："那大家说说，穿什么鞋，只要是合理要求，在防汛这件事上花点钱也不是不可以的嘛！"

"买'耐克'运动鞋！"小陈眉飞色舞地说，"光有鞋了，还得有袜子呀，这样才搭配，就买'浪莎'吧，好不好？"

高主任想了一想，说："可以，大张，你记一下，一会儿上街采购，大家还有什么要求，再提提，物资供应是胜利的保障嘛。"

老宋说："每人买顶太阳帽、买副手套，再配个好太阳镜……还有，我有恐高症，一上梯子就犯心脏病，就买点速效救心丸吧。"

小赵说："咱们科抽烟的人多，不抽烟怎么考虑问题，不考虑问题怎么能把标语挂好？买条中华烟……"

大张补充道："光抽烟也不中，要是挂标语时渴了饿了呢？在又渴又饿的状态下肯定干不好活儿，需要办点火腿肠、矿泉水……"

高主任弹弹香烟："还有重要的一点大家没有提到啊，就是挂标语时有的人在梯子上，有的人在梯子下，也可以说有的人在天上，有的人在地

下，这联系起来怎么方便呢？我建议，每人配一部手机，就买知名度较高的、彩屏的、能够上网的、能够拍照的那种吧……"

最后，挂标语所需物资清单出来了，高主任清清嗓子，郑重念了一遍：鸿运 1000 元人身保险 1 份，共 5 份（在高主任太太上班的太平洋保险公司办理）；太阳镜 5 架、太阳帽 5 顶、手套 5 副、速效救心丸 5 瓶（如不要此药，可折价购其他药物一瓶）；中华烟 1 条、王中王火腿肠 1 箱、娃哈哈矿泉水 1 箱（吃不完喝不完可兜着走）；摩托罗拉手机 5 部（挂标语时联系用）；麻将、扑克各一副（工作完后娱乐用）；中午伊香斋 888 元庆功宴一桌……以上费用预计 16000 元左右。

众人听后，都表示差不多了，再需要啥再说。

大家买东西花了两个小时，半个小时挂好了标语，去饭店吃了一个半小时的饭。

第二天一上班，业务科的孙科长拿着一张发票找到高主任，让给签字报销。高主任接过条一看，上头写着："做防汛标语一条，50 元……"

（本篇月月评短信代码：0407）

（题图：魏忠善）

（本栏目欢迎来稿。来稿可从邮局寄发，也可从网上传递。如为电子邮件，请发以下信箱：xiayiming@vip.sohu.net）

不做亏心事

□ 胡秀欣

最近，王栓最怕见到大龙。一年前，他借了人称"活阎王"大龙一笔钱，大龙已经催要过几次了。这不，怕什么来什么，失踪近一个多月的大龙又敲门找王栓来了。

王栓忐忑不安打开门，满脸赔笑说："龙哥，您行行好，再缓几日，这几天我正四处想办法，到手后我连本带息一块给你……"还没等他说完，大龙一瞪眼，脸上的横肉乱颤。他猛地掏出一把匕首，一扬手，"啪"地狠狠地钉在桌子上，然后凶巴巴地说："两条路，一是马上还钱，二是今晚和我去做一笔买卖，事成后欠债一笔勾销，否则，别怪我不讲义气！"

大龙的眼睛阴森森的，盯得王栓浑身直发冷。他知道，大龙这人心狠手辣，什么都干得出来，让你缺胳膊断腿是小菜一碟。王栓结结巴巴地说："龙、龙哥，去做什么？不、不会去杀人吧？"

大龙狡黠一笑，说他答应黑道上的朋友，要弄一辆卡车，换个好价钱。让王栓今晚和他到峰云岭山路上拦路劫车去，"窝子"他早已踩好了，找王栓去做个帮手。

王栓心里暗暗叫苦，劫车弄不好要出人命，可此时他又不敢说不去。他心里明白，大龙既然抖了实底，是绝对不会放过他的。于是，只好硬着头皮答应了。

夜黑沉沉的，王栓和大龙像两个幽灵，埋伏在峰云岭山路最僻静、最远离住户的地方，眼睛搜寻着每一辆过往的车。王栓心里突突直跳，盼着最好不要有卡车出现。

然而糟糕的是，不多时，两道粗大的车灯光由远而来，大龙一捅他的腰，压低声音说："看灯光，一定是卡车，就干它，你先去拦车，只要车停下来就好办了。"

王栓不敢怠慢，慌慌张张地窜上了公路，不停地挥动着他那瘦弱的胳膊……

车到他跟前，"嘎"的一声停了下来。司机从车门里探出脑袋，大声地问："你干吗拦车？有事吗？"

"师傅，我是山里采伐队的，家里突然有急事，我只好连夜往回赶，能不能捎我一段路？"王栓边说着边借着灯光往车里瞅，不由得在心里暗叹道："该你倒霉！"他发现车里面就司机一个人。

司机稍一犹豫，大概是见王栓长得比较瘦小，对他构不成什么威胁，便打开车门说："上车吧。"话音刚落，大龙从黑影里"噌"地蹿了出来。那司机还没弄明白是怎么回事，脑袋已重重地挨了大龙一棍子，头一歪，晕了过去。

大龙将司机一把从驾驶室里薅了出来，拖到路边的荒草丛里，挥刀就砍。王栓连忙用双手架住大龙的胳膊说："龙哥，别杀人，杀了人麻烦就大了，用绳子把他绑了，往雪地里一丢，堵上嘴，还不是一样吗？"

见王栓这么说，大龙停住了手，想了想说："好吧，交给你处理了。"他随手搜去了司机身上的钱和手机，并丢给了王栓一根绳子。

王栓手忙脚乱地绑着司机，心里却有些不忍。这么冷的天，他一夜还不得冻死呀。这时，那司机醒了过来，手脚拼命地挣扎。王栓灵机一动，悄悄地趴在那司机耳边说："你别动，继续装死。我不系扣，等我们走后你快逃命。"这时大龙在车里喊道："完事没有？哪赶上一刀解决了痛快！"王栓忙起身，边往外走边说："完事了，到明天冻不死算他命大！"说着突然觉得内急，于是就地方便了一下，然后上了车。

大龙开着车，撒野狂奔。天快亮的时候，将车停在了一座小山包边，他打手机联系了他的同伙，那边告诉让他先在这儿等着。

车一停，困意不觉袭了上来，大龙哈欠连天，有点睁不开眼了。王栓心里害怕，嘴上却讨好地说："龙哥，你睡一会儿，我放哨，不会有事的。"

"好吧，我眯一会儿，你眼睛瞪大点，好好瞅着！"大龙说着就势趴在了方向盘上，不一会儿就睡着了。

坐了一会儿，天渐渐地亮了。此时，王栓连冻加困，身上直打冷战。实在坐不住了，他打开车门，跳下车来，想活动活动，让自己清醒些。

王栓环顾四周，发现这是在一条偏僻的山路上，四周都是山林和白雪。他边伸展着胳膊边走到了车后边，这辆车还挺新，好像刚买不久的新车。他点了支烟，狠狠地吸了几口，想想自己在大龙的威逼下竟做了劫匪，他心里气就不打一处来，对大龙恨得直咬牙。实在无处发泄，他抬起腿，照着后车厢板就"通"地踹了一脚，就在这时，忽听到驾驶室里"啊"的传来一声惨叫，吓得他也是一哆

嗦，急忙跑过去一看，只见大龙双目圆睁，满脸恐怖地盯着车后窗外，一动不动了。他下意识地从车后窗往车厢一看，天哪！只见后车厢里有好几个血肉模糊，面目狰狞的死人，有一个还龇牙咧嘴地朝着他直笑。"啊！鬼——"他眼前一黑，便什么也不知道了……

王栓醒来的时候，发现自己躺在行进的车上。一瞅开车的司机，他不由得愣了，这不正是昨天晚上被劫的那个小子吗！这是怎么回事？见他醒来，那司机朝他一乐，面带嘲讽地说："怎么样？感觉如何？"王栓惊魂未定地看着他，一脸的茫然，嘴里不停地叨咕着："鬼、车上有鬼……"

王栓稍稍平静下来，便开始找寻大龙。见他不在驾驶室里，便疑惑地问："我那哥们呢？"那司机脸沉了下来，用鼻子哼了一声，朝车厢一瞥嘴，狠狠地说："他呀，和死人做伴去了。"

"死人！你的车里怎么有死人？"王栓不由得从车窗朝后车厢看去。可不，车里躺着三具血肉模糊的尸体。大龙正被捆绑着躺在这些尸体旁边，身子拼命地扭动着。

看着王栓惊恐的样子，那司机边开着车边对他讲了

家园，不只放置身体，还要放置心灵；故事，不只带来快乐，还会带来启迪。——张杰（安徽）

事情的经过……

这司机名叫刘祥，专为搞长途贩运的人拉货。今天刚刚送完一车菜，便急着往回赶，上峰云岭山路不久，就被几个交警给拦住了。停车后，才知道前面不远出了车祸，一辆翻斗车滚下了十几米深的山沟。车上三个人被救上来一看，血肉模糊的都死了。眼看尸体又不能摆在公路上，正好刘祥的车开了过来，就截住他，让他顺路将尸体捎到火葬场。

刘祥本来就是个热心人，当时就答应了。可一个人拉着死人走在漆黑的山路上，他觉得头皮直发炸。这时，碰上王栓出来拦车，他一看正好有个做伴的，心里挺高兴，赶紧把车停下来，可没想到差点送了命……

"可我明明把你扔在了雪地里，你怎么会在车上？"王栓不解地问。

刘祥看了他一眼，目光里流露出一丝感激。他又接着说，这还得感谢王栓当时绑他时没系绳扣，王栓刚转身他就抖落掉绳子，趁他小解的时候，偷偷地从后面爬进了车厢，一路上，他就琢磨该怎么办？最后他想到了装鬼，天亮后，他将自己抹得满脸是血。事也赶巧，王栓踹车把大龙惊醒了，他迷迷登登地往后一瞅，正好看见车里的死尸和刘祥张牙舞爪趴在车窗上，吓得他当时就背过气去了……

听他讲完，王栓在心里不由得佩服起刘祥的胆识和机敏。他伸了伸双手说："你为什么不连我也绑起来，竟这么相信我？"

"对救自己命的恩人，用不着防备的。看你这个人还有点厚道，为什么要去劫车？"刘祥皱了皱眉。

王栓心里一热，苦笑着，把自己被逼无奈只得铤而走险的事说给了刘祥。正说着，突然警车声大作，一辆警车开了过来，刘祥忙刹车迎接。原来是刘祥路上用手机报了警，在这里和赶来的警察遇上了。

一个警察看见车上的大龙，不由得脱口说道："快看这人，不正是公安局悬赏捉拿的在逃的杀人犯吗？"

他这一喊，警察们都兴奋地围了过来，拿出通缉令上的照片一对，可不，正是此人！带队的队长一把握住刘祥的手说："司机师傅，你真了不起，抓住了逃犯，你将得到5万元的奖金，祝贺你！"

刘祥转身来到王栓面前，拍了下王栓的肩头说道："这5万元的得主应是这个兄弟，没有他相救，我现在已在刀下做鬼了，谢谢你！"刘祥说着对王栓深鞠一躬！

王栓的脸"腾"地红了，竟不知说什么好了，支吾了老半天，猛然大声说道："再不学好，我他妈还是人吗！"

（本篇月月评短信代码：0408）

（题图、插图：魏忠善）

打猪猪

□金 戈

有个小男孩，长得虎头虎脑，憨憨乎乎的样子，村里的大人都喜欢逗他玩儿。

这几天，小男孩的妈妈病了，住不起医院，只好在家养病，小男孩一放学就赶回家来陪伴妈妈。

见妈妈好几顿都没吃饭，这个小男孩心里挺着急，就问妈妈想吃点什么，妈妈苦笑了一下说："好儿子，妈妈没胃口，什么也不想吃，"妈妈想了想，"要不，你到隔壁婶婶家，要几个萝卜来给妈开开胃。"

小男孩说："我们家菜地不是也有萝卜吗？"妈妈说："为给妈买药治病，你爸早几天就把萝卜卖光了。"

婶婶是个精怪女人，平时，小男孩并不喜欢她，但这次没办法，小男孩只好硬着头皮到隔壁去了。此时，婶婶正好在离家不远的菜园里坐着呢，她手里拿着一根棍子，嘴里一边骂骂咧咧，一边吆喝着什么。小男孩走上前去，怯生生地说明了来意。

婶婶想捉弄捉弄这个小家伙，对小男孩说："你妈要吃萝卜？这好说，不过，你得给婶婶做件事。"

小男孩歪着头说："只要您肯给萝卜，要我做什么都行！"

婶婶说："你看见没有？地头上那只小猪猪不知是谁家的，跑出来偷吃婶婶家的萝卜，害得婶婶整天守在这里，婶婶太胖了，跑不过它，你去给我出出气，狠狠地揍它一下！"说着，婶婶将手里的棍子给了小男孩。小男孩手勤脚快，提起棍子直奔那只小猪猪。

奇怪的是，那只小猪见了小男孩既不跑也不躲，还一个劲儿上前"呵呵呵"套近乎，小男孩毫不客气地举起手里的棍子，眼看小猪猪就要挨打了，突然，小男孩高举的棍子软绵绵地落了下来。

原来，小男孩认出那正是自己家的小猪猪。他知道，这只小猪猪可是妈妈的宝贝疙瘩儿，自己明年的学费也全指望它呢！这几天因妈妈病了，没人好好照管它，它才跑出猪栏偷嘴的。小男孩怎么忍心打它呢，不过，他还是把小猪猪赶跑了。

小男孩拖着棍子回来交差，婶婶可不满意了。婶婶说："我叫你狠狠打它一下，你怎么不打呀？"

小男孩嘟起小嘴说："我、我打了，只是没打着。"

婶婶说："你小子就别蒙我了，婶婶虽然身子笨，眼睛可比你小腿跑得快，早看出你压根儿就不想打它！明跟你说吧，你要是不打小猪猪，婶婶就不给你萝卜！"

小男孩儿见婶婶这样刁难自己，小脸都气红了，心说：几个臭萝卜有什么稀罕的！一转身，拔腿要走。可是一想到病在床上的妈妈，他怎么也

迈不开步。顿了一下，只好回过头来，忍气吞声地说："婶婶，您一定要我打着小猪猪才算数吗？"

婶婶一脸认真地说："婶婶是几十岁的人，可不跟你小孩子开玩笑，只要我亲眼见你打着了小猪猪一下，保证给你一大筐萝卜！"

小男孩伸出小指头说"来，咱俩拉拉钩！"

"拉就拉！"婶婶也不含糊，一边和小男孩拉钩，一边咧着大嘴呵呵直乐。拉完钩，小男孩举起棍子，原地来了个马步蹲，嘴里大喊一声："嗨！"只见手起棍落，小男孩头上顿时肿起了个大包包。婶婶一见，吓得尖叫起来："哎呀，这孩子怎么这么傻，我要你去打小猪猪，你打自己干吗？"

小男孩忍着眼泪说："我的名字也叫猪猪，您不是说只要打着小猪猪就算数吗？"

婶婶这才恍然大悟，一把将小男孩搂在怀里，后悔不迭地说："傻孩子，婶婶是逗你玩的，我知道那只小猪猪是你们家的，你不会打它。没想到你、你这个小猪猪这么较真。这不，你妈要的萝卜婶婶早就准备好啦！"

（题图：王申生）

（本栏目欢迎来稿。来稿可从邮局寄发，也可从网上传递。如为电子邮件，请发以下信箱：xiayiming@vip.sohu.net）

□ 杨汉光

安徒生童话

有个叫阿兰的中年妇女，在路上遇到儿子的班主任刘老师。刘老师告状说："你儿子这几天不知道怎么搞的，老是在课堂上看课外书。"

阿兰的儿子叫小君，读小学三年级，一向很用功，成绩在班上从没落下前十名。以往刘老师见到阿兰都是称赞小君好，这是她第一次告状。阿兰问小君在课堂上看什么课外书，刘老师说："什么书都看，看得最多的是《安徒生童话》。"

这天晚饭后，阿兰检查儿子的书包，发现里面果然有一本《安徒生童话》，就叫儿子不要看这种课外书。儿子却说，现在上完新课了，天天是复习旧课，很多同学都看课外书。阿兰生气地说："再多人看，你也不能看。"她要没收这本《安徒生童话》。小君哭丧着脸说，以后再也不敢在课堂上看课外书了，求妈妈不要没收他的《安徒生童话》。阿兰说："再过几天就考试了，要抓紧时间复习，不光上课不能看这种书，下课后也不能看。"训斥了一通，阿兰才把《安徒生童话》还给了儿子。

半夜里，阿兰起来方便，看见儿子的小房间里还有灯光。她以为儿子复习功课太困了，一下子睡着过去，没来得及关灯。阿兰怕惊醒儿子，就轻手轻脚地进去想帮儿子把灯关掉。进门后，她却看见儿子根本没有睡觉，小家伙斜躺在床上，手里捧着《安徒生童话》，正看得聚精会神呢。阿兰气得七窍生烟，劈手夺过《安徒生童话》，直骂得儿子泪水涟涟，才回到自己的房里生闷气。

更让阿兰生气的是，两天后，刘老师向阿兰告状，小君还在课堂上看《安徒生童话》。阿兰说："刘老师，你没看错吧？小君那本《安徒生童话》已经被我没收了。"刘老师说："他又买了一本新的，现在的孩子鬼得很。"

阿兰自己没给过儿子一分钱，她问丈夫，丈夫也没给。小君买书的钱是从哪来的呢？再说，小君向来非常听话的，不至于敢一再违抗母命吧？阿兰担心刘老师错怪了小君，就趁小君洗澡的时候，把他的书包和房间搜了个遍，结果真的在席子底下搜出一本崭新的《安徒生童话》。这本《安徒生童话》的封面上，贴着一张《语文》课本的封面，显然是用来蒙骗老师的。

阿兰不等儿子洗完澡，就把他从洗澡间里揪出来，质问他为什么还看《安徒生童话》。小君赤条条地站在母亲面前，嗫嚅着说："我没……没有《安徒生童话》。"阿兰把那本《安徒生童话》一挥，着着实实地拍在小君的脸上说："你还敢嘴硬！这是什么？"小君"哇"一声大哭。阿兰揪住儿子的耳朵说："不准哭，老实交代，你买书的钱是从哪来的？是不是偷的？你偷了谁的钱？"小君哽咽地说："我……我用早餐费买的。"阿兰问："买了书，那你早上吃什么？"小君说："我有四个……四个早上没吃东西。"阿兰又生气又心疼地说："你这

个傻东西，怎么迷上了安徒生？"小君抹抹眼泪说："我就是喜欢看《安徒生童话》。"阿兰点着儿子的额头说："我告诉你，过两天考试，语文和数学你们都必须考上90分，不上90分，看我好好收拾你！"

两天后就开始期末考试，考试后学校放一天假，然后学生才回到学校拿成绩单。小君去拿成绩单时，阿兰说："快去快回，我在家里等着看你的成绩呢。"小君去学校后，却久久不回来，等他回到家，已经是下午了。阿兰问"考得多少分？上90分吗？"小君低着头，不说话。阿兰问："成绩单呢？拿来。"小君战战兢兢地把成绩单递给母亲。阿兰接过成绩单一看，差点昏过去。这个被安徒生迷了心窍的东西，语文只考得69分，数学更差，只得61分，刚刚及格，而以往考试，小君从来没下过90分的。

阿兰气得说不出话，只有胸脯大幅度起伏。小君知道大祸临头了，想逃跑又不敢，就把书包举起头顶护着脑袋。阿兰一把夺过书包，劈头盖脸一顿暴打，边打边骂："我给你个安徒生！我给你个安徒生！"那沉重的书包，一下又一下砸在小君稚嫩的脑袋上、肩膀上，直到小君扑倒在地，阿兰才慌了神。她丢下书包，抱起儿子。可是，小君已经不会动弹了。阿兰赶紧把儿子送去医院。

医生抢救了两个小时，小君才慢

"掌上灵通杯"《故事会》优秀作品月月评2005年全新登场!

精减评选范围 集中评选故事 得奖机率更高 作者、读者奖上有奖

2005年,"掌上灵通杯"《故事会》优秀作品月月评活动,形式更新,奖品更丰厚,中奖机率更高! 全年共设价值48万元的奖金和奖品,等你来赢取!

评选方式和奖品设置如下:

1. 本期初评委推荐以下10篇故事为候选作品,读者将选中题目的月月评短信代码(如0108,没有短信代码的作品不参加评选)发送到200056(移动用户)或900056(联通用户)。每次限选一篇,可多次投票。投得多,得奖机会越大!

篇名与短信代码

代码	篇名	代码	篇名
0401	布袋鼠的故事 (P8)	0406	超载罚款 (P34)
0402	喜得贵子 (P17)	0407	挂标语 (P36)
0403	只想握握你的手 (P21)	0408	不做亏心事 (P38)
0404	文化站来了客人 (P25)	0409	安徒生童话 (P44)
0405	为了丈夫的嘱托 (P29)	0410	什么也不说 (P64)

2. 读者奖: 选中当期"最受欢迎的故事"任何一篇的读者均有机会获得现金奖500元,每期20人; 所有参加评选的读者均有机会获得价值30元的礼品一份,每期200人; 参加全年12期以上评选的读者更有机会获得年终大奖,共12人,各获价值5000元的数码摄像机一台。

3. 作者奖: 每期设"最受欢迎的故事"三篇,由得票最高的前三名作品获得。这三篇作品均将列入本刊今年举办的《中国最有影响力的故事》征文大赛候选名单(该征文活动详见本期第58页)。第一名的作者还将获赠上海文艺出版总社出版的大型历史图书《话说中国》一套(价值1000元)。本期活动截止期为: 2月20日。得奖读者在评选结果揭晓后将得到短信通知,用户接收每条短信收费0.50元。

慢苏醒过来。醒后的小君傻乎乎的,连妈妈都不会叫了。医生说,小君被打伤了脑袋。

这时候,刘老师也到医院来看望小君。她还不知道小君被打成了傻子,高兴地告诉阿兰,这一次考试的题目特别难,没有多少个学生能考及格,小君虽然只考得60多分,却已经是全年级第一名了。阿兰愣了好一会,才大叫一声:"天啊——"然后放声大哭,哭着哭着又"哈哈"大笑。她疯了!

疯后的阿兰最爱去书店,看见《安徒生童话》就买,买回来就读给儿子听。久而久之,阿兰竟能把一本《安徒生童话》背得滚瓜烂熟,可惜,她的儿子已经永远听不懂那些美丽的童话故事了……

(本篇月月评短信代码: 0409)

(题图: 王申生)

表声嘀答

□ 吴会艺

十一月的一天，有个叫奎斯的商人开着车离开伦敦，飞快驶向巴黎。

此时此刻，奎斯心里像烧着一把火，起因是奎斯最近走私的一批手表，是假冒伪劣产品，制造十分粗糙，你说时针走了吧，可秒针不动；秒针动了吧，时针又不走。让他赔了一大笔钱。给他这批货的，是巴黎的一对兄弟，哥哥叫马斯尔，弟弟是个弱智，兄弟俩表面上经营着一个小小的首饰店，暗地里经营走私手表，奎斯是他们的一个大客户。

奎斯琢磨好了，这次要把他们臭骂一顿，出出心头这口恶气！

果然，一来到巴黎，奎斯见到马斯尔兄弟俩，就劈头盖脸大骂起来。什么难听的话，都骂了出来。马斯尔站在一旁，毕恭毕敬，虽然他心里恨不得杀了奎斯，但他还是不敢吱声，一直等到奎斯骂完，马斯尔才连忙说："对不起，对不起，我对天发誓，下次拿来的手表，一定保证质量！"

好说歹说，这才让奎斯消了气。

最后，马斯尔对奎斯说："放心吧，这次所订的货第二天就到！"然而第二天，货并没有到；第三天，货还是没有到；第四天，奎斯等得不耐烦了，一大早，便把车开进马斯尔家的车库。

奎斯气急败坏，威胁道："怎么搞的？我本打算赶晚上最后一班轮渡，可现在计划全泡汤了，告诉你们，要是晚上货还没有到，我们就拜拜了！"说着，甩门而去。

他来到一家酒吧，要来了一瓶酒，一边喝并一边还时不时地给马斯尔打电话，查问货到了没有。幸好，到晚上6点钟，货终于到了，奎斯立即赶到马斯尔那里。

马斯尔说："您先喝点咖啡，安心休息一下，这次，我们要检查到每一颗螺丝，然后在凌晨4点前装上车。"果然，凌晨4点刚过，马斯尔就来通知奎斯，一切准备就绪。虽然晚了几天，但毕竟没耽误计划，所以，奎斯坐在车上，心里仍然很高兴。

接下来，顺利通过法国海关，奎斯看着自己的汽车，安全地停放在轮渡甲板上，会心地笑了，然后走进船舱，喝咖啡……

渡船很快就开到英国的多佛海关。就像往常一样，奎斯一边打开自己所有的包，让海关官员检查，一边逗乐说笑话。

奎斯把手放在车门上，正要打开车门离去，突然传来一阵巨大的汽笛声，然后一切归于沉寂。

这是怎么回事？原来，第一次世界大战刚刚结束，英法等国家订立了停战日，规定每年的11月11日11点钟，全国都要拉响汽笛，这时所有的人都要放下手中的事情，为在战争中的死难者默哀2分钟。在这2分钟内，周围的一切都显得非常安静，就连路边的鸟儿也停止了鸣叫。奎斯和海关官员站在车旁，低下头默哀。

就在这时，一阵"嘀答嘀答"声传了过来，似乎越来越响，海关官员惊叫起来："这是什么？"顺着响声，他们找到了奎斯的那辆汽车。奎斯吓得脸都白了。别人不知道，为了躲避海关的检查，奎斯把他的汽车经过巧妙的改装，设置了一个夹层，然后利用夹层放进走私的手表，从外表看来一点也不露破绽。然而，今天上千只表发出该死的"嘀答"声，让他露出了马脚！

这是马斯尔兄弟干的好事：他们为了想让奎斯知道所有的手表都走得很好，把每只表都上足了弦……

（题图：李　加）

搜狐文化频道 http://culture.sohu.com

文化是大自然最后的目的

看《故事会》电子版，到搜狐文化频道 http://culture.sohu.com

一个故事是一炉红火，为你驱散岁月的寒风；一个故事是一泓清泉，为你流淌人间的真情。——李滋民（

有裂纹的镜子

□李荷卿 编译

寒假到了，阿奴和罗格俩住到了爷爷家。阿奴今年10岁，比罗格大2岁，和罗格住在两地，平时难得见上一面，这次碰到一块，就像一对活宝似的，时不时弄出点新闻来，把个爷爷家闹得天翻地覆。

这天一大早，罗格还在睡大觉，阿奴就兴冲冲跑过来，罗格忙说："嗨，别过来，让我再多睡一会儿。"说着翻了一个身，将被褥拉过来蒙住头，蜷起身子继续睡觉。阿奴哪里肯让，又是捶他，又是戳他。罗格这下睡不踏实了，一骨碌坐起来，打着呵欠问道："你有什么事？"

阿奴说："我们把爷爷家更衣室的镜子弄破，好吗？"

罗格听了，心里一惊："你脑子是不是灌水了？"罗格也是个淘气鬼，但好坏还是能分别的，况且，那面镜子爷爷看得很重，是很值钱的古董哩。

"你脑子才灌水哩。如果你今天想找一些乐趣的话，就跟我来吧；要不然，我就一个人去。我很想看看镜子上有裂纹的样子。"

罗格的胃口给吊起来了，就说："其实我也想。不过，你告诉我，这没有危险吧？我们是来这里度假的，如果我们惹爷爷生气，我们的假期就会被毁掉了！"

"如果你想要乐趣，你就必须得冒险。不过，你好像缺乏冒险的勇气。我走了，小子。我要去冒险，去行动，把那面镜子弄破！"阿奴向罗格抛来诱饵。

"为了乐趣，我随时准备着，甚至

不惜丢掉自己的脑袋，"罗格斩钉截铁地说道，把刚才的担忧全忘了。

"好。那么，在这次'镜子行动'中，你就是我的搭档了，"阿奴咧开嘴笑着说，"过来，我们商量一下计划。"

他们肩并肩坐在床沿上，脑袋儿乎粘到了一块儿。阿奴把她的计划和盘托出，每个细节都计划得恰到好处，毫无破绽。罗格听了，对它赞不绝口……

过了一会，阿奴和罗格俩哭丧着脸，走进爷爷的房间，爷爷正戴着个

眼镜读报。听到他们的脚步声，他把报纸从眼前移开，微笑着说："啊哈，你们好吗？想要我陪你们玩吗？我只需10分钟就能把报纸读完了。然后，我再陪你们玩儿。"

姐弟俩没有答话，也没有走近他，而是低垂着脑袋站在门边。

爷爷稍稍起了一点疑心。阿奴低声咕噜了一句："对不起。"

罗格也跟着大声说："我也对不起。"

"对不起什么？"爷爷迷惑不解地问。

"不是我的错，"阿奴呜咽着说。

"也不是我的错，"罗格忙轻声说道。

爷爷将报纸扔到一边，叫他们走过去。可他们仍然站在原处，没有动。他的鼻孔抖动起来。姐弟俩知道，爷爷心头的怒火正在上升。

"告诉我，罗格，究竟发生了什么事？是不是你们又淘气了？"

"您问阿奴吧，她比我大。"罗格好不容易才挤出这句话。

"阿奴，你怎么不说话啦，小丫头？平时，我想要安静的时候，你不是叽叽喳喳很会说话的吗？怎么我一让你说话，你就闷声不吭了呢？说吧，丫头，快点！"

"更衣室里的镜子……"阿奴吞吞吐吐道。

"镜子怎么了？"爷爷提高了嗓

门问。

"它裂了，"罗格迟疑地说。

"裂了？噢，我的上帝！怎么会这样呢？"爷爷走到他们面前，俯视着他们，嘴里呼噜呼噜直吐气。

"不是我们的错，"阿奴又说了一遍，但是，爷爷已经顾不得听她说话了。他向门外走去，到更衣室查看他那面心疼的镜子。

姐弟俩没精打采地跟在他的身后，爷爷走进更衣室。他审视着那面镜子，镜面上下裂了许多处。就像一枚定时炸弹炸开，爷爷立刻咆哮起来："是谁把镜子打破的？"

"不是我，"阿奴说。

"也不是我，"罗格回答。

"这里没有别人，只有你们两个。除了你们，还会是谁？"爷爷冷冷地瞪视着他们。

姐弟俩没有回答，他们站在那里，脑袋耷拉着，眼睛垂视着大理石瓷砖地板。

"我一定要追根究底，查明真相。告诉我，你们在这里打网球了吧？弹着它到处乱跑。结果，它撞到了镜子上，将它撞裂了？"爷爷试图推测出整个"犯罪"过程。

"可是，爷爷，"阿奴尽量用一种低沉的腔调说。

"没有'如果'或者'可是'，"爷爷咆哮道。

"如果您肯听我们说，爷爷，"罗格插嘴说。

"告诉我，"爷爷向罗格伸出手来，抬起他的下巴，直视着他的眼睛。

"我们能把这些裂纹去掉。"

"荒谬！"爷爷不屑地说。

"我们能！"阿奴又重复了一遍。

"想变魔术！傻瓜，你们想要愚弄谁呢？破镜难圆，你们懂吗？"爷爷全然不信地说。

阿奴向罗格打了个手势，他马上心领神会，跑出去，拿来一条湿毛巾，走到镜子面前，用湿毛巾擦它的表面，裂纹立刻消失了。

爷爷简直不能相信自己的眼睛。

"对不起，爷爷。我们愚弄了您。我们拿一块薄薄的肥皂，将它削得尖尖的，然后，在镜子上画出线条，这样，镜子看起来像破裂了一样。刚才，罗格只不过是把那些用肥皂画出来的线条擦去罢了。现在，镜子上没有裂纹了吧！"阿奴解释说。

"这个办法，你们是从哪里学来的？"爷爷高兴地咧嘴笑着说。

罗格笑道"从我老师那里。这是她在多年以前，当她还是一个小孩子的时候，对她父母所做的恶作剧。那天是四月一日，愚人节。"

"那么，你们只是照葫芦画瓢了！"爷爷轻松地笑起来，将两个孩子拥入怀中……

（题图、插图：箭 中）

泥泞留痕

鉴真和尚刚刚剃度遁入空门时，寺里的住持让他做了寺里谁都不愿做的行脚僧。

有一天，日已三竿了，鉴真和尚依旧大睡不起。住持很奇怪，推开鉴真的房门，见床边堆了一大堆破破烂烂的芒鞋。住持叫醒鉴真问："你今天不外出化缘，堆这么一堆破芒鞋做什么？"鉴真打了个哈欠说："别人一年一双芒鞋都穿不破，我刚剃度一年多，就穿烂了这么多的鞋子，我是不是该为庙里节省些鞋子？"

住持一听就明白了，微微一笑说："昨天夜里落了一场雨，你随我到寺前的路上走走看看吧。"寺前是一座黄土坡，由于刚下过雨，路面泥泞不堪。

住持拍着鉴真的肩膀说："你是愿意做一天和尚撞一天钟，还是想做一个能光大佛法的名僧？"鉴真说："我当然希望能光大佛法，做一代名僧。"

住持捻须一笑："你昨天是否在这条路上走过？"

鉴真说："当然。"

住持问："你能找到自己的脚印吗？"

鉴真十分不解地说："昨天这路又坦又硬，小僧哪能找到自己的脚印？"

住持又笑笑说："今天我俩在这路上走一遭，你能找到你的脚印吗？"

鉴真说："当然能了。"

住持听了，微笑着拍拍鉴真的肩说："泥泞的路才能留下脚印，世上芸芸众生莫不如此啊。那些一生碌碌无为的人，不经风不沐雨，没有起也没有伏，就像一双脚踩在又干又硬的大路上，脚步抬起，什么也没有留下。而那些经风沐雨的人，他们在苦难中跋涉不停，就像一双脚行走在泥泞里，他们走远了，但脚印却印证着他们行走的价值。"

鉴真惭愧地低下了头。

（作者：李雪峰；推荐者：唐登莉）

宽恕是一座桥

有一对西班牙父子，他们关系异常紧张。最后，男孩选择离家出走。父亲心急如焚地寻找他。

遍寻不着之际，父亲在马德里的报纸上刊登寻人启事。儿子名叫帕科，在西班牙是个很普通的名字。寻人启事上写着："亲爱的帕科，爸爸明天在马德里日报社前等你。一切既往不咎。我爱你。"

隔天中午，报社门口来了八百多个等待宽恕的"帕科"们。

世上有无数的人在等待别人的宽

恕。宽恕的受益人不只是被宽恕者，还有那些宽恕他们的人。宽恕是一座让我们远离痛苦、心碎、绝望、愤怒和伤害的桥。在桥的那一端，平静、喜悦、祥和正等着迎接我们。

（推荐者：唐林军）

温情罚款

一天清早，有位警察在大街上巡逻，突然发现一辆自行车朝他飞速驶来，他下意识地拿出测速仪，开始测定那人是否违反交通规则。那人却浑然不觉，在大街上开始加速，车像一匹野马一样，向前冲来。

警察拿过测速仪一看，发现上面显示的速度已经超过了限定的速度，他违规了！就在此时，警察意识到自己搞错了，原来他测的竟然是汽车的速度，也就是说，刚才那人的速度超过了汽车。他惊呆了，他有点不相信一个人可以把自行车骑得像汽车一样快。他把那个骑车的人拦住，车手是一位十五六岁的孩子。

警察把测速仪显示的速度告诉孩子，指出他违反了交通规则，要对他进行罚款。

警察让他把学校地址告诉他，否则要重罚。孩子告诉警察，他叫斯卡斯代尔，是哥本哈根一所学校的学生，因为赶着上学所以骑得快了点儿。

警察笑着对他说："原来你还是个学生！那么，你先上学，以后我会同你联系。"不久，那个孩子的学校接到一封信，信来自哥本哈根最著名的自行车俱乐部，这个俱乐部曾经培养了许多优秀的自行车手。信中说，欢迎那个叫斯卡斯代尔的孩子参加他们的俱乐部，他们将为他提供一切训练条件，信中还夹着一张警察测定的速度单。

学校鼓励孩子参加自行车俱乐部。

四年后，斯卡斯代尔成为丹麦的自行车赛冠军，接着又在奥运会上拿到了自行车赛冠军，这是丹麦自行车运动项目上的第一块金牌。

（推荐者：胡　明）

（插图：箭　中）

与风水无关

□ 赵思君

刘三是个放牛娃，从小就和母亲相依为命，日子过得相当清苦艰难。

这天，刘三照旧把牛赶到村后的老龙窝，然后到一边逮蛐蛐玩去了，正玩得高兴，忽然从地头上走过来一胖一瘦两个风水先生，刘三好奇地瞅了瞅他们，那两人在离他不远的地方停下脚步，盯着刘三看了一眼，然后低低耳语一阵就开始四处探看。

一会儿，那个胖子兴奋地说："好地，好地，如果有谁占得此风水，当世即可发达，还可惠及子孙。"

瘦子却摇摇头："不然，我看这地方是处死穴。"胖子很不服气地争辩道："这里肯定是处活地，如果你不

信，我可以给你验看一下。""怎么验法？"胖子不慌不忙地从袖子里取出一枚鸡蛋放在地上："如果我没说错的话，明天这只鸡蛋就会孵出小鸡。"瘦子扑哧一笑，道"这怎么可能。"胖子也不和他争辩，四处找来些石块，把鸡蛋掩盖起来，然后就走了。

刘三把这一切看在眼里，听在心上，当天回家就把白天的事，一五一十告诉了母亲。那时候的人都信风水这一说，小刘三的话不禁令母亲心中一动，她告诉刘三："我给你一个鸡

蛋，明天一早就起来到老龙窝去，如果你看到真有小鸡孵出，就用鸡蛋把小鸡换回，再照原样盖好。"刘三听了，扑闪扑闪大眼，很高兴地答应了。

第二天，刘三揣着鸡蛋跑到老龙窝一看，你猜怎么着？那堆石块下还真有一只啾啾鸣叫的小鸡！他瞅瞅四下无人，把石块轻轻移开，把鸡蛋放进去，又把小鸡捧出，然后小心翼翼地把石块堆好，刘三把小鸡送回家里，母亲很高兴，催他赶快到罗善人家把牛牵出，再去老龙窝看个究竟。

日上三竿，那两个风水先生才又飘然而至，他们赶到石堆前，掀开后胖子连连惊呼："奇怪，奇怪，这明明是一处活地嘛，莫非我真的看走了眼？"瘦子就说："我讲过了嘛，这肯定是一处死穴。""不可能，凭我多年的经验，这处地脉是一处官脉。这样吧，我们再验一次，如果还是不灵，那就算我输了。"说完，胖子从附近一棵还未发芽的柳树上折了一根柳枝插在地上说："这根柳枝明天定会发芽。"瘦子不屑地说："等着瞧吧，你输定了。"

当夜，刘三又把白天看到的跟娘说了，娘听完说："明天你再去看看，如果柳枝发了芽，你就把它拔出来，再另外插上一根。"

清晨，刘三早早地牵牛来到老龙窝，到昨天风水先生插的柳枝前一看，果见柳枝发出了嫩绿的芽，他连

忙到柳树上折了一根柳枝插到地上，又把发芽的柳枝拔出喂了牛。

一会儿，那两人又来了，那个瘦子到插柳枝的地方一看，叫道："看看，看看，柳枝没有发芽，我说得不错吧。"胖子走近把柳枝拔出，颓丧地摇了摇头，说："怪事，怪事，这明明是一处活地，怎会这样，罢罢，从今往后，我也不看风水了，老死斜山算了！"说罢，他走到刘三的面前，抚着刘三的头问："娃娃，你多大了？""九岁。"刘三脆生生地答道。"你觉得放牛好不好？""好，你看我放的这十几条牛，都听我的，我可以指挥它们，让它到哪就到哪，村子里的人都称我是'牛将军'呐！"胖子击掌大笑"娃娃，你天资颖慧，前途不可限量，当了兵说不定真的能当将军呢！"刘三似懂非懂地看着他们俩走远了。

刘三回到家把两个人的话跟娘又一说，娘喜欢得不得了，连连说："我儿大幸，我儿大幸，难得有这样的机会。三儿，只要我家占了这块风水宝地，你何愁没有出头之日？不过，这老龙窝是罗家的田产——"娘想了想，又对儿子说，"你明天见到罗善人，就如此这般跟他说……"刘三听了点点头。

天一亮，刘三就去了罗善人家，一到门口就放声大哭，罗善人本是个仁慈之人，见刘三哭得可怜，忙把他从地

上拉起，问道："孩子，你因何而哭？"刘三抽抽噎噎地说："罗老爷，我给你放了三年多的牛了，你也看到我家的光景，我娘的身子一天不如一天，听老人说万事孝为先，可我家现在是无立锥之地，想我那可怜的老娘，百年之后竟没有地方安葬，呜呜……"罗善人轻轻擦去刘三腮边的泪，感叹一声："难得你有如此孝心，你看咱村的大半田产都是我的，如果你认为你娘百年之后安置在什么地方合适，你尽管说来我听。"刘三一听，止住哭声说："罗老爷，我也不指望别的地方，觉得我放牛的地方，就挺好。"罗善人听后哈哈大笑："原来你说的是老龙窝，好说，好说，你娘百年之后尽管用就是了。"刘三忙跪倒磕头："谢罗老爷的恩赐，不

过，还得烦请罗老爷立个字据。""哟，小子，看不出，你小小年纪还怪有心眼。好，就依你说的办。"说罢，就拿了一张纸，写下字据交给刘三带回去了。

有话则长，无话则短，转眼三年过去。这年秋天，母亲忽感身体不适，感到大限已到，就把刘三叫到床前，拉着他的手说："我儿，这一关我恐怕捱不过去了，你好自珍重吧，所幸我家还有块风水宝地。既然风水先生说你当兵有出息，那你不妨走走这条路。记住：他日若有出头之日，一定不要忘记找到那两位风水先生，替娘谢谢他们。"说完，一口气没喘过来，就闭了眼……

在村里人的帮助下，刘三安置了娘的后事，仍然每天去放牛，但这时的刘三似乎长大了许多，他时刻记着娘的嘱托，放牛之余就去舞枪弄棒，还拜了一位教书先生读书识字，这样不知不觉又过

去了三年，他已经长成了一个孔武有力的少年。

其时国家战火不断，朝廷为了补充兵员，到处招兵买马，罗善人是一村之长，接到征兵命令后，整天唉声叹气，谁都知道，所谓当兵是把孩子往火坑里推啊！此事给刘三知道了，他心里暗暗盘算：罗老爷对自己家有恩，不如前去应个差，一来可以使罗老爷对上有个交待，二来也救了众乡亲之急，再说，风水先生也说自己发达当从军中来，这样岂不三全其美？

罗善人一听，又喜又忧，喜的是终于有人当兵了，忧的是刘三人太小，可能不够招兵的标准，但眼下也没有更好的办法，只好答应了。

这天，招兵的标统大人来村上点验兵员，刘三人小个子矮，被标统大人一眼瞅见，连声喝道："去去去，谁家的娃儿到这里闹着玩儿？"刘三毫不慌张，反而一本正经反问道："军爷，你是来招兵的呢，还是来挑高粱秆儿？"标统一愣，说："当然是招兵！""那就好！"说着，刘三不慌不忙地从衣兜里掏出一把豆芽菜，接着又掏出一捧稻米递到标统面前，标统不解其意，刘三先把豆芽菜填进嘴里，又将米粒扔到地上，然后使劲嚼了嚼豆芽菜，说："豆芽菜虽长空为菜，稻米粒小结果实。"众人一听大笑起来，标统大人暗暗称奇，又仔细地把他打量了一番，收下

了这个小兵。

刘三应募来到济南府当兵，由于他为人机敏，口才又好，加上在几次战斗中表现出色，渐渐赢得了上司的器重，终于一步步得到提拔和重用，从一个毛头小兵逐渐升到总兵之职，这年他刚满二十二岁，成为当朝最年轻的三品大员……

一日，刘三率兵路过家乡，不禁触景生情，他想起了自己一步步走过的路，还有母亲临终前的话。是呀，做人不应忘本，应该去谢谢那两位先生。可怎么找那两位呢？他忽然想起那位老者说要"终老斜山"的话，当下，问清斜山的方位，便挥鞭策马奔向那里，不过半日，他们已到了斜山脚下，刘三跳下马向打柴的山民打听消息，山民点点头说，山上确有这么一胖一瘦两个人。

刘三叫众兵原地待命，然后带了几个随从，跟着山民一步步走上山来，来到半山腰，刘三远远便看到一座木屋，山民指着那屋说："他们就住在这里。"刘三趋前几步，站在门前高声叫道："两位先生，刘某这厢有礼了。""谁呀？"随着问声，门"吱呀"一下开了，从木屋内走出一胖一瘦两位老者，数年不见，两位老者已是须发皆白，但音容笑貌，一点还没有改变。

看着他们惊讶的样子，刘三赶紧向前跪倒在地，道："先生，我就是你们当年在罗家庄老龙窝点拨过的刘三

呀，如今我已擢升为济南府的总兵，特来向两位先生道谢。"

那两位老者惊喜道："噢，原来你就是那个放牛娃，可喜可贺，我俩当年还是看对了人。总兵大人请起，不必如此客气，这一切其实与风水无关，都是你努力获得的，何谢之有？"刘三不肯起来，仍跪在地上说："晚辈能有今天，全赖先生法眼通神，使我家占了一块好风水——"瘦老者一摆手说："总兵大人，此事确实与风水无关，当年我俩路过贵地，见你天赋不错，只是一时兴起，才想了这个法子点拨你一下。"

刘三不解地问道："那么鸡蛋和柳枝发芽又做何解释呢？"

胖老者微微一笑道："大人明察，你想那鸡蛋在我袖中时日已久，日日受了我的体温，那日刚好到出壳的日子罢了；再有那柳枝，其实那时柳枝的汁液已开始流动，已近发芽时节，我把它插在湿地里，受了一夜地水的滋养，自然就先出芽来。其实世上哪有风水一事，我俩只不过耍了一个小聪明，给你心中留下一个坚实的信念，让你为了这个目标去努力罢了。大人能有今天，都是你自己争取到的啊！"

刘三听罢，如梦方醒，吩咐手下人送上带来的礼物，然后拜别两位老者走下山来……

（题图、插图：黄全昌）

《小方寸大财富——珍邮奇闻录》

方昭海 方 晓著

讲述集邮故事——曲曲折折，悲悲喜喜，扣人心弦，令人扼腕。

介绍珍邮知识——历史跨度大，涉及品类多，使人开眼界。

传授投资秘诀——细分邮品收藏价值，指点迷津，操作性强。

内有五十余枚珍邮彩图，附最新各类邮品参考价。邮票是小市民的股票，上世纪八九十年代，邮市上曾产生过不少快速致富的神话。今天只要你掌握了这方面的知识和信息，拿出眼光和胆略，照样能在邮票——小方寸中觅得大财富。

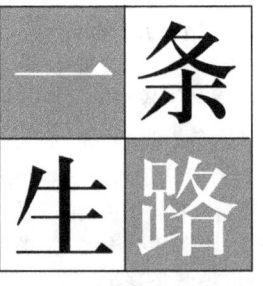

一条生路

□叶林生

这年春节刚过，瓜州乡野间的年气还未散尽，五塘村的屠夫卢来根家却陡生不测：16岁的独子卢文祥在几天前突然失踪，杳无音讯。

卢来根虽有放血的手艺，无奈杀猪生意清淡，一年到头也挣不了几个钱，而妻子鲍氏又是个多病之身。所幸的是，儿子文祥自幼聪颖好学，又长得一表人才，正立志为日后进京大比而苦心攻读。乡邻们也都说，这孩子将来定会出人头地。因此，卢家这一辈子的希望，全都寄托在了卢文祥身上，现在遭遇这样的不测，他们夫妻俩自然是以泪洗面，整日唉声叹气，连睡梦中都在呼唤着儿子。

半年后，就在卢家想儿子快要想疯了的时候，瓜州境内出了一桩凶杀案：某天夜里，一个美貌少女被人奸杀后，碎尸暴于荒野，其状令人发指，官府正在缉拿案犯。卢来根多日未曾外出，闻听此案也惊讶好奇，想跟人打听究竟，谁知村邻们见了他却吞吞吐吐，像躲避瘟神似的都绕开了他。这是怎么了……卢来根跑到街上，远远望见街墙边已张贴着画有头像的缉凶布告，上前一看不要紧，惊得他差点尿湿了裤裆——那布告上缉拿的凶犯不是别人，正是自己苦苦惦记的儿子卢文祥！

天哪，你个混账东西，你怎么惹下了这样的大祸啊？卢来根又气又怕，只是连屁都没敢放，就赶紧哈腰缩起脑袋，趁天黑沿着小路溜回家，铁筒似的插死了大门。鲍氏听丈夫一说，也惊得张大嘴巴，哆嗦半晌说不出一句囫囵话来。

半夜里，电闪雷鸣，风雨交加，夫妻俩心惊肉跳，七上八下，怎么也无法入睡，便悄悄点燃香烛，双双跪地轻轻祷告："文祥，儿子，你在哪里？你可千万别让官府给抓着呀……"恰在这时，外面忽然响起几下"啪啪"的声音，有人敲门。卢来根和鲍氏一怔，慌忙吹灭了灯火，竖起耳朵大气不出。随后"啪啪"又是几下，门外夹着颤抖的喊声："开门，是我，我是文祥……"

门开后，果真是落汤鸡似的卢文祥。他几乎一个踉跄栽进门来，叫了一声"爹"，又叫了一声"娘"，接着就耷拉着脑袋歪坐在墙边椅子上，双目无神地喘着粗气。见此情景，卢来根心中已明白了七八分："文祥，这半年多，你在外面都干些什么了？你是不是惹下了大祸？""爹，你别问了，我饿……"卢文祥有气无力地支

吾着，像是一摊稀泥。细心的鲍氏站在身旁，早将儿子上上下下打量了一遍，他的衣裤上，隐隐有几处紫黑的血迹，脸上和脖颈之间，也留着尚未结痂的破痕。鲍氏与卢来根两眼对望，叹了一口气，便先拿来衣服替儿子换了，接着赶紧热了饭菜，端来放到他的面前。

卢文祥狼吞虎咽地吃饱后，说了声"我困"，转身挪到里屋的铺边，一头栽倒就呼呼地睡着了，那睡相，简直像死了一般。

守在堂屋里的卢来根和鲍氏，此时此刻已心乱如麻。儿子一旦被官府缉拿，就是死罪啊，怎么办？鲍氏赶紧从箱中翻出积蓄的几个银钱，又从手上摘下祖传的玉镯，打着包裹对丈夫说："他爹，趁夜里这外面风大雨猛，快让孩子逃命去吧，逃得越远越好，要是等到天亮，怕就来不及了。"

卢来根摇摇头："往哪逃？现在外面风声正紧，说不定各个路口要道都有了官府的卡子呢，岂不是送死去？再说，逃得了和尚能逃得了庙吗？""可是，总不能眼睁睁看着……自己的亲骨肉上断头台。"鲍氏嘤嘤哭了起来："本指望儿子将来出人头地，让我们这辈子也跟着享几天福，可这下，连命都保不住了……"卢来根"霍"地站起身："别哭，儿子现在还有一条生路！"鲍氏忙抬起头止住哭："他杀了人，犯下了死罪，除了逃

还有哪条生路？"

卢来根沉吟半晌后，盯着墙角竹篓子里的杀猪刀，眼中慢慢放出绿光，一字一顿吐出六个字来："下狠心，阉了他。"

"阉了他？"鲍氏一屁股差点坐到地上："你……你是说，让他做太监，当皇差去？"在大清，按朝廷的规定，民间无论何时何地，只要有人阉割净身，就算是愿意给皇上当差的人了。对于这样的人，各地官府就要给予特殊保护，即使是犯了死罪的人，也要赦免而不能再追究，并且还要发给银两盘缠和靴帽褂袍，专人专程保送进入皇宫，从此一辈子做太监吃皇粮。鲍氏明白了，这倒确实是一条死里求生的路。

可是，这阉割是人世间极其残酷的手术，弄不好还会送掉性命，风险很大。过去人家为送孩子进宫当太监而阉割，都是去专门的地方聘请正宗的"阉人匠"，但那

要价很高，得花不少的银钱。这会儿不要说这笔阉钱上哪儿去凑，就是那"阉人匠"又能从何方请来呢？

见鲍氏还在犹豫，卢来根却已拿定了主张。早年闯江湖流落外地时，他曾亲眼看到过一户穷人家，因请不起"阉人匠"而自己动手，雇了几个壮汉来家里放倒男孩，两个人压腿，两个人捺手，一个人摁头，孩子的爹操刀为他阉割，其情景虽然十分惨烈，但最后是成功了的。只是现在，自己儿子是个被通缉的案犯，万不能惊动外人，可仅凭自己夫妻俩又如何下手呢？不过他很快想好办法，如此这般说给了鲍氏，鲍氏一听冷汗直下："不行，不行，我下不了这个狠手……"

眼看夜已过半,卢来根急得额上青筋暴突,抱头鼠窜似的在屋里乱撞,最后他满脸悲切,"扑通"给鲍氏哭着跪了下来:"儿他娘! 十指连心,谁愿下狠手哟? 可是,咱现在不下这狠手,过了天亮儿子就要丢性命,咱好歹赌它一把,总比等着让人砍了脑袋强啊。快,快帮我做个下手呀! "

为了一条生路,孰轻孰重,鲍氏心里终于拿定主意……

事不宜迟,他们趁着熟睡中的儿子还未醒来,先轻轻扒了他的内衣,果断地用麻绳将他仰面绑牢在杀猪凳上,另用两条稍矮的长凳八字形摆开,分别用麻绳固定住他的两只脚。16岁的少年自然已有些力气,慌乱中一声惊叫,鲍氏被尚未缠死的一只脚蹬出老远,一个倒栽葱撞在墙上,为不让儿子叫声惊动四邻,她挣扎着爬起来用衣巾塞进儿子的嘴里,然后将身子死死压在那腿上。卢来根不愧一介屠夫,他右手紧握锋利的杀猪点红刀,先按在衣襟上擦拭干净,再端起酒碗,喝了一口喷在刀刃上,接着冲着堂前"咚咚"磕了两个响头,最后伸左手张开五指,咬牙瞪眼,气憋丹田,随即刀光闪过,卢文祥两眼一翻昏死了过去……

在夫妻俩的精心看护下,脸如白蜡的卢文祥几经生死,五天之后终于慢慢地苏醒了过来。

这天一早,卢来根上街添药,忽见前面人涌如潮,说是前些天的杀人碎尸案已经告破,官府正在押着凶手卢文祥游街示众。卢来根心中一阵惊疑,便夹在人堆中上前细望。只见马车上的木笼里,用铁链锁着一个与自己儿子相仿的少年,胸前的牌子上赫然醒目地写着"杀人犯卢文祥"。

卢来根脑子里一轰,赶忙向路人细细打听,不由目瞪口呆:原来事有凑巧,这凶犯卢文祥不仅与自己的儿子同名同姓又相仿,而且他所在的五唐村,也跟自己的五塘村仅仅相差一个"土"字旁。只可惜那天自己看缉凶布告时,心慌意乱中没能分辨清楚。

卢来根顿时心如刀绞,回到家中,卢文祥刚好已能开口说话,几经细问,这才又是如梦初醒:儿子突然失踪半年并非出于本意,当初他是被人贩用蒙药迷昏后塞入麻袋,转手卖给了一个人贩子。受尽摧残和折磨的他曾几次逃跑,都被抓回痛打。那天夜里他逃回家时,已是历尽艰辛,几天几夜都没吃没睡……懊恨啊,可怜而又无辜的儿子,竟这样被自己爹娘亲手活活地阉割掉了。

自从那夜对儿子下了狠手后,本已是体虚心衰的鲍氏,连惊带吓,此刻,得知真相后,犹如万箭穿心,当即便眼斜嘴歪,口吐血沫,一命归西……

故事是心灵中的镜子,它让我们在生命的涛声中窥视人性。——蒋世标(广西)

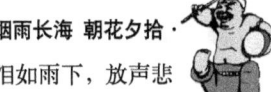

然而，痛定思痛的卢来根，倒是很快便不再懊恨了：既然木已成舟，那么就认命吧，能让儿子进皇宫当皇差有何不好？毕竟那是一条通往锦绣前程的路啊！想当年，卖皮硝的李莲英，不就是因此而步步高升的？想到此，他倾其所有，买来好药给儿子精心治伤；又买来鸡鸭鱼肉，竭力滋补身体，并日夜守护在跟前。

漫长的三个月过去后，卢文祥终于能从铺上爬了起来。净身成功了！卢来根眉飞色舞，喜气洋洋地来到瓜州府击鼓报信。谁知迎头而来的，却是一盆冷水——时值大清皇室摇摇欲坠，朝廷已经下旨，自此之后，凡民间自阉净身者一律不再入宫。

前程灰飞烟灭，已成为废人的卢文祥不觉泪如雨下，放声悲号："爹，娘，你们为什么要毁了我？我恨你们，恨你们！"

这下，卢来根彻底垮了，从此变得精神恍惚，心态失常。转年在又一个春日里，他将卢文祥叫到自己病床前，慢慢摸出一个油纸包打开，里面竟是那用油炸过的割掉的阳物，叹了一口气说："儿子，这宝贝你要把它留到百年之后，一块儿殓在棺材里，才能入进祖坟，下辈子还是整身。"说完，抓起杀猪刀自刎而死……

（题图：黄全昌）

（本栏目欢迎来稿。来稿可从邮局寄发，也可从网上传递。如为电子邮件，请发以下信箱：xiayiming@vip.sohu.net）

0—6岁 **决定一生**——幼儿身体宝典

这是一本以学龄前儿童家长为主要读者对象的自助性儿童教养读物，全书分为"健康从娃娃抓起"、"四季健康宝宝"、"孩子的护身符"、"容易忽视的现象"、"家有马大哈妈妈"和"爸妈的小招术"等六个部分，具有很强的知识性、可读性、操作性和指导性。

本书由长期从事儿童心理教育的儿科医院医生主编，作者针对幼儿家教中普遍存在的问题，通过对大量中外儿童教育成功或失误事例的系统分析和阐述，向年轻的家长们传授行之有效的家教方法，读来颇有启发。

什么也不

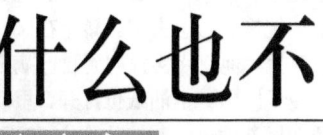

□ 邵振良

这年夏天，卧龙山毛蒿村外出谋生的三嘎子回来了。别看这三嘎子早先在村里偷葱摸菜不像个人，这会可得意啦，他不但还清了前几年拖欠村里的一应债务，还像模像样地给村里老头老太每人发了几十元的"冷饮费。"

这天天刚擦黑，三嘎子就钻进了赌友大毛家里，稀里哗啦地砌开了"长城"。今天他的手气特好，一路好牌一路赢，惹得他一口气玩下去，一玩就玩到深夜。这时，赌友们三三两两出屋去小便，三嘎子也跟着出去方便，刚进屋坐定，忽然，屋外有人喝道："谁？"三嘎子一惊，"噌"地立起身子就要往外走。

"抓住他！""抓住他！"外面大毛和几个人一边喊叫一边追了过去。三嘎子侧耳听了听，没有其他响动，这才走出门去。

蒙眬的月光下，只见一个二十来岁理着小平头的男子被大毛他们紧紧揪着押了过来，那人浑身散发出一股难闻的尿臭。

"这小子，伏在屋角已经好久了，尿撒在他头上也不动，我看着好像是个人，才……"大毛嚷着，把小平头推推搡搡地往屋里扯。三嘎子看了看屋外再没有一个人，就径直走过去，扇了小平头一巴掌，吼道："混蛋，你偷东西偷到老子这儿来了！"

小平头看了三嘎子一眼，垂下了头，三嘎子厉声说："你是哪里人？"小平头不吱声。

"说，哪里人？"小平头还是不吱声，三嘎子又狠狠地甩了一巴掌，打得小平头一个趔趄。

三嘎子说："这儿的土贼我都熟悉，不成我走了这一阵又生出新贼了？大毛，你认得他吗？"大毛扳过小平头的脸，细细地看了，不认识："莫非是外来的贼？"

听说这人是外来的，三嘎子心里一凛，说："过来！"就把小平头拉到灯下，只见他只穿着一条旧长裤，上身是一件看不出颜色的旧衬衫，裸露的身体上布满了蚊叮虫咬的红疙瘩，看得出，此人在这里伏了有一会了。三嘎子心里嘀咕着，把小平头浑身上下搜了一遍，只搜出半个面包，没搜到什么别的东西。

三嘎子"嘎嘎"地笑着，摸出一支香烟递过去："我说老弟，能出来偷东西也是本领，来，抽支烟，说说你姓什么，叫什么，是哪里人？"小平头默默地看着三嘎子，看看香烟，摇了摇头。

"嘿，这小子倒真憋得住！"忽然，他脸一变，对大毛说："给我打，打断他的贼骨头！我不信他不开口！"说着，他脱下塑料凉鞋，没头没脑地把小平头一顿揍。小平头两手

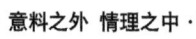

抱住头，忍着三嘎子抽打，还是一声不吭。

"咦，还是不开口，我自有法子治你！"三嘎子说着出门去了，回来时手里多了一把毛刷和一条扁担，嘴里喝道，"说，你是哪里人，现在说还来得及！"小平头只是抱住了头，闭着嘴什么也不说。

三嘎子火了，喝令大毛几个帮忙，把小平头捆住了双手。小平头无助地挣扎着，却还是不吱声。

"妈的，你倒是不见棺材不落泪！"三嘎子咬咬牙，亲自动手，把小平头吊在了房梁上。望着两脚离地的小平头，三嘎子一脸坏笑地说："只要你讨个饶，我就放你！"

小平头还是不吱声。三嘎子一跺脚，把小平头的一只鞋扒了下来，拿过毛刷使劲刷他的光脚板，小平头"啊"地叫了一声，本能地缩起脚，三嘎子左手抱住他的脚，一个劲地刷，小平头先是痒得难受，慢慢地咬紧牙关，憋出满头大汗，却不再做声。

三嘎子见刷脚底板依旧无效，索性抽出扁担，"啪"的一声横扫过去，揍在小平头的脚上，小平头疼得抽搐了一下，低沉地呻吟了一声。大毛忙伸手拦住了，说："象征性打一下就可以了，千万不要打出人命来！"三嘎子把大毛往旁边猛地一推，嚷道："让开！"然后一下，又是一下，发疯似的挥舞着扁担，把小平头揍得像陀螺

一样转。

忽然，大毛惊叫起来："三嘎子，快住手，你看你看！"三嘎子停下扁担，看见小平头的脑袋低垂着，一绺鲜血从鼻子里淌了出来，在地上积了一大堆。

"坏事了，"大毛胆怯地说，"快把他放下来！"接着，大毛"咚咚"跑了出去找来村主任，把小平头交给了村主任，村主任打通了派出所的电话，把小平头送进了派出所。

小平头一走，三嘎子骂骂咧咧地要回家去，可大毛输了钱，怎么也不放他走，三嘎子只好坐在麻将台前，才搓了半圈，屋外喱当喱当地来了一辆面包车，三嘎子推门出去一看，车上先走下了村主任，后面一个是派出所的王指导员。

村主任的脸上笑成了一朵大菊花，说："哎呀，三嘎子，这下你可立下大功啦！"一边说，一边拿出香烟乱发，"你猜那小贼为什么不肯开口，他是公安局通缉多时的卧龙山大盗哩！快，所长让你去，还有你，大毛，嘿嘿，这下，你们可要得一笔奖金啦！"

三嘎子还有些迟疑，王指导员走过来，哈哈笑着说"应该去，应该去，我特地来请的。"说着，把三嘎子、大毛等人一起让上了车，车子里已有了几个人，大家说说笑笑开车前往派出所。

车子很快进了派出所，不知为什么，三嘎子在下车的时候跌了一跤，村主任和王指导员一前一后扶着他走进了审讯室。

突然，三嘎子吃了一惊，只见小平头头上裹着纱布，端端正正地坐在审讯桌上，居然还穿着一身挺括的警服！

说时迟，那时快，三嘎子还没来得及转身，一旁早已有几个民警死死地扭住了他，给他戴上了脚镣手铐。

这时，一直没有开口的小平头说话了，他一开口，三嘎子立即胆战心惊：这是浓重的江南口音，那个自己在那里生活过三年的地方语言。他明白，自己犯下的罪东窗事发了！

小平头点着三嘎子的大名，正气凛然地说："毛三嘎，你不是要我开口吗？现在我可以开口了。你杀了人抢了钱，才逃回来，我们就破了案，领导安排我来伏击，如果我一开口，你就会从我的方言口音上猜测到什么……"

小平头还在说什么，可三嘎子已经听不进去了，他只是喃喃地说："我有预感，我有预感，如果你早点开口，我还可以逃……"

（本篇月月评短信代码：0410）

（题图、插图：箭　中）

（本栏目欢迎来稿。来稿可从邮局寄发，也可从网上传递。如为电子邮件，请发以下信箱：xiayiming@vip.sohu.net）

功勋王八

□ 杨清江

1. 夜猫上宅

白虎山下，青龙河边，有个几十户人家的小村子，村里有个中年汉子叫八哥。这年立秋前的几天，一直是阴雨霏霏，八哥想为女儿画眉改改口味，就从檐下取出钓竿，打算到河边钓些鱼虾回来。画眉也写完了作业，闹着要和他一块儿去。八哥笑了笑，就脱下裹衣在画眉身上一披，拉上她钻进了雨幕。

青龙河在村外绕个弯儿，形成个蛤蟆肚子一样的水潭。潭边有棵弯腰老柳树，枝丫交错，浓阴如盖，虽不能挡风，却能遮雨，是八哥经常垂钓的所在。他寻个干燥地方席地一坐，振臂一挥，甩出了钓钩。懂事的画眉已经俯下身子在草丛中挖起了蚯蚓。坐了大约一个多时辰，和前几次一样，钓上来的仍然只是些攥住头看不见尾巴的小鱼儿，八哥忍不住又骂起那个混蛋朱乡长来。自从两年前这个乡长到任以后，为了搞什么政绩工程，偏要在这山窝窝里办一些"小造纸"、"小化工"，奇臭的废水昼夜不停、源源不断地流进青龙河里，没多少日子，就把一条美丽富庶的河流活活糟蹋了。"唉，再等等吧。"八哥自言自语骂了一会儿，又耐着性子甩出了钓钩。

又是半个钟头过去，八哥正感到无望时，突见那鱼浮子一阵激烈的抖动，猛地扎进了水里。他急忙抓起钓竿往回一拉，心里不禁怦然一跳，觉得钓线下面十分沉重，大鱼！他又稳着劲儿把钓竿提了提。按照过去的经验，如果是三五斤重的家伙，此时就该拼命地挣扎游动，自己便由着它晃荡一会儿，等它力尽筋疲时轻轻一拽，就能把它弄上岸来的。可是，眼下那钓线下面却像生了根似的纹丝不动。难道挂住了石头？八哥心里"咯噔"一下，稍加用力，又把钓竿向上抬了抬，"咕嘟……"河面上冒出了一串鸡蛋大的水泡！是鱼！他急忙挺直腰杆站了起来，把钓线抖了两抖，然后猛力一拉，就听"哗啦"一声，一个脸盆大的王八浮出了水面。八哥定睛一看，不禁

"啊"的一声惊叫！难怪那么沉，原来那王八的四条腿还被几个体型略小的王八拖着，还有一些更小的王八坠在下面……

八哥擦擦汗水，盯着草地上的这群王八，仔细数了数，大大小小一共18只，嗨，分明是几世同堂的一个家族。吞下钓钩的那只少说也有十七、八斤，千年王八万年龟，根据个头儿推断，可能已经百岁以上高龄了。其余的又可分为四五个档次，有钵盂大的、碗口大的，最小的也有马蹄大小。众鳖或仰或卧，无一例外地仍然紧紧咬在上一辈儿的腿上、裙上，没有一个松口的，大有"要死就死在一处"的神态。八哥双眉紧皱，不禁想起哪出古戏，有个忠臣良将被奸臣陷害，落个满门抄斩。临上刑场之时，全家男女老少、大大小小却没有一个服软的，慷慨激昂引颈受戮……他忽然觉得自己就是那个奸臣，那个十恶不赦、万人唾骂的奸臣……这可怎么办？八哥狠狠闭了闭眼睛，敲敲脑门儿，正左右两难时，发觉画眉不知什么时候已偎在身边。女儿轻轻拉拉他的衣角，指着草地上的那群王八，怯生生地说："爹，它们舍不得……舍不得它们的老奶奶啊……"八哥心里猛地一颤，鼻子一酸，不禁想起八年前那场洪水中的一幕……

画眉并不是他的亲生女儿。一个"穷"字压头，八哥直到三十多岁还没

娶上媳妇。那年秋季青龙河里发大水，八哥正在河边割草，忽然发现上游歪歪斜斜地漂下来一个门板。门板上躺着一个老女人，脚边还伏着一个三四岁的小女孩。女孩显然被吓破了胆，正仰着脑袋无助地失声哭喊"奶奶啊，奶奶啊……"眼看她们随时都有被激流吞没的危险，八哥毫不犹豫地甩掉褂子，身子一纵，一个猛子扎进河心。等他把门板推上岸以后，才发现躺着的老婆婆已经气绝身亡。女孩哽哽咽咽地告诉他，自己叫画眉，爹妈常年在城里打工，是奶奶一手把她带大的。爹妈把她们放在门板上，推进洪水后不久，就被一个浪头打进河心了……自此以后，八哥就和画眉相依为命了。

此时，八哥见女儿眼里已经盈满泪水，就毫不犹豫地弯下腰去，从那王八的嘴上取下了钓钩，才如释重负地叹了口气。老王八仍旧伏在地上一动不动，两只豌豆大的小眼睛死死地盯着八哥看了又看，似乎不相信有这等好事。八哥轻轻敲敲它的鳖盖儿，说道："带上你的儿儿孙孙走吧，我也要回家了。"然后拉上画眉，头也不回地离开了潭边。

转眼过了几天，八哥总为这事觉得心里有几分惭愧，向谁也没有提起这件事。这天午饭后，忽然听到一阵"突突突"的摩托声响，接着，就见外号叫"夜猫子"的村主任刘二虎风风

火火走进自家院子。他板着一张柿饼脸，劈头撂过来一句："八哥，你好大的胆子！老实交代，前几天你干了件什么事儿？"

什么事儿？就那件事一直在心里放着，八哥便笑了笑说："几个乌鳖杂鱼，我把它们放了。"

夜猫子眉毛一竖，嚷道："吃根灯草，说得轻巧！什么乌鳖杂鱼，那是顶风作案、偷掘古墓的文物贩子，你敢把他们放了？"

八哥一头雾水，眨眨眼睛说"乱七八糟的，你都胡说些什么呀？"

夜猫子拍拍鼓囊囊的腰间，阴阳怪气地说："我这里铁证如山，你抵赖不掉的，"说着往前凑了凑，压低嗓门儿，"你从他们那里拿了多少油水？乡里乡亲的，自己哥们儿，只要你够意思，我保证不向乡政府汇报。"

八哥烦躁地把手一挥："我越听越糊涂了，你干脆把话挑明吧。"

"你可别后悔。"夜猫子冷笑一声，从腰里摸出个青花小瓷瓶儿。

2. 王八临门

这到底是怎么一回事儿？原来，前几天乡政府召开了一次紧急电话会，据县公安部门通报，最近外省有个专门盗掘古墓的犯罪团伙可能已经悄悄潜入当地，着令各乡镇必须严加防范，密切注意他们的动向。白虎山方圆一带是元末明初的古战场之一，

地下文物藏量丰富，附近几个乡镇更应百倍警惕，防止古墓被盗……

开罢电话会，夜猫子刚进家门，就见儿子金宝拿着个青花小瓷瓶儿，正在往里面装蟋蟀。他见这个瓷瓶小巧玲珑，样式古朴，知道不是自家的东西，心中生疑，就把瓶子抓在手里，追问它的来路。金宝支支吾吾告诉他，是从画眉书包里偷来的。夜猫子笑眯眯地从口袋里摸出10元钱塞给金宝，反复叮嘱，对谁都不要说起这件事。当天下午，他就骑上摩托跑进县城，找到一个专做古玩生意的朋友鉴别了一下。根据瓶子底部的印章，认定是元代泰定年间出窑的珍品。夜猫子这一喜非同小可，静心想了想，八哥是村里土生土长的老门老户，几辈子都没有发迹过，这宝瓶儿根本不可能是他家祖传，十有八九他得了外财！上面正在追查盗墓团伙，这家伙肯定和他们搭上了线儿。不是望风放哨，就是带路运赃，嗨，看来不仅得了油水，而且数量不少，要不能让女儿把这样一个金贵的瓶儿随随便便装进书包带到学校去玩？如果现在到公安部门报案，无非是落几句口头表扬，最多捞个三五百元奖金。那才是大肚子女人不生孩儿——徒有虚名儿，不折不扣的傻蛋一个哩。哼，按现在流行的说法，得把蛋糕做得大大的，狠狠敲他一家伙，捞上一把，说

不定就够后半辈子花销了。于是，从县里回来后他连家门也没进，就寻到八哥这里来了。

眼下，八哥望着夜猫子手里的瓶子看了又看，不知他葫芦里到底卖的什么药，摇摇头说："不就一个瓶子吗？我不明白你的意思。"夜猫子故作遗憾地叹了口气："老哥，你不要抱着葫芦不开瓢。钱财如粪土，仁义值千金，千万别逼着我公事公办哪……"

就在这个时候，画眉放学回来进了院门，一眼就看见了夜猫子手里的瓶子，尖起嗓门嚷了起来："这是我的，放在书包里不知被谁偷走了，怎么在你手里？"八哥厉声喝道："画眉，不许胡闹，是咱家的东西我会不知道？"画眉小嘴一噘，委屈地辩白："就是咱家的嘛，是星期一上早学我在院门口地上捡到的。"

小孩子嘴里掏实话。夜猫子急忙往前凑凑，和颜悦色地说："你爹不相信，叔叔我相信，就是捡的嘛。告诉叔叔，你还捡到了什么？"画眉小辫子一甩，得意地说："当然还有了，你等着，我拿来你看。"她连蹦带跳进了里屋，很快抱出一个小木匣子来，从里面拿出一个小酒杯，一个小瓷罐儿"这是星期三早上捡的，这是星期六早上捡的……怕偷，我不敢再装书包里了。"

是这样啊！八哥心里不禁怦然一

动；夜猫子也不动声色地点了点头，好像也嗅出了什么味道。他"呵呵"干笑两声，把小瓷瓶递到画眉手里说："这也是叔叔捡的，装好，可别再丢了。"而后向八哥说了句："误会，误会！"骑上摩托车一溜烟走了。

八哥自然想到了那只老鳖，难道会是它送来的？不是它，又能是谁呢？它怎么能够认清我的家门？难道真的成了精？要不就是知恩图报，那天它委派儿孙们悄悄跟在我的后面侦察？这是只有在古书中才能看到、故事中才能听到的稀奇事儿啊！八哥顿时感到激动不已，决意弄个水落石出。

当晚半夜时分，八哥就悄悄起了身，披上羊皮小袄，蹑手蹑脚地关上房门，爬到院墙边的一棵枝叶茂密的老枫树上躲了起来。头顶晨星寥寥，远处青龙河波光粼粼，白虎山的剪影映衬在浩瀚的夜空里，显得格外巍峨壮观。八哥毫无睡意，圆睁两眼，注视着通往村外大路上的动静。直到鸡叫头遍的时候，他忽然听到一阵"沙沙沙"的响声从路上传来，很快，就见一溜黑影儿由远及近慢慢向他家院门而来。八哥心里

一阵猛跳，揉揉眼睛仔细一看，果然是这样！打头的正是那只"老奶奶"巨鳖，在它身后还有十多只不大不小的王八亦步亦趋紧紧相随。八哥不免又是一番感慨：多么团结和睦的一个大家族啊，真该把村里那些不孝的儿子、媳妇们都喊起来参观参观，人家是怎样对待"老人"的！尤其是那个夜猫子村主任，自己住着三层小楼，天宽地广的，却把个七十多岁的老爹撵到连狗窝也不如的灶火棚里，真他妈连王八都不如！

其实不用八哥喊叫，夜猫子早已先他一步赶来了。看了看四周无处藏身，他不得不体验体验老爹的居住条件，猫身钻进院墙外的一个废弃的狗窝里。狗呢？早没了。这可是夜猫子的政绩，因为他爱半夜翻寡妇的墙头，为了行动方便，就以防止狂犬病

为名，早把村里的狗们斩尽杀绝了。白天从画眉的嘴巴里，夜猫子已经听出，八哥一定遇到了蹊跷事儿。而这个蹊跷事儿只有在夜里才能弄个明白。为了不打草惊蛇，稳住那父女两个，他慷慷慨慨地把那小瓷瓶还给了画眉，乐滋滋地告辞了，专等夜里来弄个水落石出。

夜猫子四脚落地蜷缩在狗窝里，脖子伸得如挨刀似的，屏着呼吸，两眼死死盯着八哥家的院门，足有两个时辰，终于盼到那一溜黑影爬了过来。当他看清楚竟然是一群王八时，惊得差点晕过去。他屏着呼吸，竭力让自己镇定下来，一颗心悬得老高，眼巴巴地看到为首的一个大王八渐渐接近了院门口，把口里衔的什么宝贝玩意儿吐在地上，此时，夜猫子便两手摁地，"飔"地一声蹿出了狗窝，一个泰山压顶，扑向那王八。就在此时，猛听头顶一声大叫："抓小偷……"接着，"啪"地一声，脑门上挨了一家伙。他本能地就地一滚，用手一摸，额头上湿漉漉、黏糊糊的一片，啊？流血了？夜猫子不禁大惊失色，腿肚子一扭，仓皇而逃……

3. 母鸡献计

望着那人像惊枪兔子似的狼狈而逃，树上的八哥忍不住笑出声来。不用猜，他就知道那人是谁。刚才他只

是想吓吓这位村主任，顺手从头顶的老鸹窝里摸出两个鸟蛋砸了下去。院门口那群王八倒是愣怔了一会儿，不知发生了什么事儿。听了听周围再无动静，为首的"老奶奶""吱嘎"叫了一声，发出返回的指令。众王八便如来时的样子，整整齐齐地列队出了村子。这时，八哥才从树上爬了下来。捡起"老奶奶"吐在地上的东西，借着月光一看，原来是一支铮铮发亮的金簪子！不禁心里一热。这个老王八真的成了精呢，衔来这些小玩艺儿报恩来了！它们又从哪里弄来的这些陈年老古董呢？八哥忽然想起二十多年前山区搞什么围河造田的时候，县文化馆曾经来了个戴眼镜的副馆长，说是根据县志记载，明代嘉靖年间有个离任的御史告老还乡，船上满载着搜刮来的金银珠宝、古玩玉器。不料行驶在青龙河这一段的时候，突遇山洪暴发，风浪大作，船只被打沉了，许多珍贵文物至今深藏河底。当时并没有挖出什么东西，那个副馆长临走时显得非常遗憾。水下作业可是王八的拿手好戏，比两条腿的人方便多了，它们一定是发现那沉船的踪迹了。想到这里，八哥不免一番感叹。不由自主地随着那群王八出了村子，亲眼看着它们一只一只平安下河，才放心地转回家去。

头上挨了一下的夜猫子没敢逃回自己的家，老婆是出名的母夜叉，见

他三更半夜头上带着血回来，非打得他满地找牙，闹得四邻不安不可。跑了没多远他就拐了路，敲开了村西寡妇"小母鸡"的门。"小母鸡"年龄不到三十，仗着三分姿色、七分浪劲儿，这几年广交男友，开发资源，夜猫子近水楼台，当然早就上过她的床了。

"小母鸡"一看他的"伤势"，不禁"扑哧"一笑，捣捣他的脑门说"笨蛋！哪儿是血，你拱茅坑了吧？""什么？"夜猫子用手一抹拉，见指头上黄蜡蜡的还有鸟蛋的碎片，也自嘲地笑了笑："我被那老小子耍了！"不待"小母鸡"追问，他就把刚才发生的事一五一十说给了情人。"小母鸡"听罢，高兴一拍大腿说："好呀，该你时来运转了！"夜猫子撇了撇嘴"本想钓个大鱼，连个小虾米也没捞到哩……""小母鸡"说："那句古话咋说的？你怎么'聪明一世、糊涂一时'了呢？那是文物！烫手，沾不得的。上面正严查着呢，想蹲号子、坐班房你就迷着头干吧。"

夜猫子不解地问："那还转的什么运？"

"不是有那罕见的王八吗？""小母鸡"告诉他说，"再过两天，就是朱乡长的五十大寿，乡政府早就有人放出风来，准备大张旗鼓庆贺一下。人吃稀奇物，必定寿限长，如果用那只二十多斤的大王八作寿礼，朱乡长非笑歪嘴巴不可。何况那老家伙近几个

月正为自己力不从心伤脑筋呢，听说男人们吃王八比美国的伟哥还管用。你要能把那大大小小一群王八捉了给他送去，就帮了他的大忙喽！只要抱住这棵大树，将来还用说吗？快回去，看看那一群王八是从哪儿下水的！"夜猫子连连点头，抬腿就走。临行时没忘了回头问一句："你怎么知道姓朱的力不从心？""小母鸡"在他腿上狠狠拧了一把："滚吧！"

八哥心里可没有那么多弯弯绕，不会打王八的主意，只是把它们看成是一群不会说话的朋友。至于送来的

那些东西，他想马上拿进城去，让文化馆的内行们看看，给不给钱都行，反正原本就不是自己的。夜猫子今晚的行踪倒给他提了个醒儿，这家伙已经操上心了，绝不是两个鸟蛋就能砸怕的，以后真得对他多个心眼儿。

第二天，八哥好不容易说服画眉，把她珍藏的那些小玩艺儿全都拿出来。吃过早饭，他就步行十多里地，搭上过境的班车赶往县城。女儿在家不用挂念，后院的王婶对她比自己还亲，一定会过来照看的。

文化馆那个戴眼镜的副馆长早就退休了，一个小青年问明来意，乐呵呵地说："大叔，现在分工细了，这事归博物馆处理。"随即，热情地把他引进同楼博物馆田馆长的办公室。田馆长非常客气地接待了他，并立刻将八哥送去的几件文物进行了鉴定，直言不讳地向他说明了这些"小玩意"的珍贵之处。虽然政策有规定，地上、地下文物全部归国家所有，但八哥得到这些的途径比较奇特，又是主动捐献的，根据规定，田馆长当场发给他800元奖金，还亲亲热热地握着他的手与他合影留念。临走时又特别嘱咐他，这件事还要详详细细地向县里汇报，这种动物的反常现象能为国家的文物保护工作做出贡献，太有意思了。八哥高高兴兴地出了博物馆，就用那笔钱先给画眉买了个带拉锁的双背带大书包，又特地买了两箱"双汇"牌的火腿肠带上汽车，打算好好慰劳慰劳那些四条腿的好朋友。

4. 八哥捉贼

八哥到家时已是夜里9点多钟了，刚进院门，就听见了画眉的哭声。他三步两步蹿进里间，就见女儿伏在小桌子上痛哭不止。八哥急忙将她搂在怀里，心疼地问："乖乖，发生什么事了？"

画眉哽哽咽咽地告诉他，今天上午才上第二节语文课，夜猫子就急头怪脑地跑进课堂，让班主任把课停了，带着男生们都到蛤蟆潭里帮他捉王八。他还专门弄了一只小船，吼上二赖子、疤瘌嘴几个混混儿，有的挥着竹竿在上游敲打着水面驱赶，有的撒网，有的用鱼叉，有的用竹罩子……一群人喳喳呼呼、翻花搅浪闹腾了一上午，捉的王八整整装了两麻袋，气得画眉两顿吃不下饭，一直盼他回来。说到最后，画眉的眼泪又滚了下来："爹，那个'老奶奶'会被他们捉去吗？""不会的，不会的……"八哥连声劝慰，哄了又哄，女儿总算止住了哭声。

一时间，八哥心里像打翻了五味瓶子，什么味道都有……他猛然想到女儿还在饿着，自己也没有吃饭，就放下背上的行囊，从院里抱了一些柴草，快步走进厨房。刚刚把灯拉亮，正想往锅里添一些水，忽然发现水缸根儿黑乎乎的一片。他以为是锅拍子、面盆子什么的丢在了地上，弯下腰去仔细一看，不由轻轻一声惊叫，两眼放光，大声喊道："画眉，你快来看呀！"

水缸根老老实实趴着那只"老奶奶"大王八。显然，它还没有从白天那场浩劫的阴影里走出来，四个爪子紧紧缩在鳖盖里面，两只惊恐的小眼睛骨碌碌乱转，一副失魂落魄的样子。画眉高兴得直拍巴掌，又跳又叫，八哥忙从房间取了几根带回来的火腿肠，劈劈啪啪用刀剁碎，装进盘子放在它的面前，这才动手生火做饭。饭后，他又翻出洗衣服的大木盆，将"老奶奶"放进去，灌了半桶水，小心翼翼地塞进卧室的床下。

为了改善一下"老奶奶"的居住条件，让它住得更舒服一些，次日忙完家里的活儿，八哥就提上一个竹篓子到河边去，准备挖一些水草、捡点儿鹅卵石回来，放在木盆里。还没走到村口，迎面碰上了夜猫子。八哥一扭脸就想绕开，夜猫子拦住他，皮笑肉不笑地说："听说你进城'趟价钱'去了，怎么样？出手没有？"八哥知道他指的是画眉捡的那些小玩意儿，就冷冷地一笑："我捐给博物馆了。"夜猫子嘴巴咧到了耳朵后："不可能吧？前天是和你开玩笑，我也不会分你一个钢蹦儿。"八哥说："不信

你打电话问问。"

"呵呵！村里出了个活雷锋，这可得请人报道报道！"一番夸赞之后，不知是惋惜还是遗憾，夜猫子又摇摇头，自言自语地说，"那可是些金娃娃呀，白白扔到水里……咱村恐怕只有你才做得出来。"八哥忍不住脱口而出："你再多找几个人，从水里捞上来呀？"

夜猫子眼睛眨了眨，马上明白了他的意思，干笑两声说："呵呵，你说昨天？既然说到这儿，就给你透个底儿。明天就是朱乡长的五十大寿，他老人家可是个焦裕禄式的好干部哇！为了全乡人民脱贫致富奔小康，日夜操劳，把身体都搞坏了。遇上这样的

大喜事，咱村里可不能袖手旁观。我就亲自带着几个小伙子下河捉了几只王八，准备代表全体村民去表表心意，让朱乡长补补身子……可惜让那个最大的老王八跑了！"

"最大的？有多大？"

"多大？看样子快20斤了吧？"

"你见过？"

"没有没有！我也是听别人说的……"夜猫子连忙辩白，话头一转"八哥，你要是见了它，就贡献出来，要多少钱村里掏多少。"

"你等着吧。"八哥硬邦邦丢下一句，扭头就走。

太阳下山时，夜猫子又满面春风地找上门来，二话没说，一把拉住八哥的手："走，到我家陪陪客人，喝两杯。"八哥将手一摔挣脱了："不去不去，咱一个平头老百姓，上不了台面！"夜猫子笑嘻嘻地说："不知道吧？你捐献文物的先进事迹我都向乡政府汇报了，领导非常重视，专门派了通讯组的一个'笔杆子'来采访你哩！这是公事，走吧走吧。"又推又拽，硬把八哥给弄走了。

八哥本不善饮酒，何况和乡里的干部平起平坐，浑身上下都不自在，说话都结巴起来。禁不住那个"笔杆子"左一句、右一句地夸，前一杯、后一杯地劝，不大一会儿可招架不住了，头昏眼花，腾云驾雾似的，只得

抱歉地拱了拱手，说要回家睡觉。夜猫子见他走路都东倒西歪的，估计喝得也差不离了，和那个"笔杆子"相视一笑，摆摆手放他走了。

八哥一到家，沾住床就爬不起来了。画眉一见爹醉成那个样儿，忙为他垫好枕头、盖上被子，倒一碗水放在床头的小桌上，而后关好院门，做完作业就上床睡了。那酒也太有劲了，直到后半夜，八哥还是觉得晕晕腾腾的，不仅是床在晃悠，而且连墙壁都在颤动！蒙眬中，他忽然感到一阵恶心，于是侧身爬起，正想端起水碗痛饮一番，猛地听到一声声嘶力竭的惨叫："我的妈呀……"八哥一个愣怔，酒也吓醒了大半，定定神辨别了一下，叫声似乎从床下发出，啊？八哥心里一阵猛跳，俯身向床下一看，紧靠床边的后墙被掏了一个大洞，"小偷！"八哥怒吼一声，一骨碌跳下床去，胡乱披上一件衣服，从墙角抓起一根木棍就冲出院门，几步跑到自家屋后，抢起木棍，照那小偷的屁股上就是两家伙！打得那人杀猪般地又哭又叫！

"别打了，别打了，那是村主任呀！"那个"笔杆子"忽然从旁边跳了出来，一边喊叫着，夺下了八哥手里的木棍。

"什么？是村主任？"八哥马上明白了大半，心里不由一乐：知道是他，我再揍两下！你也不是什么"笔

杆子",专门赶来当帮手的吧？尽管是这样想的，他还是装出一副后悔不迭的样子，嘴里连说："对不起，对不起！"弯下腰去，抓住夜猫子的两条腿，硬把他拖了出来!

昨天上午，夜猫子带人在青龙河里大动干戈，最后还是没有抓到他亲眼见过的那只最大的王八，懊丧之余，动开了脑子：那老王八是有灵性的，它和八哥有交情，说不定走投无路时就会跑到八哥家里躲藏。于是就悄悄咐疤瘌嘴、二赖子对八哥严密监视，一旦发现踪迹，马上向他报告，绝不要轻举妄动。末了，塞给两人100块钱，两个小混混得了钱，买了包猪头肉，喝起痛快酒来。谁知这一喝，差点儿把夜猫子吩咐的事情给忘了，直到掌灯时分，才想起正事，丢下酒杯，脚步踉跄地朝八哥家奔去，离八哥家还有三四丈远，就隐隐约约看见有只脸盆大的王八，打着跟斗逃进八哥家的院里。两人又惊又喜，就急忙赶去报信。夜猫子闻讯喜出望外："果然不出所料！八哥是个认死理的家伙，明着要肯定要不到，我得使个法子……"于是就有了骗八哥喝醉，半夜掘壁洞盗鳖的事了。

此时，夜猫子狗一样的趴在地上，那只王八紧紧咬着他右手中指，脑袋深深缩在鳖盖下面。任凭夜猫子怎么挣扎喊叫，跺脚哭嚎，就是不探出头来！"八哥，快救救我……"夜猫子也顾不得什么脸面了，可怜巴巴地哀求。

"唉，你呀，"八哥跺跺脚叹了口气，"你不是说花多少钱村里都掏吗？怎么又干这偷鸡摸狗的事儿，要干，你也让二赖子他们来呀……哦，床底下的夜壶，你想吃独份儿呀！"

"好八哥，别说这个了，先帮我过了这一关吧……"

八哥一惊一乍地嚷道："我可不敢帮你呀，听说这玩意儿嘴里有种什么毒，让它咬一口就会烂掉命根根儿，后半辈子只好当太监了……"

夜猫子脸都吓白了："快，送我上医院，上医院呀……"那个"笔杆子"也慌了，急忙从树影里推出来一辆摩托，将夜猫子架了上去，"突突突"一阵驶向了村外。八哥冷笑一声，愤愤地在地上吐了一口："活该！"忽然，他又想到了什么，跳着脚高声大喊："王八！还我的王八……"而后发疯一样追出了村子……

5. 王八建功

山路崎岖难行，等夜猫子他们赶到乡医院的时候，天色已经大亮。外科的几位大夫还从来没有治过王八咬人死不松口的病例，有人就提议给它打一针麻醉剂，"不行，不行！"夜猫子虽然疼得龇牙咧嘴，一听这个就叫了起来，"万一剂量太大，把它麻死了怎么办？"那医生为难地说："剂量小了它不松口。就好比……又想保住产妇，又想保住胎儿，实在不好办啊。"旁边另一位大夫冷冷一笑说："你要保住手指，又要保住王八，叫我们怎么处理？"夜猫子急了："把它弄死了，我怎么向朱乡长交代？这，这可是给他治病的呀！"此时，刚好老院长从门口路过，闻讯走了进来。一听这事，从兜里摸出一根银针，在那王八前爪上刺了一下。王八一个激灵，松开嘴巴。夜猫子乐坏了，感激不尽地说："姜还是老的辣！我代表这只王八……不不，代表朱乡长给你鞠躬了！"而后，他连手指也顾不上包扎，抱上那只王八就冲出医院大门，找朱乡长报功去了。

上午10点多钟，乡政府后院的大餐厅里已经渐渐热闹起来。迎门口屏风上一个斗大的"寿"字金光闪闪，旁边放着一张"礼单"桌，前来为朱乡长祝寿的宾客熙熙攘攘，鱼贯而入。几个模样俊俏、手脚利索的女孩子擦抹桌椅，摆放餐具，忙得满头大汗。隔壁厨房间里，丁丁当当、乒乒乓乓，菜刀敲打案板和洗刷碗筷的声音一片嘈杂。一个大块头厨师举着一把明晃晃的菜刀，正要向案板上的那只大王八剁去……猛听一声大喊："慢！"接着，就见一个浑身泥污、满脸是伤的大汉冲了进来，大跨一步，蹿到"大块头"面前，扭住他的手腕，把菜刀夺下来，捧起那只王八，回头就走。

三十多里山路，半夜的奔波，八哥不知跌了几跤，早把自己折腾得满身是伤，人不像人、鬼不像鬼了。厨房里的那些人愣怔片刻，便大呼小叫着一窝蜂似的追了出来。这时，也不知从哪里拥出来几个"保安"，迎面拦住了八哥的去路。八哥眼看自己不能脱身，心里一急，踩着凳子跳上了一张方桌，胸脯子一拍厉声大叫："谁敢上来，我就和他拼了！"

寿筵还没吃上，先看一场好戏，餐厅里马上像开了锅一般沸腾起来。本来，大多数的宾客都是慑于朱乡长的淫威，被软硬兼施逼来"上供"的。现在，见半路上杀出个程咬金，玩命地大闹，就幸灾乐祸地跟着起哄起来。恰在此时，大腹便便的朱乡长被一群村官众星捧月般地拥了进来，看见这个场面，一张脸顿时成了猪肝色，气急败坏地问道："怎么回事？怎么回事？他是哪个村的？"

在他身后的夜猫子急忙接上话头："乡长放心，我来处理。"说着挤出人群，快步走到八哥面前，满脸堆笑说道："八哥，不就是一只王八嘛，你尽管开口，要多少村里给你多少！""呸！"八哥一口痰吐在他的脸上，"就是你这个舔屁股溜沟子的家伙惹的祸！"

朱乡长气得暴跳如雷，一挥手，几名保安扑了上去，抱腿的抱腿，扯胳膊的扯胳膊，将八哥拖下桌子。就在这时，奇怪的事情发生了。只听"嗖"地一声，那只王八从八哥怀里跳到地面上，落地未稳，便"刷刷刷刷"像转动的车轮一样翻起了跟斗。

"邪门儿了，都来看哪……"站在近处围观的人群中霎时发出一片惊叫，拍着巴掌纷纷退后，为它的表演让出一方天地。那几名保安也看呆了，不由自主地松开了手。也不知是过于兴奋，还是因为身体太重，那王八也有"失手"的时候，滚着滚着就会仰面跌倒，然后疯狂地抖动着四个爪子，激烈地旋转，好像是呼唤人们帮它一把。那种憨态可掬的样子，引来了更多的掌声和笑声。当然，也有热心的观众，弯下腰去给它翻转过来，让它继续滚动。不大一会儿，王八已经滚到了餐厅门口。只见它两只后腿用力一弹，跃起一尺多高，落在了餐厅门外的台阶下面。

深山野沟里本来就缺乏文化生活，平时，人们看见个狗打圈子鸡叨架就会大呼小叫地呐喊喝彩，今天忽然发现一个脸盆大的王八如此精彩的表演，可以说是百年不遇，大饱眼福了。人们挤挤挨挨，争先恐后拥出了餐厅，尾追观看。来到院里后，那王八好像觉得可以大显身手了，表演多了些花样儿。翻上几个跟头，就停下来东张西望一番，向着人们挥舞着爪子吱吱嘎嘎叫上几声，然后头顶着

地，再向前翻去……

"真漂亮，这家伙还会歌伴舞呢……""加油，再来一个！"欢呼声一浪高过一浪。

朱乡长开始也觉得有趣，看着看着心里就不是味道了。今天本来是我的五十大寿，我才是这个场面的主角呢，怎么能让一个王八抢了风头？旁边夜猫子一看他的脸色，连忙凑上去说："乡长，可不能叫这个怪物冲了你的喜气！"朱乡长点头示意，夜猫子和几名保安扑上前去，就要捉那王八。八哥急了，不顾一切地冲进场内阻挡！朱乡长气得哇哇大叫："反了

反了，胆敢在乡政府院里闹事！把他铐起来……"就在这时，只见一个头发蓬乱、满身泥污的小女孩儿发疯一般从人群里冲了出来，哇哇大哭着扑在那只王八的身上。

八哥见是女儿，挣扎着喊道："画眉，你追来干什么？"

画眉一把将王八揽在怀里，翻身爬起，就向周围磕起头来："叔叔、伯伯们，你们饶了它吧，它是我们大家的救命恩人呀……"

"什么？救命恩人？"围观的人们一听说得蹊跷，一片惊呼。旁边两个乡干部模样的人忙把画眉扶了起来："小姑娘，你慢慢说，到底是怎么回事？"

画眉擦擦眼泪，哽哽咽咽地哭喊："它哪里是在表演节目？它是烦躁不安，是在呼救呀……前些日子云南、西藏发生地震以后，班主任老师就专门给我们讲了一堂防震知识课。说我们这一带没有火山活动，但山体的滑坡陷层，会引起山洪暴发。要我们特别注意动物的反常现象……平时，如果我们突然发现鸡子上树，老鼠串街，大猫噙着小猫跑，冰天雪地出现了蛇……都是山洪暴发的前兆！都是这些动物为我们报警的！叔叔伯伯们，饶了它吧，它们是我们的朋友，我们的恩人呀……呜，呜……"

什么？山洪暴发？犹如石破天惊，大院里顿时人声鼎沸，一阵骚动。"别听这个黄毛丫头胡说八道了，给乡长祝寿要紧！"夜猫子怪叫一声，猛地一把，从画眉怀里将那只王八夺了下来。王八抖动着四肢，回头就咬！夜猫子本能地一松手，王八跌落在地。"跑不了你！"夜猫子紧接着一个泰山压顶之势扑了上去，着着实实把那只王八压在身子下面。王八毫不客气地张嘴就咬，死死叼住不松口了。夜猫子疼得哭爹叫娘，满地乱滚……

就在这个时候，忽听几声刺耳的尖叫，十几头猪从斜刺里撞进了人群，嗷嗷大叫着左冲右突。几个烧菜师傅手执棍棒、扫帚，满头大汗地随后追赶，一边神色仓皇地嚷着："乱了套了，乱了套了，猪也跑了，鸡子也上房了……大家都帮帮忙啊……"朱乡长立足未稳，被迎面而来的一头母猪拱了个仰面朝天。他一骨碌爬起来，也顾不得拍打灰尘，就挥着双拳，气急败坏地喊道："反常，反常！真他妈要出事啊，真他妈要出事了！"

朱乡长这一叫，"哗！"犹如退潮一般，眨眼之间，热热闹闹的乡政府大院里没有了人影儿。八哥拉着女儿，拖着疲惫不堪的双腿，心急火燎地走出镇子。听着远处天边滚滚的雷声，望望怀里的那只九死一生的王八，两行热泪夺眶而出……

（题图、插图：杨宏富）

原创漫画系列《BRAVO 东东》问世

《故事会》与《我为歌狂》携手进军原创漫画新领域

东东是谁？东东是一个普通的初中生，有一点调皮捣蛋，脑子里充满各种奇思怪想，常常有点稀里糊涂，渴望做一个大男人，向往朦胧甜蜜的爱情……他还有一个搞笑的妈妈，一个严肃的爸爸，一帮性格各异、趣味横生的同学！也许东东就在你的身边，也许东东就是你自己，也许东东的许多故事许多想法都曾经发生在你的身上，也许东东会成为中国的樱桃小丸子！

一套反应e世代中学生生活的漫画丛书《BRAVO 东东》已由上海文艺出版社正式出版发行。该套书由曾经轰动一时的《我为歌狂》原班人马倾力打造，风格轻松活泼，风趣幽默，视觉效果和故事性俱佳，作为"故事会漫画丛书"向市场推出。

漂来的狗儿 （青春系列小说）

七十年代是一个奇特的年代，灰暗沉闷的生活禁锢了成年人的灵魂，却无法遏制孩子们自由奔放的性情。在"梧桐院"的小小天地里，一群中学教师的孩子和一个邻家女孩狗儿结成玩伴，玩得上天入地，花样百出，趣味无穷。聪明的小爱、博学的方明亮、高贵的小兔子、调皮的小山和小水、精灵般的小妹、心比天高命比纸薄的狗儿……这些可爱又可敬的孩子，是凡俗土地上开出来的摇曳的花朵，每一片花瓣都涂抹着温情和理想，闪耀出那个奇特年代的人性之光。因为他们"教师子女"的独特身份，每个人都在书香的氤氲中出生长大，相比于同时代的同龄孩子，他们的知识面更广，见识更多，胆子更大，脑子更灵，更能够创造乐趣，让童年的每一天都过得精彩纷呈。

这是一部讲述成长的小说，趣味盎然的小说，快乐而忧伤的小说。书中的背景和人物仿佛一段封存已久的电影，作者架起放映机，银幕亮起，胶带走片发出"沙沙"的响声，人物就动起来了，笑起来了，招手把你带进银幕中去了。你跟着他们一起捞小鱼，粘知了，去中学图书馆偷书，看连环画《红楼梦》，给伟大领袖写信，在漂亮的芭蕾舞演员面前自惭形秽，惶惑于身体的发育长大，被侮辱被伤害而后抗争，品尝少男少女的朦胧恋情……最后影像定格，灯光熄灭，银幕隐入黑暗，你会有一声轻轻的叹息，心里想：物质最贫困的童年其实是精神最自由的童年。

《红色天网》

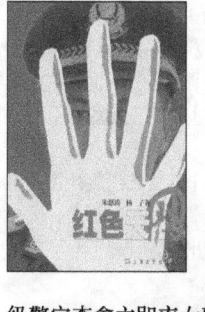

本书是作家朱恩涛、杨子继长篇小说《公安局长》之后精心打造的又一部反腐力作，也是内地第一部正面描述中国国际刑警跨国追捕金融诈骗逃犯、淋漓尽致地展现年轻的中国国际刑警英姿风采的长篇小说。

故事大意是，一个专门针对金融界人士的雇佣杀手已潜入国内，而此时东海市发展银行副行长又突然离奇自杀，某贸易公司老总曾假这个副行长之手将巨额美金转移境外，此时也匆忙携情人外逃。高层领导下令限期破案，国际刑警总部也对该老总下达了红色通缉令。受命处理此案的国际刑警联络处高级警官李鑫立即率女警官郭璐等奔赴南美洲某国抓捕逃犯，他们在异国他乡依靠同行的鼎力支持与配合，以及华人社团的全力协助，历经艰险，不怕磨难，最终胜利完成了任务。然而在这场尖锐复杂的斗争中，女警官郭璐却永远躺在了异国他乡……故事情深意切，又不乏峰回路转的悬念惊奇，作品内容时刻牵动着你的心。

本社隆重推出新女性小说《春草开花》

这是部队女作家裘山山积数年之心血创作的一部反映当代底层民众生活的长篇小说，全作以编年史的方式，讲述一个出生在江浙一带农村的普通人物春草的不平命运。春草从小生在一个上有哥哥下有弟弟、女人毫无地位的农村家庭，不能上学，更不能撒娇任性，除了辛苦劳作，没有任何快乐可言。但她却拥有一种影响了她终身的性格：倔强，不服输。揣着一定要过上好日子的梦想，她不甘心命运的摆布，奋力挣扎，自己找婆家，自己闯天下，出门打工，创业，发家，失败，东山再起，再失败，再开始，一次又一次，历尽艰辛，吃尽苦头。从农村到城市，从小商小贩到清洁工保姆，她挣扎、奋斗、忍耐、苦熬，坚决不气馁，坚决不放弃，甚至不诉苦……

雨夜惊魂

□陈　健　编译

周末之夜，吉姆叫上好友雷德，驱车前往郊外的一家新酒吧。进了酒吧，两个好朋友一杯深、一杯浅的，直喝得面红耳赤，酩酊大醉。

午夜时分，他们俩从酒吧里走了出来，这才发现，不知什么时候，外面下起了雨。没有月亮，没有星光，他们只好艰难地踩着泥泞的小路，踉踉跄跄地走到车前，好不容易坐了进去，将车发动，朝回家的方向开去……

没过一会儿，他们听到一阵敲击车窗的声音，雷德扭头一看，在车窗外，浮现了一张老人的脸！

"哦，天啦！"雷德大叫一声，坐在那里一动不动。

吉姆也被吓了一跳，连忙朝车速表上看了一眼，上面明明指着时速60公里，难道有鬼？

吉姆大声对同伴叫道："雷德，快，打开车窗，问他想干什么？"

雷德打开车窗，问："老……老……老先生，你……有什么事？"

那个老人声音低沉地说："可以给我一支烟吗？"

雷德连忙递上一支烟，老人道声"谢"后就离开了，雷德迅速将车窗关上，吉姆心领神会，狠踩了一下油门，想要快点将那位老人甩掉，车速表的指针一下子跳到了90。

可没过两分钟，他们又听到那可怕的敲窗声，还是那位老人！

雷德再一次打开车窗。还没等到他开口，那位老人便问："可以再跟你

故事里的事

□ 刘六良

建材公司的董经理带着秘书小毛到南方谈生意，由于他们是采购大户，这里的生产商都想抓住这条"大鱼"，所以争相宴请他们。

这天，有一家生产商在酒店里请董经理和小毛吃饭。酒酣耳热之际，小毛为了活跃气氛，提议每人讲个小故事。众人齐声称好，请董经理先讲。

董经理想起了小时候听爷爷讲过的一个故事，就给他们讲了起来：

从前有一个瞎子，靠算命为生。那时候人们都迷信，所以干这行还能挣不少钱，但他眼睛看不见，外出不方便，就找了一个人陪他一起出去卜卦算命，一方面可以给他领领路，另一方面还能揽揽生意。找的这个人是个聋子，他不同意瞎子开出的"固定工资"，一定要把收入和瞎子五五分

们借个火吗？"

雷德颤巍巍地把自己的打火机丢给了老人，关上车窗，声嘶力竭地对吉姆叫道："快！再快一点！"吉姆一脚将油门踩到了底。

可是，这一切都是徒劳的，就在他们惊魂未定的时候，那位老人的脸又一次出现在车窗外！

雷德打开车窗，哭丧着脸，问："老先生，你到底想怎么样？"

那位老人神情和蔼地说："非常感谢你们给我烟和火，我想问一下，你们的车在泥坑里空跑了半天，需要我帮忙推一下吗？"

成。不得已瞎子答应了。不过，瞎子多了个心眼，他知道这聋子听不见，有顾客的时候，他就小声和顾客商量好：卦钱分两次给，当面给一半，背着聋子再给一半。这样他只需把收入的四分之一分给聋子就可以了。

然而，瞎子没料到，这聋子虽说耳朵不好使，但眼睛尖得很，一次有个人算完卦给完钱，又偷偷把另一半钱塞到瞎子背后的袋子中，全被聋子看在眼里。可这聋子不动声色，对瞎子说："现在没人来算卦，我给你讲个笑话如何？"

"好啊，你讲吧！"瞎子痛快地点头答应了，那聋子便讲了起来：

鲤鱼最大的心愿就是"跳龙门"。有一条红鲤鱼天天练本领，后来觉得自己本事不小了，这天就鼓足力气，试着跳龙门，没想到，"腾"地一下，它还真的跳过去了。

不巧的是，龙门那边正好有龙王在巡视，一看跳过来一条红鲤鱼，就说："这么小就来跳龙门了？分量够吗？"龙王吩咐手下把红鲤鱼放到秤上一称，也别说，真的比"录取"标准轻半两。于是，龙王下令把红鲤鱼扔回去。

红鲤鱼见龙门跳不成了，伤心地哭起来。这时，一只虾游了过来，问它为什么这么伤心。红鲤鱼就把经过跟虾讲了一遍，那只虾听了，没吭声，原来它也一直想跳过龙门，开开眼界，它觉得这是个好机会，于是就给红鲤鱼出了个主意："我偷偷藏在你的腮里，加在一块，不就够分量了？"

红鲤鱼听了觉得有道理，就让虾藏进它的鳃中，再次跳过了龙门。

没想到那龙王还没走远，这红鲤鱼跃过龙门正落到它的身边。龙王一见，说："这不是刚才扔回去的那条鱼吗，怎么又跳过来了？"

红鲤鱼赶紧说明自己是头一次跳龙门。见它不认账，龙王吩咐再称它一次，看看是不是差半两。可这次一称，却跟录取标准一点儿不差。

龙王十分奇怪：怎么一会儿就长了半两重？龙王围着红鲤鱼转了两圈，渐渐地，它看出"猫腻"了，一伸手从红鲤鱼腮中揪出那只虾，大骂道："好你个虾（瞎）王八蛋，连你龙（聋）爷爷都敢蒙呀！"

"哈哈哈……"董经理讲到这里，酒桌上的人不禁放声大笑起来，都为聋子的急智叫绝！

然而，秘书小毛没有笑。

只听他干咳了一声，然后从怀中掏出一叠钱，尴尬地对董经理说："经理，这是客户给的回扣，我以为你不知道想独吞，没想到你明察秋毫，这么快就觉察了，我，我全部上交……"

（本栏目欢迎来稿。来稿可从邮局寄发，也可从网上传递。如为电子邮件，请发以下信箱：xiayiming@vip.sohu.net）

怕老婆的理由

□ 霄 飞

怕老婆有各种各样的怕法，县委办公室的老张，是怕老婆打他。

朋友们嫌他窝囊，给男人们丢脸，这天，连拉带拽的，把他拉到一家餐馆，打算在酒桌上给他支支招。

几杯烧酒下肚，大伙儿脸上都泛出了红晕，话也渐渐多了起来。有个朋友乘机把话挑明了："我说老张，你大小也是个人物，我们就弄不懂，咋就这么怕老婆呢！"

老张一听，脸"通"地红到了脖子根，举起酒杯，抿了一口，叹道："唉，我这怕是有道理的……"

"什么道理？""当年她嫁给我的时候，人长得高挑漂亮，又娇媚又可爱，端庄圣洁，像个菩萨，你们难道不怕菩萨吗？"

朋友们一听，心想这话不错，都听说那婆娘嫁给老张时，确实是本地有名的美人儿……

老张又抿了一口酒，说"可结婚不到半年，她就露出了庐山真面目，外表看起来跟以前一样迷人，可一回到家就独断专行，她说一我不能叫二，叫我向东我不能向西，否则晚上就不让我上床。就像'盘丝洞'里的妖精，难道你们不怕妖精吗？"

见朋友们有的点头，有的摇头，但都没吱声，老张接着说了下去：

"到四十岁时，她性格变得古怪起来，连内外都不分了，发起火来像头母老虎，你们难道不怕老虎吗？"

"如今，她开始喝减肥茶，吃减肥药，做减肥操，身体又奇迹般瘦了下来，可晚上把妆一卸，皮焦齿黑，狰狞得像个鬼，难道你们不怕鬼吗？"

朋友们听了大吃一惊，连连摆手："哎呀，算了，你不要说了，再说下去连我们都有点汗毛凛凛了！"

对物质的爱惜从新品开始，对孩子的教育从幼儿开始。 ——刘金艳（山东）

智 斗

□ 古 清

程伯原来是市汉剧团的演员，虽说退休已经两年了，可由于职业养成的习惯，他不喜欢在家里发呆，而是整天泡在"老干部活动中心"的票友剧团，和一帮老头老太说拉弹唱。最近，他们正在排练《沙家浜》里的那折《智斗》，导演让程伯扮演敌伪参谋长"刁德一"，程伯乐呵呵地接受了任务。

这天因为导演要去吃喜酒，提前一个钟头结束了排练。程伯安步当车回到自己居住的小区，嘴里仍低声唱着"这个女人不寻常……"刚刚登上三楼，忽然发现一个身影正在自家的门前捣鼓什么。起初他以为是儿子回来了，再一看穿着打扮一点也不像。糟糕，是小偷！程伯心里抖了一下。

他躲在楼梯拐角处左右看了看，诸位高邻都没下班，楼道里空无一人。掂掂自己的分量，根本不是那小偷的对手。只后悔当初在剧团练功时怕苦怕累，没有练出来几招儿。这便如何是好？难道听任那小偷破门而入，恣意妄为，把自己家里洗劫一空？

程伯眼珠转了几转，不由心里一亮，便壮壮胆子，脚步轻轻，走到那人的身后，拍拍他的肩膀，喊了一声"伙计，喝多了吧？"那人正用一把螺丝刀在摆弄程伯家的防盗门，闻言猛地一惊，回头一看是个六十多岁的瘦老头儿，两眼一瞪就要撒野，程伯笑呵呵地又说话了："这是我家呀，你的家在四楼。伙计，你一定是喝多了！"

"就是，就是，"那人立刻换了副嘴脸，把螺丝刀悄悄掖了起来，嘴里胡乱答应着，"在四楼，四楼……妈的，才半斤二锅头，就喝成这个熊样儿！""呵呵！"程伯接着说，"这是308，你家是408，都是8号，可错着一层呢。别以为我老眼昏花看不真，我认得可准了！你在外地当经理，你太太是烟酒公司的业务员，三天两头

出差。你们搬来还没有两个月，对不？"

"对呀，"小偷急忙随声附和，"老先生眼力不错，记性也蛮好呢。"

"一个楼的邻居，抬头不见低头见，怎么能忘了？呵呵，本来想请你进屋坐坐，可俺那不争气的愣小子正在睡大觉。天天熬半夜到体育馆练拳击，休息不好非跟我发牢骚不可！不好意思，不留你了。呵呵。"

小偷暗自吃惊：练拳击啊，天！幸亏还没把门撬开，不然今天这顿饱打怎么也逃不掉了。"不客气，不客气，我这就上去……"他转身就要溜走。还没到楼梯口，身后程伯又喊了一嗓子："别忙，别忙！"小偷不得不停下脚步。

程伯满脸歉意地追上了他："刚才还说记性不错呢。你太太今天早上到郑州出差，说是采购几吨白酒。她知道你今天到家，临走时特地把家里的钥匙放在我这里，千叮咛、万嘱咐让转交给你，差点忘了！"说着，从兜里掏出一把防盗门上的钥匙，递到小偷手里。

"谢谢，谢谢！"小偷连连道谢，

乐得嘴巴都合不拢了。既有这样的好事，怎么舍得溜走？这老头儿一定是认错人了，该俺放心大胆捞上一把！他伸手接过钥匙，急匆匆奔上四楼。望着他的背影，程伯忍不住笑出声来，随即返身进屋，拨打了"110"报警电话。

快速反应的几名公安人员不到三分钟就赶到了，那小偷已经是遍体鳞伤，不得不束手就擒。原来，楼上的"408"竟然是程伯儿子的住室。小两口儿经常不在家，就养了一条大狼狗，钥匙交给程伯保管。小偷毫不费力地打开了房门，正在客厅里左顾右盼，不知从哪里下手。关在阳台上的狼狗以为是程伯又来喂它，满心高兴地趴到窗口一看，却是一个鬼头鬼脑的陌生人，不禁勃然大怒。它后腿一蹬，从窗口跳进客厅。小偷大惊失色，又不敢喊叫，犹豫之间，狼狗已经将他扑倒在地，张开血盆大口，便是一阵猛咬……

下午排练的时候，程伯说起这件事，几个老伙计和他开玩笑："你是既演习德一，又演阿庆嫂，实实在在来了一场'智斗'！"

正确的教育使孩子健康成长，智慧的故事是孩子成长路上的鲜花。——刘金艳（山东）

有事偷着乐

□ 黑 子

这天晚上，张三有事外出，回到家，已是三更半夜了，就在他准备进屋时，听见里面有翻箱倒柜的响声。不好，家里有情况！

张三推门而入，随手拉亮了客厅的灯，大喝一声："你给我出来！"

家里果然有贼，片刻，只见一个人乖乖从沙发后面站了起来，耷拉着脑袋，哀求道："9号，放过我吧！我这是第一次。"

张三一听就懵了：9号？我咋成了9号？他声色俱厉地说道："老子是你大爷，啥9号？"

小偷一听，连忙道："大爷，是我不好！你家门牌是9号，我说错了。"

张三琢磨后觉得不对劲，没听说过小偷用门牌号称呼呀，莫非他踩点很久了？于是就审问道："你注意我家多久啦？"

小偷"扑通"一声跪了下来，说："我根本没注意过您家。前天晚上，我去偷3号家，被捉住了，3号主人就叫我来偷9号，不然的话，他就要报警。我……就来了。"

张三听了，惊得半天合不拢嘴：3号，就是李四家！

李四跟张三原来在一个单位共事，张三是正职，李四是副职，但两人素来不和，时间一长，矛盾加剧，发展到相互告状的地步。张三反映李四有经济问题，李四揭发张三生活不检点。但后来，事情都不了了之。最近两人虽说退下来了，但多年的积怨并没有化解，同处一个大院，见面连个招呼也不打……

张三原也打算报警的，听小偷这么一说，他马上就改变主意了，他铁

另类定义

下面是关于部分词语的定义，它们在一般词典中都没有收录，也是查不到的，但在人们口头中却十分流行。

◇ **大炮**——矫正国家边界的工具

◇ **火柴**——试过了才知道有用，知道了就变成无用的东西

◇ **撤退**——策略性逃跑

◇ **苹果**——它最辉煌的一刻是砸在了牛顿的头上

◇ **拳击**——打了人还得奖

◇ **食物**——指人喂自己的东西，喂动物时称饲料

◇ **左右为难**——看见媳妇与妈妈吵架

◇ **一不做二不休**——不工作就不能休息

◇ **火车司机**——不敢越轨的人

◇ **不翼而飞**——飞行员

◇ **举重冠军**——比亚军多此一举的人

◇ **厨师**——最爱添油加醋的人

◇ **剪彩**——当着大家的面一刀两断

◇ **鼻子**——脸上的制高点

◇ **电视**——一部最新最全的"广告大词典"

◇ **沉默**——最便宜的黄金

◇ **钟**——把一天二十四等分的仪器

◇ **讲师与教授**——把复杂问题讲简单的是讲师，把简单问题讲复杂的是教授

（推荐者：吕　娜）

青着脸，考虑了一阵，摸出200块钱，递给小偷，小偷哪敢接钱，张三说："这200块钱是给你的，我也不报警。不过，我有个要求：我要你再去偷3号！后天3号全家都要出去旅游，一周后才回来。家里只有个小保姆，正是下手的好机会。"顿了顿，张三又说，"3号贪了不少钱，你要偷得他越惨越好。"

小偷手里捏着钱，心想真是咄咄怪事当初，3号也对他说9号是贪官，如今9号不但说3号是贪官，还送他200块钱。这做贼，竟这么有趣！

小偷答应照办后，张三就放他走了。小偷一边走，一边偷着乐。走出大院，小偷终于打定了主意好呀，老子两家一起偷！

（本栏题图：李　加）

如松柏经受四季变化而永绿一样，《故事会》经得起时间验证被读者所钟爱。 ——刘金艳（山东）

关系网

□ 黄建刚

阿P老娘从乡下到城里来看病，一查，是胆结石，就在市第一医院住下了，准备动手术。可准备了近一个星期，还是没上手术台，问主治的王医生，王医生说："不急，再观察一段看看。"

医生不急，可阿P急呀，还没动手术呢，两千块押金就快没了，再这么观察下去谁能受得了？

俗话说：办事凭关系，熟人好办事，到医院看病也不例外。可阿P和爱人小兰手指头都掰烂了，也没从认识的人中想出谁跟医院能扯上关系。没有熟人，阿P叹口气：看来只能出点血，送个红包给医生了。

第二天，阿P就用红纸封了五百块钱，揣着来到医生办公室。头一次做这事，跟做贼似的。好不容易等到屋里就剩王医生一人了，他才抖抖索索地把红包塞过去。王医生来了个和尚念经——一本正经，正色道："你这是干什么？别这样！"当然，一推二就，还是笑纳了。笑纳之后，王医生脸上生动了许多，和颜悦色地问："阿P，在什么单位上班呀？"

阿P恭恭敬敬地回答："在龙腾公司。"

王医生眼睛一亮，说："龙腾公司？单位不错呀，你和你们赵老板的关系怎么样？"

阿P心说那么大的公司，我认识他，他可不认识我，随口回答："还行，赵老板待我们大家都不错。"

顿时，王医生面露喜色，搓着手责怪道："哎呀，有这层关系，你怎么不早说？"说着，他竟把揣进怀里的红包掏出来还给了阿P。

阿P又是高兴又是疑惑，心想，这位王医生一定跟赵老板关系不错，自己秃子跟着月亮走，跟着沾光了。他手握红包，道："这怎么好意思呢？"

王医生摆摆手："我是有点小事请你帮帮忙。你们公司是不是新买了辆宝马车？"

阿P一怔："是呀。"

王医生点点头："这就好。是这样的，我有个关系户的孩子后天要结婚，女方为了体面，要求用最豪华的车去接她，可是，火烧眉毛了，礼车到现在还没有着落呢。你能不能回去跟你的老板说说，借你们的宝马车用一下？"

"这可不……"话没出口，阿P又缩了回去，差点闪了舌头。他的第一个念头就是一口回绝，跟老板借车？这事他连想都不敢想。不过一想起病床上着急的老娘，他就把已到嗓子眼的话又咽了回去，重新酝酿了一下情绪，婉言拒绝道："这事不大好办，赵老板拿着自己的车跟宝贝似的，不好借，再说市里有文件，不允许用公车办喜事啊。"

王医生呵呵笑了："你们是私营企业，车自然是私车，市里文件管不着。"见阿P还是一脸难色，他就把身体往椅背上一靠，居高临下地道："话又说回来，如果准许用公车我也求不

着你呀，其实，租车咱也租得到，不过，那样不是显得咱太……太没关系了嘛？阿P呀，我这个人喜欢胡同里赶猪——直来直去，我知道这事有难度，这样吧，你只要答应帮我办成这事，让我朋友的儿子风风光光地办了喜事，你母亲的手术我马上就做，而且保证做好，让老人家顺顺利利、平平安安地出院。"

阿P一听，牙一咬，硬着头皮道："那好，我试试看吧。"

从医院往回走的路上，阿P顺便拐进超市买了点水果饮料，提着就去找单位里的司机小牛。他知道，凭自己在公司里的身份地位，平常跟老板搭上话都难，现在开口去跟人家借车，那肯定是把梳子卖给和尚——自讨没趣。他想来想去，就想到了小车司机小牛，自己结婚前曾跟小牛一个宿舍住过，虽说后来不大来往了，凭以前这层关系，或许他能帮忙跟老板说说。

你别说，小牛还真够意思，听阿P说完，略微沉吟了一下，毅然说道："咱俩这关系，你的事儿我怎么也得帮忙，我一定帮你去说说，我去求他，估计问题不大，不过……"

阿P想不到这么容易就办成了，还是人家小牛关系厉害，不由感激万分："牛哥，你要是帮我办成这事，事后我一定……"

小牛摆摆手，有些为难地说："咱

先不说这个，是这样的，老板即便答应，公司还有规定，如果私人用车，必须交租金。"

其实，阿P不知道，因为座驾闲着也是闲着，赵老板早就私下跟小牛交待过了，只要不耽误自己用车，要是有人愿意出高价租车摆阔，只要出得起钱，就可以答应。不过，这事知道的人不多，阿P自然就把功劳全算在了小牛身上，十分感恩戴德呢。

听说要交租金，阿P当即把兜里的红包拿出交给了小牛，说一切交给你了，你看着办。然后，他马不停蹄，立刻赶到医院把借到车的消息通知了王医生。有道是，火到猪头烂，礼到事情办，当天下午，阿P的老娘就上了手术台，做手术时没有受到一点痛苦，顺顺利利取下了几粒花生米大小的结石……

事后，为了答谢小牛，阿P又掏钱买了一份礼物，郑重其事地登门致谢。小牛客气一番，推辞一番，也就笑纳了，他拍着胸脯说："以后有事尽管找我。凭咱俩的关系，你要用车的话，只管说句话。"

阿P闻听一哆嗦，这次租车加上给小牛买礼物，花的钱比准备送给王医生的红包都多出好大一截，想一想真是不合算，不过，他现在是哑巴吃黄连，有苦说不出，再说，人家一片好心，跟自己关系好才说这样的话，就强撑着说："我先谢谢了，以后有让

我帮忙的事情，你也千万别客气。"

又过了些日子。一天晚上，阿P忽然接到一个电话，一听，竟是王医生的声音，人家不再居高临下，客气得很："阿P呀，吃了吗？你看，咱俩现在也是熟人了，大哥我有点事儿要请你帮忙，你跟你们老板的关系不错，我们医院刘主任的儿子过几天结婚，能不能再借宝马车用用？"

阿P一慌，"啪"，扣上了电话。

片刻后，电话又响了，阿P以为还是王医生，心惊胆战不敢接。小兰拿起话筒一听，回头对他说："不是找你借车的，是你们单位的同事。"

阿P这才放下心，接过话筒"喂"了一声，问："什么事？"

对方焦急万分："阿P呀，我爹要住院了，听说你医院里有关系？"

阿P忙道："就我你还不知道吗？哪有什么关系？"

"凭咱俩的关系，你还瞒我？现在谁不都知道你跟市医院的王医生熟悉？连他朋友的孩子结婚都是你帮忙找的车，再说你老娘的手术做得那么成功顺利，医院里没有熟人能办得到吗？凭你和王医生的关系，你递个话，无论如何让他照顾照顾，这个忙你可一定要帮呀！"

"吧嗒"，阿P手中的话筒一下子没握住，掉到了桌面上……

（题图：李　加）